KB066640

소설

감격시대

감격시대 2

1판 1쇄 펴냄 2019년 4월 5일
지은이 김태환
펴낸이 김한준
편집 KBiL
펴낸곳 엘컴퍼니
주소 서울시 강남구 학동로 23길 58
전화 02-549-2376
팩스 0504-496-8133
이메일 lcompany209@gmail.com
출판등록 2007년 3월 18일 (제2007-000071호)
ISBN 978-11-85408-25-5 (04810)

978-11-85408-23-1 (세트)

소설

감격시대

제2권 건국의 감격과 분열되는 산하

엘컴퍼니

차 례

제2권

건국의 감격과 분열되는 산하

1. 조선총독부(朝鮮總督府)의 마지막 선택

(1)

조선총독부의 경무국장 니시히로(西廣), 경찰국가 식민지조선(植民地朝鮮)에서 경찰력을 장악하고 있는 사령관이다. 일인지하 만인지상(一人之下 萬人之上)이라고나 할까, 아베 총독 밑에서 조선인과 일본인들의 생사 여탈권을 쥐고 있는 경찰 병력 최고 대장이다.

경기도 경찰력만 보아도 그 위세를 알 수 있다. 30개 경찰서에 257개 지서, 126개 파출소, 8개 출장소, 경찰병력은 3,004명이다. 전국 8도에 조직망이 거미줄같이 퍼져 있는 것을 감안하면, 줄잡아도 2만여 명이 된다. 여기에 경찰보조원과 정보원 첩자들까지 계산하면 그 수를 헤아리기 어렵다.

니시히로의 휘하에는 악명을 뽐내는 다사제제(多士濟濟)들이 많다. 경기도경찰부 고등계 주임 사이가(齋加) 경부는 오니(鬼, 귀신)라는 별명이 붙은 최고의 악질이다. 종로경찰서 고등계 주임 미와(三輪)는 정보의 달인으로 잔인성과 교활함에서 그를 따를 인물이 없다.

니시히로가 심통이 발동하여 짜증으로 얼굴이 일그러져 있다.

"이 못난 개자식들이 제정신이 있는 거야, 없는 거야!"

불안한 심정을 이길 수 없어 니시히로는 전화통을 들고 총독부 정무총감 엔도에게 물었다.

"총감님, 본국에서 무슨 소식이 있었습니까? 서기관장으로부터 지시나 연락이라도 왔습니까? 천황 폐하 임석하의 '최고전쟁지도회의'는 이미 끝났을 것이 아닌지요?"

엔도 총감도 답답한 심정은 마찬가지이다.

"경무국장, 기가 막히오. 아무런 소식이 없었소. 회의야 벌써 끝났겠지요. 장관 비서실에 아무리 전화해 봐도 연결이 안 되고 있다는 대답뿐이오. 어처구니없는 일입니다."

니시히로가 거두절미하고 욕설을 퍼 댄다.

"총감님, 이제 내지에 앉아 있는 자들은 어느 놈도 믿을 것이 못 됩니다. 지금부터라도 조선 일은 우리 스스로 처리하는 도리밖에는 없습니다. 이래서야 일본이 망하지 않을 리가 있겠습니까?"

수화기를 놓고 소파에 주저앉은 엔도의 가슴에도 울화가 치민다.

엔도가 애꿎은 여비서에게 소리를 지른다.

"야, 거기 누구 없어? 냉수 가져 와!"

그때였다. 문이 열리면서 여비서가 들어왔다. 쟁반에 물 컵이 들려있는 것이 아니다. 조그만 메모지가 놓여 있다.

"총감님, 급한 전화가 왔습니다. 경성일보 나가야쓰 주필이 비상전화를 주십사고 기다리고 있습니다. 매우 중요한 사안이라고 합니다."

"그래, 언제 왔나?"

"예, 방금 통화가 끝났습니다."

정무총감 엔도는 화들짝 일어나 상황실로 뛰어갔다.

비상전화로 경성일보를 연결했다.

"여보시오, 나 총독부 정무총감입니다. 나가야쓰 주필을 바꿔 주시오."

"예, 기다리고 있었습니다. 즉시 바꾸어 드리겠습니다."

나가야쓰의 흥분된 목소리가 수화기를 타고 흘러나온다.

"총감님, 일본이 오늘 연합국에게 정식으로 항복했습니다. 스즈키 내각이 무조건 항복을 요구하는 포츠담 선언을 수락한다는 결정을 미국과 영국에게 공식으로 통보하였습니다."

엔도도 소리를 질렀다.

"주필, 그게 무슨 말이오? 어디서 소식을 들었소?"

나가야쓰가 잘라 말한다.

"총감님, 지금 시간이 없습니다.

내지 도메이 통신에서 보내온 비밀 첩보 내용을 불러드릴 테니 먼저 받아쓰시기 바랍니다."

에도가 의자에 쓰러지듯 주저앉으며 적기 시작한다.

일본 정부는 1945년 7월 26일 포츠담에서 발표된 연합국 측 성명에 열거된 조건들을, 그것들이 일본의 최고 통치자인 천황 폐하의 권위를 손상시키는 어떤 요구도 하고 있지 않다는 이해에 입각하여 수락할 용의가 있음을 정식으로 통고하는 바

입니다.

1945년 8월 10일 일본 외무상 도고(東鄕武德)

필기가 끝나기 무섭게 엔도가 물었다.

"주필 선생, 이 소식 전말이 어떻게 된 겁니까?"

나가야쓰가 흥분이 좀 가신 듯 차분한 목소리로 설명한다.

"예, 총감님. 오늘 새벽, 천황 폐하 임석하 어전회의에서 항복이 결정되었다고 합니다.

내각에서는 공식 경로를 통해 미국과 영국에게 정부 결정 내용을 통보하였습니다. 그런데 그 사이 철없는 몇몇 군인들이 미나미 육군 상의 명의를 도용하여 군 방송을 통해 옥쇄를 외쳐 대고 있었던 모양입니다.

이에 당황한 외무부는 연합국의 오해나 착각을 염려하여, 다시 도고 외상의 이름으로 항복 내용을 미국과 영국에게 통보한 것이랍니다. 시급을 다투고 정확성을 기할 필요가 절실하여, 도메이 통신의 공식 라인을 통해 외신으로 연합국에게 타전하게 된 것입니다.

마침 도메이 통신 편집장이 평소 저와 가까이 지내오고 있는 터라, 외신 타전 내용과 사건의 전말을 비밀리에 전해 주었습니다."

나가야쓰가 잠간 숨을 고른 후에 말을 계속한다.

"총감님, 통신사의 예상대로라면 곧 정부의 공식 발표가 있을 것입니다. 그러나 그전까지는 이 항복 사실을 극비에 부쳐 달라는 도쿄 도메이 통신의 부탁입니다.

도메이 통신 편집장의 말에 의하면 천황 폐하의 조칙이 직접 있을 것 같다고 합니다."

엔도가 놀라 묻는다.

"천황 폐하의 옥음이 직접 내려질 거라구요?"

나가야쓰가 당연하다는 듯이 대꾸한다.

"그야 당연하지 않겠습니까? 저렇게 천방지축 날뛰는 군인 아이들을 누가 제압할 수 있겠습니까? 스즈키 수상이 명령한다고 해서 말을 듣겠습니까, 아니면 연합국이 그것을 신뢰를 하겠습니까?

우리 언론사에서는 그렇게 판단하고 있다는 말씀입니다."

엔도의 입에서 한숨이 절로 나온다.

전화를 끊으려는 나가야쓰를 급히 붙들면서, 엔도가 묻는다.

"바쁘실 텐데 미안합니다. 한 가지만 여쭈어보겠습니다.

도고 외상의 공표 전문 중에, '천황 폐하의 권위를 손상시키는 어떤 요구도 하고 있지 않다는 이해에 입각하여'라고 했는데, 이 내용을 어떤 뜻으로 해석해야 하겠습니까?"

나가야쓰가 짜증어린 투로 대답한다.

"엔도 총감님, 그야 자명하지 않습니까?

무조건 항복을 하지만, 천황제(天皇制) 만은 유지를 할 수 있도록 양해해 달라는 마지막 요구 조건이 아니겠습니까?"

"아니 무조 건항복에 일본이 또 조건을 달고 있다는 의미인가요?"

"뭐 어렵게 생각할 문제는 아닌 것으로 해석들 하고 있습니다.

연합국의 입장에서야 일본의 천황제를 폐지할 특별한 이유는 없지 않겠습니까? 무조건 항복을 받아서 일본의 무력을 폐기하고 내지 땅덩어리를 모두 점령하면 전쟁은 끝나는 것이겠지요."

엔도가 민망하기도 하고 창피스러워 더 통화할 기력이 없다.

"나가야쓰 선생, 참으로 고맙습니다. 이렇게 중대한 국면에서 번 번이 신세겨 미안합니다."

집무실로 걸어 나온 엔도는 온 몸에 힘이 빠지고 눈앞이 캄캄하 여 아무것도 보이지 않는다. 휘청거리는 모습이 불안한지, 비서실 장과 여비서가 놀라서 집무실로 따라 들어오고 있다. 그래도 다년 간 다겨온 고급 관료로서의 타성이 붙었는지, 엔도는 다시 정신을 가다듬는다.

소파에 주저앉으며, 비서에게 큰소리로 말한다.

"야, 즉시 경무국에 전화하여 니시히로 국장을 불러라!"

놀란 여비서가 뛰어와서 경무국장에게 전화를 걸었다.

"총감님, 경무국장이 나왔습니다."

엔도는 제정신이 번쩍 들었다.

"경무국장, 나 정무총감이오."

"예, 총감님. 소관 니시히로입니다."

"중차대한 협의 사안이 있으니, 지금 즉시 총독 관저로 오시오!"

"예, 바로 출발하겠습니다."

수화기를 놓으려던 엔도가 목소리를 낮추면서 한마디를 덧붙인 다.

"경무국장, 비밀을 유지하시오. 총독 관저에 오는 것을 사무실에 서 전혀 모르도록 보안 조치 하시오."

"예, 알겠습니다."

엔도가 비서실장을 불렀다.

"내가 갑자기 복통이 나서 관저에 나가 잠시 누워야겠소. 약 먹고 조금 지나면 나아지겠지. 운전수에게 지시하여 차를 대도록 하시오."

비서실장이 의아해하면서 밖으로 급히 나갔다.

엔도는 다시 수화기를 들고 미즈타(水田) 재무국장을 불렀다.

"재무국장이시오? 나 총감입니다."

"예, 총감님. 재무국장입니다."

엔도가 얼굴을 찡그리면서 천천히 말한다.

"오늘 점심에 본부 국과장들과 점심 식사가 예정되어 있지요?"

재무국장이 기다렸다는 듯이 대답한다.

"예, 총감님. 모두에게 통보되어, 하나도 빠짐없이 대기하고 있습니다."

"내가 엊저녁 과식한 모양입니다. 마침 회가 싱싱하다고 하기에 무리했던 모양이에요. 아침부터 복통 설사가 일어나 사무실에 앉아 있기에도 어려울 지경입니다.

지금 관저로 나가서 약을 먹고 얼마간 누웠다가 오후 늦게 집무실로 돌아오겠소."

재무국장이 난감한 듯이 묻는다.

"총감님, 그러면 병원에 가셔야 하지 않겠습니까? 국과장 점심 예정은 취소할까요?"

"아니오, 병원에까지 가지 않아도 될 겁니다. 재무국장, 모처럼 약속된 점심 식사인데 취소해서야 되겠소? 식사도 이미 다 준비되어 있지 않소?

그러니 재무국장이 주재하여 점심을 들도록 하는 게 좋겠습니다. 내가 복통으로 잠시 누워 있다고 양해나 구해 주시오. 그리고 오후 늦게 집무실로 나올 것이니, 중요 사안이 있으면 그때들 들어오도록 하시오."

미즈타가 황송한 듯이 대답한다.

"예, 잘 알겠습니다. 하명 말씀대로 제가 점심 식사를 주재하겠습니다. 총감님께서는 염려하지 마시고 요양하시기 바랍니다. 하오에 집무실에서 뵙겠습니다."

"고맙소. 그러면 나는 지금 관저로 나가겠소."

엔도는 전용 리무진을 타고 남산 자락에 위치한 총감 관저로 들어갔다. 전용차를 관저에 그대로 놓아 두고 다시 돌아 나왔다.

나오면서 엔도는 부인과 기사에게 이른다.

"내가 잠깐 병원에 다녀올 테니 그리 아시오. 주사나 한 대 맞고 곧 돌아올 겁니다. 누가 찾으면 오후 늦게 총독부로 나간다고 집무실에서 만나자고 해두시오."

택시를 불러 타고 어디론지 횅하니 떠나 버리는 뒷모습을 보면서, 부인과 운전기사는 영문을 몰라 멍하니 바라보고 있었다.

조선총독부 정무총감 엔도는 택시를 탄 채 그대로 총독 관저로 진입하였다. 사전 연락을 받지 못한 정문 경호원들이 택시를 저지하면서 차를 둘러쌌다.

"정지! 누구요?"

엔도가 큰소리로 말했다.

"나 정무총감 엔도다! 총독 각하를 급히 뵐 일이 있어 왔다. 안에 연락하라!"

총독 관저에는 니시히로 경무국장이 들어와서, 총감이 올 때를 기다리며 대기하고 있었다. 즉시 안에서 연락이 왔다. 엔도를 태운 택시가 그대로 관저로 진입하였다.

총독 관저 응접실에서 니시히로를 만난 엔도는 총독에게 면회를 통보하였다.

몸이 좋지를 않고 심기가 불편하여 아베 총독은 침실에 그대로 누워 있었다.

비서가 들어와 소식을 전한다.

"각하, 총감과 경무국장이 함께 들어와 있습니다. 중대 사안이 있어서 각하를 즉시 뵙고 싶다고 합니다. 어디로 모실까요?"

아베 총독이 자리에서 벌떡 일어나며 소리친다.

"아, 그래? 그렇잖아도 기다리고 있던 참이야."

급하게 옷을 입으면서 말한다.

"응접실 안에 있는 조용한 별실에 모셔라. 먼저 차를 내오라. 그리고 뒤 따라 술상을 준비하도록 하라."

뒤따라 당부를 잊지 않는다.

"총감과 경무국장이 들어온 것을 일절 외부에 알리지 마라. 또한 내게 전화가 오면 자리에 누워 있다고 말하고, 별명이 있을 때까지 어떤 사람도 연결하지 마라!"

잠시 후 별실에서 총독부 3인의 구수회의가 열렸다.

아베가 엔도와 니시히로의 손을 잡으며 반가워한다.

"총감, 경무국장, 참으로 수고가 많아! 이리들 앉아. 편히들 앉아."

엔도가 고개를 숙여 인사하며 말한다.

"각하, 중대한 사안인지라 두서없이 달려왔습니다. 비서실에 사전 연락하지도 못했습니다. 또 보안 관계도 있어서, 전용차를 관저에 일부러 놔두고 택시를 타고 들어왔습니다."

아베가 손을 젓는다.

"아닐세, 괜찮아. 역시 엔도 군이구먼. 어려운 때일수록 용의주도해야지. 이 어려운 난국에 믿을 사람은 자네들 뿐이네."

니시히로가 감격하며 대답한다.

"아닙니다. 각하가 계시기에 저희가 정신을 가다듬어 활동할 수 있는 것이 아니겠습니까? 사력을 다해 진충보국하겠습니다."

아베가 만족해하며 말한다.

"자, 그러면 차를 들면서 보고를 듣기로 하세."

먼저 엔도가 가방에서 서류를 꺼내면서 입을 연다.

"각하, 오늘 오전 11시에 중대한 첩보가 입수되었습니다.

어젯 밤 열린 천황 폐하 임석하의 최고전쟁지도회의에서 항복이 결정되었다고 합니다. 적들의 요구 사항인 포츠담 선언을 수락하고 연합국에게 무조건 항복을 통보했습니다."

아베도 소스라치게 놀란다. 늙은 얼굴에 경련이 일어나고 숨을 헐떡이면서 다그친다.

"아니, 그 정보는 어디서 들었는가? 내각 서기관장과 통화라도 했다는 말인가?"

엔도가 침통하게 말한다.

"아닙니다, 각하. 내각이나 서기관장 비서실에서는 일언반구도 없었습니다. 간청을 해도 장관들이 어디에 박혀 있는지 전혀 연결을 해 주지 않고 있습니다."

엔도가 차를 한 모금 마시고 계속한다.

"오전에 경성일보 나가야쓰 주필과 비상 전화선으로 통화하였습니다. 나가야쓰 주필이 저에게 지급 전화를 해 주어서 알았습니다.

나가야쓰와 가까이 지내고 있는 도쿄 도메이 통신 편집장한테서 상세한 정보가 들어왔다고 합니다.

그에 따르면, 오늘 새벽 어전회의에서 무조건 항복이 결정되었습니다. 공식 경로를 통하여 연합국에게 이미 통보도 되었다고 합니다. 그런데 마구 날뛰는 젊은 군인들을 의심하여, 도고 외상이 별도로 항복 수락 내용을 도메이 통신을 통하여 외신 루트를 따라 미국과 영국에게 타전하는 데 성공했다고 합니다.

외신 간의 뉴스 전송이고 또 외무상의 명의이기 때문에, 의심 없이 미국과 영국 수뇌부에게 통보되었다는 것입니다. 그 외신 전문의 내용은 이렇습니다."

엔도는 서류를 보면서 아베에게 전문 내용을 낭독해 주었다.

도고 외상의 항복통고서 전문을 들은 아베는 넋이 나간 듯 창가에 들어오는 북악산 자락을 쳐다보고 있다. 니시히로는 고개를 떨군채 눈물을 흘린다.

아베가 이미 체념했다는 듯이 차분하게 묻는다.

"그런데 내각에서는 지금까지도 한마디 연락이 없다는 말이지…."

"네, 그렇습니다."

아베가 버럭 소리지른다.

"이런 병신자식들이 있나! 그래, 그렇게 옹졸하고 못난 자들이 어떻게 폐하를 모시고 군국대사를 맡아보고 있었단 말인가? 에이, 천하에 못난 자식들 같으니라구!"

그때 총독 관저 비서가 메모지 하나를 가지고 와서 경무국장에게 건넨다.

"국장님, 경무국 정보과에서 국장님께 전해 드리라고 보내 온 전통문입니다."

메모지를 읽고 있는 니시히로에게 아베가 물었다.

"무슨 긴요한 첩보인가?"

니시히로가 시무룩하며 대답한다.

"각하, 이미 예상한 일입니다. 육군 방송에서 옥쇄를 선동하는 내용입니다.

'풀을 씹고 흙을 먹으며 들판에서 죽더라도, 최후의 일인까지 용감하게 싸우라'라는 선전입니다. 아나미 육군상 이름으로 발표되었으나, 명의를 도용한 것으로 해석된다고 합니다. 아마도 일단의 젊은 장교들이 한 짓 같습니다."

아베가 입가에 침을 튀기면서 욕한다.

"저런 철부지애들이 날뛰며 군대를 좌지우지해 왔으니, 나라가 이 꼴이 돼 버린 거지. 이제는 아주 망해 버렸으니, 저 같은 망나니 자식들도 모두 없어지겠지!"

침통한 분위기를 벗어나려는 듯 엔도 총감이 입을 열었다.

"각하, 이제 전쟁은 끝났습니다. 조선에서 이 어려운 난국을 어떻게 수습해야 되겠습니까?"

아베가 다시 한번 확인하려고 니시히로를 쳐다보면서 말한다.

"니시히로 군, 어떤가? 이 시각에도 소련 붉은군대가 남으로 밀려들고 있지?"

"예, 각하. 스탈린 정예 병력 150만 대군이 만주와 북조선에서 쳐내려오고 있습니다. 신의주에서의 보고에 따르면, 어제부터 만주에서 밀려 들어오는 피난민이 신의주 일대를 아수라장으로 만들고 있다고 합니다. 또한 나진이나 청진, 함흥 등의 북조선 항구에 소련군이 대거 상륙을 개시하고 있는 것 같습니다."

한동안 침묵하고 있다가 아베 총독이 다시 입을 연다.

"총감, 국장. 이미 엎질러진 물 다시 생각하면 무엇 하나?

이제 과거사는 다 덮어 두고 앞으로 수습책이나 강구해 보세. 엔도 총감, 향후 정책 방안이 있으면 구체적으로 보고해 보게."

엔도가 서류를 보면서 설명한다.

"일본이 무조건 항복을 하고 나면, 조선 천지는 무정부 상태에 돌입하게 됩니다. 물론 연합군이 진주하여 당분간 군정을 실시하겠지만, 조선에 있는 일본인들에게는 최악의 사태가 벌어질 것이 확실합니다.

무엇보다도 조선인들의 폭동이 발생하고, 일본인들에 대한 보복 살상의 유혈 사태가 터질 것으로 예상됩니다."

아베 총독이 한숨을 쉬면서 말한다.

"으음, 예상하고 있던 일이지만 참으로 심각한 문제군. 본국 내각으로부터는 이제 아무런 도움을 기대할 수 없을 테지? 또한 어리석은 조선 주둔군은 믿을 것도 못 되고 의지해서는 낭패일 뿐이지.

니시히로 군, 자네 생각은 어떠한가? 무슨 묘안이 없을까?"

경무국장이 고민하며 입을 연다.

"각하, 어떤 묘책인들 이제 와서 효과가 있겠습니까?

현실적으로 유일한 해결 방안이라면, 조선 민족의 자비심에 호소하고 인정에 기대는 길밖에는 없지 않겠습니까? 연합군은 무조건 항복한 상태에서 민간인들이게야 무지한 처벌을 내리겠습니까?"

아베가 답답하다는 듯이 말한다.

"연합군도 연합군 나름이지. 저 소련 스탈린 군대를 어떻게 믿겠나? 무지막지하기 이를 데 없는 데다가, 잔인한 공산당 앞잡이 군대가 아닌가?

그야 미군이 먼저 진주한다면야 온정을 기대할 수도 있을 것이나,

이곳 조선은 일단 로스케 공산군들이 차지할 것이 아닌가?"

엔도가 단호한 말투로 나선다.

"각하, 이제는 각하의 결단 아래 돌파구를 만들어 나가야 하지 않겠습니까? 이대로 앉아서 보고만 있거나, 스탈린 군대의 처분만 기다릴 수는 없지 않겠습니까?

가능한 한 많은 민간인들을 신속하게 본토로 철수시키는 일이 가장 시급합니다. 천황 폐하의 칙어가 내려지고 전쟁이 멈추면, 당분간 소강상태가 지속될지도 모릅니다. 그 사이에 우리는 조선인들과 협의하면서 민간인 송환과 군경 철수에 전력을 기울여야 하겠습니다."

아베 총독이 정신이 드는 듯 밖에 대고 지시를 내린다.

"얘들아, 여기 찻잔 내가고 술상을 들여와라. 지금 이 판국에 밥이 들어가겠나? 정종이나 한잔 하세. 그리고 기운을 내서 묘책을 강구해 보세.

손자병법에도 치사지후생(致死地後生)이라고 하지 않았나? 또 조선 속담에 호랑이한테 물려 가도 정신 차리면 살아난다고 하지 않았나?"

이날 총독부의 수뇌 세 사람은 오후까지 술잔을 기울이면서 밀담을 나누었다. 그러나 이날은 무슨 뾰족한 수를 찾거나 결정적인 대책을 마련하지 못하였다. 어떤 결론도 내리지 못한 채, 불안과 초조 속에서 총독 관저를 나와 흩어져 갔다. 오히려 아베 총독이 낙담해하는 것을 엔도 총감이 위로하면서 헤어졌다.

(2)

미즈타 재무국장이 출근과 동시에 정무총감실에 들어왔다.

"총감님, 몸은 좀 어떠십니까? 치료라도 받으셨습니까?"

엔도가 웃으면서 반갑게 맞는다.

"덕분에 좋아졌습니다. 음식을 잘못 먹었다기보다는 시국 때문에 생긴 몸살이었나 봅니다.

참, 어제는 국과장 회식을 잘 처리했다면서요. 수고 많았습니다.

자 이리 앉으시오. 차나 한잔 합시다."

엔도 국장이 무엇인가를 골똘히 생각하면서 말한다.

"미즈타 국장, 어디 좋은 젊은 친구 없을까요?"

미즈타가 엔도를 쳐다보면서 묻는다.

"무슨 말씀이신지?"

엔도가 거리낌 없이 털어놓는다.

"지금 이 추세로라고 하면 우리 일본제국이 곧 붕괴될 것입니다. 그럴 경우에 이 식민지 조선 사태를 어떻게 수습하면 좋을지 모르겠습니다. 요사이 나는 거의 밤잠을 못 자고 지냅니다. 그래서 어제도 복통이 났었습니다."

차를 한 모금 마신 후 엔도가 계속한다.

"그래서 똑똑하고 유능한 젊은 조선인들을 만나, 이 난국을 풀어 나갈 수 있는 좋은 방책을 물어보았으면 합니다.

우선 여기 총독부 관리 중에서 뛰어난 식견을 가진 젊은 친구가 없는지요? 조선인으로 말입니다."

미즈타가 생각이 난 듯 대답한다.

"예, 총감님. 마땅한 인재가 한 사람 있기는 합니다만, 마음에 드실는지요?"

엔도가 몸을 앞으로 내면서 묻는다.

"그 인재가 누구입니까?"

"현재 조사과장으로 재직하고 있는 최하영(崔夏永)이라는 친구입니다. 아주 성실하고 곧은 젊은이입니다."

엔도가 기억이 나는지 큰소리로 말한다.

"아, 그 청년 말입니까? 동경제국대학을 나오고, 고문 패스를 해서 임관된 젊은이 아닙니까?"

"예, 맞습니다. 최하영이라면 참고 되는 조언을 받을 만할 수 있을 것입니다."

"아, 그래요? 즉시 불러보아야 되겠군."

미즈타가 일어서면서 대답한다.

"총감님, 제가 내려가서 조용히 얘기하겠습니다. 곧 총감님 방으로 올라오도록 조치하겠습니다."

"아, 그래 주겠습니까? 부탁합니다."

미즈타 재무국장을 문까지 바래 주면서, 엔도 총감이 비서에게 일렀다.

"최하영 과장이 오면 상황실로 모시고 와라.

외부에서 전화가 오거나 사람이 찾으면, 지금 없다고 해서 들이지 마라."

얼마 후 최하영 과장이 총감 상황실로 들어섰다. 기다리고 있던 엔도오 총감이 반갑게 맞이한다. 미목이 수려하고 성실하게 보이는 조선 청년이다.

최하영이 정중하게 인사한다.

"총감님, 찾아 계셨습니까? 조사과장 최하영입니다."

엔도가 반갑게 인사를 받는다.

"어서 오시오, 최 과장. 이렇게 찾아 주어 반갑소이다.

자 어려워 말고 이리 앉으시오."

엔도가 일어나 앉을 자리까지 마련해 준다. 파격적인 분위기가 인상적이다. 정무총감이 누구인가? 총독 다음에 가는 조선 천지의 제2인자가 아닌가.

최하영은 떨떠름해하면서 조심스럽게 자리에 앉았다. 차가 나왔다.

엔도가 입을 연다.

"최 과장, 우리 한번 허심탄회하게 말해 봅시다. 지위의 고하를 떠나서 진심을 털어놓고 대화를 나누었으면 좋겠소."

최하영이 침착하게 응대한다.

"총감님, 무슨 말씀이온지?"

엔도가 단순 명쾌하게 말한다.

"나는 요사이 시국 전개와 조선 장래에 대하여 고민으로 밤을 새우고 있소이다. 이 난국을 헤쳐 나갈 빼어난 지혜를 갈망하고 지냅니다.

최 과장은 조선의 훌륭한 지식인이며 선도적 위치에 있는 젊은이가 아니오?

이 자리에서 좋은 방안이 생각나면 나에게 서슴없이 말해 주시오. 사양하거나 내게 듣기 좋은 말만 하지는 말아 주시오.”

최하영이 겸양한다.

“과찬이십니다. 다만 총감님께서 물으시는 말씀에 소신껏 대답해 올리겠습니다.”

엔도가 단도직입적으로 질문한다.

“최 과장, 현재 진행되고 있는 대동아전쟁의 귀추를 어떻게 예상하오?”

최하영은 평이하게 대답하였다.

“지도층을 중심으로 국민이 단결하면 난국 타개의 방안이 나오지 않겠습니까?”

엔도가 정색을 하면서 탓한다.

“그러한 형식적 얘기를 들으려고 최 과장을 찾은 것이 아니오. 최 과장의 식견으로 심도 있게 말해 주오.”

비로소 최하영은 엔도오의 본심을 간파하고 자기 견해를 피력하였다.

“총감님, 지난 1월 14일의 간부회의에서 조선군사령부 참모장이, 태평양전쟁의 불리한 상황과 일본의 패전 임박을 있는 대로 털어놓았습니다. 지금의 상황으로 판단하건대, 금년 중이나 늦어도 내년 봄까지는 종전되는 것이 아니겠습니까?

현재 총독부의 행정을 통해 볼 때에도 이 전쟁은 오래 지탱할 수 없을 것으로 보입니다."

말을 끊었다가 최하영이 다시 계속한다.

"총감님께서는 종전 후의 사태에 대하여 미리 대처 방안을 구상해 두는 것이 요긴할 것으로 생각됩니다."

엔도는 기다렸다는 듯이 다시 묻는다.

"솔직한 지적이오. 그렇게까지 생각하고 있는 최 과장이 볼 때, 종전 후 초래될 난국을 헤쳐 나갈 현명한 대책은 무엇이 있겠소? 최과장이 구상한 방안을 그대로 들려주시오. 부탁이오."

최 과장은 엔도의 진지한 태도에 마음이 움직였다.

평소부터 최하영은 일본인들을 약간은 무시하여 왔다. 조선인들의 눈에는 환하게 보이는 사실을 일본인들은 보지 못하고 있다. 특히 일본인 관료들은 너 나 할 것 없이, 식민지라는 선입관에 사로잡혀서 사태의 진실을 왜곡한다. 이제는 이러한 병폐가 거의 습관화되어 있을 정도이다.

최하영은 나름대로 고민해 온 조선 문제 해결 방안을 담담하게 제시한다.

"총감님, 송구스러운 표현이오나 일본이 연합국에게 항복하면 조선은 독립되게 되었습니다. 총독부는 해체되고, 조선에 거주하는 일본인은 본국으로 송환될 것입니다."

최하영은 차를 마시면서 차분하게 설명해 나간다.

"종전 후 사태에서 최악의 경우는 조선인들의 폭동이 터지고 보복성 유혈 사태가 발생하는 것입니다. 이러한 사태를 막는 것이야말로 중요하고도 시급한 과제입니다. 조선인은 건국에 매진하고 일본인은 안전하게 귀국해야 합니다. 일본인과 조선인 사이에 무익한 유혈충돌이 일어나서는 안 될 것입니다. 어떻게 해서든지 이 사태만은 두 민족 지도자가 나서서 미리 막아야 합니다."

엔도는 속으로 감탄하였다. 조선 청년들이 머리가 우수하다고 하더니 과연 그러한 사실을 확인하는 것 같았다. 하기야 동경제대에 고문 패스라고 하면 수재 중의 수재이다.

엔도가 감정을 자제하면서 다시 묻는다.

"최하영 씨, 고맙소. 우리 일본인이 보지 못하는 점을 지적해 주시오. 조선의 청년 지도자로서 유혈충돌을 방지할 수 있는 방안을 말해 주시오. 경청하여 내가 실행에 옮길 것이오."

최하영이 핵심을 지적한다.

"조선에서 지금까지 지속해 온 일본인 중심의 통치정책을 180도로 전환해야 합니다. 조선인 위주로 행정을 집행해야 합니다. 당장 내일부터라도 시행해야 합니다. 일본인들 사이에서 일어날 불평불만을 지도층이 나서서 이해시켜야 합니다.

사회 안녕과 치안 질서를 중심으로 현실 행정을 조선인들에게 인계하는 것입니다. 조선인들 중에서 지도자를 선발하여 행정을 인수하도록 조직을 만들게 하면 됩니다. 총독부는 조선인 지도자와 이 인수 조직을 뒤에서 후원합니다.

그런 후에 조선인 조직과 지도자가 나서서 조선인들을 현명하게 지도하면 될 것입니다. 일본인은 조선인들의 독립 건국을 축하해 주고 후원해 주며, 또 조선인들은 일본인들에게 안전하고 편안하게 귀국하라고 도와줍니다. 이러한 선린의 사회 분위기를 조성하는 일이 절대 필요합니다.

결론적으로 말하면, 조선인들의 보복성 유혈 충돌은 치안유지력과 행정 지도로 막을 수밖에 더 있겠습니까? 해방의 군중심리에 들떠 있을 조선 민중들의 자비심에 의지할 수는 없는 일이 아니겠습니까? 그렇다면 그러한 치안 유지력과 효율적 행정 지도를 유능한 조선 지도자에 이끌어지는 자주적 조선인 조직에 맡기자는 구상입니다.

엔도가 흥분한다.

"최하영 과장. 고맙소. 그런데 중요한 관건은 그러한 조선인들의 자치 조직을 이끌어 갈 조선인 지도자의 선정이 문제요. 최 과장이 생각할 때 조선인 명망가 중에서 적합한 지도자가 있겠습니까?"

어려운 질문이다. 최하영은 갑작스런 질문이라 당황스러움을 느꼈다. 최하영이 되묻는다.

"총감님, 의중에 두고 계신 조선인 지도자가 있으십니까?"

엔도가 자기 생각을 간단히 표명한다.

"내 의견도 의견이지마는, 일본인 지도층 사회의 생각들인 셈이지.

어떤 기준보다도 중요한 것은, 일본에서 유학하고 대학을 나온 지식인이면 좋겠지. 최 과장 같이 일본 명문대학을 졸업하고 엘리트 코스를 밟은 인물이면 더 말할 나위가 없겠지요. 그러나 조선 독립운동을 해서 조선인들의 지지를 받고 있어야 하지 않을까….

중앙학교와 보선전문을 창립한 김성수(金性洙)와 동아일보 사장을 오랫동안 지낸 송진우(宋鎭禹)가 지도자 요건을 갖추고 있겠지. 또 민족주의 세력을 대표하고 있다는 안재홍(安在鴻)도 거명될 수 있겠고…. 그 외에도 많은 인물들이 있지 않겠소? 가령 여운형(呂運亨)도 지도자이지. 최과장은 누굴 추천하겠소?"

최하영도 담백하게 말한다.

"송진우, 안재홍, 여운형 제씨들이 저명한 지도자임에 틀림이 없습니다. 그런데 제가 한 분을 선택한다면 여운형 선생이 보다 적합한 인물로 보입니다."

엔도가 고개를 갸웃하면서 입을 연다.

"여운형 씨는 좌익 성향이 문제야. 특히 총독 각하께서는 국가와 민족을 부인하는 공산주의자들을 몹시 싫어하고 있어. 또 좌익 인사들이 거개 친소파이기 때문에, 일본인들로서는 본질적으로 거부감을 갖고 있지요."

최하영이 부연한다.

"제가 여운형 선생을 추천한다기보다는 조선인 사회의 여론이나 인기를 고려한 것입니다. 특히 청년학생들에게 여운형 선생의 인기는 독보적일 정도입니다. 그런 의미에서 여운형 선생이 난국을 꾸려나갈 지도자로서는 적합하다는 말씀일 뿐입니다."

엔도가 말한다.

"그러면 최 과장이 여운형씨를 직접 만나서 권유해 볼 생각은 있습니까?"

최하영이 부인한다.

"저하고는 가까운 사이가 못 됩니다. 저는 맞지 않습니다.

총감님께서도 잘 알고 계신 박석윤(朴錫胤) 씨라면 효과가 있을 것입니다. 여운형 선생하고는 자별한 관계이니까요."

엔도가 일어서면서 고마운 정을 표한다.

"최 과장, 오늘은 감사했소. 특히 일본인과 조선인이라는 간격을 허물고 현명한 방안을 제시해 주어 고마웠소.

앞으로 조선의 앞날은 밝을 것이오. 최하영 씨 같은 인재들이 훌륭한 교육을 받고 또 적지 않은 경륜을 쌓았으니, 건국에 무엇을 걱정하겠소? 그러면 잘 가시오."

최하영도 마음에서 우러나오는 인사를 한다.

"총감님, 과분한 칭찬이십니다. 또한 조선 독립을 이해해 주시고 격려해 주시니 진심으로 감읍합니다.

그러면 이만 나가 보겠습니다. 앞으로도 건강에 유의하시기 바랍니다."

집무실에 돌아온 엔도는 창문에 비치는 남산을 바라보면서 하염없이 생각에 젖어 있었다. 아무리 생각을 해도 뚜렷한 해결 방안이 떠오르지 않았다.

총독 관저에서 밀담을 마치고 경무국에 돌아온 니시히로 국장은 집무실에 틀어박혔다. 홧김에 정종을 많이 마셨는데도 술기운이 오르지 않는다. 일이 손에 잡힐 리 없다. 문을 처닫고 업무를 전폐한 후 골똘히 구상에 몰두하였다.

'일본이 무조건 항복을 했다⋯. 종전 후에 조선 땅에서 터질 유혈 폭동 사태를 어떻게 해결한단 말인가? 경군(警軍) 관리나 일본 민간인들이 무사히 살아서 고국으로 돌아갈 수가 있을까? 비상한 묘수가 없단 말인가?'

생각이 조선인 지도자들에 미치고, 그 가운데 여운형이 떠오르자, 니시히로는 자리를 털고 일어섰다.

"그렇지, 미와를 만나 보자. 현실 감각이 남다르면서도 충성스럽지."

니시히로는 혼자 중얼거리면서 종로경찰서 쪽으로 나갔다.

종로경찰서 고등계 미와 경부를 불러내어, 안국동 뒷골목 술집에서 자리를 함께했다.

미와도 술잔이 그리웠던지 반갑게 인사한다.

"국장님, 이 중차대한 시기에 웬일이십니까? 누추한 데 나오셔서 저를 찾아 주실 정도로 한가하십니까?"

예의 뼈 있는 농담을 던지지만, 오늘은 밉지 않게 들린다.

"이 사람아, 내가 할 일이 뭐 있나? 중요한 정보나 자료는 자네들이 거둬다 주고, 결정은 총감이나 총독 각하가 내리시는걸."

시국 분위기가 어수선하고 심정이 착잡해서인지, 술이 나오자마자 독한 소주를 서너 잔씩 마셨다. 뱃속이 찌르릉하고 취기가 올라온다.

미와가 입을 연다.

"국장님, 필요한 정보가 있으십니까? 아니면 무슨 얘기를 듣고 싶으신지요?"

미와는 언제 보아도 지혜주머니이다. 항상 상대방의 심리를 예리하게 헤아린다.

니시히로가 껄껄껄 웃는다. 그러나 웬일인지 오늘따라 힘이 없어 보인다.

"요사이 중앙학교 부근에는 별일이 없는가?"

미와가 자세를 바로하면서 거두절미 핵심 사항을 보고한다.

"국장님, 아무 일도 없습니다. 김성수는 연천 농장에 내려가 있는 것 같고, 송진우는 두문불출 누워 있습니다. 다만 여운형만이 원기가 왕성해 보입니다."

여운형이 원기 왕성하다는 말이 니시히로의 가슴에 새롭게 와 닿는다. 니시히로가 더 이상은 감추지 못하고 미와에게 실토한다. 답답한지 소주를 두 잔이나 거푸 마시면서 입을 연다.

"미와 경부, 전쟁이 끝났어. 일본이 항복하기로 결정했단 말일세."

미와가 깜짝 놀라며 벌떡 일어섰다가 다시 앉는다.

"국장님, 무슨 말씀이십니까? 우리 대일본제국이 항복을 하다니요?"

니시히로가 손을 내저으면서 작은 목소리로 말한다.

"미와 경부, 오늘은 우리 둘밖에 없잖은가···. 허심탄회하게 이야기 하세.

이제 와서 대일본제국은 무슨 제국인가? 현실을 있는 그대로 직시하면서 대화를 나누기로 하세. 그래야 진심이 나오고, 좋은 묘안이 생각날 것 아닌가?”

미와는 예감이 심상치 않음을 느낀다. 소주 잔을 단숨에 마신다.

니시히로는 오늘 낮에 총독 관저에서 있었던 일을 가감 없이 털어놓았다. 이미 연합국에게 일본 정부의 이름으로, 그리고 도고 외상 명의하에 정식으로 무조건항복 수락이 통고되었다고 말했다. 수일 내에 천황 폐하가 직접 모든 신민들에게 하교가 있을 것이라고 자기 생각을 덧붙였다.

넋이 나간 모습으로 니시히로의 설명을 들은 미와가 고개를 푹 숙이고 술잔을 들이마신다. 한 모금 마신 미와가 갑자기 흑! 흑! 흐느껴 운다. 술잔을 상 위에 도로 놓고 흐르는 눈물을 주먹으로 닦아 내며, 불안에 떨고 서러움에 복받쳐서 울고 있다.

니시히로가 마음을 가다듬으면서 말한다.

“여보게 미와, 진정하게. 이미 엎질러진 물이라니, 이제 와서 통곡한들 어쩌겠나?

미와 경부, 우리만이라도 정신을 차려서 이 난국을 어떻게 수습해야 하지 않겠는가? 항복 후에 대처할 좋은 방책이 없을까?”

미와가 눈물을 삼키면서 입을 연다.

“국장님, 망국의 백성이 되었으니, 어찌 현재의 영화를 보존하기를 기대할 수 있겠습니까? 방법이야 한 가지밖에는 없는 것으로 생각됩니다. 조선에 나와 있는 모든 일본인들이 신속하게 고국으로 돌아가는 일입니다. 병법에도 삼십육계줄행랑이라는 말이 있지요. 빨리 일본 본토로 철수하는 것이 상책입니다."

니시히로가 답답한 듯이 묻는다.

"그야 당연한 일이지. 그러나 80여만 명이 한 번에 귀환할 수는 없는 일이 아닌가? 그 안에 조선인들이 폭동을 일으키고 유혈 사태가 발생하면 어떻게 하나? 또한 무지막지한 소련군대가 조선을 점령하여 공산당들이 날뛰면 속수무책일세.

매사에 막힘이 없는 자네가 머리를 써줘야 하겠어. 돌파할 수 있는 묘책이 없을까?"

미와가 즉석에서 대답한다.

"국장님, 그야 자명한 일이 아닙니까?

하나는 치안을 비롯하여 대민 행정을 조선인들에게 넘겨주고, 조선인 지도자들로 하여금 보복과 유혈 사태를 막도록 하는 방법입니다.

다른 하나는, 조금은 창피한 짓이지만, 우선 우리 경찰이나 관료 내에서라도 조선인 보복의 표적이 되거나 또는 연합국의 포로가 될 만한 사람들은 가능한 한 빨리 본토로 피신하는 일입니다."

니시히로가 이해가 잘 안 가는 표정으로 되묻는다.

"치안 행정을 조선인들에게 넘기면 보복이 일어나지 않을까? 조선인 지도자들이 나선다고 백성들이 말을 들을까?"

미와가 자신 있게 장담을 한다.

"국장님, 만약 질서만 잡히면, 아무리 우매한 조선 대중이라 해도 보복은 못 합니다. 근거가 분명한 논리이지요.

조선에만 일본인이 삽니까? 반대로 일본에도 조선 사람들이 거주하고 있습니다. 이 사실은 국장님께서도 잘 아시지 않습니까? 현재 조선에는 일본인이 80여만 명 있습니다. 그런데 일본에는 200여만 명 이상의 조선사람들이 있습니다.

만약 조선에서 일본 사람들에 대한 유혈 보복이 발생하면, 일본에서도 조선 사람들에 대한 피의 보복이 일어납니다. 이러한 관계는 삼척동자라도 이해할 수 있는 자명한 이치입니다. 이러한 엄연한 사실을 조선 민중들에게 납득시켜야 합니다. 이해득실 계산으로 조선 사회를 잘 설득시키기만 한다면 보복과 유혈사태는 일어나지 않습니다."

니시히로 얼굴에 생기가 솟는다.

"그러면 이러한 현실과 이해득실 관계를 조선 민중에게 누가 납득시킬 수 있을까? 총독부의 말은 이제 콩으로 메주를 쏜다고 해도 곧이듣지 않겠지?"

미와가 잘라 말한다.

"국장님, 이 지경에 와서도 조선에 대한 미련을 버리지 못하면 큰일납니다.

아주 쉬운 방법이 있잖습니까? 조선인들에게 치안 행정을 넘겨주고, 조선인 지도자들로 하여금 계산을 해서 조선인들을 설득시키도록 해야 합니다. 지도자나 민중이나 조선인들 스스로 계산을 해야 하며, 조선인들이 주체적으로 보복을 막도록 해야 합니다.

국장님, 바로 이 점이 문제 해결의 핵심입니다. 이를 위해서는 대중 인기가 높고 출중한 능력을 가진 조선인 지도자를 내세워야 합니다. 그에게 치안 행정을 직접 담당하도록 하고, 우리 총독부는 뒤에서 지원을 해 주면 됩니다.

국장님, 이 방안은 중대하고도 시급한 조치입니다. 즉시 시행할수록 효과는 커집니다."

미와가 계속 중요성을 강조하자, 니시히로도 사태의 긴박성을 깨닫기 시작하였다.

소주를 몇 잔 더 기울인 후에 니시히로는 화제를 돌렸다.

"미와, 자네 생각으로는 치안 행정권 일부를 넘겨줄 경우에, 조선인 지도자로는 누가 적합한 인물로 보이나? 중요한 사안이니 심중에 있는 바를 그대로 피력해 보게."

미와가 먼저 묻는다.

"국장님은 누구를 마음에 두고 계신가요?"

"나야 누구라고 점찍은 인물이 있겠나? 또 나는 자네만큼 조선인 지도자들의 속내를 잘 모르지 않은가?

다만 총독이나 총감은 일본 유학파들을 좋게 보고 있는 것 같아. 그러면서 독립운동으로 조선 사람들에게 명망이 높아야겠지. 그렇게 보면, 송진우나 김성수 정도면 어떨까?"

미와가 깜짝 놀라면서 반대한다.

"안 됩니다. 송진우는 적합하지 않습니다. 김성수나 송진우가 중앙고보와 보성전문을 중심으로 조선 사회에 인재를 길러 내고, 그들로부터 존경을 받는 것은 사실입니다. 동아일보를 토대로 해서 식자층이나 대중들에게 널리 알려져 있는 것도 확실합니다.

그러나 그들은 대중적 인기가 생각만큼 높지를 못합니다. 일부 서민 대중들로부터는 오히려 반발을 사고 있는 실정입니다. 또한 송진우는 통이 크지를 못합니다. 조선의 좁은 울타리 안에서만 생활해 왔기 때문에, 융통성 있는 지도력의 발휘나 일본인에 대한 이해심을 기대하기 어렵습니다."

니시히로가 기대하는 눈치를 보이면서 입을 연다.

"그래. 그러면 자네가 한번 천거를 해 보게. 조선 사회에서 김성수나 송진우를 능가할 뛰어난 지도자가 있는가? 대중적 인기가 탁월한 인물이 누구인가? 현재 국내에서 말일세."

미와가 정색을 하면서 잘라 말한다.

"여기 적합한 조선인 지도자가 한 사람 있습니다. 단연 이 인물이라고 할 정도입니다. 그 인물이 바로 여운형입니다.

여운형이라면 제가 자신 있게 천거할 수 있습니다. 국장님도 여운형을 잘 아시지 않습니까? 여운형은 엔도 총감님과도 가까운 사이입니다. 명망 높은 조선 독립운동가이면서도 일본 식자층 사이에 지기가 많은 인물입니다.

여운형은 국내에 있는 지도자 가운데에서 대중적 인기가 가장 높으며, 특히 청년학생들에게는 존경의 대상입니다. 청년학생들과 민중에 대한 인기나 지도력은 김성수나 송진우가 따라올 수 없을 것으로 판단됩니다."

니시히로도 여운형의 존재와 조선인 지도자로서의 인물됨을 인정하고 있다. 그러나 여운형의 문제점을 지적하지 않고 넘어갈 수는 없다. 여운형에 대한 아베 총독이나 엔도 총감의 거부감이 예상되기 때문이다.

"미와 경부, 여운형은 공산주의자가 아닌가? 아니, 공산당원은 아니라 하다라도 좌파 성향인 것만은 분명해. 또 소련 측에 가까운 인물일세. 아마도 총독 각하가 동의하지 않을걸."

미와의 억양이 높아진다.

"국장님, 여운형은 공산주의자는 아닙니다. 사회주의 성향이 강한 인물이지만 조선 독립운동에 평생을 바쳐와 민족지도자로서는 손색이 없습니다. 중국에서의 망명생활 초기에 고려공산당에 가입한 경우는 있습니다. 이후 특히 국내에 거주하면서는 조선공산주의 운동에 가담한 사실이 없었습니다. 조선공산당 검거 사건에서 여운형의 이름이 거명된 일은 한 차례도 없었다는 기록입니다.

더욱이 여운형은 젊어서부터 기독교에 몸담아 왔던 유신론자였습니다. 본인 스스로도 자기는 공산주의 세계관인 유물론자가 아니라고 천명한 사실이 재판 기록에도 나옵니다."

니시히로가 중간에 나선다.

"유물론자가 아니라는 발언 기록이 지금 있는가?"

"예, 있고말고요. 재판 기록인데요."

"그래, 그러면 내일 그 문서를 내게 보내 주게."

미와가 말을 계속한다.

"예, 재판 기록을 보내 드리겠습니다.

국장님. 오히려 역설적으로 들릴지 모르지만, 여운형이 사회주의 성향이 강한 좌파 인물이라는 그 점이 지금의 조선 상황에서는 결정적인 자산이 될 수 있습니다.

여운형은 실제로 공산주의자들과 친합니다. 일부 공산당원도 휘하에 거느리고 있으며, 또 친소파(親蘇派)적인 위치에 있습니다.

국장님, 그러나 현재의 조선 상황을 있는 그대로 살펴봐야 합니다. 우선은 미군이 아니라 소련 공산군이 조선을 점령할 태세입니다. 후에는 지금의 독일처럼 연합국 여러 나라가 조선을 분할 점령하겠지요. 그렇지만 소련 붉은 군대의 남진 추세로 볼 때, 스탈린이 당장 전 조선을 점령하는 것은 시간문제에 지나지 않게 되었습니다. 일단 소련 적군(赤軍)이 조선을 점령하고 나면, 조선 사회는 공산당이 지배하게 되지요. 특히 지하에 잠복하고 있던 과격한 공산주의자들이 대중을 선동하고 유혈 보복을 주도할 위험성이 다분합니다."

니시히로는 공산당이 유혈 폭동을 주도한다는 말을 들으면서 술잔을 거푸 마신다. 공산당 알레르기라도 있는 듯 히스테리적으로 몸을 떨기까지 한다.

미와는 결론을 내린다.

"이러한 극단의 상황하에서 공산당 주도라는 돌발·사태가 발생했을 때 이를 진정시키고 치안을 다스릴 수 있는 조선인 지도자로는 여운형이 적합합니다. 여운형 이외에는 이 난세에 맞는 인물이 없다고 해도 과언이 아닙니다.

따라서 여운형으로 하여금 일부 치안 행정권을 이양받게 하여 조선 민중을 지도하도록 하는 방안이 지금으로서는 유일한 대책입니다. 그 이외에는 대안이 없어 보입니다."

미와 경부가 시급하다고 여러 번 강조하면서, 자기 신상 발언을 한다.

"국장님, 어제 여운형을 만나서 술을 한잔 나눴습니다."

니시히로가 놀라면서도 신기해한다.

"잘했네. 그런데 무슨 일로 만났나?"

미와가 여운형의 근황을 니시히로에게 들려주면서, 엊그제 있었던 여운형의 환갑잔치에 관하여 소상히 설명해 주었다.

"여운형은 한마디로 무서운 인물입니다. 삼엄한 감시 하에서도 그 주위에는 내로라하는 청년 패거리들이 들끓고 있습니다. 또한 조직이 활성화되어 국제 정세나 전황에 대한 정보가 대단히 빠르게 수집되고 있는 듯이 보였습니다."

미와는 마지막으로 어려운 말을 뱉었다.

"국장님, 여운형은 인정미가 있는 사내입니다. 헤어질 때 제 손을 잡고 진심 어린 충고를 하더라구요. 일본이 패망하고 전쟁이 끝나면 저는 누구보다도 신변이 위태롭게 되니, 조선인들의 보복 표적이 된다는 거예요. 따라서 항복과 동시에 가족을 데리고 부산으로 내려가 지체 없이 일본으로 귀국하랍니다."

니시히로가 웃으면서 묻는다.

"자네 생각은 어쩔 셈인가?"

미와가 술이 거나하게 취한 김에 속내를 실토한다.

"국장님이 승낙해 주시면 몸을 피할까도 생각합니다."

니시히로가 파안대소하며 잔을 건네 준다.

"미와 군, 자네가 그동안 얼마나 국가를 위해 충성을 다했나?

자네만이라도, 또 자네 식구들만이라도 목숨을 도모하게. 내가 승낙하네."

니시히로와 미와가 함께 웃었다.

술자리를 파하고 돌아오면서, 경무국장 니시히로는 여운형으로 내심을 굳혀 가고 있었다.

아침, 총독부에 정무총감이 출근하자마자 경무국장이 뒤따라 들어왔다. 비서들이 당황하며 총감실로 안내한다.

엔도도 놀란다.

"어서 오시오. 무슨 급한 일이라도 있습니까?"

니시히로가 메모지 한 장을 꺼내면서 말한다.

"총감님, 방금 전에 경무국 정보팀에서 미국 단파방송을 통해 중요 정보를 채취하였습니다. 미국 정부가 일본의 항복 제안을 공식적으로 수락한다는 내용인 것 같습니다."

엔도가 옷을 벗지 않고 가방을 다시 챙긴다.

"아 그래요? 지체할 것 없이 총독 각하에게 갑시다."

총감실을 나서며, 엔도는 비서실에 당부를 잊지 않는다.

"총독 관저로 간다. 오전에 각하를 모시고 잠깐 시찰을 다녀오게 되어 있다. 중요한 결재가 있거나 면회자가 오면 오후에 들어오도록 하라."

엔도는 니시히로를 대동하고 전용차에 올라 총독 관저로 향했다.

그날, 아침 일찍부터 경복궁 뒤 북악산 자락에 위치한 총독 관저에서는 수뇌회의가 열렸다. 총독, 정무총감, 경무국장 3인의 긴급 회합이다.

엔도 총감이 말문을 열었다.

"경무국장, 첩보 사항을 보고하시오."

니시히로가 서류를 꺼내면서 보고한다.

"각하, 오늘 아침 경무국 첩보팀에서 미국 단파방송을 채취했습니다. 미국이 일본의 무조 건항복 요청을 수락한다는 내용으로 보입니다. 제가 낭독하겠습니다.

일본이 항복하는 순간부터 천황의 권위를 포함하여 국가를 통치할 일본 정부는 연합군 최고사령관의 지배하에 들어간다. 연합군 최고사령관은 항복 조건을 실행하기 위해 그가 필요하다고 인정하는 제반 조치를 취하게 될 것이다…. 일본 정부의 궁극적인 형태는 자유로이 표시된 일본 국민의 의사에 의해 수립될 것이다.

이상입니다."

한동안 무거운 침묵이 흘렀다.

아베가 입을 열었다.

"음, 이제는 끝이 났구먼. 그러면, 내각이 제시한 '천황 폐하의 권위를 손상시키는 요구를 해서는 안 된다'는 내용은 어찌 되는 것인가?"

니시히로가 설명한다.

"경무국의 해석에 의하면, 일본의 요구를 받아들이는 것으로 판단됩니다. 다만 전후 일본제국 국민의 뜻을 묻겠다는 전제가 있기는 합니다. 그러나 이 문구는 미국 문서의 형식 요건으로 보입니다."

또 한동안 말이 없었다.

이번에는 침묵을 깨고 엔도가 보고한다.

"각하, 어제 11일에 내각 서기관장실에서 공식 통보가 도착했습니다. 총리대신의 이름으로 무조건 항복 수락 결정을 조선총독부에 알리는 내용이었습니다. 동시에 긴급 대책을 수립하여 시행하라는 지시가 첨부되었습니다."

아베 총독은 엔도가 올린 결재판을 읽어 보자마자 바닥에 팽개치며 소리를 질렀다.

"이제 와서 무슨 대책을 세우란 말야 ! 병신자식들 같으니라구!

조선에 나와 있는 관리, 군인들의 가족들과 민간인들을 안전하게 철수시키라니 이게 말이 되는 소린가? 다 망하고 난 지금에 와서 어떻게 하란 말이야!

조선아이들과 온 세상이 다 알고 있는데⋯. 당장 조선 민중들이 폭동을 일으켜서 소련놈들과 손을 잡고 일본인들에게 보복 공격을 해오면 어떻게 할 수 있겠나? 군대는 다 항복하고 나서 말이야!"

분해서 식식거리는 노총독 앞에서 엔도와 니시히로는 어쩔 줄을 모른다.

잠시 후 숨을 가라앉힌 아베가 분위기를 추스른다.

"왜 내가 자네들의 충정을 모르겠나? 무식하고 잔인한 로스케 군인놈들을 생각하면 하도 어이가 없어서 하는 말이야.

이제 내각은 해체되고 당분간 정부는 천황 폐하 한 분밖에 안 계실 것이니, 우리끼리 현명하게 대처하도록 하세."

엔도와 니시히로가 아베 총독의 격려에 감읍하면서 다시 기운을 차린다.

엔도가 의견을 개진한다.

"각하, 현재의 내외 사태를 다시 한번 정확하게 진단하고 정리할 필요가 있다고 생각됩니다."

아베가 칭찬한다.

"맞는 말일세. 병법 제일조에 지피지기(知彼知己)라는 경구도 있지 않은가? 아측(我側)의 실상을 요약해 보게."

엔도가 메모지를 보면서 설명한다.

"10일 자 군부 강경파 일부의 옥쇄 방송은 사기로 판명되었습니다. 11일에는 내각의 항복 결정이 총독부에 통보되었습니다. 오늘 경무국에서 미국의 항복 수락 전문이 채취되었습니다. 이상으로 판단할 때, 일본의 무조건 항복은 이제 확정되었습니다.

조선은 카이로, 포츠담 선언에 따라 독립이 결정되었다고 보아야 합니다. 그에 따라 조선에 나와 있는 총독부 이하 일본 관헌은 즉시 해체될 것이며, 조선 거주 일본 민간인은 모두 본국으로 송환될 것입니다.

여기에 복잡한 조건이 조선 사태를 어렵게 만들고 있습니다. 만주 일원에 거류하는 일본인들도 조선을 거쳐 일본 본토로 철퇴할 것이 확실하기 때문에, 향후 조선의 행정, 치안, 교통이 극도의 혼란에 빠지게 되었습니다."

이번에는 니시히로가 나서서 보고한다.

"무조건 항복으로 일본 정부가 붕괴되었기 때문에, 본국 내각의 지시나 도움은 차후 전무하다고 사료됩니다. 또한 조선 문제 해결에 본국의 지시는 아무런 도움이 안 될 것으로 판단해야 합니다. 따라서 이후 조선에서의 문제 처리와 사태의 해결은 총독 각하께서 전결 처리하지 않으면 안 되게 되었습니다. 다만 조선 주둔군의 존재가 문제라고 생각됩니다."

아베가 또 큰소리로 말한다.

"무능한 군부는 거론해서 무엇 하나? 무시해야 해.

조선 내의 일본군도 무장해제되어 해산될 것이 아닌가? 또 능력 없는 철부지들인데 사태 해결에 무슨 도움이 되겠는가? 그렇지 않고 공연한 기대심을 가지면 더 큰 피해를 보게 되고 말 것이네. 명심들 하게.

혹시나 간혹 돌발 사태로 일시적 무력시위가 필요할 때에는 내 명의로 군사력을 동원하도록 하세. 그러나 그러한 사태가 일어나도록 방치해서는 안 되니, 자네들 둘이서 사전 대비를 철저히 하도록 해야 돼!"

엔도와 니시히로는 감탄한다.

역시 아베 총독이다. 늙고 지쳐 있지만, 육군대장 출신에 총리를 지낸 경륜이 일세를 풍미한 인물이 아니던가….

아베가 핵심을 짚어 말한다.

"앞으로 조선에서 중대한 문제는 조선인 폭동과 보복 유혈 사태일세. 이 난국을 예상하고 이를 사전에 예방할 수 있는 전략 방안은 무엇인가? 엔도 총감, 구상이 되어 있나?"

참으로 막중한 하명이다.

엔도는 서류를 보면서 자신 있게 설명해 나갔다.

"각하. 천황 폐하의 항복 칙어가 공식으로 내리기 직전에, 조선인들에게 치안권과 일부 행정권을 이양합니다. 조선인들 스스로 치안 질서를 유지하도록 자치적 조직을 가동시킵니다. 조선인 지도자를 각하께서 선정하여, 그로 하여금 조선인 임시 조직을 이끌어 나가도록 합니다.

그 조선인 지도자를 중심으로 한 지도층이 민중 폭동을 막도록 조선 민중을 설득하고, 자체적으로 보복, 유혈 사태를 방지하도록 행정 치안을 지도해 나가는 방안입니다."

엔도의 대책을 신중히 듣고 있던 아베가 한마디 한다.

"조금 성급한 조치가 아닐는지? 사태의 귀추를 좀 더 관망한 후에 결정하는 것이 현실적이지 않을까?"

엔도가 차분히 설득한다.

"연합군이 진주하면 조선인 자치는 어차피 시행될 것입니다. 그럴 바에는 소련군이나 미군이 조선에 들어오기 전에, 총독 각하께서 치안과 일부 행정에 대한 조선인 자치를 허용하는 것입니다. 그러면 조선 민중들이 감사하게 생각할 수도 있습니다.

지금 조선인들은 독립에 사생을 걸고 있습니다. 이러할 때 각하가 총독의 권한으로써 조선인들의 독립을 지원해 줍니다. 이렇게 조선 독립을 도와주는 구도가 만들어지고 조선 민중들이 이를 고맙게 받아들인다면, 그 효과는 종전 후 사태를 압도할 수 있을 것입니다. 이후에는 일본인들의 안전은 보장될 수 있습니다.

직설적인 표현입니다마는, 종전 후 조선이 독립된다면, 연합군이 아니라 총독 각하가 은혜를 베푸는 형식을 만들어 보자는 구상입니다."

아베가 확연히 깨닫는다.

"총감, 참으로 뛰어난 방책이오. 비록 우리의 바람대로 되지는 않는다 하더라도, 손해는 없을 것으로 보이오. 지금에 와서 이 방안 이외에 뚜렷한 다른 대안이 없지 않겠소? 그대로 시행하도록 합시다."

난국에 임하는 총독부의 방침이 한고비를 넘고 있었다.

차를 한 잔 마신 후에 아베가 다시 문제를 제기한다.

"국가 대사도 마찬가지요. 큰일을 이끌어 가는 데에는 지도자의 경륜과 역량이 절대적으로 중요하다고 생각되오.

그러면 치안이나 행정을 맡을 조선인 지도자로는 누가 적합할 것이오? 의중에 있으면 허심탄회하게 말해 보시오."

엔도가 먼저 입을 열었다.

"각하, 제 생각에는 김성수나 송진우가 적당할 것으로 보입니다."

아베가 찬성하는 눈치이다.

"일본에 유학한 지식인들이지. 또 독립지사들로 조선인들에게 존경을 받는 명망가임에 틀림이 없지. 경무국장 생각에는 어떻소?"

니시히로가 발언한다.

"각하, 저는 송진우보다 여운형을 천거하고 싶습니다. 국내에 있는 조선인 지도자들 가운데에서 조선 민중의 인기가 월등합니다."

아베가 난색을 표한다.

"여운형에 대해서는 나도 잘 알지. 그런데 여운형은 좀 곤란하지 않을까? 공산주의 혐의가 다분한 좌익 편향의 인물인지라 문제되지 않겠소?"

이미 미와 경부와의 대화에서 충분히 논의했기 때문에, 니시히로는 막힘이 없이 설명해 나갔다. 또한 현하 내외 정세와 연결하여 자신 있게 설득하였다.

소련군이 조선을 먼저 점령할 수밖에 없는 예상, 지하에서 공산주의자들이 나와 조선 민중을 선동하고 결국 해방 정국을 주도하게 될 추세, 주의(主義)나 사상의 과격성으로 보아 폭동을 조직하고 보복에 앞장설 세력은 공산당이 될 것이라는 사정 등을 열거하였다. 또한 여운형이 친소적인 입장을 갖고 있는 것은 조선 정국에서 유리한 조건이 될 수 있다는 현실면도 강조했다.

니시히로는 결론을 맺는다.

"각하. 소련 붉은군대가 조선을 점령하고 공산주의자들이 날뛰게 될 최악의 상황에서, 공산당을 억누르고 사회주의 세력을 설득하며 조선 민중을 지도할 인물로는 여운형밖에는 없어 보입니다."

아베는 아직도 납득이 가지 않는 모양이다.

"여운형이 공산주의자가 아니라 하더라도, 조선 민중을 지도하고 과격한 공산주의 세력을 눌러 일본인에 대한 보복 사태를 막을 수 있겠소?"

니시히로는 회심의 미소를 지면서 미와 경부의 논리를 제시한다.

"각하. 소관이 다년간 대공수사(對共搜査)를 담당하면서 터득한 바에 의하면, 공산주의자들의 특성은 강력한 힘 앞에는 약하고 또 계산이 아주 빠릅니다.

각하, 지금 조선에 80만 명의 일본인들이 있다면, 일본에는 200만 명 이상의 조선인들이 있습니다. 조선에서 보복 유혈이 일어나면 일본에서는 그 이상의 피의 보복이 터질 것입니다. 아무리 일본이 패망했다 하더라도 아직은 조선 사람들이 일본인들을 무서워합니다.

여운형이 그 휘하에 있는 젊은 지도자들을 앞세워 이러한 현실에 입각하여 이해득실을 따져서 조선 민중을 설득하면 유혈 폭동 사태는 예방될 것입니다. 여운형이라면 충분히 설득하고 막을 수 있을 것으로 판단됩니다."

아베가 비로소 고개를 끄덕인다.

니시히로가 침착하게 마무리한다.

"총감님은 여러 차례 만나보셔서 여운형이라는 인물을 잘 아시고 계실 것입니다. 여운형은 극단적이 아니라 타협과 조화를 중요하게 생각하는 사람입니다. 여운형은 항상 동양평화를 강조하고, 일본, 중국, 조선 동양 세 민족의 친선 공영을 강조해 왔습니다.

각하께서도 익히 알고 계신 것처럼, 여운형이 비록 일본에서 유학은 하지 않았다 하더라도 여러 차례 일본에 체류하면서 제국의 지도자들과 교유하고 협의하였습니다. 이전 고이소(小磯國昭) 총독께서도 칭찬을 많이 하셨으며, 제국의 저명하신 윗분들이 여운형의 인물됨을 높게 평가하셨습니다.

여운형은 옹졸하거나 편협한 인물이 아닙니다. 안재홍과 같이 좌익이 아닌 민족주의자들과도 가깝게 활동하고 있습니다. 특히 조선의 청년학생들은 여운형을 존경하며 따르고 있습니다. 여운형은 도량이 넓고 통이 크며 담대한 지도자라고 판단됩니다."

아베와 엔도가 니시히로의 지혜와 통찰력에 감탄한다. 아베도, 엔도도 비로소 안심하고 마음의 평온을 회복한다.

조선 총독 아베와 정무총감 엔도와 경무국장 니시히로 3인은 여운형에게 치안과 일부 행정을 위임하기로 결정하였다.

아베가 만족스러운 표정으로 니시히로를 쳐다보면서 입을 연다.

"니시히로 군, 여운형을 그렇게 좋게 평하니, 자네가 여운형을 만나 협상하도록 하게."

니시히로가 사양하며 부연 설명을 한다.

"여운형을 설득하고 여운형으로 하여금 조선 민중을 올바로 지도하게 하는 일은 조선에 나와 있는 일본인들의 생사가 걸려 있습니다. 실로 중대한 사안입니다.

각하께서나 총감님이 직접 나서셔서 설득하지 않으면 안 될 일입니다. 또 경찰 책임자가 나서서 협상한다면 잘못하여 협박으로 오인될 소지도 있습니다. 그렇게 되면 대사가 흐트러질 우려가 큰 것으로 사료됩니다."

아베가 크게 깨닫고 엔도를 향해서 지시를 내린다.

"엔도 총감, 평소부터 여운형과 가깝지 않소? 총감이 직접 나서시오. 전면에 나서서 여운형과 협상하여 대사를 꼭 성사시키시오."

엔도도 결심이 선 듯 대답한다.

"각하, 명심해서 수행하겠습니다. 여운형이라면 배포가 크고 도량이 넓은 인물이기 때문에 큰일이 잘 마무리될 것으로 생각됩니다.

각하, 그런데 조선 주둔군이 맘에 걸립니다. 군사령부에 사전 연락하지 않아도 괜찮겠습니까? 혹시 헌병대에서…..."

갑자기 아베의 언성이 높아지면서 엔도의 말을 끊는다.

"엔도군, 그 무슨 나약한 소리인가! 내가 이미 말했잖은가? 이제부터 군부는 무시하도록 해! 철부지 군인아이들이 나서면 대사는 깨지고 풍비박산이 난다.

총감, 명심하시오. 모든 것을 내게 떠넘기시오. 엔도 총감에게 전권을 위임하니 대사를 꼭 성사시켜야 되오. 경무국장도 전폭적으로 총감에게 협력하시오!"

총독 관저를 나오는 니시히로의 눈에 눈물이 맺힌다. 예정대로 무사히 대사가 결정된 데 대해 안도의 한숨을 내쉰다. 니시히로는 다시 한번 종로경찰서 미와 경부의 지혜와 충정을 고마워하며 눈물을 흘렸다.

2. 여운형(呂運亨)과 엔도의 담판

(1)

여운형이 답답한지 대청마루를 서성이고 있다.

"여보, 들어와 식사하세요. 점심 드셔야지요. 밥상 갖다 놓은 지 오래됐어요. 국이 다 식겠어요."

부인 독촉이 벌써 세 번째다. 밥상 앞에 앉아도 밥맛이 나질 않을 것 같다.

일본에 원자폭탄이 떨어지고 억지 환갑잔치인가를 끝낸 지도 며칠이 넘었다. 동지들을 불러모아 건국 준비를 협의하고 세세하게 지시를 내린 지도 수삼 일이 지나고 있다.

그런데 소식이 없다. 새로운 정보도 오지 않는다. 큰일이 곧 터질 텐데….

여운형이 기다리다 지친 모양이다. 방에 들어와 점심상 앞에 앉기는 했지만, 밥 생각이 나지 않는다. 그래도 마누라 성화를 생각해서 숟가락을 든다.

그때였다. 누가 대문을 흔든다. 뒤 따라 부엌 어멈이 부리나케 내닫는다. 여운형이 낌새를 채고 대청마루로 나와 대문 쪽을 향해 버티고 섰다.

"누구신가요?"

"몽양 선생님, 계신지요?"

"그렇습니다만. 누구시라고 말씀드릴까요?"

"저, 손웅입니다. 손웅이라고 하면 아십니다."

대문이 열리고 손웅이 집 안으로 들어선다. 새파란 젊은이이다. 걸어 들어오는 자세가 당당하다. 이전에는 늘 뒷담 쪽문에서 겨우 신호를 보내곤 했다. 그런데 오늘은 대문으로, 그것도 의젓한 모습이다.

섬돌 근처에 다다르기도 전에 여운형이 알아보고 맨발로 내려서서 손을 잡는다.

"아, 손 군. 얼마나 기다렸는데 이제서 오는가? 어서 들어가세."

둘이는 점심상이 놓여 있는 사랑방으로 들어간다.

큰절을 한 손웅이 밥상을 쳐다보지도 않고 보고한다.

"선생님, 일제가 항복했습니다. 마침내 왜적이 연합국에게 포츠담 선언을 수락하고 무조건 항복을 하였습니다."

여운형이 방 안에서 두 손을 쳐들고 소리친다.

"뭐야? 왜적이 정식으로 항복을 했단 말인가!"

손웅이 품에서 종이 한 장을 꺼내며 말을 잇는다.

"예, 그렇습니다. 8월 12일, 오늘 아침 미국 샌프란시스코의 단파 방송을 청취하였습니다. 방송에 의하면, 미국 정부는 일본의 무조건 항복을 받아들이고 이를 일본에 통보했다고 합니다."

그러면서 채집된 방송 내용을 읽어 나갔다.

손웅이 계속한다.

"선생님 댁으로 오기 직전에 경성일보사에도 들렀습니다. 고준석 기자가 꼭 다녀가라고 부탁하여 갔었습니다. 중요한 정보를 넘겨받았습니다.

고 기자의 설명에 의하면, 8월 10일 천황 임석하 대본영 회의에서 항복이 결정되었다고 합니다. 일본 내각은 즉시 미국과 영국 정부에게 무조건 항복의 수락 내용을 공식으로 통보하였습니다. 그런데 일부 젊은 강경파 장교들의 반발 방송이 있었다고 합니다. 그에 대응하여 도고 외상이 별도로 도메이 통신을 통해 포츠담 선언 수락 내용을 외신 라인으로 미국, 영국 정부에게 타전하였습니다. 신속 정확을 기하는 외신을 이용하였기 때문에 수신 여부가 확인됐다고 합니다."

갑자기 여운형이 손웅을 부둥켜안는다. 다시 벌떡 일어난다. 미친 듯이 두 손을 높이 쳐들면서 소리친다.

"조선민족 만세! 조선민국 만세! 조선사람 만만세!"

쟁반에 손님의 밥을 받쳐들고 들어오던 부인이 깜짝 놀란다. 하마터면 방바닥에 떨어뜨릴 뻔했다. 밥을 상에 놓는 부인의 눈에도 감격의 이슬이 맺힌다.

밥상을 물리고 난 후 여운형은 손웅과 마주앉아서 상황을 다시 정리해 본다.

"여보게, 손 군. 자네가 보기에 일본이 패전하고 손을 든 것이지? 왜적이 연합군에게 무조건 항복을 한 것이 확실하지?"

손웅이 진지한 자세로 대답한다.

"선생님. 틀림없습니다.

천황 임석하의 최고전쟁지도회의에서 항복을 결정했고, 이를 미영 등 연합국에게 공식 통보하였습니다. 이것으로 전쟁은 끝나고 모든 것이 완결되었습니다. 거기에 더하여 천황제만은 유지시켜 달라는 일본의 사정을 연합국이 받아들이고, 왜적의 무조건 항복을 접수하였습니다."

여운형이 웃으면서 믿기지 않는 듯 다시 한번 묻는다.

"왜적이 망하고 포츠담 선언을 수락했으니, 우리 조선은 이제 해방된 것이지?"

손웅이 굳은 표정으로 여운형을 쳐다보며 말한다.

"그야 당연하지 않습니까? 이제 왜적들은 모두 짐을 싸들고 자기네 섬으로 도망치게 되었습니다.

선생님, 다만 일본이 언제 어떤 방식으로 이 무조건 항복 사실을 국민에게 알리느냐 하는 절차만 남은 것으로 생각됩니다."

몽양이 묻는다.

"손 군 생각에는 왜적들이 어떻게 발표할 것으로 보이나?"

송웅이 머리를 갸웃거리며 대답한다.

"스즈키 수상이 방송에 나와 대국민 연설 형식으로 하지 않을까요? 거기에 조선 총독 아베도 별도의 성명을 발표하겠지요."

여운형이 이의를 제기한다.

"그렇지는 못할 걸세. 강경파 군인아이들이 문제가 되겠지. 수상이 말한다고 군인들이 고분고분 듣겠나? 전쟁을 종결시키기 위해서는 최고 권위자가 직접 발표하지 않으면 안 될 것이야.

그렇다면 결국은 천황이 방송에 나와서 황명조서 형식으로 발표하는 수밖에는 없는 것이지. 곧 방송이 있겠구면."

손웅이 돌아가고 여운형은 혼자 사랑방에서 사색에 잠겼다. 일제와 조선총독부의 향후 동향에 대해 숙고하며, 닥쳐올 해방 정국의 구상에 몰두하였다.

오후 늦게서야 여운형은 방에서 나왔다. 즉시 동지와 참모들을 불렀다. 비상대책회의를 열었다. 이만규(李萬珪), 이여성(李如星), 여운홍(呂運弘), 송규환(宋圭桓), 최근우(崔謹愚), 홍증식(洪增植), 장권(張權), 김세용(金世鎔) 등이 달려왔다. 여기에 여운형의 특별 권유로 정백(鄭栢)이 참가하였다.

여운형이 조용히 입을 열었다.

"동지들, 기뻐하시오. 드디어 왜적이 연합국에게 항복했소. 포츠담 선언을 받아들이고 무조건 항복을 하였소. 조선은 해방되었소. 마침내 우리는 독립을 찾았소."

와! 하는 함성이 계동 사랑채의 대들보를 울린다.

여운형은 계속해서 손웅과 고준석 기자가 전해 준 정보를 소상히 설명하였다.

일제 패망과 조선 독립이라는 역사적 전기에 임하여, 비상 대책 수립의 긴박성을 강조하였다. 여운형이 계속해서 좌중을 둘러보며 묻는다.

"동지들, 이제 일제는 망해 없어졌습니다. 그렇다면 조선총독부가 어떻게 할 것인가요? 아베나 엔도 같은 총독부 수뇌들이 어떻게 나오겠습니까?"

갑작스런 질문이라 아무도 입을 열지 못한다. 누구도 대답을 못 하자 여운형이 말한다.

"조선인 지도자들에게 협조를 부탁하겠지.

지금 조선에 나와 있는 일인들에게 가장 무서운 일이 무엇이겠소? 물어보나 마나입니다. 조선 민중들이 폭동을 일으켜 일인들에게 보복하는 유혈 사태일 겝니다. 따라서 이 유혈 폭동을 막아 달라는 요청을 할 것으로 생각됩니다."

몽양이 자신 있게 말을 계속한다.

"내가 총독일 경우라도 그렇게 하겠지. 다른 방법이 없어요. 조선인 지도자들과 타협한 후 그들의 도움을 받으면서 무사히 일본 본토로 귀환하는 데 총력을 기울일 수밖에 딴 도리가 없을 것입니다."

이만규가 옆에 있는 홍증식을 쳐다보면서 입을 연다.

"나도 그런 생각이 듭니다. 그런데 문제는 조선인 지도자 중 누구에게 협조를 요청할 것인가 입니다. 매우 중요한 사안이 아닐는지요?"

홍증식이 거든다.

"그렇습니다. 일제가 손을 내미는 쪽이 해방 정국의 주도권을 쥐게 되지 않겠습니까?"

여운형이 웃으며 대답한다.

"해방 정국의 주도권이라고야 할 수 있겠나?

내 생각으로는 지금 조선 내에서 여러 조건들을 갖춘 지도 세력은 두 진영밖에 없다고 하겠습니다. 하나는 김성수, 송진우를 중심으로 하는 동아일보, 경성방직, 보성전문 진영일 것입니다. 다른 하나는 이 여운형을 중심으로 여기에 모인 건국동맹 세력입니다.

그런데 김성수는 현재 여기에 없소. 고하는 본래 소심하기 때문에 혼자 나서지 못할 것이 자명하오. 자랑 같습니다마는, 결국 총독부로부터 행정권을 인수받을 수 있는 지도 세력은 여운형을 비롯한 우리들 밖에는 없소이다."

여운형이 담담하게, 그러나 단호하게 한마디를 덧붙인다.

"동지들, 안심해도 됩니다. 우리는 조직이 있습니다. 그동안 피나는 투쟁을 계속해 왔습니다. 또 우리를 따르는 청년학도들과 민중들이 많아요. 왜적들이, 또 총독부에서도 이러한 사실을 잘 알고 있어요."

젊은 패거리인 김세용이 큰소리로 말한다.

"몽양 선생님, 만약 총독부 왜적들이 그냥 버티고 있으면 어찌하겠습니까?"

갑자기 뒤에서 거한이 일어나며 소리 지른다.

"선생님, 왜적들이 통치권을 내놓지 않거나 우리에게 협조를 요청하지 않으면 우리가 나서야 합니다. 백성을 조직해 민중 항쟁을 일으켜서라도 통치권을 빼앗아야 합니다."

몽양이 정색을 하면서 설명한다.

"다들 옳은 말이오. 나도 생각이 있소. 이 몽양에게는 건국동맹과 젊은 청년학생들이 준비되어 있어요. 뒤에는 천군만마의 조선 민중들이 버티고 있구요.

또 한 가지 중요한 사실을 왜적들이 알아야 합니다. 소련 대군이 지금 물밀듯이 내려오고 있습니다. 머지않아서 이 경성을 포함해 전 조선을 점령할 것입니다. 그렇게 되면 조선 주둔 왜군은 포로의 신세가 되며, 총독부는 즉시 해체됩니다.

이런 자명한 이치를 잘 알고 있을 총독부가 앉아 있겠어요? 아마 내일 모레 사이에 모종의 연락이 우리에게 올 것입니다."

역시 몽양의 통찰력과 담대성은 누구도 따라잡기가 어렵다. 방 안에 있는 구성원들이 모두 감탄해한다. 계속해서 여운형을 중심으로 비상대책을 강구하면서 치밀하게 해방 정국의 구상을 짜 나갔다.

여운형은 안방으로 정백을 불렀다. 조선공산당 간부였던 정백과 단 둘이 상의하고, 또 부탁할 사안이 있기 때문이다.

여운형이 정백의 의견을 묻는다.

"정 동지, 어떻게 생각하시오? 아무래도 송진우가 마음에 걸리는 구려. 편협한 사람이라, 공연히 시기하여 소문을 나쁘게 내면 파장이 만만치 않을텐데…."

정백이 차분히 가라앉은 목소리로 말한다.

"몽양, 잘 보셨습니다.

몽양이 단독으로 통치권을 이양받았을 경우 송진우는 가만히 있지 않을 겁니다. 옹졸한 생각에 반발로 나올 것은 뻔합니다. 고하의 우군 세력으로 볼 수 있는 보수 민족주의 그룹은 몽양 진영을 좌파라 비난하며 사사건건 방해에 나설 것입니다.

그러므로 애초부터 송진우를 포함한 우익 진영과 연합 전선을 결성하여 과도 정권을 운용하는 것이 뱃속이 편할 겁니다."

  여운형이 만족해한다.

  "정 동지가 바로 보았소. 뭐, 송진우가 무서워서 그러는 것은 아니오만, 조선의 독립과 건국이라는 대의에서 볼 때 손을 잡아야 마땅하지. 항일 투쟁에 참여한 모든 애국주의 세력과 연합하고 통일전선을 이루어 나가는 것이 현하의 거족적인 대사임에 틀림없지.

  따라서 먼저 국내 보수적 민족주의 세력의 주류인 김성수 송진우 측과 연합해야 합니다. 그런 연후에 해외 독립투사들이 입국하면 과도 정권을 개편하여 진정한 조선 건국 정부를 수립해야 할 것입니다. 민족통일전선의 구축과 정치 세력의 대동단결은 조선 건국의 요체입니다. 절대적입니다."

  정백이 승복한다.

  "몽양 선생은 언제 보아도 도량이 큰 정치가입니다."

  여운형이 본론을 꺼낸다.

  "정 동지가 나서 줘야겠어요. 송진우 측과의 협상을 맡아 주시오.

  더욱이 정 동지가 아주 잘 아는 인물이 송진우의 핵심 측근으로 있습니다."

  "그게 누굽니까?"

  "왜, 모르십니까? 김준연이 말이오."

  정백이 깜짝 놀란다.

  "아니, 그러면 그 낭산(朗山)이 송진우와 한통입니까?"

여운형이 되묻는다.

"그러면 정 동지는 모르고 계셨소?

낭산이 지금 송진우 진영의 핵심 인물이오. 그 낭산을 정 동지가 만나 줘야겠소. 이치를 들이대어 설득해 주시오. 낭산은 공산당 당수도 지낸 사람이니까 정 동지와는 대화가 잘될 겁니다."

정백이 시원하게 대답한다.

"본래 낭산은 시야가 넓어요. 동서양에 걸쳐 배운 것도 많은 사람이구요. 나하고는 같은 시기에 왜적으로부터 핍박을 받은 동지이기도 하지요. 좋습니다. 내가 한번 만나보겠습니다. 그런데 언제가 좋을까요?"

여운형이 독촉한다.

"지금 당장에 만나시지요. 쇠뿔도 단김에 빼라는 속담도 있지 않습니까? 오늘 만난다고 오늘 결정되겠습니까? 낭산이 또 송진우 등을 설득할 시간이 있어야 하지 않겠습니까?"

정백이 일어서면서 말한다.

"알겠습니다. 지금 나가서 만나보겠습니다.

몽양, 그러나 큰 기대는 하지 마시오. 송진우가 속이 넓지 못한 위인인지라…."

그날 8월 12일 저녁, 정백은 동대문 부근 선술집에서 김준연을 만났다.

정백이 달려들어 김준연을 끌어안는다.

"아, 이게 얼마 만이오? 죽지 않으면 다시 만나게 마련인가 보오."

김준연도 반가워 어쩔 줄을 모른다.

"정 동지, 그동안 어떻게 지냈소? 풍편에 경성에 계시다는 소식은 들었으나, 이렇게 상면하게 될 줄이야 정말 몰랐습니다."

두 사람은 지기지우 이상으로 감격하였다. 그도 그럴 것이, 김준연과 정백은 과거 깊은 사연으로 맺어진 사상적 동지이다. 1920년대 후반 제3차 조선 공산당 활동 시기에, 김준연은 조선 공산당 책임비서로 있었고, 정백은 해외 상해지부의 책임 간부였다. 다시 1928년 일제의 조선공산당 검거 시에 김준연과 정백은 왜경에게 피검되었다. 김준연은 7년 징역을 살고, 정백은 8년간의 옥살이를 하였다. 김준연과 정백은 다 같이 조선 독립 투쟁에 청춘을 송두리째 감옥에서 보낸 것이다. 이른바 주의(主義)를 택하고 사상운동을 통하여 독립 투쟁에 몸을 바친 혁명 동지들이다. 또한 민족해방운동의 맨 선두에 서서 민중을 이끌어 왔으며, 지금도 대중의 존경을 받는 선구자들이다.

김준연이 농담조로 묻는다.

"정 동지, 나는 정 동지가 큰 사업가가 되어 거금을 모으나 기대하고 있었소. 근래에는 또 소식이 두절되기에, 다시 지하 투쟁 활동으로 되돌아갔나 했지요.

그런데 언제부터 몽양의 고문이 되셨습니까? 하 하 하!"

정백이 담담하게 말을 받는다.

"고문은 무슨 고문이요? 과분한 칭찬으로 받겠소이다.

그보다도 낭산은 고하와 계속 뜻을 같이하시는 것입니까? 아니면 일시적인 교유에 머무를 작정이십니까?"

"그야 정 동지가 더 잘 아시지 않소이까? 인촌을 비롯해 우리들 세 의가 어디 한두 해입니까? 더욱이 고하와는 언론계에서의 고초를 겪 으며 신의를 두터이 해왔습니다."

정백이 술잔을 권하면서 본론을 꺼낸다.

"낭산, 소식은 듣고 계셨겠지요? 왜적이 정식으로 연합군에게 항 복했다는 소식 말이요."

낭산도 숨김없이 대꾸한다.

"여기 나오기 얼마 전에 들었습니다. 신문사에 있는 후배를 통해 서 일제의 항복과 연합국의 회신 내용을 알았습니다. 참으로 통쾌한 일이지요."

김준연이 술을 단숨에 들이켜고 잔을 돌린다.

잔을 받으며 정백이 말한다.

"왜적이 망했으니, 이제는 우리가 대놓고 국권을 찾아야 하지 않겠 소이까? 더 이상 총독부의 통치를 받을 필요가 없지 않습니까?"

"그야 당연하지요. 그동안 우리가 얼마나 갈망했던 일입니까?

정 동지, 그런데 어떻겠소? 왜적이, 총독 아베가 통치권을 우리에 게 당장 내주려고 하겠소이까?"

정백의 언성이 높아진다.

"제놈들이 이제 와서 어쩌겠습니까? 밖에서는 연합군이 대군을 몰 고 쳐들어오고, 안에서는 조선 민족이 벌떼같이 들고 일어나는 데야 뾰족한 수가 남아 있겠습니까?

몽양은 이렇게 추측하더라구요. 왜적이 항복 사실을 국민에게 알리면서, 즉시 통치권을 조선 지도자들에게 넘기게 될 것이라구요."

김준연이 고개를 갸웃한다.

"망한 왜적이 통치권을 갖고 있으면 뭐 하겠습니까? 아무 쓸모없는 짓이지요.

그런데 일제가 연합국에게 항복을 했기 때문에, 연합군이 진주한 이후 그들에게 권력을 이양하지 않겠습니까? 또한 미국이나 소련은 조선 통치권을 우선은 자기들이 받으려고 하지 않을까요?"

정백이 시인한다.

"그런 점도 있겠소이다. 연후에 왜적들이 일본 본토로 도망치겠지요."

김준연이 정백의 심정에 동조한다.

"통치권이 언제 넘어오느냐가 무슨 큰 문제이겠습니까? 결국은 우리 조선인 수중에 귀착될 것이 아닙니까? 따지고 본다면 시간 차이에 불과하지요."

정백이 제안을 한다.

"낭산, 어떻소이까? 몽양을 중심으로 하는 지도 세력과 인촌 고하 진영이 서로 손을 잡으면 좋지 않을까요? 연합 말이외다.

일제가 권력을 내놓으면 고하와 몽양이 연합하여 과도정권을 세우고 통치권을 인수받는 것이 어떻겠습니까? 우선은 국내에서 건국을 위한 과도정부를 세우자는 말이지요."

김준연이 환영을 하면서도 문제점을 지적한다.

"왜적으로부터 통치권을 찾아오는 거야 당연하지요. 몽양이나 고하가 힘을 합쳐서 건국 사업을 추진해 나가면 좋다뿐이겠소이까? 나도 찬성입니다. 그러나 여기에는 몇 가지 문제가 있겠지요.

먼저, 아까도 지적했지만, 연합국의 존재입니다. 그네들 군대가 조선 땅을 점령할 것이 아닙니까? 왜적들도 연합군에게 항복한 후 통치권을 내놓을 테고요. 더욱이 조선은 예로부터 동북아시아의 전략 요충지로 평가되어 왔지요. 미국이나 소련, 중국도 조선에 큰 이해관계를 갖고 있을 겁니다. 그들은 통치권을 우선은 자기들이 가지려고 할 것입니다. 당분간이라도 조선인들에 의한 국권 행사를 용인하지 않겠지요. 조선 통치권이 공식적으로는 연합국에게 넘어갈 것이기 때문이지요.

또 하나 신중하게 고려할 사항이 있습니다. 중경 임시정부의 존재입니다. 정 동지도 잘 아시는 것처럼, 3·1운동 이후 우리 임시정부가 수립되어 현재까지 존속되어 오고 있습니다. 임시정부가 환국하게 되면 통치권은 자동적으로 임시정부에게 귀속되고, 건국 사업은 거기에서부터 출발할 것이 아닐는지요? 물론 임시정부의 민주적 개편을 통하여 새로운 건국 정부가 탄생하게 되겠습니다만."

정백이 정색을 하면서 한마디 한다.

"몽양도 지적하듯이, 상해 임시정부의 법통성을 어느 정도 인정할 것이냐 하는 문제는 별개라고 봅니다. 더 검토해 보아야 하겠지요.

물론 나도 임시정부를 존중합니다. 내 생각에는 임시정부를 포함하여 해외 독립지사들이 환국하기 전에, 국내에 있는 정치 세력이 연합하여 건국을 위해 과도 정권을 세우는 것이 시급하다고 봅니다."

"아, 그야 당연한 말입니다."

정백이 잔을 비우면서 조용히 말한다.

"우리가 주목할 사태가 하나 있어요. 일제가 며칠 안에 공식 항복을 하게 될 것이지만, 그 안에 소련 대군이 우리 경성을 점령할지도 모르게 되어 있어요. 지금도 소련 대군이 물밀듯 쳐내려오고 있습니다. 만약 왜적이 저항하지 않는다면, 소련군 병력이 청진이나 원산에서 경성까지 오는 데는 기차로 여러 시간 소요되지 않을 것은 자명합니다. 물론 얼마 후에는 미군도 상륙하겠지만요.

소련이 조선을 점령하게 되면 스탈린 공산당의 영향력이 압도적으로 작용할 것은 불문가지가 아닙니까? 그럴 경우 조선의 해방 정국은 소위 좌익 진영이 장악할 수밖에 없을 것입니다.

낭산, 어떻습니까? 그러한 상황을 예견하여, 낭산도 과거 조선 공산당 책임비서를 지냈으니 여운형 진영과 관계를 돈독히 해 두는 것도 도움 되지 않겠습니까?"

김준연이 얼떨결에 대답하였다.

"옛날 정의를 생각하여 거기까지 마음을 써 주니 고맙기 그지없소."

그러나 김준연은 가슴이 섬뜩함을 느낀다. 더욱이 김성수나 송진우를 착취계급으로 몰아붙이는 공산당을 생각하면서 충격을 떨치지 못했다.

김준연이 협상을 마무리한다.

"몽양과 고하 두 진영이 건국을 위해 힘을 합치는 것은 당연합니다. 연합하여 과도정부를 세우는 문제는 좀 더 고려해 보는 것으로 합시다.

오늘 내가 직접 만나서 고하의 뜻과 방안을 확인한 후 내일 재상면하여 결론을 맺도록 합시다."

정백도 흔쾌히 동의하고 일어선다.

"당연하지요. 고하의 결심이 중요하니까요. 그러면 내일 오전에 다시 만납시다."

다음날 정백과 김준연이 다시 만났다.

그러나 송진우가 여운형과의 합작을 거절함으로써 양측의 협상은 결렬되었다. 송진우는 여운형 주위에 모여 있는 공산주의자들과 그들의 과격한 사회주의 혁명 성향에 근본적으로 거부감을 갖고 있다는 것이다.

물론 송진우도 소련의 붉은 군대가 조선을 점령할 추세에 있다는 사실을 알고 있다. 소비에트제국의 철혈 지도자 스탈린의 후원을 받아 조선 공산당이 대세를 장악하면 김성수나 송진우 같은 보수 우익은 속수무책으로 당할 수밖에 없게 되는 현실도 잘 인식하고 있다. 그렇다고 여운형과 합작하여 무턱대고 사회주의 진영에 영합할 경우에는, 결국에 거세될 운명에 처한다는 사실도 충분히 예상한다.

차라리 그럴 바에는 중국에서 환국할 임시정부에 의존하는 것이 현명하다. 대의명분에도 합당하다. 또한 임시정부는 중국 정부와 장개석의 강력한 후원을 받고 있다. 거기에 더하여 미국의 향배에 따라 소련 공산당의 전횡에 대항할 수 있는 가능성도 있을지 모른다. 고민

끝에 송진우 진영은 임시정부의 대의명분에 가담하고 미국의 지원을 받아서 소련군과 좌익에 저항하는 편이 유리할 것으로 판단하고 있는 것이다.

정백은 송진우 측의 거부를 담담하게 이해하였다. 보수우익 진영의 당연한 귀결이기 때문이다. 정백은 해방 정국에 대한 자신의 전략 구상을 여운형에게 건의하기로 결심했다. 임시정부가 환국하여 법통성이 굳어지기 전에, 그리고 김성수, 송진우 등의 우익 세력이 조직적으로 나서기 전에, 여운형 진영이 사회주의세력 및 소련군과 손을 잡고 과도 정권을 수립하는 것이 해방 정국의 기선을 제압하는 요체라고 정백은 생각하기에 이르렀다.

밤 늦은 시각, 낯선 청년이 여운형 집에 들어섰다. 박석윤(朴錫胤)이라는 통성명을 전해 듣고, 여운형이 반가워서 뛰어나왔다.

"아니, 이게 누구신가? 박 영사 아니시오? 어서 들어오시오. 참으로 반갑소."

박석윤이 큰절을 하면서 말한다.

"몽양 선생님, 그동안 평안하셨습니까? 찾아뵙지 못해 죄송합니다."

몽양이 고마워한다.

"그게 무슨 말씀이오? 아직도 부족한 나를 잊지 않고 찾아 주니 고마울 따름이오."

박석윤, 그는 정통파 친일 관료의 선두 주자였다. 일찍이 동경제국

대학을 나와 일제 고등문관시험에 당당히 합격하고 관료의 길에 들어서서 승승장구하며 만주국의 총영사까지 지냈다. 그런데 박석윤은 일제 고등 관료에 몸을 담고는 있었으나 조선인의 민족혼까지 잃지는 않았다.

동경 유학 시절부터 여운형을 좋아하고 존경하며 따라온 많은 조선청년들 중의 하나였다. 이후 여운형과는 친밀하게 지내오는 사이이다. 왜정 말년에는 여운형의 충고도 있고 또 깨닫는 바가 있어서, 일제 관료직을 스스로 벗어던졌다. 독립투사들을 후원하는 등 과거를 속죄하며 지내는 양심적 지식인의 길을 걷고 있다.

차를 마시며 박석윤이 조용히 입을 연다.

"몽양 선생님, 드디어 때가 온 것 같습니다. 나라와 백성을 위하여 선생님께서 나서실 때가 왔습니다."

여운형에게도 직감으로 짚이는 바가 있으나, 점잖게 대꾸한다.

"박 영사, 과찬의 말입니다. 초야에 숨어 지내는 나에게 때라는 것이 있겠습니까?"

박석윤이 직선적으로 본론을 꺼낸다.

"선생님. 총독부의 니시히로 경무국장을 아시지요?

제가 관료 생활을 할 때 니시히로 경무국장과 친하게 지냈습니다. 엊저녁 갑자기 연락이 와서 국장과 단 둘이 만났습니다.

니시히로 국장의 말에 의하면, 일제가 연합국에게 무조건 항복을 통보하고 연합국에서도 수락했다고 합니다. 2, 3일 안에 일제의 공식 발표가 있을 예정이라고 했습니다.

총독부는 치안권을 조선인들에게 위임할 예정인 것 같습니다. 그런데 그 수임을 받게 될 조선인 지도자로 여운형 선생님을 모시기로 결정했다고 합니다. 이 결정 내용은 아베총독과 엔도 총감의 합의사항이라고 합니다.

몽양 선생님께 말씀 전해 달라는 니시히로 국장의 부탁이었습니다."

여운형이 되짚는 듯이 말한다.

"총독부의 결정 사항이라고 하면 내게 직접 통보를 하지, 왜 박 영사를 통해서 승낙을 받으려고 할까요?"

박석윤이 간단히 대답한다.

"선생님, 잘 지적하셨습니다. 아마 곧 통지가 오거나, 아니면 특사가 선생님 댁을 방문하지 않겠습니까?

제가 선생님과 가까운 것을 알고 니시히로 경무국장이 먼저 전언을 부탁한 것으로 볼 수도 있지요. 그러고 보면 제가 총독부의 특사가 되나요?"

박석윤이 웃는다. 여운형도 격의 없이 따라 웃었다.

여운형이 재차 묻는다.

"박 영사, 치안권만 위임한다는 건가요? 행정권을 양도해야 하는 것 아닌가요? 그 분야에 대해서는 다년간 박 영사가 몸을 담고 있었으니 잘 아는 사항이 아닌지요?"

박석윤이 간명하게 응답한다.

"몽양 선생님, 원칙으로 보면 연합국에게 행정, 치안권을 포함하여 통치권을 양도해야 하겠지요. 그러나 조선인을 의식하여 치안권부터 넘기겠다는 의도인 것 같습니다.

선생님, 다 망해 버린 일제에 행정권이 따로 있고, 치안권이 따로 있겠습니까? 또 치안권을 맡게 되면 행정권도 따라서 넘어오는 이치가 아니겠습니까? 총독부의 입장에서는 체면상 행정권이라고 하기보다는 일부 치안권의 위임이라고 말하는 것이겠지요."

여운형이 깨닫는 바가 많다. 고민스러워하면서도, 여운형은 내친 김에 박석윤에게 자문을 구한다.

"박 영사, 이러다가 내가 친일파 앞잡이라도 되는 것이 아닐는지요?"

박석윤이 한마디로 자른다.

"몽양 선생님, 그 무슨 말씀이십니까?

왜적이 망해서 총독부가 없어져 버리는 마당에 친일파가 어디 있습니까?"

여운형이 소심한 것 같아 민망해 하면서 말한다.

"실은 어제 고하 집에 사람을 보내 보았습니다. 일제가 항복하니까 우리가 힘을 합쳐 국권을 찾자고 제안했습니다. 고하가 일언지하에 거절하더라구요. 사회주의자들과는 연합을 안 하겠다는 생각인 모양입니다. 그래서 주위의 눈총을 의식해 본 것입니다."

박석윤의 어조가 단호해진다.

"몽양 선생님, 해방 이후에 정권을 먼저 잡겠다는 말이 아니지 않습니까? 일제가 망하고 총독부가 없어지면, 누군가 조선 민족 지도자가 나와서 국권을 바로하고 건국을 준비해야 하지 않겠습니까? 과도 정부라도 세워서 치안을 바로잡고 행정을 유지해야 하지 않을까요?

선생님의 넓으신 도량은 조선 청년들이 모두 흠모하고 있습니다. 소승적 시국관을 내세워 네 편 내 편 가르는 사람들을 의식하실 필요는 없다고 생각합니다.

민족이 해방되고 조선이 새로이 건국되는 중차대한 시기에, 좌익이 어디 있고 우익이 어디 있습니까? 조선 민족이 하나로 뭉쳐야 합니다. 여기에 몽양 선생님이 나서 주셔야 합니다."

여운형이 감격해하면서 박석윤의 손을 잡는다.

"박 동지, 고맙소. 내가 잠시 소리(小利)에 구애받아 대의(大義)를 잃을 뻔하였소."

박석윤이 돌아간 방에서 여운형은 홀로 깊은 생각에 잠겼다. 밤새 생각하고 또 생각하며 번민을 거듭한 끝에, 마침내 여운형은 결심을 굳히기에 이르렀다. 큰 뜻을 결정한 후 여운형은 홀가분한 마음으로 14일 아침을 맞았다.

여운형은 하루 종일 바쁘게 움직인다. 동지들에게 지시를 내리고 또 용기를 북돋워 준다. 한편으로 과도 정권 수립이나 운용에 대해 구체적으로 구상한다.

저녁이 되자, 경성일보사에서 전화가 왔다. 고준석 기자가 소식을 전해 준다. 내일 8월 15일 정오에 일본 천황의 특별 방송이 예정되어 있는데, 모든 국민들이 반드시 청취하라는 내각 지시가 하달되었다는 것이다. 곧 방송과 공고문이 나붙을 예정이라고 한다. 신문사의 예상으로는, 일제의 무조 건항복을 알리고 전쟁의 종결을 선언할 것이라고 한다.

전화를 마친 후 한 시각이 지날까 말까 할 때, 조선 주둔 일본군참모부에 근무하는 가바 소좌가 찾아왔다. 역시 8월 15일 정오를 기해 일본 천황의 특별 방송이 예정되었다는 정보를 가져왔다. 방송 내용은 일본 신민과 일본군 장병들에게 일제의 항복 사실을 알리고 전쟁 종결을 선언하는 것이라고 한다.

그날 밤 늦게 마침내 총독부 특사가 여운형 집에 도착하였다. 관용차를 타고 일본인 두 사람이 나타났다. 한 사람은 경성보호관찰소장(京城保護觀察所長) 나가사키(長崎祐三)의 부하 직원이고, 또 한 사람은 정무총감 엔도가 보낸 직원이다.

여운형을 만나서 나가사키 소장과 엔도 총감의 통보를 전달하였다. 내일 아침 8시까지 나가사키 소장과 함께 엔도 총감의 관저로 나와 달라는 요청이다. 혹시 여운형이 나오지 않을까 걱정하여, 여운형이 보호 관찰 대상 인물이기 때문에 관찰소장에게 특별 지시가 내린 모양이었다.

여운형이 총독부 관리에게 물었다.

"수고가 많습니다. 혹시 무슨 용건인지 물어봐도 괜찮겠습니까?"

"자세한 내용은 저도 모르겠습니다. 아마도 총감님과의 요담이 마련되어 있는 것으로만 알고 있습니다."

여운형이 한 가지 요청을 한다.

"알겠소이다. 총감님과의 면담이라고 하면 통역이 있어야 하겠습니다. 내가 믿을 만한 통역으로는 백윤화(白允和) 판사가 있소이다. 전에 정무총감님과 대화를 나눌 때에 여러 번 통역 배석을 하여 총감님도 잘 아시는 분이지요. 가능하면 지금 총감님의 승낙을 받아 줄 수 있소이까?"

총독부 관리가 즉석에서 총감 관저에 전화를 걸었다.

관리가 대답한다.

"총감님께서 허락을 하셨다고 합니다. 통역을 대동하셔도 되겠습니다."

나가사키 소장과는 총감 관저에서 만나기로 약속하고, 특사들은 돌아갔다.

여운형은 즉시 백윤화 판사에게 전화했다. 마침 백 판사는 집에 있었다. 총감 관저에 나와 통역을 맡아 줄 것을 부탁하였다.

밤 12시가 넘어서고 있다. 여운형은 여운홍과 홍증식에게 연락해 즉시 계동 집으로 오도록 지시하였다. 마침 송규환 집에서 잠을 자고 있던 여운홍은 송규환과 함께 집을 나섰다. 직감으로 중요한 사태가 발생한 것으로 생각되어, 안국동 네거리에서 정골원(整骨院)을 하고 있던 유도 사범 장권을 데리고 급히 여운형 집으로 달려왔다. 홍증식은 먼저 당도해 있었다.

여운형이 무겁게 입을 열었다.

"여보게들, 마침내 때가 이르렀네. 왜적 괴수 히로히토 천황이 내일 무조건 항복을 발표하네."

홍증식이 의아해한다.

"저희도 소식을 듣기는 했습니다만, 정말 천황이 방송에 직접 나와 발표할까요? 믿어지지가 않습니다."

여운형이 좌중을 둘러보며 단언한다.

"의심도 가질 수 있겠지. 일본 천황이 라디오방송에 나온 전례가 없었으니까. 그러나 확실하네. 히로히토(裕仁)가 직접 항복을 선언하지 않으면 누가 말을 믿겠나? 또한 천황이 전쟁 종결 어명을 내리지 않으면 저 군인아이들이 말을 듣겠나?"

여운홍이 고개를 끄덕인다.

"하기는 그렇겠군요."

여운형이 말을 계속한다.

"나는 내일 아침 일찍 총독부 정무총감을 만나러 관저로 들어간다. 송규환 동지, 승용차를 준비해야겠어."

놀라워하면서 송규환이 묻는다.

"총감을 만나시다니요? 약속이 되셨습니까?"

여운형은 왜놈 특사가 다녀간 사실을 설명해 주면서, 일제로부터 통치권을 인수하려는 결심을 분명하게 밝혔다.

계속해서 여운형이 지시를 내린다.

"내일 즉시 조치할 긴급 사항이 있네.

성우(誠友, 홍증식의 호)는 내일 나의 지시가 떨어지면, 즉시 나서서 매일신보사를 접수하게. 호외 수백만 장을 찍어서 살포하여 해방의 기쁨을 온 백성들에게 알려야 하네. 아우는 방송국에 들어갈 준비를 해야 되네. 라디오방송을 통하여 국민들과 전 세계에 조선의 독립을 선포해야 할 것이야. 우리말은 물론이고 영어로도 방송을 해야 하겠지. 세계 각국에 정확하게 알려야 하니까 말일세."

홍증식, 여운홍, 송규환, 장권 등은 사방에 연락을 하면서 밤새워 계획을 꾸려나갔다. 송규환은 그의 친구인 경성서비스 사장 정형묵(鄭亨黙)에게 부탁하여 차량을 준비하였다. 이런 비상시를 대비하여 마련해 두었던 링컨 구형 승용차를 운전기사와 함께 아침 일찍 여운형 집 앞에 대기시켜 놓았다.

(2)

8월 15일 아침, 여운형은 홍순태가 운전하는 승용차를 타고 혼자서 계동 집을 출발했다. 장권 등이 경호를 위해 동행하겠다는 건의를 웃으면서 묵살하였다.

오전 7시 50분, 약속한 대로 대화정(大和町, 오늘의 필동)에 있는 엔도 정무총감 관저에 도착하였다. 거실에 나와 기다리고 있던 엔도가 여운형을 보면서 달려나온다.

"몽양 선생, 아침 일찍 나오시느라고 수고하셨습니다.

이렇게 와 주시니 감사합니다."

여운형도 엔도의 손을 잡고 인사를 차린다.

"총감님, 오래만입니다. 부족한 소생을 이렇게 불러 주시니 영광입니다.”

여운형은 갑자기 위치가 뒤바뀐 현실에 착잡한 감정을 느낀다. 표정을 한껏 억제하면서 의연하게 임석한다.

엔도가 일어서며 말한다.

“몽양 선생, 안에 들어가 조용히 대화를 나누었으면 좋겠습니다.
자, 일어나시지요.”

여운형은 엔도의 안내에 따라 조용한 별실로 들어가서 통역을 두고 단 둘이 대좌하였다. 보호관찰소장은 여운형 동행의 임무를 마치고 돌아갔다.

일제의 조선식민지 통치의 종언을 앞두고 역사적인 대화가 시작되었다. 이미 체념하여 심정이 편안한 듯, 엔도가 입을 연다.

“몽양 선생, 우리 일본은 대동아전쟁에서 패전하였습니다. 이미 연합국에게 정식으로 항복했습니다.

선생은 알고 계시겠지만, 오늘 정오에 항복과 전쟁 종결에 대하여 천황 폐하의 조칙이 방송으로 발표됩니다. 폐하께서 직접 옥음으로 방송하십니다.”

엔도가 목이 메는지, ‘폐하께서 직접’이라는 대목에 이르러 말끝이 흐려진다. 앉았던 엔도가 일어나 여운형에게 고개를 깊이 숙이면서 말한다.

“몽양 선생, 축하드립니다. 조선은 독립되지요. 포츠담 선언 국제협약에 따라서 선생의 조국은 즉시 독립이 되는 군요. 나는 평소 존경해 마지않은 몽양 선생이 그토록 소원하시던 조선의 해방과 독립을 진심으로 경하하고 있습니다. 내 마음의 축하를 가감 없이 받아 주시기 바랍니다."

진정이 담긴 치하이다.

여운형이 깜짝 놀라면서 답례를 한다.

"총감님, 고마운 말씀이십니다. 이유야 여하튼 일본의 패전에 안타까운 심정을 금할 길 없습니다."

엔도가 차를 한 모금 마시고 다시 입을 연다.

"무모한 침략이 패전하는 것은 당연한 일이라고 생각합니다.

저는 조선에서 살아온 긴 기간 동안 항상 몽양 선생의 애국애족심과 인격을 접할 때마다 고개를 숙여 왔습니다. 특히 전쟁의 장래를 예견하는 통찰력과 담대하고 호방한 용기와, 그리고 동양 평화를 애호하는 큰 포용력을 존경해 왔습니다."

여운형이 겸양해한다.

"총감님, 과찬이십니다. 불초 소생 몸 둘 바를 모르겠습니다.

그동안 총감님과 경무국장님이 이 한 몸을 지켜 주셨기에 오늘이 있다고 생각해 왔습니다. 이 자리를 빌어서 다시 한번 감사드립니다."

마침 그 때, 니시히로 경무국장이 별실로 안내되어 들어왔다. 니시히로를 보면서 여운형이 일어나 반갑게 손을 잡는다.

"국장님, 어서오십시오. 불초 소생이 총감님의 부름을 받고 먼저 들어와 있습니다. 용서하십시오."

니시히로가 잡은 손을 흔들면서 반가워 어쩔 줄을 모른다.

"몽양 선생님, 무슨 말씀이십니까? 저도 몽양 선생님의 고견을 들고자 이렇게 달려오지 않았습니까?"

니시히로도 자리에 앉는다. 자연스럽게 3인이 대좌를 했다. 니시히로가 큰소리로 농담을 꺼내 어색한 분위기를 넘긴다.

"몽양 선생님, 저는 항상 선생님의 팬이었습니다. 무슨 일이 있으면 언제나 몽양의 지지자였습니다. 앞으로도 마찬가지입니다. 하 하 하!"

여운형도 껄껄껄 웃는다.

"국장님이 아니셨다면 이 여운형이 경성 한복판에서 이렇게 건재할 수 있었겠습니까? 모두 음으로 양으로 보살펴 주신 은덕입니다."

니시히로가 손사래를 친다.

"무슨 말씀이십니까? 몽양께서 옥체를 보전할 수 있었던 것이 모두 타고난 복운 때문이 아니겠습니까? 또한 선생님의 인격과 포용력과 담대한 인간성이 많은 일본 사람들에게까지 감동을 주었습니다."

차를 권하면서, 엔도가 본론을 꺼낸다.

"일본이 항복하고 나면 조선에서는 민중 폭동이 일어날 가능성이 크지 않겠습니까? 혼란의 와중에 일본인에 대한 보복과 유혈 충돌이 발생할 것이고, 그렇게 되면 무고한 일본 민간인들이 희생될 위험도 매우 높습니다. 이미 일본이 항복하고 조선이 해방된 지금에 와서, 두 민족이 서로 충돌해서는 안 될 것입니다.

몽양 선생, 어떻습니까? 민중 폭동이나 유혈 충돌을 막을 수 있는 현명한 방책을 몽양께서 마련해 주실 수 없겠습니까?"

여운형이 분명하게 대답한다.

"그럴 리야 있겠습니까? 물론 위험성이 아주 없다고 할 수는 없겠지만, 그런 사태가 발생하도록 방치해서는 안 될 것입니다.

조선 지도자들이 나서서 보복의 불상사가 나지 않도록 민중을 설득하고 선도해야 합니다. 총독부도 솔직하게 지난 식민 통치를 사과하고 조선 민족의 건국을 성심으로 후원하면 가능한 일입니다."

엔도와 니시히로가 여운형의 생각에 전적으로 동의한다.

엔도가 다시 부탁한다.

"몽양 선생, 조선 민족 지도자인 여 선생께서 직접 나오셔서 민중을 설득하고 이끌어 나가는 대사를 맡아 주시기 바랍니다.

폭동이나 보복의 불상사는 젊은 패기들이 주도할 위험성이 매우 높습니다. 몽양 선생이야말로 조선에서 청년학생들의 존경을 한 몸에 받고 있는 유일한 지도자가 아닙니까?"

여운형이 흔쾌히 수락한다.

"총감님, 내 평소 지론이 동양평화의 유지 발전입니다. 동양평화는 조선과 일본과 중국 세 민족이 선린 우호를 추구할 때에만 가능하다고 여러 번 밝혀 왔습니다.

또한 해방된 조선이 건국하는 데 있어서 조선 민족 지도자들이 앞장서는 것은 지극히 당연한 일이 아닙니까?

총독부가 진심으로 반성하고 우리의 건국을 후원한다면, 이 여운형이 나서겠습니다. 민중을 지도하고 건국에 앞장서면서, 일본인들과 협력을 유지해 나가겠습니다."

엔도와 니시히로가 재삼 고마워한다. 엔도가 구체적으로 안을 제시한다.

"오늘 정오에 일본의 항복이 발표되고 나면, 사회 질서와 민생의 안녕 등 치안 유지가 제일 중요합니다. 몽양 선생께서 조선의 치안을 직접 맡아 주십시오.

물론 연합군이 진주하여 통치권을 넘겨받게 될 때까지는 명목상 총독부가 행정을 맡고 있겠으나, 몽양 선생이 조선의 청년학생들을 이끌고 치안 유지에 적극 협력해 주시기를 요청합니다."

여운형이 단언적으로 답변한다.

"현명한 생각을 하셨습니다. 아주 현실적인 방안이지요.

일본의 항복과 조선 해방의 혼란 시기에 신망 있는 지도자가 나서서 민중을 이끌고 청년학생들을 지도하여 사회 질서와 민생의 안녕을 도모하는 것은 건국과 치국의 중요한 요체입니다. 더욱이 치안 유지를 조선인 스스로 해 나가면 효과가 클 것입니다.

이 여운형이 나서서 치안을 맡겠습니다. 걱정하지 마십시오."

엔도가 거듭 치사하며, 중요한 한마디를 덧붙인다.

"몽양 선생, 일본인들의 안전한 귀향 여부는 이제부터 몽양 선생에게 달려 있다고 해도 과언이 아닙니다."

니시히로도 제안한다.

"만약 몽양께서 필요하다고 하면, 현재 경무국 산하에 있는 조선인 경찰관 모두를 선생님의 밑으로 옮기도록 하겠습니다."

엔도가 그래도 걱정이 되는지, 불안한 내색을 지으며 여운형에게 문제점을 제시한다.

"몽양 선생, 조선에는 좌익 사회주의 세력이 강한 편입니다. 만약 해방의 혼란한 시기에 지하에서 조선 공산당이 튀어나와 조직과 선전을 통해 정국의 주도권을 잡게 되면, 과격주의자들이 폭동과 보복을 선동할 위험성이 높습니다.

여기에 더욱 염려되는 점이 있습니다. 소련 공산군의 존재입니다. 현재의 남진 추세로 보아 소련 대군이 조선을 점령하게 될 것은 불문가지입니다. 그렇게 되면 스탈린이 조선공산당을 적극 후원하는 구도가 될 것이 아닌지요? 이런 사태 진전은 참으로 위험천만하다고 하겠습니다."

여운형이 화제를 돌린다. 니시히로를 쳐다보면서 묻는다.

"국장님, 총독부에서는 소련군 남하와 연합군 진주를 어떻게 보고 있습니까? 새로운 정보가 수집되어 있는지요? 치안 유지에 도움이 될 것인즉, 있으면 들려주십시오."

니시히로가 솔직히 답변한다.

"우리라고 특별한 정보가 있겠습니까? 몽양 선생님도 이미 알고 있는 내용들일 것입니다. 다만 우리 측의 판단에 따르면, 소련 적군이 이 경성을 점령할 것으로 보입니다.

오늘 항복이 발표되고 일본군이 전쟁을 포기한다는 전제하에, 소련군이 열차로 병력을 수동한다고 보아야겠지요. 그렇게 되면 내일모레쯤, 곧 8월 17일경이면 경성을 점령할 것이 예상됩니다.

또한 미군도 머지않아서 조선반도에 상륙하게 되겠지요. 우리의 추측으로는 한강을 경계로 하여 경성을 포함한 이북은 소련군이, 한강 이남은 미군이 점령할 것으로 판단됩니다."

여운형도 동감을 표시한다.

"내 생각도 그러하지요. 현재의 속도라고 한다면 소련군이 경성을 포함하여 조선의 주요 지역을 지배하게 되겠지요. 미군이 들어오고 나서 협의에 따라 일정한 지역을 분할하여 임시 군정을 실시하겠지요. 조선의 심장부인 경성은 소련군이 차지할 것으로 저도 예상해 왔습니다."

이번에는 여운형이 엔도를 안심시키려는 듯 자기의 방안을 설명한다, 단호한 어조이다.

"총감님도 잘 아시는 것처럼, 내 조직과 휘하에는 많은 사회주의자들이 모여 있습니다. 또한 조선 공산당의 핵심 간부들도 적지 않게 참여하고 있습니다. 예를 들어 정백이나 조동호 같은 인물들도 내 조직의 간부 구성원입니다.

다시 말씀드리지만, 나는 본래 평화주의자이며 동양평화 옹호론자입니다. 우리 모두는 중국, 조선, 일본의 동양 3국이 세 솥발같이 서서 상부상조할 때 동양은 발전한다는 사실을 명심해야 합니다.

니시히로 국장님께서도 잘 아시는 것처럼, 나는 현실주의자입니다. 실속 없는 흥분이나 감정에 치우친 선동은 철저히 배격해야 합니다."

여운형이 엔도의 속을 들여다보는 듯이 결정적인 해결 방안을 꺼낸다.

"지금 조선에는 일본인이 80여만 명 있습니다. 그런데 일본에는 조선 동포가 200만 명 이상이 있습니다. 만일 피의 보복이 벌어진다면 어느 편이 더 피해를 보겠습니까? 두 민족 간에 유혈 충돌이 발생한다면 어느 쪽이 더 손해를 보게 됩니까? 이 계산은 삼척동자라도 알 수 있습니다.

나는 이 손익계산을 들어서 조선 민중을 설득하겠습니다. 사회주의자들이나 공산당도 지도할 수 있습니다. 아무리 소련 공산군이라 하더라도 조선 민중이 일본인들에게 보복을 하지 않는다는데야 어찌하겠습니까? 일본에 거주하고 있는 조선 동포의 안녕을 위해 일본인과 협력하는데야 소련군도 어쩌지는 못할 것입니다.

나아가 일본에서 조선 동포가 귀국하고, 동시에 조선에서 일본인들이 귀향하며 상호 협력한다면, 이야말로 위험성은 단번에 사라지고 평화 속에 전후 처리가 차질 없이 진행되지 않겠습니까?"

엔도와 니시히로가 동시에 자리에서 일어선다. 누가 먼저라고 할 것도 없다.

엔도 총감이 여운형의 손을 덥석 잡고 고개를 숙이며 눈물을 글썽인다.

"몽양, 우리 모두의 목숨은 몽양의 손에 달려 있습니다."

여운형이 겸양한다.

여운형은 준비해 간 메모지를 보면서 제안을 한다. 치안권을 인수받기로 하고, 총독부는 최대한의 후원을 한다. 일본인들이 안전하게 귀향할 때까지 사회 질서와 민생 치안을 유지하기 위하여 아래와 같이 다섯 가지 사항을 요구했다.

① 전국을 통하여 조선인 정치범, 경제범을 즉시 석방할 것.

② 조선의 심장부인 경성에서 8월 9월 10월 3개월간의 식량을
   확보해 줄 것.

③ 치안 유지와 건국을 위한 활동에 대하여 아무런 구속과 간섭
   을 하지 말 것.

④ 조선 건국의 추진력인 청년과 학생을 조직 훈련하는 데 대하
   여 간섭하지 말 것.

⑤ 조선 내 각 사업장에 있는 노동자들을 우리의 건국 사업에 조
   직 동원하는 데에 협력하고 간섭하지 말 것.

엔도가 하나하나 구체적으로 짚어나간다.

"조선인 정치범, 경제범은 당연히 석방되겠지요. 그런데 이 문제는
연합군의 동의를 얻어야 할 사항이 아닐까요? 그렇다면 즉시 석방은
어렵지 않겠습니까?"

여운형이 반론을 제기한다.

"조선인 수감자의 석방은 총독부의 식민 통치에 대한 사과의 의미
가 담겨 있습니다. 또 조선인들에게 좋은 선물이 될 수도 있지요. 이
렇게 중요한 조치를 총독부가 결행해야지 왜 연합군에게 넘겨주려고
하시는지요?

이는 전략상 하책입니다. 지금은 가능한 한 총독부가 조선인으로
부터 민심을 얻는 일이 중요합니다. 그래야만 내가 청년학생들이나

좌익 세력을 설득시키는 데도 유리할 것입니다."

니시히로가 크게 깨닫고 흔쾌히 동의한다. 엔도 총감에게 건의하고 총감도 즉석에서 찬성한다.

엔도가 즉시 비서를 불렀다. 고등검사장 미즈노(水野)와 조선군 헌병대사령관 다카치(高地)에게 전화를 걸도록 지시한다.

미즈노는 즉석에서 동의하였다. 그러나 다카치는 이의를 제기한다.

엔도가 전화통에 대고 화난 목소리로 말을 자른다.

"지금 즉시 조선인 정치, 경제범을 석방하겠소. 아베 총독 각하의 특별 명령입니다."

다카치도 앙앙불락하며 할 수 없이 응낙하였다. 엔도가 직접 하야다(早田) 법무국장에게 조선인 수감자들의 즉각 석방을 지시하였다.

엔도가 다음 항목을 짚어 나간다.

"두 번째 항목은 식량 확보 문제이군요. 이는 당연한 것입니다. 현재 완벽하게 준비되어 있으니 별 문제될 것이 없겠습니다.

세 번째, 네 번째 사항은 두말할 필요가 없지 않겠습니까? 간섭할 아무런 이유가 없습니다. 오히려 후원을 약속합니다.

다섯 번째 사항도 적극 협력만 하겠습니다. 특히 일본인 노동자들도 조선의 건국과 건설을 위해 가능한 한 조선 현지에 남아서 협조하도록 조치하겠습니다."

모든 사항이 별다른 이견 없이 일사천리로 끝이 났다.

여운형이 어려운 이야기가 있는 듯 털어놓기를 망설인다.

니시히로가 나선다.

"몽양 선생님, 무엇이든지 사실대로 말씀해 주십시오. 가능한 한 협조해 드려야 하지 않겠습니까?"

여운형이 실토한다.

"국장님, 그렇게 말씀하시니 고맙습니다. 청년학생들을 조직하고 이끌어가며 또 민중을 지도 계몽하자면 일정한 자금이 당연히 소요될 것 같군요. 그런데 이 여운형에게는 현재 자금이 전혀 없습니다. 어찌 하면 좋을까 걱정입니다."

엔도가 일어서서 사과한다.

"죄송합니다. 창황중이라 미처 말을 꺼내지 못하였습니다. 결례를 용서하십시오.

당연히 총독부가 지원해야 하지 않겠습니까? 경비나 활동비 등 자금 없이 어떻게 치안 유지를 할 수 있겠습니까?

수시로 일정 금액을 요청하고 지급한다는 것은 번거로워서 일이 안 되실 것입니다. 지금 바로 예산을 산정해 청구하십시오. 한 번에 집행해 드리겠습니다."

여운형이 고맙다고 인사하며 일어서서 엔도와 작별한다.

여운형은 니시히로의 두 손을 잡고 정을 나눈다.

"국장님, 혼란기에 몸조심하십시오. 특히 가족의 안녕에도 각별히 신경을 쓰셔야 합니다. 세상이 어수선하고, 특히 소련군 횡포가 어떨지 몰라 국장님 안녕이 특히 걱정되는 군요. 이 여운형이 도울 길이 없겠습니까?"

니시히로가 여운형의 다감한 인간성에 감격한다. 또 종로서 고등계 미와 경부의 말을 생각하면서, 눈물을 주르르 흘린다. 여운형의 눈에도 측은한 동정의 눈물이 젖는다. 비록 조선 독립을 둘러싸고 원수지간이 되어 왔지만, 여운형과 니시히로의 인간관계를 목격하면서 엔도도 고개를 숙였다.

여운형은 대사를 마치고 승용차 링컨에 몸을 실었다. 실로 만감이 교차하였다.

'아, 마침내 조선이 해방 되는가! 조국이 국권을 되찾고 나라를 세우는가!'

여운형은 흐느껴 울었다. 흐르는 눈물을 주체 못하여 손수건이 흥건하였다. 지나간 세월들이 원망스러운 듯이 주마등처럼 뇌리를 스쳐간다.

어둡고 괴롭고 한많은 세월이 아니었던가! 치욕의 망국한(亡國恨), 피눈물의 36년! 여운형은 울고 또 울었다. 링컨 승용차가 안국동 로터리를 돌아설 때에야 정신을 가다듬었다.

여운형은 다시 환희에 젖는다.

아, 우리는, 조선은 일어섰다! 조선은 승리했다!

조선 민족이 마침내 왜적을 물리치고, 이렇게 조국을 찾은 것이다!

(3)

여운형(呂運亨)은 1886년 5월 25일(음력 4월 22일)에, 경기도 양평군 양서면 신원리 묘곡(妙谷, 묘꼴)에서 태어났다. 여운형이 출생한 시기는 5백년 간 지속되어 온 한 왕조(王朝)의 말기로서, 몰락의 징후가 곳곳에 나타나며 사회적 혼란이 극도로 격화되고 있었다. 밖으로는 영국과 프랑스를 선두로 한 서양 열강 세력들이 무력을 앞세워 동양으로 팽창해 오고 있었으며, 안으로는 임오군란(壬午軍亂)과 갑신정변(甲申政變) 등 세력들 간의 갈등과 충돌이 전통 사회의 붕괴를 가속화시켜 나갔다.

여운형은 함양여씨(咸陽 呂氏)인 아버지 여정현(呂鼎鉉)과 어머니 경주이씨 사이에 장남으로 출생하였다. 여운형의 가문은 대대로 이어져오는 양반으로, 임진왜란 직후 수호사(修好使)로 일본에 다녀온 여우길(呂祐吉)의 11세손이다.

어머니 이씨 가문도 뼈대 있는 토호 집안이었다. 조선 중기의 명재상이며 임진왜란에서 나라를 구한 백사(白沙) 이항복(李恒福)의 11세손이다. 특히 여운형의 모친은 여성으로서는 보기 드물게 체구가 크고 통이 대범하며 기세가 드세어 인근에 호랑이마님으로 소문이 날 정도였다. 여운형의 외모나 체력, 그리고 성격 등은 모계(母系)에서 물려받은 유전으로 보인다.

여운형을 좋아하는 많은 민중과, 그를 따르는 추종자들 사이에 널리 불리였던 몽양(夢陽)이라는 이름은 여운형의 호(號)이다. 어머니가 여운형을 임신하면서, 치마폭에 태양을 감싸 안는 태몽을 꾸었다고 한다. 태어날 때 왕재(王材)라고 탄복한 할아버지가 어머니의 태몽에 맞추어 손자에게 '몽양'이라는 아호(雅號)를 지어 주어, 평생 여운형의 애칭으로 회자되어 왔다.

여운형은 혼란한 때에 어린 시절을 보냈다. 나라나 집안이나 급격한 변동이 휘몰아치는 한가운데에서 성장하였다.

서양의 모방과 추종에 성공한 일본이 조선을 집어삼키려고 쳐들어오고 있었으며, 종주국(宗主國)이라는 중국을 대신해서 제정러시아가 부동항남하정책(不凍港南下政策)을 내세우며 조선반도로 몰려오고 있었다.

여운형의 나이 8세 때인 1894년, 동학농민전쟁(東學農民戰爭)이 일어났다. 전라도를 중심으로 반봉건·반제 투쟁의 무장봉기인 농민혁명운동이 발발하자, 여운형의 조부 형제와 부친 형제가 동학군에 가담하여 투쟁하였다. 특히 숙부 여승현(呂升鉉)은 동학 세력의 도사(道使)가 되어 충청도와 강원도에서 관군과 맞서 싸웠다. 여운형 일가는 충청도 단양 땅으로 피난한 일이 있었지만, 운 좋게도 목숨을 부지할 수 있었다.

1900년, 열네 살밖에 되지 않은 어린 여운형은 시골을 벗어나 서울로 나왔다. 주위의 반대를 물리치고 신학문을 배우기 위하여, 미국인 선교사 아펜젤러가 세운 조선 최초의 근대식 교육기관인 배재학당(培材學堂)에 입학하였다. 여기에는 여운형의 숙부인 여병현(呂炳鉉)의 도움이 컸다. 여병현 숙부는 조선 최초의 미국 유학생 중의 한 사람이었으며, 마침 귀국하여 배재학당 영어 교사로 재직하고 있었다.

아펜젤러가 1885년 세운 최초의 서양식 교육기관인 배재학당에는 당시 독립협회 관계자이며 조선 사회의 선각적 지도자인 서재필(徐載弼)과 윤치호(尹致昊) 등이 강사로 출강하여 어린 학생들을 애국지사로 양성하고 있었다. 배재학당은 학생들에게 영어, 역사, 산술, 화학, 물리 등 근대적인 학문을 체계적으로 가르쳤다.

배재학당에는 서재필 등이 조직한 협성회(協成會)가 유명하였다. 감수성이 예민한 여운형은 이 협성회의 토론회에 참가하여 지식과 경험을 익히고 수련을 쌓아 나갔다.

당시 협성회에서는 한글 사용, 양복 착용, 근대 교육 실시, 체육 위생의 강조, 봉건 관습의 타파, 철도와 도로 공원 등의 정비, 공장의 신설, 산업의 개발 같은 개화 정책의 과제를 다루었다. 또한 의회 개설, 외국에의 개발권 부여 반대, 군사권 침해 반대 등등의 정치적 주제도 심도 있게 다루고 있었다.

여운형은 이러한 학술 연마와 현실 문제의 비판을 통하여 봉건적 조선 사회의 모순에 대해 논리적인 자각을 형성해 갈 수 있었다. 뿐만 아니라, 여러 가지 복잡하고 현대적인 주제에 관해 논리적으로 사고하고 자신의 생각과 입장을 정연하게 표현하는 기법을 체계 있게 연마해 나갔다.

1901년 여운형은 배재학당에서 민영환(閔泳煥)이 건립한 흥화학교(興化學校)로 전학하고 17세 되던 해인 1903년에 우무학당(郵務學堂)에 입학할 수 있었다. 우무학당은 나라에서 새로이 세운 통신원(通信院)이 체신 전문인 양성을 위해 개설한 우체학교(郵遞學校)이다. 그러나 이때부터 여운형에게는 시련이 닥쳐오기 시작하였다. 이 시련은 가정사에서 출발하여 왜적에게 나라를 빼앗기는 망국으로 이어졌다.

여운형이 우무학당에 들어간 그해에, 결혼한 지 4년밖에 안 된 어린 부인과 사별하였다. 다시 10월에는 손자를 끔찍이 위해 주시던 할아버지가 돌아가셨다. 1905년에는 마침내 어머니마저 세상을 떠났다. 가정의 불행이 나라로 이어져, 이해에는 을사늑약(乙巳勒約)에 의해 국권(國權)의 절반을 일본에게 빼앗기고 말았다. 뒤이어 흥화학교 교장이자 시종무관장(侍從武官長)이던 민영환이 자결하였다. 민영환의 자결은 여운형에게 큰 충격을 주어서, 울분을 이기지 못한 여운형은 졸업을 한 달 앞둔 우체학교를 박차고 나왔다. 신진 기술관료의 장래가 보장되어 있었지만, 을사늑약으로 통신원이 일본에게 넘어가면서 왜놈의 관리가 우체학교에 부임하였기 때문이다.

다음 해에 어머니의 뒤를 이어서 아버지마저 돌아가셨다. 집안에는 여운형과 15살 된 동생 여운홍(呂運弘) 형제만이 남게 되었다. 형제는 전례에 따라 3년상(三年喪)을 치렀다.

여운형이 상복(喪服)을 입고 부친 거상(居喪)을 보내는 동안, 놀라운 소식이 묘곡 산골에까지 전파되어 왔다. 1907년 7월 왜적들은 조선을 완전히 병탄하기 위하여 최후의 조치를 강구하였다. 정미7조약(丁未七條約)에 의거하여 차관정치(次官政治)란 미명하에 모든 행정권을 장악하였다. 국가의 마지막 보루라는 조선 군대를 무장해제하고 아주 해산시켜서 없애 버렸다.

항일의병(抗日義兵)이 경향 각지에서 벌떼같이 일어났다. 양평의 청년들이 여운형의 거상초막(居喪草幕)에 몰려들었다. 여운형은 분연히 일어섰다. 그렇지만 3년상이 아직 끝나지 않아서 향리를 떠날 수는 없었다.

여운형은 상중(喪中)에도 불구하고 묘곡 집 사랑방에 신식 학교인 광동학교(光東學校)를 설립하여 인근 청소년들을 교육하였다. 역사 ,지리, 산술, 등과 수신(修身), 이과(理科), 성경 등 근대적 신학문과 새 사상을 전파하기 시작하였다. 또한 울분을 토하고 열변을 뿜으면서, 조선의 장래를 떠안을 어린 동량(棟樑)들에게 애국애족의 민족혼을 호소하였다.

여운형이 방문을 열고 대청으로 나서자 마당을 쓸고 있던 가복들이 달려와 인사를 한다.

"서방님, 안녕히 주무셨습니까? 피곤하실 텐데 더 취침하시지 않고 이렇게 일찍 나오셨습니까?"

여운형이 범강이를 쳐다보면서 이른다.

"범강아, 너는 장달이를 데리고 나를 따라오너라. 뒤 안에 가서 사당을 청소하고 정리해야겠다."

부엌에서는 마님을 따라 하녀들이 분주히 움직이고 있다.

노복들을 데리고 사당에 들어선 여운형은 제상(祭床) 위에 가지런히 모셔진 신주위패(神主位牌) 앞에 섰다. 어둠이 서린 사당 안은 조상의 위엄이 가득해 보였다. 여운형은 신주 앞에서 큰절을 두 번 올렸다.

여운형이 사당 밖에 시립해 있는 노복들에게 지시한다.

"범강, 장달아, 이리 들어오너라. 지금부터 사당 안에 모셔진 신주위패를 모두 뜯어 내라. 뜯어 낸 신주위패를 종이에 조심해서 싸도록 해라. 그리고 애들을 시켜 사당 안을 깨끗이 청소하도록 하여라."

범강, 장달이를 비롯한 노복들은 어안이 벙벙한 눈치이다. 범강이 나서서 의아한 듯이 다시 묻는다.

"서방님, 신주를 떼어 내다니요? 신주를 종이에 싸다니요? 어디로 옮기시려 하십니까?"

그도 그럴 것이 간밤에 아무 말이 없었다. 이렇게 신주를 옮기는 중요한 일이라면 밤에라도 준비가 있어야 마땅하다.

어제로 삼년상이 끝났다. 양평 일대에 효자로 소문난 여운형이 삼년 거상을 벗고 엊저녁 산소에서 마지막 제사를 모신 후에 밤에 집으로 내려와 잠을 자고 오늘 아침 일어난 것이다. 그간 밤사이에 무슨 사연이 터졌단 말인가…?

여운형이 대답할 필요가 없다는 듯이, 손수 나서서 신주들을 바닥에 내려 종이에 싼다. 뜯어 낸 위패 등을 큰 종이에 말고 나무 그릇에 담아서 장달이에게 짊어지게 하여 마당으로 나왔다.

소식을 들은 마님과 하녀들이 놀라서 마당으로 쫓아 나왔다.

부인이 어이가 없는지 입을 벌린 채 급히 묻는다.

"여보, 지금 무슨 일을 하시는지요? 신주위패를 떼어 담아 내셨다니, 어디로 옮기시려 하시나요? 어제 밤까지 아무 말씀도 없으셨지 않은가요?"

여운형이 부인에게 큰소리로 말한다. 모든 노복들이 들으라는 듯이 주위를 둘러보며 얘기한다.

"여보, 오늘부터 낡고 뒤떨어진 가풍(家風)을 바로잡으려고 하오. 집안이나 나라에 해를 주는 폐습은 없애 버리겠소. 신주는 모두 선영에 매장하겠으니 그렇게 아시오."

여운형은 다시 하녀들을 향하여 지시를 내린다.

"내가 산에 다녀올 테니, 그동안에 너희들은 광 속에 있는 요상한 장식품들을 모두 꺼내어 마당에 내놓아라. '터주'니 '성주'니 '군웅'이니 하는 울긋불긋한 '솜각시'같은 것들은 하나도 남기지 말고 털어 내도록 하여라."

말을 마치자 여운형은 장달이를 데리고 산으로 향했다. 놀란 가복들이 삽, 곡괭이, 가래 등을 짊어지고 그 뒤를 쫓아 내닫는다.

갑자기 묘꼴 여운형 집은 아수라장으로 변했다. 소문이 퍼지면서 동네가 들끓기 시작하였다. 마을 사람들도 영문을 모른 채 하나둘 여운형 집으로 모여들었다.

여운형은 신주위패를 남김없이 선영 옆 땅속에 파묻었다. 가복들을 데리고 다시 집으로 내려왔다. 그 사이 너른 마당 가운데에 가지각색의 요상한 장식품이나 솜각시 들이 쌓여져 있었다.

방에 들어가 성냥을 들고 나온 여운형은 한곳에 모은 솜각시에 불을 붙였다. 울긋불긋한 터주, 성주, 군웅 같은 것들이 불속에 휩싸였다.

여운형이 하녀에게 이른다.

"얘야, 너 내실에 들어가 잘 드는 가위를 가져오너라."

영문을 모르는 하녀가 재빠르게 큰 가위를 가져왔다.

여운형이 부인에게 말한다.

"여보, 이제부터는 내가 모범을 보일 때가 되었소. 낡고 병든 폐습을 버리고 새로운 풍속을 일으켜야 될 것 같소. 우선 머리에 있는 상투를 자르겠소. 이해해 주시오."

죽 나와 늘어서 있는 식솔들을 향하여 여운형이 말을 계속한다.

"예로부터 '신체발부(身體髮膚)는 수지부모(受之父母) 불감훼상(不敢毀傷)은 효지시야(孝之始也)'라고 했는데, 이 의미를 나도 잘 알고 있습니다. 그러나 길고 불결한 머리를 자르고 다듬는 것은 조발(調髮)이며, 이는 조상 앞에 나아갈 때 몸을 깨끗이 씻고 옷을 정갈하게 차려입는 이치와 같은 것입니다. 앞으로 우리는 생활풍습을 간편하고 실용적으로 해야 합니다. 그럼으로써 시대의 대세에 뒤떨어지지 않도록 마음을 단단히 고쳐먹어야 합니다."

저고리를 다시 여미고 마루에 걸터앉은 여운형이 가복에게 가위를 주며 지시한다.

"범강아, 너 이 가위로 내 상투를 잘라 버려라."

잘려져 떨어지는 상투를 보면서, 부인이 고개를 숙이고 눈물을 짓는다. 대문 안팎에 모여든 동네 사람들도 영문을 모른 채 한숨을 짓는 이들이 많다.

머리를 털고 일어선 여운형이 집안을 향해 큰소리로 말한다.

"지금부터 내가 중대한 사리를 발표하겠으니, 가솔들은 한 사람도 빠짐없이 마당에 나와서 열을 서 주기 바랍니다."

여운형이 안방으로 들어간 사이에, 범강, 장달이가 남녀 노비들을 모아 줄을 세운다. 가복과 하녀가 따로 모여서 손을 앞에 모으고 줄을 서 있다.

여운형이 궤짝을 들고 나오더니 그 속에서 두루마리 종이 문서를 꺼낸다.

걱정도 되고 구경도 삼아 마당을 메운 동네 사람들을 번갈아 보면서, 여운형이 가솔들에게 큰소리로 발표한다.

"여러분, 그동안 내 집에서 나와 조상들을 받들고 일을 하느라고 고생들이 많았다. 물론 일이 좋아서 자발적으로 한 경우도 있겠으나, 신분 계급에 따라서 어쩔 수 없이 참고 견디어 왔을 것입니다.

나는 지금부터 여러분들을 자유롭게 만들어 주려고 합니다. 여러분 모두를 종의 신분에서 해방시켜 준다는 말입니다. 여러분이 지켜보는 앞에서, 내가 직접 이 노비 문서를 불살라 없앨 것입니다."

노비 해방이 선언되자 갑자기 주위가 소란스러워진다.

임금님의 지시에 따라 노비 해방은 이미 갑오경장 때에 시행되었다. 그러나 이 나라님의 말씀을 이행한 양반은 경향 각지에 거의 없었으며, 양반 상놈의 신분 차이와 종살이가 그대로 지속되고 있었다. 이곳 양평 일대에서도 양반 주인이 나서서 종을 해방시킨 경우는 한 번도 없었다. 경천동지의 사건이 아닐 수 없다.

여운형이 노비 문서에 성냥불을 그어 대자 삽시간에 불이 활활 타오른다. 수십 년, 아니 수백 년대를 이어 함양여씨인 여운형 가문에 신분이 매어져 종살이를 해 온 노비들의 종 신분도 화염과 함께 불타 없어지고 있다.

갑작스런 주인의 큰소리에 놀라 얼이 빠져 있던 남녀 노비들 모두가 불타 없어지는 종 문서를 보자 비로소 제정신이 들었다. 범강, 장달이를 중심으로 사내종들이 일시에 땅에 엎드린다.

"서방님, 갑작스럽게 이 일이 웬일이십니까? 저희들이 어떻게 하면 좋겠습니까?"

뒤이어 여자종들도 무릎을 꿇었다. 모두 감격에 겨워 흐느껴 운다.

여운형이 노비 문서를 태운 다음에, 앞에 엎드려 눈물을 흘리는 범강이를 일으키면서 말을 계속한다.

"여러분, 여러분은 오늘부터 자유의 몸이 되었다. 여러분 생각이나 판단에 따라 여러분 마음대로 행동해도 된다.

이제부터는 양반이나 상전도 없으며, 상놈이나 종도 없다. 또 비록 같이 지낸다고 하더라도 '서방님'이니 '아씨'니 하는 신분적 칭호는 없어진 것이다. 내가 광동학교를 개설하고 학생들에게 누누이 말한 것과 같이, 인간은 모두 날 때부터 평등하게 태어났다. 주종지의(主從之義)나 신분 계급이라는 법도는 이제 사람을 억압하고 나라를 망하게 하는 폐습이 되어 버렸다. 우리 모두는 이 낡고 못된 폐습을 철저히 없애야 한다. 그리하여 사람도 살리고 나라도 구해야 한다."

숨을 고른 후에 여운형이 당부를 한다.

"지금 내 집을 떠나고 싶은 사람들은 즉시 떠나도 좋다. 또 갈 곳이 마땅치 않아 며칠 머무를 사람들은 당분간 식솔로 있어도 좋다. 그러나 이제부터는 노비가 아니라 한 식구일 뿐이다.

떠날 사람들이 여비가 없으면 내게 말하여라. 내가 힘닿는 데까지도와줄 생각이다. 앞으로 내 집을 떠나지 않고 농사를 지으며 같이 살고자 하는 사람은, 이제부터 가복이나 하녀가 아니라 나의 고용인이다. 따라서 서로 상의하여 정해진 보수를 지급하기로 하겠다."

하녀가 아니고 고용인이며 정해진 보수를 지급한다는 말에, 감격의 외침이 통곡으로 터져 나온다.

"서방님! 이 은혜를 어찌 갚을 수 있겠습니까? 흑흑."

그때였다. 대문 밖에서 지긋이 사태를 지켜보고 있던 중년 노인 둘이 대문 안으로 들어서면서, 여운형을 향하여 나무라는 투로 시비를 건다.

"여운형 선생, 나는 자네를 우리 고을의 인물로 생각해 왔네. 그래서 내 손주들도 자네 학교에 보내어 신식 학문을 배우도록 하고 있어. 또한 자네가 삼년거상을 보내는 것을 보면서 드문 효자라고 칭송해 왔네. 그런데 신주위패를 산에 묻어 버렸다고 하니, 그런 패륜 행위가 어디 있단 말인가?

또한 지금 자네가 느닷없이 노비 문서를 불태우며 종을 해방한다고 하니, 그렇다면 우리 양반들이 어떻게 행세를 하고 하인들을 부려먹을 수 있는가? 운형이 자네, 혹시 초막에서 지내는 동안 머리가 돈 것이 아닌가?"

여운형이 고개를 들어 쳐다보니, 묘꼴에서 양반 행세를 톡톡히 한다는 박 진사이다. 천석지기를 한다고 하며 재물 자랑을 하는 토호이기도 하다.

여운형은 잘됐다 싶었다. 마을 사람들에게 시의적절한 깨우침을 주어야겠다고 생각하고, 즉시 일장 연설을 한다.

"박 진사님, 잘 오셨습니다. 제가 사리를 들어 말씀드릴 테니, 한번 깊게 생각해 보시기 바랍니다. 또한 동네 여러분들도 잘 들어보시고 판단하셨으면 좋겠습니다.

여러분, 밖에 나가서 일하거나 생산하지는 않고 집에 눌러앉아 신주나 모시고 사당을 지키며 철 따라 형식적인 제사치례를 하는 것이 조상에 대한 효도입니까? 그렇게 해서 왜적에게 나라를 빼앗기고, 조상이 대대로 물려준 집과 전답에서 쫓겨나는 것이 효도를 다하는 것인가요?

그렇지 않습니다. 저도 어제 삼년거상을 마쳤습니다만, 참된 효도는 조상을 욕되지 않게 하는 것입니다. 진정으로 바르게 조상을 받드는 효도는, 바로 나라를 지키는 일입니다. 나라가 있어야 가정을 세우고 조상에게서 받은 옥답을 지킬 수 있습니다. 가정과 전답, 옥토가 있어야 후손에게 물려줄 수 있는 것이지, 빼앗기고 쫓겨난 후에 무엇이 있어 자손들에게 효도를 다하라고 가르칠 수가 있단 말입니까?"

여운형이 숨을 고른다. 신이 나는지 더 우렁찬 목소리로 말을 계속한다.

"동네 여러분, 잘 생각들 해 보십시다. 나라의 주인은 누구입니까? 백성입니다. 그러면 백성은 누구입니까? 양반들입니까? 그렇지 않습니다. 말 그대로 모든 사람들이 백성입니다. 아니 오히려 천대를 받으며 열심히 일해서 자원을 생산해 내는 농민들, 소위 상민들이 백성의 중심입니다. 그 수에 있어서도 상민이나 노비 들이 양반네들보다 훨씬 많습니다.

여러분, 그 옛날 진시황 폭정을 쳐부순 영웅들도 말했습니다. 왕후장상에 씨가 따로 없다고 했습니다. 성인 맹자께서도 말씀했어요. 천하의 주인은 왕이나 귀족, 양반 들이 아니라 몸으로 생산을 담당하는 백성이라고 하셨습니다.

여러분, 사람은 날 때부터 모두 평등합니다. 또한 자기 일은 자기가 결정할 수 있는 자유를 갖고 태어납니다. 제가 배운 신학문에 의하면, 백성과 신민 들의 자유 평등을 지켜 주고 위해 주고 진작시키는 나라만이 번영하고 부유해졌습니다.

영국이나 미국 같은 선진 국가에서는 인간의 자유 평등을 철저히 지키고 노예제도를 폐지하였습니다. 우리의 원수 왜적도 서양의 제도를 열심히 받아들이고 있어요. 그런데 왜 우리나라만이 양반상놈 제도를, 그 못된 노비 문서를 지키려고 하는 것입니까?"

좁은 마당에 꽉 들어찬 동네 사람들과 가솔들이 모두 고개를 들고 여운형을 쳐다본다. 물을 끼얹은 듯이 숨소리 하나 들리지 않는다. 생전 처음 들어보는 신식 얘기를 한마디도 놓치지 않으려는 듯, 입을 벌린 채 눈과 귀가 여운형에게 쏠려 있다. 호기 있게 나섰던 박 진사와 송 영감도 이미 혼이 나갔는지 여운형을 똑바로 쳐다보지 못하고 있다.

여운형이 손을 들어 주먹을 불끈 쥐면서 소리친다.

"여러분, 나라에서는 벌써 여러해 전에 갑오경장을 통하여 양반 상민의 신분제도를 타파하고 노비제도를 폐지하였습니다. 그런데 일부 양반님네들은 어찌하여 나라님의 말씀을 듣지 않으며, 국법을 어기는 것입니까? 이런 양반들은 나라 법상 무슨 죄에 해당합니까?

여러분, 제 말씀을 잘 들으시고 정신을 바짝 차려야 합니다. 양반이 국법을 어기면서 노비라고 하여 짓밟고 백성을 착취하여 우리나라가 망했습니다. 나라만 망했습니까? 백성도 망하고 개인도 죽게 되었습니다.

을사오조약과 정미칠조약에 의해 왜놈들이 바다를 새까맣게 건너오고 있습니다. 그렇게 되면 우리 조선 백성 모두는 자식들을 데리고 고향에서 쫓겨나게 됩니다. 일부 몰지각한 양반들과 못된 악습 때문에 나라 꼴이 이 지경이 되고, 우리 백성들 모두가 죽게 된 것입니다. 이 원통하고 한스러운 사연을 어디에 호소해야 합니까?"

갑자기 와! 하는 소리들과 함께 박수가 터져 나왔다. 꿇어앉아서 여운형을 올려다보던 가솔 노비들의 눈에서 감동의 눈물이 흘러 얼굴을 적시고 있었다.

$$(4)$$

낡은 폐습을 혁파하고 노비를 해방하는 등 주변과 집안일을 정리한 여운형은 국운(國運)을 일으켜 세우는 큰 뜻에 몸을 바치기 위하여 집을 나섰다.

24세가 되던 1910년, 여운형은 우선 강릉으로 진출하였다. 피치 못할 초청을 받아들여, 강릉 초당의숙(草堂義塾)에서 교편을 잡고 학생들에게 신학문을 교육하기 시작하였다. 애국가를 가르치고, 을지문덕, 이순신, 안중근 등 애국 열사들의 민족정신을 전파하는 데 열성을 다했다. 그러나 학교는 얼마 가지 못하였다. 한일합병이 되면서, 명치(明治) 연호를 사용하지 않는다는 이유로, 또 여운형이 교육을 통하여 불온사상을 퍼뜨린다는 구실을 잡아 일제가 강압으로 초당의숙을 폐교시켰기 때문이다.

　여운형은 서울 승동교회(勝洞敎會)에 몸을 담고 기독교에서 구국의 실마리를 구했다. 당시 승동교회에는 우국충정에 불타는 젊은 지식인들이 찾아들었다. 민족 지도자 전덕기(全德基) 목사를 중심으로 이동녕, 이회영, 안창호, 최남선, 김좌진 등 열혈청년들이 모여 승동청년회를 조직하였다. 여운형도 승동교회 모임의 일원이 된 것이다.

　당시 기독교는 조선 청년들에게 근대 문명과 새 의식을 불어넣기도 했지만, 더 중요한 사실은 교회가 합법적인 집회 조직을 통해서 애국운동의 모체 역할을 할 수 있었다는 점이다. 청년 여운형도 애국심에 불타 신사상을 향해 모여든 우국 청년들과 합세하면서, 애국 의식을 고양하고 독립투쟁의 중요성을 자각해 나갔다.

　조선 천지를 폭력으로 차지한 일본은 총독 데라우치를 앞세워 철두철미 무단정치(武斷政治)를 펴 나갔다. 조선의 민족 지도자와 선각적 지식인을 말살하기 위해 일제는 총독 암살미수사건을 조작하고, 독립지사들을 체포, 고문, 수감하였다. 일명 '105인사건'에 연루되어서, 이승훈, 양기탁, 윤치호, 이동휘 등 백 여 명의 우국지사들이 투옥되기도 하였다. 일제의 폭압정치에 견디기 어려워지자, 민족지사들도 속속 국외로 망명하지 않을 수 없었다. 김규식은 1912년 몽고를 거쳐 중국으로 망명하고, 이승만도 같은 해에 미국으로 피신하였다.

여운형도 국내에서의 구국 운동을 포기하고 해외 망명을 결심하였다. 장차 조선 민족의 운명이 미국, 중국, 일본 간의 세력 관계에 의해 결정되리라는 통찰에 근거하여, 동생 여운홍은 미국으로, 사촌 여운일은 일본으로, 그리고 여운형 자신은 중국으로 망명하기로 결정한 것이다.

1911년, 신해혁명이 일어나 손문(孫文)의 이름과 함께 중국 혁명운동이 세계를 진동시키며 만인의 주목을 받고 있었다. 여운형은 중국 혁명의 향배가 조선의 독립에 결정적 영향을 미치게 될 것을 예상하였다. 1913년 만주지방을 여행하고 서간도 신흥무관학교를 시찰하고 돌아온 여운형은, 가산을 정리하고 1914년 중국을 향해서 고국을 떠났다.

여운형의 중국 망명생활은 남경(南京)에서 시작되었다. 1914년부터 1917년까지 3년 동안 금릉대학(金陵大學)에서 영문학을 전공하였다. 수료한 후에는 상해(上海)로 진출했다. 상해에는 조선인들이 많이 진출하여 활동하고 있었다. 당시 상해는 중국의 심장부일 뿐만 아니라, 서양 열강들의 수많은 조계(租界)가 상징하듯이 세계적 도회지였다.

30대에 들어선 여운형은 일단 중국에서 생활을 안정시키지 않으면 안 되었다. 또한 독립운동을 일으켜 나가기 위해서는 유리한 터전을 마련할 필요가 절실하였다. 상해에 온 여운형은 미국인 피치 박사가 경영하는, 북경로(北京路) 1번의 협화서국(協和書局)에 취직하였다.

32세가 되던 1918년에, 여운형은 조선인들이 모여 결성한 상해교민단(上海僑民團)의 단장으로 피선되었다. 마침내 여운형이 독립운동에 본격적으로 뛰어들게 된 것이다.

시대가 영웅을 낳고 영웅은 그때를 타서 몸을 일으킨다고 하듯이, 국제 정세는 웅지를 품고 중국으로 망명한 여운형에게 절호의 기회를 만들어 주었다.

1918년 세계 정세가 크게 소용돌이치며 변화하고 있었다. 러시아에서 볼셰비키혁명이 성공하여 제정러시아가 붕괴되고, 대신에 혁명가 레닌이 영도하는 거대한 사회주의 국가가 출현하였다. 거기에 더하여 레닌 정권은 전 세계에서 소수 민족의 해방을 지원하고 그들 나라의 자주권을 보장하겠다고 선언하였다. 한편 태평양을 건너 미국에서는 윌슨 대통령이 민족자결주의(民族自決主義) 원칙을 천명하였다. 더욱이 미국이 참전한 제1차세계대전이 영국과 미국을 중심으로 하는 연합국의 승리로 끝났다.

1918년 11월, 독일의 항복으로 세계대전이 종식되고 즉시 뒤 이어 파리 베르사이유 궁전에서 국제평화회의가 열렸다. 파리강화회의가 개최된 것이다. 여운형과 상해에서 활동하던 민족 지도자들은 파리강화회의에 민족 대표단을 파견하여 조선 독립을 호소하고 청원하기로 결정하였다. 그러나 국권을 상실한 상태에서 민족을 대표할 정부나 조직이 없었다. 망명 단체도 아직 마련되지 못한 상태였다.

상해교민단을 중심으로 단체 구성이 활발히 논의되었다. 1919년 1월, 마침내 여운형, 장덕수, 조동호, 김철, 선우혁, 한진교 등이 주동이 되어 신한청년당(新韓靑年黨)을 결성하였다. 상해, 북경, 만주, 간도, 노령 등 각지와 조선 국내를 포함하여 4, 5백명의 당원으로 구성되었다. 여운형이 당 대표자격인 총무간사에 피선되었다.

신한청년당은 파리강화회의에 민족대표단을 파견하기로 하고, 우사(尤史) 김규식(金奎植)을 파견 대표로 선임했다. 대표 신임장에는 총무간사 여운형이 서명하였다.

신한청년당원인 장덕수, 김철이 국내에 잠입하여 대표단의 여비를 모금하였다. 파리강화회의에 대표단 파견 사실을 들어 호소함으로써, 장덕수가 부산에서 2천 원을 모금하고, 김철이 천도교로부터 3만 원을 모금하는 데 성공했다. 김규식이 1천 원을 내놓는 등 모두 10만 원의 활동 자금을 마련함으로써, 파리강화회의에 참석할 수 있었다.

여운형은 1919년 3월 8일 무사히 상해에 도착하였다. 그해 1월 말 파리강화회의에 참석하는 김규식이 파리로 출발한 직후, 여운형은 북만주, 서북간도, 시베리아에서 활동하고 있는 동지들을 만나기 위해 상해를 떠났다. 파리 대표단의 파견 소식을 전하고, 또 독립투쟁을 효과적으로 전개하기 위해 조선 민족의 공동 연대를 결성하기 위함이었다. 한 달여에 걸친 길고도 위험한 여행이었다.

상해 집에는 부인 진씨(陳氏)가 다섯 살 난 장남 봉구(鳳九)와 갓난

아기 차남 홍구(鴻九)를 데리고 기다리고 있었다.

여운형이 집에 들어서자 반가운 손님이 달려나왔다.

"형님, 저 운홍입니다. 무사히 다녀오셨군요. 천만다행이십니다."

"아니, 누군가? 운홍 아우님이 아닌가! 이게 얼마만인가? 정말 반갑네."

두 사람은 손을 붙들고 감격적으로 포옹하였다. 형제가 고국에서 헤어져, 아우 여운홍이 미국으로 유학을 떠난 지 7년 만의 해우이다.

"자, 어서 들어가세. 자세한 고국 소식을 들어 보세."

여운형은 1918년 세계 정세가 급박해지자 미국 프린스턴 대학원에서 공부하고 있던 아우 여운홍에게 연락하여 학업을 잠시 중단하고 국내를 거쳐 상해로 들어오라고 지시하였다. 파리 대표단 파견 소식을 알려주면서, 국권을 회복할 수 있는 절호의 시기에 학문 연구로 칩거하고 있는 것은 무책임한 행동이라고 타일렀던 것이다.

차 한 모금을 마시면서 아우가 급하게 보고를 올린다.

"형님, 저는 일본을 거쳐 국내에 들어갔습니다. 동경에서 독립선언을 지켜보았지요. 또 그 사실을 국내 선후배들에게 알리고 독립 투쟁 방향을 상의한 후에, 형님께 말씀드리려고 이렇게 상해로 나왔습니다."

여운형이 대견하다는 듯이 아우를 쳐다보면서 입을 연다.

"아우, 수고했어. 어려운 일을 대과 없이 해냈다니 장하네. 지금 국내 경향 각지에서는 독립만세 운동이 천지를 진동하고 있다는데, 그 실상이 어떠한가? 왜적들 간담이 떨어지고 있다면서?"

여운홍이 신이 나서 말한다.

"예, 그렇습니다. 먼저 지난 달 동경에서 있었던 독립선언에 대해 말씀드리겠습니다.

세계 정세의 변화와 파리강화회의 대표단 파견에 고무되어, 금년 1월 왜적의 심장부 도쿄에서도 조선 민족의 독립선언을 내외에 선포하기 위하여 조선청년독립단(朝鮮靑年獨立團)이 결성되었습니다. 최팔용(崔八鏞), 백관수(白寬洙), 김도연(金度演), 최근우(崔謹愚), 이광수(李光洙) 등이 중심 인물입니다.

2월 8일 오후 2시, 동경 간다구(神田區)에 있는 조선기독교청년회관 강당에 모여 '유학생총회'라는 이름으로 대회를 열었는데, 입추의 여지가 없을 정도로 유학생들이 집결했습니다. 1,000명이 넘을 것으로 보였습니다.

독립선언서에 서명 날인한 11명의 대표로 백관수가 나와 독립선언서를 낭독하였지요. 이 독립선언서는 애정 소설 '무정(無情)'으로 문명(文名)을 날린 작가 이광수가 초안했다고 합니다. 결의문은 김도연이 외쳤지요.

뒤이어 모든 조선 유학생들이 일어서서 '조선독립만세'를 부르짖었습니다. 장내는 비분강개한 조선 민족의 환희와 감격으로 뒤덮였지요. 물론 왜놈 경찰들이 들어와 있었습니다. 그러나 유학생들이 상상외로 많았으며, 또한 청년학생들의 완력을 당할 수 없어 왜적도 속수무책이었습니다."

말을 마치고 여운홍이 품에서 서류를 꺼내어 여운형에게 내밀었다. 역사적인 '2·8독립선언서'이다. 여운형이 감격하며 독립선언서를 한 자 한 자 읽어 내려갔다. 읽기를 마치고 고개를 들자, 여운홍이 다시 말을 계속한다.

"형님, 저는 장덕수를 만나서 형님의 지시를 전달한 후 즉시 국내로 잠입했습니다. 형님의 말씀대로, 국내 민족 지도자들을 차례로 뵈었습니다. 이상재(李商在), 최남선(崔南善), 함태영(咸台永), 이갑성(李甲成) 선생님들을 만나서, 파리강화회의에 민족 대표단을 파견한 사실을 상세히 보고하였습니다. 또한 동경에서 일어난 '2·8독립선언' 실상을 소상히 전해드렸습니다. 그런 후 국내의 왜경 감시망을 뚫고 지난 3월 3일 상해에 도착한 것입니다."

여운형이 아우의 손을 잡으면서 다시 치하한다.

"아우, 참으로 수고했어. 정말 큰일을 했어!"

두 형제가 밤을 새우며 상봉의 정을 나누고, 또 국운을 걱정하는 동안에도, 조선 민족의 역사적 거사인 '기미독립운동(己未獨立運動)'의 여파가 상해로 밀려들고 날마다 새로운 소식들이 전해지고 있었다.

남녀노소나 직업의 귀천을 불문하고 불타오르기 시작한 조선 민족의 울부짖음은 국권회복(國權回復)과 독립이었다. 힘없는 백성들의 무기는 독립만세를 외치고 태극기를 흔드는 맨몸이었다. 기미독립운동에 참가한 인원은 벌써 200만 명이 넘었으며, 전국 218개 군(郡) 중에서 211개 군이 가담하였다고 한다.

조선인들의 민족혼에 놀란 왜적의 무력 탄압은 상상을 초월하였다. 헌병과 경찰은 물론, 육해군 병력을 총동원하여 맨손으로 일어선

시위 백성들을 도륙하였다. 피살인이 만여 명을 훌쩍 넘었으며, 사상자가 몇만 명인지 헤아릴 수 없다고 한다. 일본 관헌에 의해 체포되어 감옥에서 고문을 당하고 있는 만세 시위자들이 십만 명을 넘을 것이라는 안타까운 풍문들이 상해를 강타하였다.

소식이나 풍문 뿐만 아니라 실제로도 남부여대한 수많은 조선 백성들이 압록강과 두만강을 넘어서 만주와 연해주 방면으로 밀려들었다. 울분을 참지 못하고 조국을 탈출하는 열혈 청년 독립투사들이 바다를 건너 상해로 모여들었다.

상해에 집결한 천여 명의 민족지도자들이 마침내 궐기하였다. 여운형도 그들과 함께 일어섰다. 비록 영토를 상실하고 백성이 고국에 남겨져 있지만, 망명정부를 수립해야 한다는 지상 명제에 독립투사들이 합의하게 된 것이다.

기미독립운동의 대의명분 아래 우선 상해에 진출한 일부 민족 지도자들이 모였다. 상해에 이미 진출하여 활동하고 있던 선우혁, 신석우, 한송계, 상해교민단을 대표해 여운형, 서병호, 기미독립운동을 일으키고 국내에서 건너온 현순, 손정도, 최창식, 도쿄 독립선언의 주역인 이광수, 신익희, 최근우, 미주에서 건너온 여운홍, 그리고 노령과 만주 방면에서 참여한 이동녕, 이회영, 이시영, 조완구, 김동삼, 신채호, 조성환, 조소앙 등등이 결집하였다.

1919년 4월 10일, 상해 법계 김신부로(金神父路)에서 망명정부 의정원(議政院)이 개원되고, 곧이어 국무원(國務院)이 개설되었다. 국무총리에 이승만, 내무총장에 안창호, 외무총장에 김규식, 군무총장에 이동휘, 법무총장에 이시영, 각 부서의 장차장을 선임하고 정식으로 정부가 조직되었다. 드디어 국호를 '대한민국(大韓民國)'이라고 정하여, 대한민국임시정부(大韓民國臨時政府)가 수립된 것이다. 이후 약칭하여 상해임시정부로 불렸다.

여운형은 약관에 임시정부 창립 대표 의정원의 한 사람으로 참가하였으며, 후에 외무부 차장을 역임하는 등 임정 활동에도 적극 참여하였다.

여운형은 천천히 단상으로 올랐다. 심호흡을 하고 정신을 가다듬으면서 입을 열었다.

"존경하는 일본제국의 저명인사 여러분, 세계 각국에서 오신 기자님들, 또 청운의 뜻을 품고 선진국 일본으로 유학 온 조선 청년학도 여러분.

불초 소생의 발언을 들어 주시고, 또 소생과 의견을 나누어 주기 위해 이렇게 자리를 빛내 주시어 참으로 감사합니다."

여기는 일본제국의 수도 도쿄의 중심가에 위치한 '제국호텔'에 특별히 설치된 몽양 여운형의 회견장이다. 글자 그대로 세계 여러 나라에서 동경에 특파된 기라성 같은 기자들, 일본의 고위 관료들과 저명인사와 신문사의 대기자들, 그리고 몽양의 도쿄행을 환영하는 조선유학생 등등 5백여 명의 청중이 입추의 여지 없이 자리를 메우고 있다.

여운형이 조선말로 연설하면 장덕수(張德秀)가 유창한 일본어로 통역한다. 장덕수? 여운형이 추천하여 동행하고 있는 일행이다. 여운형과 함께 상해에서 신한청년당을 결성하고 임시정부 수립에도 관여한 젊은 독립투사이다. 일본의 명문 사립대학인 와세다(早稻田) 대학 정경학과를 2등으로 졸업한 수재이며, 특히 대학 시절 전일본대학생 웅변대회에서 장원을 차지한 발군의 웅변가가 아닌가. 새파란 청년이다.

모든 시선이 조선의 민족 지도자이며 독립투사인 두 젊은이에게 쏠려 있다. 여운형의 일거수 일투족이 일본과 조선, 그리고 중국 언론의 집중 조명을 받고 있다.

여운형이 계속한다.

"내가 이번에 도쿄를 방문한 목적은 일본 당국자와 일본 사회의 저명한 지식인들을 만나서 조선 독립운동의 진의를 설명하고 또 일본 당국과 의견을 나누고자 하는 것입니다.

이 여운형에게는 조국 독립운동이 평생의 사업입니다. 구주에서 세계전란이 일어났을 때 나와 우리 조선이 독립국가로 대전에 참가치 못하고 동양 한모퉁이에 쭈그리고 앉아 우두커니 방관만 하고 있던 것이 실로 유감스러웠습니다.

그러나 우리 조선 민족의 장래가 신세계 역사의 한 페이지를 차지할 시기가 반드시 오리라고 자신했습니다. 그러했기 때문에 나는 표연히 고국을 떠나 상해에서 나그네로 지낼 수 있었던 것입니다."

여운형은 사자후(獅子吼)를 토하면서, 때로는 호흡을 가다듬고 때로는 물을 마시며 연설을 계속해 나갔다. 장내는 물을 끼얹은 듯이 조용하다.

여운형의 열변이 정점을 향했다.

"작년 11월에 대전이 끝나고 상해의 각 사원에는 평화의 종소리가 울려 퍼졌습니다. 우리는 신의 사명이 머리 위에 내린 듯 기뻐하였습니다. 그리하여 거족적 활동을 시작하였습니다. 먼저 동지 김규식을 파리에 보내고, 다시 3월 1일에는 내지의 백성들이 모두 나서서 독립 만세를 절규하였습니다. 조선 민족이 전부 각성하였던 것입니다.

주린 자는 먹을 것을 찾고, 목마른 자는 마실 것을 찾는 것은 자기의 생존을 위한 인간 자연의 원리입니다."

여운형의 억양이 높아졌다.

"이 철리를 막을 자가 어디 있겠습니까? 일본인에게 생존권이 있다면 우리 조선 민족에게는 홀로 생존권이 없단 말입니까? 일본인에게 생존권이 있다는 것은 조선 사람이 긍정하는 바이며, 조선인이 민족적 자각으로 자유와 평등을 요구하는 것은 신이 허락하는 바입니다.

일본 정부에게 이를 방해할 어떤 권리가 있습니까? 이제 세계는 약소 민족의 해방, 부인 해방, 노동자 해방 등 개조를 부르짖고 있습니다. 이것은 일본을 포함한 세계적 운동입니다. 조선 민족의 각성과 조선의 독립운동은 세계의 대세이며 신의 뜻입니다.

새벽에 어느 집에서 닭이 울면 이웃집 닭이 따라 우는 것은, 다른 닭이 운다고 우는 것이 아니고 때가 왔기 때문에 우는 것입니다. 때가 도래하여 생존권이 양심적으로 발로된 것이 바로 조선의 독립운동입니다."

여운형의 기자회견 연설과 대담 내용은 다음날 일본 각 신문에 대대적으로 보도되었다. 여운형 일본 초청 시의 약속에 따른 경시청의 특별 승낙으로 가감 삭제 없이, 여운형의 조선 독립 주장과 선전이 그대로 기사화된 것이다.

'조선의 청년지사 독립을 주장하는 사자후', '제국 수도 한복판에서 불온 언사 난무', '여운형 군 독립주의를 고집'이라는 제목이 각 신문의 전면을 대문짝 만하게 장식함으로써, 일본 정계와 사회에 큰 파문을 일으켰다.

다음날부터 일본 조야의 반응은 두 갈래로 나타났다.

먼저 일본에서 사회주의 사상을 연구하는 진보적 인사와 학생 들이 큰 관심을 보였다. 특히 동경제국대학 교수 요시노가 이끄는 신인회(新人會)에서는 여운형을 특별히 초청하였다.

여운형 환영 모임의 자리에서 여운형은 다시 한번 조선의 독립을 주장하였다.

"조선 독립운동은 일시적인 감정의 폭발이 아닙니다. 이는 오직 조선인의 영구적 자유와 발전을 위해서이며, 나아가서는 동양과 세계의 영원한 평화를 위해서입니다."

사회를 맡고 있던 저명한 지식인 미야자키가 진심을 털어놓고 다음과 같이 여운형을 지지할 정도였다.

"여 선생의 말씀을 듣고 우리는 안심이 됩니다. 조선 독립운동이 민족적 대립 감정으로 된 것이라면 일본과 조선의 관계는 불안을 면치 못할 것입니다. 그러나 여 선생의 말씀과 같이 진실로 조선 독립이 인류 전체 평화를 위한 것이라면 조선이 독립함으로써 일본과 조선이 서로 화평할 수 있을 것입니다.

일본인 중에도 조선 독립을 기원하는 사람들이 적지 않게 있다는 사실을 알아주시기 바랍니다."

여운형 환영 모임은 시종 화기애애하게 진행되었다. 폐회에 앞서서는 오스기(大杉榮)의 선창으로 참석자 전원이 '조선독립만세'를 부르기까지 했던 것이다.

그러나 일본 우익 진영에서 여운형의 독립 주장에 대한 비난과 강력한 반대가 대대적으로 터져 나왔다.

이번에는 육군대신 다나카(田中義一)가 우익 대표로 나섰다. 다나카는 현임 육군대신일 뿐만 아니라, 손꼽히는 무단정치가로서 일본 군국주의의 총수이다. 다나카는 사리를 따지거나 대화를 통해서는 여운형을 제압할 수 없다고 판단하고 무력시위를 통한 비상수단을 쓰기로 작정한 후에, 여운형을 초대하였다.

마침 대본영(大本營) 회의실에서 다나카 주재하에 제국 전략회의가 열리고 있었다. 관동(關東), 청도(青島), 대만 등지의 군사령관과 노다 체신대신, 고가 척식국장관 등 군과 정계의 거물들이 열석하였다. 특히 여기에는 조선군 사령관 우쓰노미야(宇都宮)와 조선총독부 정무총감 미즈노(水野鍊太郎)도 참석하고 있었다.

식민지 조선 출신의 젊은 독립지사 여운형은 자기를 위협하기 위해 눈을 부릅뜨고 기다리는 일제의 기라성들과 당당하게 대결하였다. 처음 대면하여 첫인사를 나누면서 만좌한 각료 장군들은 우선 여운형의 당당한 풍채와 준수한 용모와 자신 있는 태도에 시선이 쏠렸다.

본론에 들어가자, 다나카가 협박한다.

"젊은 지사 여운형 선생, 나는 내 생각을 직선적으로 표현하는 성격이오. 결례가 되더라도 용서하기 바라오.

우리 일본제국은 3백만 명이 넘는 정예 병력을 소유하고 있소. 해군 함대는 서양 제국주의 함대에 필적하며, 지금 사해를 누비고 있소. 가히 천하무적이라고 해도 과언이 아닐 것이오. 도하 신문에 보도된 대로 박식을 자랑하는 여운형 선생은, 충량한 일본군이 청일전쟁에서 중국을 격파하고 노일전쟁에서 러시아에 완승한 사실을 잘 알고 있으리라고 생각하오.

여운형 선생은 조선의 독립을 주장한다고 하는데, 이는 대일본제국에 대한 반항으로 보일 수밖에 없소. 만일 조선인들이 이미 종결된 일한합방에 대해 끝까지 저항한다면, 2천만 정도의 조선인쯤이야 전부 없애 버릴 수도 있소.

여운형 선생, 조선은 우리 일본과 일전을 할 용기가 있소이까?"

여운형이 일어서서 다나카에게 공손히 인사하며 천천히 대답한다. 그러나 상대방을 설복시키는 변설에서 천부적 소질이 빛을 발하기 시작한다.

"다나카 육군대신 각하. 각하께서는 무인이면서 경서에 밝으셔서 군 내외의 존경을 받고 있는 것으로 알고 있습니다.

옛말에 '삼군지수(三軍之帥)'는 가탈(可奪)이언정 필부지지(匹夫之志)는 불가탈(不可奪)이라는 경구가 있습니다. '삼군의 장수는 그 목숨을 빼앗을 수 있어도 한 대장부의 뜻은 뺏을 수 없다'는 의미일 것입니다.

제국의 군대가 조선인 2천만 명을 일시에 다 죽일 수도 있고, 또 여운형의 목을 단번에 칠 수도 있습니다. 그러나 2천만의 조선인 혼까지 죽일 수는 없을 것이며, 이 여운형의 정신을 베어 버릴 수는 없을 것입니다.

각하께서 제국의 수도 한복판에 단신으로 들어온 여운형을 사형에 처할 수는 있겠지만, 그러나 여운형의 조국애와 독립 정신까지 처형하지는 못할 것입니다."

장내가 숨소리 하나 없이 조용히 가라앉는다.

다나카가 다시 입을 연다.

"여운형 선생, 내 말을 잘 들어보시오. 오늘 이 자리는 대일본제국의 전략을 논의하는 회의장이오. 선생에게 일본 세계 전략의 일단을 보여줄 테니 잘 명심하기 바라오."

그러면서 소위 '다나카 플랜'이라는 일본의 남방 진출 전략을 장황하게 설명한다.

다나카가 결론을 맺으면서 여운형을 설득한다.

"조선 백성들이 일본과 제휴하고 일본 정부를 따르면 부귀를 누릴 것이오. 만약 그렇지 않고 반항하면 무자비한 탄압이 있을 뿐이오. 독립만세를 부른다고 독립이 된다면 이는 어리석은 짓이오. 큰 착각이오.

여운형 선생은 일본제국이 조선의 독립을 허락할 줄로 생각되는가?

내 생각에 조선은 자치를 하면서 일본과 제휴하여 발전을 도모하는 것이 가장 현명한 방책일 것이오. 어떤가? 여운형 선생이 조선 민족을 대표하여 일본 정부와 자치 문제를 논의해 보지 않겠는가?"

여운형이 감사의 정을 표하면서 답변한다.

"육군대신 각하, 사람들이 익히 알고 있는 예를 하나 들어 보겠습니다.

얼마 전 세계에 그 호화스러움을 자랑하던 타이타닉호 여객선이 대서양에서 침몰하여 탑승객이 전멸하였습니다. 물 위에 나와 있는 작은 빙산 덩이를 작다고 업신여기고 물속에 잠겨 안 보이는 빙산의 큰 본체를 생각지 않고 돌진하다가 빙산에 부딪혀서 배 전체가 침몰당한 것입니다.

외람된 말씀이오나, 지금 일본의 지도자들은 이와 같은 만용의 우를 범하지 않도록 타이타닉 침몰 사건을 타산지석으로 삼아야 할 것입니다.

조선인들이 부르짖은 독립만세는 물 위에 나온 작은 부분의 빙산에 불과합니다. 일부분만 보고 본체를 무시하면 큰 낭패를 당하게 됩니다. 현하 국제 정세의 흐름에서 보이는 것처럼, 전세계 인류가 사회정의와 인도주의 원칙에 따라 약소민족 해방전선에 나서서 함께 나아갈 날이 머지않았습니다. 이 추세를 무시한다면, 일본은 어려운 구렁텅이에 빠져서 재기하기 어려운 상황에 처해질 것입니다."

이렇게 하여 다나카 육상(陸相)의 협박 회유도 실패로 끝났다.

1919년 11월 18일부터 12월 1일까지 3주간 도쿄에 머무는 동안, 여운형은 고가(古賀兼造) 척식국장관(拓植局長官)과 4차례, 다나카 육상과 2차례, 미즈노 조선총독부 정무총감과 1차례, 도코나미(床次) 내상(內相)과 1차례, 노다(野田卯太郎) 체신대신(遞相)과 1차례, 하라(原敬) 수상과 1차례, 그리고 당대 일본 제일의 지식인들과 수차례 회담하였다.

일본 당국은 여운형을 귀순시키거나 회유하기 위하여 조선의 자치제를 제안하는 등 다양한 방법을 동원했다. 그렇지만 여운형은 일본의 제안을 일축하고 일본 지도층의 논리를 통렬히 공박하면서, 조선의 독립을 주창하였다. 33세밖에 안 된 여운형이 젊은 신진의 민족 지도자가 되어 일본열도를 뒤흔들어 놓았던 것이다.

1921년 말, 모스크바에서 원동피압박민족대회(遠東被壓迫民族大會)가 열렸다. 미국의 주도하에 열린 '워싱턴 회의'에 대항하기 위하여, 소련 레닌 정권과 코민테른이 개최한 국제회의이다.

이 대회에는 조선 대표 54명, 중국 대표 37명, 일본 대표 13명, 몽고 대표 14명 등이 참석하였는데, 일본 대표의 이의로 명칭이 '원동민족근로자대회'로 불리기도 하였다. 조선 대표로는 여운형을 비롯하여, 김규식, 이동휘, 홍범도, 김단야 등이 참석했다. 여운형 일행 조선대표는 1922년 1월 7일 모스크바에 도착하여, 기차역 광장에서 수만 명에 달하는 소련 군중들의 열렬한 환영을 받았다. 여운형이 답사로 대표 연설을 하여 명성을 떨치기도 했다.

회의는 2주간 계속되었다. 대회 개회 시에 5인의 의장단이 선출되었는데, 소련 대표 지노비에프, 중국 대표 장국우(張國愚), 조선 대표 여운형, 김규식, 인도 대표 로이(Roy)가 피선되었다. 개회사는 김규식이 했는데, 열변으로 찬사를 받았다.

회의 기간 중에 여운형은 세계적인 공산주의 지도자 레닌과 두 차례 회담하였다. 이 회담에서, 여운형은 조선의 해방과 독립을 위하여 소련이 적극 지원해 줄 것을 요청하였다. 이에 레닌과 소련 정부가 후원해 주기로 약속하였다. 그 후 레닌은 약속에 따라 적지 않은 자금을 지원하기도 했다.

일제와의 도쿄 대결에서 국제적 명성을 얻은 여운형은, 다시 사회주의 강대국으로 떠오르고 있는 소련의 수도 모스크바에서의 역사적 국제대회에 참석함으로써 정치 식견을 세계로 넓힐 수 있었다. 또한 여운형은 국제공산주의 운동의 실상과 의의를 이해하고 직접 목격할 수 있었다. 나아가 소련 및 코민테른과의 국제적 연대에 의한 조선 독립의 가능성을 확인함으로써, 독립 투쟁에서 중요한 성과를 거둘 수 있었던 것이다.

(5)

필리핀, 싱가포르 등 남양(南洋) 여행에서 돌아온 여운형은 비교적 한가한 날들을 보내고 있었다. 상해 복단대학(復旦大學) 교수가 되어 남양 원정 축구단을 인솔하고 마닐라를 거쳐서 상해로 무사히 귀환한 것이다.

1929년 7월 8일, 여운형은 모처럼 짬을 내어 상해 요동(遼東) 운동장으로 야구 경기 구경을 나갔다. 야구 시합을 보고 있는데, 청년 하나가 소리 없이 접근했다.

낮은 목소리로 다급하게 말한다.

"몽양 선생님이 아니십니까? 저는 상해에서 대학에 다니는 조선 학생입니다. 급히 피하셔야 하겠습니다. 지금 왜놈 경찰들이 떼 지어 들어와, 몽양 선생님을 노리면서 수상한 행동을 하고 있습니다.

즉시 여기를 뜨셔야 합니다."

말소리를 들어보니 틀림없는 조선 동포이다. 여운형은 반가웠다. 또 자기를 알아보고 걱정해 주는 것을 보니 고마웠다.

"학생, 고마워. 알았으니까 자네 먼저 피하게. 나도 뒤따라 일어나겠네."

여운형은 경망스럽게 피신할 수는 없었다. 태연자약하려고 호흡을 가다듬었다.

그러나 때는 이미 늦었다. 학생이 간 후 자리에서 일어나자, 먼발치에서 노리고 있었던 형사들이 덤벼들었다. 격투가 벌어지고 주변이 소란해졌다.

일본 형사들이 적반하장격으로 소리를 친다.

"도둑이야, 도둑이야! 이놈 도둑이다. 도둑 잡아라!"

소리에 맞추어 운동장을 담당하는 영국 경찰이 나타났다. 아마 사전에 각본으로 연통되어 있었는지도 모를 일이다. 여운형을 연행한 영국 경찰은 비열하게도 그 이튿날 새벽 여운형을 일본 영사관에 넘겨 버렸다.

여운형은 꼼짝달싹 못 하고 일본 경찰에 체포된 것이다. 지체 없이 일본 형사대에 의하여, 나가사키를 거쳐 경성으로 압송되었다. 경기도 경찰부에서 열흘 간 취조를 받은 여운형은 검찰로 송치되었다.

조선총독부 거물 사상검사인 이토(伊藤憲郎)가 심문에 나섰다.

거만한 자세로 이토가 묻는다.

"여운형 씨, 묻는 말에 명확히 대답하시오. 원적과 현주소를 대시오."

여운형이 입을 연다.

"원적은 상해이고, 현주소는 경성부 현저동 101번지 서대문형무소요."

이토가 화가 나서 소리지른다.

"이거 왜 이래? 똑바로 못 하겠어? 누굴 조롱하는 건가? 농담 말고 바르게 대시오."

여운형이 정색을 하며 말한다.

"나는 농담을 하는 게 아니오. 내가 무엇 때문에 이 자리에서 당신에게 헛말을 하겠소?

집을 떠난 지 20여년이 지났소. 호적이 어떻게 정리되었는지 나는 모릅니다. 내가 중국에 건너가 상해에서 거주한 지가 벌써 16년이 되었소. 그러면 상해가 내 원적이 아니겠소? 그래서 상해라고 한 것이니, 그렇게 적어 주시오.

또 상해에서 영문도 모르고 불시에 연행되어 경성부 서대문형무소로 주거지를 옮겼으니, 지금 있는 곳이 현주소가 아니겠소?"

이토가 어이가 없는지, 아니면 여운형의 심정에 이해가 가는지 고개를 끄덕인다.

비록 이토가 사상검사일지라도 지식이나 이론에서 여운형을 따라잡을 수는 없다. 심문 과정에서 번번이 이토는 자존심이 꺾였다.

이토 검사는 심문을 마치면서 여운형의 견해를 물었다.

"피고가 생각하고 있는 조선 독립운동이라는 것은 조선에서 시행되는 일본 정치가 나빠서 조선을 일본으로부터 이탈시키려는 것인가?"

"그렇소. 정확한 지적이오.

조선 독립운동에는 두 가지 이유가 있소이다. 하나는 조선 민족에게도 인격이 인정되고 존중되어야 한다는 것이오. 사람에게 인격이 있는 것처럼 민족에게도 인격과 정신이 인정되어야만 합니다. 둘째는 역사와 문화를 자랑하는 조선 민족의 독립은 꼭 필요불가결하오. 지금 세계적으로 인정되고 있는 민족자결주의 원칙에 의해서도 조선은 독립되지 않으면 안 되오.

당신들도 느끼고 있겠지만, 조선에 대한 일본의 정치는 매우 좋지 않소. 조선 민족으로부터 빼앗아만 가는 통치를 하고 있으니, 조선 민족은 생존하기 위해서 부득이 독립하려는 것이오."

여운형은 갑자기 고개를 들고 창밖을 쳐다보면서 처연히 말한다.

"이토 검사. 당신은 일본 최고의 지식인이오.

저기 길가에서 굶고 지쳐 쓰러지는 조선 민중들을 보시오. 빈부가 문제가 아니라, 어떻게 먹어서 목숨을 부지하느냐가 절박한…. 아, 생각만 해도 내 가슴이 미어지오."

이토가 듣기 거북한지 말을 자른다.

"피고는 장래에 어떠한 태도로 조선에 임할 것인가?"

여운형이 단호하게 말한다.

"나는 역시 민족 해방운동에 정진할 것이오. 그것이 안 된다면, 그때는 할 수 없이 향리로 돌아가 호미를 잡을 것이오."

여운형 체포 구속 사건은 방대하고 복잡하여 예심 과정에만 근 1년이 걸렸다. 여운형은 심한 치질로 병감에서 수술까지 받았으며, 불면증에 시달렸다. 그러나 민족의 고난과 함께 찾아온 개인의 시련을 정신력으로 버텨 나갔다.

1930년 4월 9일, 경성지방법원 법정에서 여운형에 대한 공판이 시작되었다. 재판에는 당대 명성을 날리던 김용무, 김병로, 이인, 허헌 등 10여 명의 조선인 변호사들이 자진 변론을 맡고 나섰다. 가족 이외에는 아무도 방청이 허락되지 않았다.

여운형 재판은 특종 기사가 되어 신문에 대대적으로 보도되었다. 1930년 4월 10일 자 조선일보는 다음과 같이 전하고 있다.

주소 직업의 유리(流離)로
일생을 정치운동에

개정 반 시간에 방청 금지
여운형 공판 개정

동양은 풍운아로 국제적 무대를 배경 삼아 조선의 독립을 위하야 지금으로부터 십칠 년 전 일천구백십사년(대정 3년) 가을에 조선을 떠나 중국 기타 각지에서 춘풍추우 십육 년이라는 장구한 시일을 하루같이 활동하다가 드디어 작년 칠월 십일 중국 상해 대마로 야구장에서 일본 총영사관 경찰서원과 영국 영사관 경찰서원의 응원으로 체포된 조선독립운동의 거두 여운형(呂運亨, 45)에 대한 대정 팔년 제령 제칠호 위반죄의 제1회 공판은 금일(9일) 오전 열 시에 경성지방법원 제4호 형사대법정에서 가네가와(金川) 재판장의 주심과 고노(小野), 고바야시(小林) 양 배석판사와 고등법원 사상전문 이토(伊藤憲郎) 검사의 입회로 드디어 개정케 되었다.

이날(9일) 아침 아홉 시에 시내 서대문형무소에서 치질, 신경통 등으로 병감에서 신음하는 여운형을 수인자동차(囚人自動車)로 이송하여 아홉 시 사십오 분에 형무소 간수장 이하 간수의 호위로 제4호 형사 대법정에 입정시키자 오랫동안 병감에서 만성의 치질과 신경통으로 신음하는 몸이 되어 소강(小康) 상태이라 할지라도 피골이 상접하여 자못 수척하였다.

용수 벗고 수갑 벗기자 방청석에 앉은 그의 부인 진씨(陳氏)와 사랑하는 아들 봉구(鳳九), 홍구(鴻九)를 비롯하여 그의 계씨 여운홍(呂運弘), 숙부 여승현(呂升鉉), 고모 여숙현(呂淑鉉) 제씨 등 가족을 부자유한 법정에서 무심히 멈추지 않은 고개를 돌려 바라보며 지척천리 같은 법단(法壇) 안에서 서로 마주치는 눈동자로 목례를 교환하고 고개를 끄덕거리며 인사를 교환하였다.

재판에서 여운형은 3년의 징역형을 선고받았다. 여운형은 서대문형무소에서 감옥생활을 시작했다. 1931년 9월에는 대전형무소로 이감되었는데, 역시 독방에서 감옥생활을 계속하였다.

여운형은 감옥생활의 심정을 읊은 옥중음(獄中吟)을 한 편의 시로 써서 친구에게 보냈다.

대전옥중음(大田獄中吟)

거두망 월색교교(擧頭望 月色皎皎)
측의청 충성즉즉(側倚聽 蟲聲喞喞)
의철창 토구울기(依鐵窓 吐口鬱氣)
만강혈 비등천장(滿腔血 沸騰千丈)

머리 들어 바라보니 달빛은 교교한데
창가에 기대어 들어보니 귀뚜라미 소리뿐이로다
철창에 의지해서 울분을 토하니
가슴속 피가 천 길 끓어오른다

여운형은 1929년 7월 8일 상해에서 체포되어 1천1백여 일 동안 감옥생활을 마치고, 1932년 7월 27일 대전형무소에서 출옥하였다.

여운형은 아우 여운홍이 마련해 놓은 가회동 집에서 은거생활에 들어갔다. 수많은 방문객들이 가회동 집을 찾아들었다.

거기에는 조선 총독 우가키(宇垣一成)와 총독부 경무국장 이케다(池田淸)도 끼어 있었다. 조선총독부는 식민지 백성을 탈 없이 통치하는데 있어 여운형의 협조가 절실히 필요하였다. 협박도 하고 때로는 금전으로 회유도 했으나, 여운형은 일언지하에 거부하였다.

1933년 3월, 여운형은 중앙일보 사장으로 추대되었다. 중앙일보는 동아일보, 조선일보와 함께 경성에서 조선인이 발행하는 3대 일간신문이다. 일제의 혹독한 탄압이 절정을 향해서 가던 암흑기에, 신문사 사장직은 독립운동을 전개하는 데에 더할 나위 없는 기회이며, 또 합법성을 활용할 수 있는 귀중한 자리이다. 여운형은 흔쾌히 수락하고 취임하였다.

여운형은 취임사에서 다음과 같이 소감을 피력하였다.

"세계의 풍운이 정히 급박한 이때에 내 감히 이러한 중책을 지게 되니 스스로 난감한 생각을 금할 수 없다.

본시 우리의 언론기관이란 그 경영의 간난함이 천인현애(千仞懸崖)에 달리는 것보다도 오히려 더 심한 바이거늘, 하물며 오늘날 이 굽이에 당해서일까보냐…."

여운형은 열과 성의를 다해 민족 신문을 이끌어 나갔다. 무엇보다도 솔선수범하고 검소절약에 앞장섰다. 많은 사람들이 여운형의 독립투쟁 의지를 기대하면서 격려를 보냈다. 세간에 다음과 같은 풍자가 회자될 정도였다.

조선일보 광산왕은 자가용으로 납시고,
동아일보 송진우는 인력거로 꺼떡꺼떡,
중앙일보 여운형은 걸어서 뚜벅뚜벅.

1936년 8월 9일, 베를린 올림픽 마라톤 경기에서 조선의 남아 손기정 선수가 세계 신기록으로 우승하였다. 우리나라 시간으로는 10일 새벽이었다.

중앙일보는 즉시 '손기정, 마라톤 세계 제패'라는 호외를 발행하고, 작가 심훈(沈熏)의 '오오, 대한 남아여!'라는 시를 실었다. 독자들의 폭발적인 감격과 함께, 조선의 민족혼이 용솟음치기 시작하였다.

다음날 8월 11일, 중앙일보는 손기정의 사진과 함께 자랑스러운 민족의 쾌거 기사로 신문의 전 지면을 가득 채웠다. 사설은 파격적인 선언을 하였다.

마라톤의 패권이 끝끝내 조선이 낳은 청년의 수중에 파지(把持)되었다는 소식이 한번 조선에 전해지자마자 새벽 하늘에 울리는 종소리와 같이 조선 민중의 귀를 쳤다. 이리하여 너무도 오랫

동안 승리의 영예와는 연분이 멀어졌던 조선 민중이 최초의 망
연한 경악에서 지금은 의심 없이 승리의 기(旗)가 우리들에게 돌
아온 것을 확신할 때 이 위대한 환희의 폭풍은 적막한 삼천리강
산을 범람하고 진감(震憾)시킴에 충분하였다.

그 후 월계관을 쓴 손기정 선수의 사진이 전송되어 와 중앙일보 신
문 일면에 실렸는데, 손 선수의 앞가슴에 부착되어 있던 일장기가 흐
릿하게 뭉개져 지워져 있었다. 곧 이어 동아일보도 중앙일보의 뒤를
따라서 일장기를 말소시켰다.

일제는 중앙일보와 동아일보를 국사범(國事犯)으로 단죄하여, 즉
시 중앙일보와 동아일보를 정간시켰다. 또한 사장, 주필, 편집국장,
사진기자, 체육기자 등 관계자들이 당국에 끌려가 취조를 받거나 구
속되었다.

이후 총독부는 중앙일보에 대해 친일파 지정인으로 사장을 교체하
면 속간시켜 주겠다고 통고하였다. 그러나 주주들과 함께 중앙일보
임직원들은, 친일파 사장을 받아들이기보다 차라리 옥쇄주의를 택하
여 자진 폐간을 선언하였다.

이렇게 하여 3년여에 걸친 여운형의 중앙일보 사장 시절은 신문의
운명과 함께 종막을 고하게 되었다.

이후 여운형은 해방 전날까지 일제의 협력 요구를 거부하고 창씨
개명 불응 등 일제의 압제에 저항하였다. 건국동맹을 결성하여 광복

을 준비하면서 독립 투쟁에 몰두했던 것이다.

3. 건국준비위원회(建國準備委員會)

(1)

시간이 벌써 9시에 가까워 온다. 새벽 7시에 정무총감 엔도 관저로 떠난 이후, 지금까지 아무 소식이 없다. 여운형이 돌아오지 않자 계동 집에서 기다리던 동지들이 초조해하기 시작하였다.

홍증식이 대청마루에서 대문 쪽을 쳐다보며 큰소리로 말한다.

"아니, 무슨 일 난 거 아냐? 왜놈들에게 속은 거 아닌가, 이거 참 큰 일 났구면!

처음부터 일본 아이들을 믿는 게 아닌데⋯."

방 안에 앉아 있던 여운홍이 안심을 시킨다.

"무슨 쓸데없는 걱정을 그렇게 하나? 형님이 보통 사람인가?

앉아서 차분히 기다리세. 곧 들이닥치실 걸세."

장권도 더는 못 참겠다는 듯이 구들장을 차고 일어선다. 거구가 눈 까지 치켜뜨면서 소리친다.

"잘못했습니다. 몽양을 모시고 내가 따라 나서야 하는 건데⋯.

아니 선생님은 내가 동행하며 경호해 드린다는데 왜 반대하신 겁 니까? 참 알다가도 모를 분이시네. 이거 참 답답해서 살 수 있나?"

횅하니 신발을 신고 대문 밖으로 내닫는다. 문밖에 나가서 골목 안을 빙빙 휘저으며 대기하고 있다.

얼마 지나지 않아 9시가 되자 여운형을 태운 승용차가 드디어 계동 골목에 모습을 나타냈다.

장권이 대문 쪽을 향해 소리친다.

"몽양이 돌아오신다! 선생님이 도착하신다!"

승용차가 대문 앞에 닿자마자, 뛰어든 장권이 링컨 고급차 뒷문을 열어젖힌다. 차 안에 앉아 있던 여운형을 안아 끌어내다시피 한다. 방에서 기다리고 있던 동지들이 대문 밖에까지 뛰어나온다.

홍증식이 여운형의 손을 붙잡으며 소리친다.

"아, 왜 이리 늦으셨습니까? 이렇게라도 무사히 오셨으니 다행입니다."

여운형이 호들갑을 떠는 동지들을 보고 웃으며 덕담을 한다.

"아니 이 사람들아, 무슨 큰일이라도 터졌나? 아니면 내가 서대문 감옥에서라도 지금 나오는 길인가?

웬 소란들이야? 이렇게 들 참을성이 없어서야 어찌 큰일을 하겠는가?"

여운형이 두 팔 들어 어깨를 피면서 자신 있게 말한다.

"자, 들어들 가세. 이제부터 건국 대사를 논의해야 되네."

여운형이 성큼성큼 대청으로 올라선다. 그를 뒤따라 십여 명이 우르르 여운형과 함께 안방으로 들어간다.

계동 집에서는 즉시 여운형을 중심으로 자연스럽게 전략회의가 열렸다. 홍증식, 송규환, 장권, 그리고 여운홍뿐만 아니라, 몽양의 통지를 받고 이만규, 최근우, 정백 등이 막 도착하여 회의에 참석했다.

일본 천황의 무조건 항복 발표가 예정된 날 아침, 조선이 해방되기 수 시간 전에, 조선 천지에서 맨 처음 내외 정세에 대한 작전회의가 열리고 있다. 여운형의 지하조직인 건국동맹을 중심으로 여러 분야에서 집결한 여운형 추종 세력이다. 그만큼 지도자 여운형과 그 진영이 해방 정국의 기선을 장악하기 시작하고 있는 것이다.

여운형이 아랫목 정면으로 좌정하자, 둥그렇게 원을 지어 자리가 잡힌다.

여운홍이 참지 못하겠다는 듯이 먼저 입을 연다.

"형님, 가신 일은 잘되셨습니까? 엔도 총감과의 담판에서는 계획하신 대로 성과를 얻으셨는지요?"

여운형이 눈을 가늘게 뜨고 웃으면서 대답한다.

"아우님도 성급하기는…. 이 사람아, 내가 누군가? 이 몽양이 어떤 사람인가?"

여운형이 좌중을 둘러보며 말한다.

"내가 캄캄한 한밤중, 조선민족이 암흑에 떨어져 있을 때도, 일제의 심장부인 도쿄에 가서 왜적들과 상대하며 눈 하나 껌쩍 안 한 사람이야!

이제 조선이 해방되어 자기네 땅으로 도망치려는 총독부 아이들과 담판하는데 무슨 문제가 있겠는가? 안 그런가, 이 사람들아…."

와! 하는 함성과 함께 웃음소리가 방 안에 떠들썩하다.

여운형은 계속하여 엔도 및 니시히로와의 회담에 관해 소상하게

설명하였다. 유머와 농담을 섞어 가며 좌중을 휘어잡으니 웃음소리
가 터져 나오며, 마당에서 경계를 서거나 부엌일을 보는 식구들까지
덩달아 웃는다.

여운형이 좌중을 다독이면서 말을 계속한다.

"예상대로 오늘 정오에 히로히토가 직접 방송에 나와서 항복 선언
을 하네. 일제가 무조건 항복을 하는 것이야.

오늘부터 조선의 치안권을 우리가 맡기로 했네. 이 여운형이 조선
총독부로부터 정식으로 치안권을 이양받은 것일세. 이제부터는 백성
의 안녕과 사회 질서를 완전하게 바로잡아야 하네. 우리가 책임도 져
야 할 것이야. "

독립투쟁에서 여운형의 평생 동지이며 심복 중의 심복인 최근우
가 묻는다.

"몽양, 우리가 치안권만 맡는 것입니까? 아니면 행정권도 인수받아
나라를 세우는 준비를 하는 것입니까? "

여운형이 한마디로 분명하게 대답한다.

"다 망한 왜적에게 행정권이 남아 있겠는가? 지금 이 지경에 무
슨 치안권이 있으며, 어떤 행정권이 따로 있겠나? 다 쓸데없는 말장
난일세.

왜적 총독부는 오늘 정오부터 조선 통치권을 실질적으로 상실하게
되네. 그 통치권이 우리한테 넘어오는 것이야. "

여운형은 동지들에게 자기의 생각을 상세히 털어놓는다. 자기를
믿고 따르며 또 비상시국에 중요한 일을 맡을 심복들에게 손에 잡힐

정도로 자상하게 일러준다.

"일제가 망해서 항복하고 나면 그날부터 조선은 까딱 잘못하면 무법천지가 되고 마네. 이것을 그대로 놔두면 안녕 질서가 파괴되고 민생이 결딴나게 돼. 이 여운형이 걱정하는 것은 바로 이 점이야. 우리가 나서서 안녕과 질서를 지키고 바로잡아야 하네. 알겠는가 들?"

목소리가 한번에 터져 나온다.

"예!"

여운형이 계속한다.

"행정권도 우리가 맡아서 운용해야지.

다만 조심할 일이 한 가지 있어. 우리가 조선 정부라고 자처하거나 그런 발설을 해서는 안 되네. 경향 각지에서 우리의 언행을 주목하고 있을 세력들이 많이 있어. 또 해외에는 평생 독립에 목숨을 바쳐 싸워온 지사들이 많이 있고, 곧 귀국들 하겠지. 조선 정부는 그 이후에 정식으로 수립될 것이야."

최근우가 다시 나선다.

"그러니까 앞으로 있을 건국정부 수립을 위해 우리가 준비를 해야 하고, 그러기 위해서는 조직을 만들어야 하는 것이 아닐는지요?"

여운형이 흔쾌히 동의한다.

"바로 그 점이오.

이제 조선은 독립을 하고 나라를 세우게 됩니다. 이 중차대한 민족대사를 준비하기 위해서는 조직이 필요합니다. 이 조직에는 조선인 모두가 참여해야 합니다."

여운형은 자기의 건국 철학을 펼쳐 보인다.

"해방을 맞아 조선 민족이 건국을 준비하고 정부를 세우는 데 가장 명심해야 할 사실은 대동단결(大同團結)입니다. 조선인은 이념이나 지연, 혈연, 학연을 넘어서 한데 모이고 일치단결해야 합니다.

수십 년간 왜적과 독립 투쟁을 하는 동안에도 분열, 반목이라는 당파싸움 고질병을 고치지 못했지요. 참 안타까운 일이오. 지금도 좌우로 나뉘어 서로 질시하고 다툽니다. 이거 정말 큰일입니다. 해방을 맞이하고 건국하는데, 좌익이라고 뽐내고 우익이라고 내세울 게 무엇이오? 한 덩어리가 되어 뭉쳐야지요."

물을 한 모금 마신 후 여운형은 현실 문제를 들면서 자상하게 설명한다.

"조선 독립투쟁에서 그동안 사회주의 세력은 혁혁한 공을 세웠습니다. 여기 정백 동지도 계시지만, 조선 공산당이 그동안 얼마나 큰 고초를 받아왔습니까? 또 왜적들이 조선 공산당을 얼마나 무서워했습니까? 우리는 사회주의 독립지사들의 공적을 역사에 길이 새겨야 합니다.

그러나 또한 우리는 우파의 독립투쟁도 결코 과소평가해서는 안될 것이오. 우파 민족주의 진영의 일부 인사가 일제에 영합하여 일신의 영달을 취한 경우도 있기는 하오. 그러나 이는 일부에 지나지 않아요. 우익 지사들도 중국에서, 특히 미국에서 조국 광복을 위해 목숨을 바쳐왔소. 건국을 앞에 두고 우리는 이러한 민족지사들의 숭고한 희생을 절대 소홀히 해서는 안 됩니다.

중국 혁명에서도 좌우익 반목 대결이 가장 큰 문제였지요. 여기에서 창안된 신노선이 민족통일전선입니다. 민족통일전선, 참으로 지금의 우리에게 절실히 필요합니다.

　조선 민족이 해방을 맞이하고 건국하는 데 좌우로 나뉘어 반목 대립해서는 큰일입니다. 뭉쳐야 합니다. 그러기 위하여 나는 대동단결 사상과 민족통일전선을 절대적으로 강조합니다."

　방 안에 있는 사람들 시선이 여운형에게 쏠려 있다. 숨소리 하나 들리지 않고 숙연하다.

　잠시 말을 끊었다가, 여운형이 정백을 쳐다보면서 입을 연다.

　"정 동지, 어때요? 송진우 진영과 제휴할 가능성이 전혀 없겠지요? 이거 참 애석한 일인데⋯."

　정백도 답답하다는 듯이 말한다.

　"지금 상태로 봐서는 인촌이나 고하가 협조적으로 나오기는 어려울 것 같습니다. 고하가 의외로 속이 좁고 또 고집이 셉니다.

　혹시 몽양께서 직접 나서시면 길이 열릴지는 모르겠습니다만⋯."

　여운형이 쩝쩝 입맛만 다시기만 하자, 보다 못한 최근우가 나서서 의견을 내놓는다.

　"몽양, 지금 당장 고하 진영과 합동으로 조직을 이루어 나가는 것은 현실적으로 불가능해 보입니다. 그렇다고 당장 시급한 대사인데 늦출 수도 없잖습니까?

　우선 우리 만으로 건국 사업을 준비해 나가도록 하시지요. 그런 후에 사태를 보아서 우익이 맘을 돌리면 그때 제휴해도 늦지 않겠지요."

"그렇게 하기로 합시다."

여운형이 생각을 가다듬고 화제를 돌린다.

"일제가 항복하고 왜군이 총칼을 거두었으니, 이제는 연합군이 우리 앞에 나타나게 되겠지요. 일본아이들이 물러가면 조선 땅에는 연합군 대표로 소련군과 미군이 진주한다는 말입니다.

지금 북쪽에는 소련 붉은군대가 왜적과 전쟁을 하면서 이미 일부 지역을 점령한 것으로 알려져 있어요. 오늘 엔도를 만나 들어보니, 소련 군대가 17일경이면 경성에 들어올 것이라고 합디다. 하기야 왜군이 항복하고 전투가 없으니, 붉은군대의 서울 입성이 열차 운행시간에 지나지 않겠지요."

소련 적군 얘기가 나오자 좌중에 찬바람이 일면서 사람들이 긴장한다.

여운형이 말을 계속한다.

"조선총독부의 첩보는 우리보다 앞서 있소. 그네들 정보가 아니라도, 소련 대군이 경성에 진주하는 것은 틀림없는 사실이오.

그런데 큰 문제가 있는 것 같아요. 나도 그러려니 하고 생각은 해왔지만, 총독부 판단에 의하면, 한강을 중심으로 하여 북쪽은 소련군이 점령하고 남쪽에는 미군이 들어온다는 거예요. 그러니까 한강을 경계선으로 분할 진주한다는 거지요. 또한 이 경성은 소련군이 지배한다는 말이 되는 셈이지요.

따라서 우리는 향후 이러한 현실을 토대로 하여 독립과 건국을 준비해야 합니다. 다시 말해서, 소련군과 소련공산당 스탈린 정부의 휘하에 우리가 놓이게 된다는 사실입니다. 정치는 현실을 떠나서 존재할 수 없어요. 현실에 토대를 둬야 합니다."

여운형도 한숨을 쉬면서 혼잣말로 중얼거린다.

"조선인 사회주의운동이나 조선공산당, 그리고 소련 공산당과 코민테른에 대해서는 이 여운형도 지분이 있기는 한데⋯."

방 안에 탄식이 나오는 가운데, 여운형이 다시 정백을 향해 질문한다.

"사회주의 세력의 주도권은 누가 장악할 것으로 보여요? 조선공산당이 재건될 테고⋯. 누가 당권을 쥐게 될 거며 그 향배는 어떻게 될까요? "

참으로 중요한 거론이었다.

정백은 의외로 담담하게, 그러나 직설적으로 대답한다.

"조선공산당은 다시 만들어지겠지요. 제가 나서서 재건하겠습니다. 조선공산당에서 일부 지도자들은 국외로 망명해 있고 일부 세력은 활동을 중지하고 있지요. 국내 검거 선풍을 피해서 일부가 지하에 잠복해 있기도 하나 이는 미미한 실정이지요."

정백의 말에 밝은 얼굴을 하면서 여운형이 묻는다.

"정백 동지가 조선 공산당을 재건하여 주도권을 장악했으면 얼마나 좋겠소? 어디 가능하시겠습니까? "

정백이 속셈을 털어놓는다.

"몽양, 너무 걱정하지 마세요. 재건 계획이 동지들 간에 이미 진행되었습니다. 아마 오늘 밤이나 내일까지는 공산당 재건을 끝내고 공식 발표할 겁니다.

이영(李英)이나 최익한(崔益翰) 동지들도 본격적으로 참여하게 되어 있습니다. 조선 건국을 준비하는 데 공산당은 이 정백이 책임을 지겠어요. 걱정들 마세요."

여운형이 생각이 나는지 한마디 거든다.

"아니, 박헌영이는 지금 살아 있습니까? 통 소식을 못 들었어요."

"해외로 도피하여, 중국이나 모스크바에서 숨어 지내고 있겠지요. 조선공산당 내에서 박헌영이가 뭐 그리 대단한 존재인가요?"

정백이 박헌영을 평가절하한다. 여운형의 눈치를 살피면서도 의도적으로 박헌영을 경시한다는 태도를 내보인다.

공산당 얘기에 별 관심이 없다는 듯, 듣고만 있던 장권이 나서며 투덜거린다.

"몽양 선생님, 총독부로부터 정권을 즉시 인수할 일이지, 치안만 맡아서 무얼 하겠습니까? 오늘 정오에 천황이 나와 항복한다면서요? 일제가 정식으로 항복하고 나면 선생님 모시고 우리가 총독부를 차지한 후 행정을 맡아서 하면 되지 않겠습니까?"

여운형이 답답한 표정을 짓는다. 여운형은 차제에 중요한 임무를 맡게 될 동지들에게 교육을 시킬 요량으로 예를 들어가며 사태를 소상히 분석하고 설명한다.

"장 동지, 정치는 현실일세. 현실은 중요한 것이야. 우리 모두는 조선의 독립과 새 나라 건국에서 현실주의 노선이 절대적인 명제임을 잊어서는 안 되네. 이상주의에 치우치거나 지나친 감정론은 별 도움이 안 되지. 또한 선동 정치도 매우 위험천만한 발상이야.

중국에서 사회주의 혁명이 왜 실패한 줄 아는가? 진독수나 이입삼 같은 중국공산당 지도자들이 이상과 감정만을 앞세워 현실주의에 등한했기 때문이야. 그래서 결국은 장개석 우파에게 패배한 게야. 거기에 비하면 레닌이나 스탈린 등 소련공산당 지도자들은 철저한 현실주의자야."

좌중을 둘러보며 여운형은 대일 담판에서의 구체적인 경우를 언급하면서 설명을 계속한다.

"내가 오늘 새벽 총감 관저에 나가서 엔도나 니시히로 경무국장과 마주앉아 협의를 한 것은 내외 정세를 면밀히 분석해 오고 있었기 때문일세. 우리 조선이 지금 당장에 독립한다고 모든 권한을 우리에게 넘기고 총독부는 나가라고 한다면, 이는 세계 정세를 모르거나 상대인 왜적들을 경시하는 경솔한 짓이지. 일제가 소련과 미국 등 연합군에게 패배한 것이지, 조선 민족에게 진 것이 아니야. 알겠나들?

또한 민중을 감정적으로 유도하여 일본인들에게 보복한다고 나서면 건국 사업이 낭패를 만날 수도 있어. 연합군이 우리나라에 들어와 정말 독립을 하고 나라를 세우기까지는 매사에 조심하면서, 현실을 면밀히 관찰하고 거기에 합당한 방책을 세워야 하네."

여운형은 계속하여 최근우와 정백을 쳐다보면서 말한다.

"대규모의 소련 붉은군대가 진주하고 또 건국의 중심이 될 이 경성이 소련 정권하에 들어가게 될 추세이니, 우리가 건국의 주도권을 장악할 수 있게 된 것은 확실하네.

그런데 우리는 또한 미국을 의식하지 않을 수 없네. 경제력이나 과학기술력에서는 미국이 아직은 세계 최강이네. 이 미국이 한강 이남을 점령하게 되어 있어. 이것 또한 현실이야. 미군이 들어오면 소위 우파 세력도 힘을 얻겠지.

그런데 어떤가? 인촌이나 고하 세력이 움직이지 않으니, 우파 중에서 누구를 불러 건국에 협력하면 좋겠나? 마땅한 인물이 있으면 거명을 해 봐."

아침에 좀 늦게 계동 집으로 달려온 이만규가 입을 열었다.

"인촌이 시골에 피신해 있고, 고하가 속이 좁으니 안 하겠다면 할 수 없지요. 어떻습니까? 몽양도 잘 아시는 훌륭한 민족지사가 한사람 있을 것 같기도 합니다만 … "

여운형이 이만규를 쳐다보면서 독촉한다.

"야자(也自, 이만규의 호), 그게 누구요? 말해 보시오."

"안재홍이 있습니다. 민세(民世) 안재홍(安在鴻) 말입니다. 안재홍이라면 학식이나 인격에서 고하에 뒤지지 않습니다. 특히 독립투쟁을 하며 옥고를 치른 경력에서는 우파 인사 중에서 손을 꼽을 것입니다."

여운형이 반기며 좋아한다.

"그렇지, 민세가 있지. 야자와 민세는 왜적에 대한 싸움에서 각별한 인연이 있지요? 조선어학회사건으로 함흥 홍원 경찰서까지 끌려가서 고문을 받으며 갖은 고초를 두 분이 함께 겪었지요?"

이만규가 방 안에 있는 사람들이 같이 들으라는 듯이 안재홍에 관하여 설명한다.

"민세 안재홍은 일본 와세다대학에서 공부한 수재이지요. 조선 민중에게 존경받는 진정한 민족주의자이며, 특히 조선사를 깊이 연구한 학자이기도 하지요.

특히 민세는 사회주의 흐름에 대해서도 이해가 깊으며, 그런 인연으로 백남훈, 홍명희, 이상재, 조병옥 등과 함께 좌우합작 독립단체인 신간회(新幹會)의 총무간사로 활동하기도 했습니다.

민세는 무엇보다도 존경받을 독립투사였지요. 모두 아홉 차례에 걸쳐 체포되고 고문을 받으면서 10여 년 동안 감옥생활을 했습니다. 그러면서도 민세는 신문사 기자로부터 출발하여, 주필, 사장 등을 역임한 조선의 선각적 지식인이며 언론인입니다."

안재홍에 관해 잘 알고들 있었으나, 이만규의 부연 설명을 들으면서 방 안의 지사들은 민세의 길고 험난한 투쟁과, 특히 10여 년에 이르는 옥고에 대해 경탄을 금치 못했다.

여운형이 한마디 덧붙인다.

"민세는 참으로 훌륭한 민족지사입니다.

내가 비밀 한 가지를 이제 털어놓으리다. 민세는 우리 조선건국동맹의 비밀 결사원의 한 사람입니다. 모르면 몰라도 내가 협력을 요청하면 흔쾌히 참여하여 건국에 앞장설 것입니다. 장담할 수 있어요."

장내에 있던 모든 사람들이 놀라운 듯 몽양을 쳐다본다.

그때 밖이 소란하면서 부인이 직접 방으로 들어와 몽양을 보고 눈짓한다.

여운형이 대화를 중단하고 부인을 보며 말한다.

"무슨 일이오? 주저 말고 얘기하시오."

부인이 마지못해 입을 연다.

"밖에 많은 분들이 와 기다리십니다. 일부 손님은 사랑방에서 대기하십니다."

여운형이 시계를 보면서 놀라는 듯 말한다.

"아, 벌써 열 시가 훨씬 넘었네. 빨리 회의를 마쳐야하겠구먼. 어떤 분들이 오셨나?"

"최남선(崔南善) 어른이 오셨다가 회의가 늦어지니까 심천풍 어른 댁에 가 계시겠다고, 끝나는 대로 연락 달라고 하셨습니다. 또 최용달, 이강국, 박문규 세 분이 오셔서 기다리시는 지 오래입니다."

여운형이 되물으며 놀라워한다.

"뭐, 육당(六堂, 최남선의 호)이 왔었다고? 하하하, 세상 참 많이 변했구먼. 친일 거물이 내 집까지 찾아오다니…."

최근우가 고개를 갸웃하며 묻는다.

"몽양, 심천풍이 누구입니까? 육당이 가 있겠다니…."

"아, 심천풍이를 모르시나? 심훈의 친형이오. 그 '상록수'를 쓴 작가 심훈 말이오. 바로 내 집 옆에 살고 있는데, 심천풍 그 사람, 참 한량이지."

여운형이 다시 부인을 쳐다보며 말한다.

"알았어요. 곧 회의를 종결하겠으니 기다리시라고 전해 주오."

여운형이 정리를 하면서 결정을 내린다.

"일제 패망 후 무엇보다도 시급하고 중요한 일은 치안 질서의 유지와 국민 안녕의 확보입니다. 치안권의 인수는 이미 확정된 것이며, 재차 강조하지만 해방 후 민생 안정과 사회질서 확립은 절대 과제입니다."

장권 동지를 쳐다보며 말을 계속한다.

"장권 동지. 즉시 치안대를 조직하시오. 이미 오래전부터 연구하고 준비해 왔으니 차질이 없을 줄 아오. 건국치안대를 조직, 가동하여 치안 문제를 장권 동지가 책임을 지시오."

"이만규 동지는 이상백, 양재하, 이여성, 김세용, 이강국, 박문규, 이정구 등 젊은 친구들을 이끌고 건국 대업의 구체적 방안을 설계하도록 하세요. 오늘 정오 왜적의 항복 방송이 나오면 이곳 계동은 번잡할 것이니 운니동 송규환 동지의 집을 본부로 하여 활동해 주세요."

마지막으로 최근우에게 지시하면서 회의는 끝났다.

"최 동지, 오늘 저녁에 계동 임용상 동지 집에서 건국 준비를 위한 조직 구성에 대해 주요 회의를 소집하겠습니다. 민세에게도 연락하여 함께 회동하도록 하겠습니다.

최 동지와 이만규, 정백 동지도 참석해 주세요. 그리고 이여성 동지에게도 연락해 주기 바랍니다."

(2)

　정오가 가까워 오자 계동 140번지 몽양 집에는 사람들이 들끓기 시작한다. 일본 천황의 특별방송이 있으니 필히 청취하라는 관의 독촉으로 동네 주민들이 모여든다. 비밀 연락망을 타고 건국동맹 대원들이 속속 계동으로 집합한다. 몽양을 잘 알고 흠모하는 수많은 독립 지사들도 심상찮은 낌새를 알아차린 듯 밖으로 나선 후, 어느 곳보다도 친근감을 느끼고 손쉬운 여운형 집으로 찾아든다. 계동 140번지 일대는 인파로 덮였다.

　정오가 되었다. 찍찍거리는 라디오에서 마침내 일본 천황의 떨리는 목소리가 흘러나오기 시작하였다. 방문을 열어젖힌 채, 대청을 향하여 안방 아랫목에 여운형이 좌정해 있다. 안방에는 이만규, 정백, 최근우, 장권 등등 여운형 심복들과 건국동맹원들이 여운형을 둘러싸고 방 안을 꽉 메우고 있다. 대청, 사랑방 등 방마다 손님이 들어찼으며, 마당에도 인파가 몰려 송곳 하나 꽂을 데가 없다.

　천황의 입을 통해 왜적의 항복 방송이 끝난 후에도 잠시 조용하였다. 라디오 성능이 나빠 찍찍거리고 녹음 방송 상태가 좋지 않아 잘 안 들려서, 일본어에 통달한 몇몇 인사들을 제외하고는 천황이 무슨 말을 했는지 잘 알아들을 수 없었기 때문이다. 뒤따라 해설 방송이 차근차근 나왔다. 또 몽양이 일어서서 차분하게 설명해 주었다.

　"여러분, 조선 동포 여러분! 방금 들으신 일본 천황의 방송은 왜적이 전쟁을 그만두고 항복한다는 말입니다. 왜적들이 연합국의 포츠담 선언을 받아들여 무조건 항복 한다는 발표입니다.

오늘부로 왜적은 항복하고 망했습니다. 오늘 이후 우리 조선은 왜적 치하에서 해방되고, 독립을 다시 찾은 것입니다!"

"와 -, 와 -, 와 -"

일제히 함성이 일었다.

여운형이 손을 높이 쳐들고 만세를 선창한다.

"조선 해방 만세! , 조선 독립 만세! , 조선 민족 만만세!"

울려 퍼지는 만세 소리에 계동 일대가 떠나갈 듯하다.

삽시간에 몽양 집과 주변 동네는 환희와 통곡의 마당으로 변했다. 서로 엉켜 춤을 추고 만세를 부르며 애국가를 합창한다. 어떤 이는 감격에 겨워 소리 내어 통곡한다.

환희와 통곡과 감격의 일파가 지나가고 있었다. 청년 하나가 여운형 집으로 뛰어 들어오더니 불문곡직하고 안방으로 들어가 여운형 앞에 엎드린다. 어느 새 큰절을 하면서 울먹인 목소리로 보고한다.

"몽양 선생님, 저 이란입니다.

지금 경성부청 앞에 수많은 시민이 운집하고 왜적 항복 방송을 들었습니다. 군중들이 해방 소식을 듣고 흥분하여 독립만세 시위에 들어간다고 합니다. 만세 시위는 학생들이 주동이 되어 이끌어가기로 하였습니다.

몽양 선생님을 모시고 만세 시위에 앞장서고자 합니다. 나가셔서 참여해 주시기 바랍니다."

여운형이 이란 학생을 껴안으면서 큰소리로 말한다.

"이란 군, 고생이 많네. 참으로 훌륭하구먼!

경성부청 앞 만세 시위는 잘될 것이니 그대로 놔 두게. 나는 급히 할 일이 있네. 중요한 일정이 있기 때문에 만세 시위에는 참여하지 못할 것 같아. 형무소에 수감되어 있는 독립투사들을 출옥시키기 위하여, 지금 즉시 서대문형무소로 가야 되네. 내가 가서 입회해야 출감할 수 있게 되어 있어!"

여운형이 독립투사들을 석방하러 나간다는 말을 듣고 이란 학생은 깜짝 놀랐다. 그는 즉시 고개를 들고 여운형을 쳐다보면서 제안한다.

"선생님, 그러면 저도 선생님을 따라가겠습니다. 선생님이 출옥시켜 주시는 독립투사들을 만나서 그간의 고초를 위로해 드리고 싶습니다."

이란은 머리가 좋고 한창 피어나는 젊은이이다. 지금 경복중학을 다니는 학생이며, 서울 시내 여러 학교와 연결된 지하서클 흑백단(黑白團)의 비밀 결사원의 핵심 멤버이다. 특히 중동중학생 우헌근과 배화여중 최순덕 학생과 함께 가혹한 일경의 탄압에 저항하며 독립투쟁을 전개하고 있다. 또 여운형이 조직한 건국동맹 학생대원의 일원이기도 하다.

여운형이 동의하자, 준비를 서두르면서 이란 학생이 간곡한 청을 드린다.

"몽양 선생님, 한 가지 부탁 말씀 올리겠습니다.

제 아버지도 구금을 당한 지 오래되었습니다. 아직 형무소로 이송되지 않은 채, 지금 경성헌병대에 유치되어 지내십니다. 가는 길에 잠시 틈을 내 헌병대에 들리셔서 제 아버지를 구출해 주셨으면 감사하겠습니다."

여운형도 깜짝 놀란다.

"내가 깜빡했었네. 그래, 맞아. 자네 춘부장 이임수 어른도 왜적에게 잡혀가셨지. 아직 헌병대에 구금 상태로 계신가?"

"예, 그렇습니다."

"그러면, 가는 길에 먼저 헌병대에 들르기로 하세."

여운형은 동생에게 지시한다.

"근농, 지금 조선군 헌병대에 전화하여, 사령관이 있으면 내가 만나러 간다고 전해 주게. 이유를 묻거든 독립운동지사 이임수 씨 석방을 요청하기 위해서라고 말해주게. "

"예, 알았습니다. 즉시 전화해 놓겠습니다."

여운형 일행은 서대문형무소를 향해 계동 집을 출발하였다. 물론 이란 학생이 동승했다. 이란은 재빠르게 품속에서 태극기를 꺼내어 자동차 앞에 달아매었다. 바람에 펄럭이는 태극기가 오가는 백성들의 시선을 끈다.

여운형이 기특하여 칭찬한다.

"이란 군, 어느새 이런 국기를 준비했는가? 우리 어린 학도들이 영특하고 애국심이 강한 걸 보면 조선 장래는 매우 밝아!"

이란이 겸손해한다.

"아닙니다, 선생님. 왜적들이 나눠 준 일장기가 있어서, 오늘에 쓰려고 미리 준비를 해 놓았던 것입니다. 붉은 원을 청 홍 둘로 나누고, 주위 네 곳에 검정 먹으로 건(乾) 곤(坤) 감(坎) 이(離)의 네 괘(卦)를 그려 넣었습니다. 그랬더니 이렇게 훌륭한 우리나라 국기가 되었습니다."

차 안에 있는 사람들이 웃으면서 모두들 통쾌해 마지않는다.

차가 헌병대에 도착하였다. 놀랍게도 헌병사령관 다카찌가 직접 나와 여운형을 기다리고 있는 것이 아닌가….

다카치의 언사가 의외로 정중하다.

"어서 오십시오, 여운형 선생."

여운형도 고마운 정이 일어 겸손하게 답한다.

"고맙습니다. 바쁘실 텐데 사령관께서 직접 기다려 주시니 광영입니다."

다카치가 본론을 말한다.

"전화 잘 받았습니다. 또한 오늘 아침 정무총감으로부터 정치범들을 석방해 달라는 요청을 받았습니다.

전쟁이 끝나고 조선이 해방된 마당에 정치범을 구금할 이유가 없어졌습니다. 다만 여운형 선생이 조선인 대표로 입회하는 것을 조건으로 석방하기로 했습니다. 이임수 씨를 데리고 가셔도 됩니다."

여운형이 다카치의 손을 잡고 고마워한다.

"감사합니다. 앞으로 조선, 일본 두 민족이 화해의 정신으로 어려운 문제를 풀어 나간다면 선린우호가 새로이 조성될 것으로 기대합니다. 안녕히 계십시오."

그런데 형무소에서는 일이 잘 풀리지 않았다. 총독부 법무국에서 수속이 늦어져 조선인 구금자들의 출옥이 금일에는 도저히 불가능하다는 것이다. 여운형 일행은 형무소 당국의 통사정을 듣고 빈손으로 발길을 돌리지 않을 수 없었다. 오늘 안으로 수속을 완료한 후 내일 아침 9시에 형무소에서 출소시킬 것이며, 서대문형무소와 마포형무소 출옥에는 몽양 선생이 반드시 입회해야 한다고 한다. 여운형 일행은 내일을 기약하며 바쁜 일정에 따라 다시 계동으로 향했다.

그날, 조선이 36년간의 일제의 질곡으로부터 해방된 날 저녁, 계동 임용상(林龍相)의 집에서는 건국 준비를 위한 조직 결성에 대하여 여운형 주재하에 역사적인 회의가 열렸다. 이만규, 정백 등 여운형의 측근 외에 애국지사 안재홍이 참석하였다.

여운형이 안재홍과 포옹하면서 감격해한다.

"민세, 민세. 이게 꿈이요, 생시요? 어느 때 우리가 이런 해방의 날이 오리라고 기대할 수나 있었소?"

안재홍이 정신을 가다듬으면서 대답한다.

"몽양, 그동안 격조했었습니다. 일제가 항복하고 우리 민족이 국권을 다시 찾게 되는 이 중차대한 시기에, 몽양께서 앞에 서시니 든든하기 그지없습니다. 미력이나마 건국을 위하는 일이라면 기꺼이 이 한 몸을 바칠까 하여 이렇게 나왔습니다."

여운형이 목이 멘다.

"민세, 민세. 참으로 고맙소이다.

독립 투쟁에 몸을 바친 지도자들이 해외에서 아직 귀국하지 못하고, 또 일부 국내 지사들은 감옥에 갇힌 몸이거나 지하에 피신해 있어서, 지금 사람이 없습니다.

우리 둘만이라도 힘을 합치고 사심 없이 대의에 나서서 건국의 초석이 됩시다."

안재홍은 회의에 참석한 면면과 일일이 악수를 나눈다. 이만규, 이여성, 최근우, 정백 등 항일투쟁에 평생을 바쳐온 일기당천의 독립투사들이다.

여운형이 먼저 안재홍에게 그간의 경위를 상세히 설명했다. 일제 총독부와 협상한 치안권 이양 문제와, 특히 송진우 측과의 연합 제안과 그 결과에 대하여 상세히 보고하였다.

안재홍이 입을 열었다.

"이렇게 직접 얘기를 듣고 보니 노고가 참으로 컸습니다. 다시 한 번 몽양의 높은 뜻에 경의를 표합니다.

고하가 우익 진영을 대표하는 것이 아니니 너무 염려하거나 마음에 둘 필요는 없다고 봅니다. 앞장을 서서 열심히 하면 많은 애국지사들이 우리의 충정을 이해하고 협조할 것이 분명합니다. 소리(小利)에 지나치게 구애받아서야 큰일을 할 수 있겠습니까?"

여운형은 진정으로 고마웠다. 안재홍의 도량에 다시 감탄하면서, 회의를 진행시킨다.

"앞에서 말씀드린 대로 엔도와의 회담에서는 치안권의 인수가 주요 내용이었습니다. 그런데 조선 해방의 현하 정세에서 우리에게는 건국 준비가 절대 필요합니다. 왜적이 항복하고 망한 지금에 총독부로부터 행정권을 이양받는다는 자체가 어불성설로 생각됩니다."

안재홍이 전적으로 동의한다.

"맞습니다. 몽양 말씀이 사리에 부합됩니다. 우리 생각과 일치합니다. 치안이나 민생 안정을 우선시하는 것은 당연한 일입니다. 치안이 안정된 후에 행정권을 인수해도 늦지 않습니다. 건국 준비가 진행되면서, 해외에 있는 임시정부 등 애국지사들이 귀국하면 국민 여망에 따라서 정부가 수립되겠지요. 그렇게 되면 건국 준비를 해 온 우리의 임무는 종결될 것입니다."

여운형이 핵심 사항을 의제에 올린다.

"옛말에 명정언순(名正言順)이라고 했습니다. 건국 대사를 준비해 나아갈 우리의 조직에 명칭이 있어야 하겠습니다. 대의명분을 위해서도 이름은 중요한 것이니 어디 바른 명칭이 있으면 말씀해 주시지요. 민세, 생각해 본 이름이 있으십니까?"

안재홍이 어렵지 않다는 듯이 말을 잇는다.

"지금 우리 민족이 당면한 가장 중요한 과업은 건국입니다. 비록 해방이 연합국에 대한 일제의 항복에서 비롯되었다고 하겠지만, 그러나 독립과 건국은 우리 스스로 이루어 내지 않으면 안 됩니다. 그러므로 건국 대업의 중요성은 부연할 필요가 없습니다.

우리는 건국을 준비하기 위하여 이 자리에 모였습니다. 우리는 조직을 만들어서 건국 준비를 차질 없이 진행시켜 나아가야 합니다. 이러한 대의라면 우리의 명칭은 자명한 것으로 생각됩니다.

건국을 준비한다는 의미에서 '건국준비위원회'가 어떻습니까? 앞에 조선이라는 나라 이름을 붙이면, '조선건국준비위원회(朝鮮建國準

備委員會)'가 되는 것이지요."

갑자기 와 - 하는 감탄사와 함께 박수 소리가 터져 나온다. 단 한사
람의 이의도 없이 만장일치로 결정되었다.

이렇게 하여 건국준비위원회가 출범하였다.

다음에는 조직 부서의 결정과 인선에 들어갔다. 주로 여운형과 안
재홍이 머리를 맞대고 건국준비위원회 조직을 이끌어 갈 주요 인물들
을 선정해 나아갔다.

여운형이 위원장을 맡고, 안재홍이 부위원장을 맡았다. 총무부장
에 여운형과 독립 투쟁을 함께해 온 건국동맹 동지 최근우(崔謹愚)를
선임했다. 독일 베를린대학에 유학한 신진 엘리트로서 동경 2·8독립
선언의 주역이기도 한 최근우는 상해임시정부에 몸을 담고 대일투쟁
을 전개하는 등 평생을 조국 해방에 헌신한 독립투사이다. 선전부장
에는 조동우(趙東祐)를 선임하였다. 신한청년당 시절부터 상해임시정
부를 거쳐 건국동맹에 이르기까지 평생을 여운형과 함께 독립투쟁을
해나온 애국지사이다. 고려공산청년회나 조선공산당에서 간부를 지
낸 경력이 말해 주는 것처럼 좌익의 핵심 간부이기도 하다. 안재홍과
함께 신간회를 조직하고 독립투쟁을 해 온 이규갑(李奎甲)이 재정부
장을 맡았다. 역시 안재홍과 함께 신간회에서 활동한 권태석(權泰錫)
을 무경부장으로 선임했다. 조선공산당의 조직과 활동을 통하여 평생
독립투쟁을 전개해 온 정백(鄭栢)이 조직부장에 선임되었다.

건국준비위원회는 이렇게 조직을 마치고 출범하였다. 건국준비위
원회 간부들은 여운형, 안재홍을 비롯하여 독립 투쟁을 전개하면서

평생 감옥살이를 한 백전노장들이었다. 특히 학력이 높았으며, 대일 투쟁경력에 빛나는 탁월한 민족지사들이었다.

(3)

조선건국준비위원회는 조직을 마치고 성공리에 출범하였다. 8월 16일 아침부터 힘차게 활동을 시작하였다.

건국준비위원회는 먼저 치안의 확보에 전력을 기울였다. 다음으로 교통과 통신과 금융과 식량 문제 등 4대 분야에 긴급 대책을 강구함으로써 민생 안정에 주력했다. 또한 건국 사업과 국권 회복을 위해 민족의 총역량을 하나로 모으는 데 진력하였다.

"야, 저게 뭐냐? 벽보가 붙었잖아?"

"아니, 여기 전단도 뿌려져 있는데⋯. 무슨 내용인지 한번 보자."

8월 16일 새벽, 서울 시내 곳곳에는 벽보가 나붙고 전단이 살포되었다. 조선건국준비위원회의 출범을 백성들에게 알리고, 또 시민들에게 직접 민심의 안정과 질서의 유지를 호소하는 내용이었다.

조선동포여!

중요한 현 단계에 있어 절대의 자중과 안정을 요청한다.

우리의 장래에 광명이 있으니 경거망동은 절대의 금물이다.

제위의 일언일동(一言一動)이 휴척(休戚)에 지대한 영향이 있는
것을 맹성하라!
절대의 자중으로 지도층의 포고에 따르기를 유의하라.

8월 16일 조선건국준비위원회

여운형이 준비를 마치고 사랑방으로 들어섰다. 방 안에는 운전기사 홍순태(洪淳泰)와 몇 사람의 젊은 동지들이 나와 기다리고 있다.

"일찍들 나왔구먼. 자 홍군, 이제 출발할까? "

마침 방에서 기다리고 있던 동생 여운홍이 나선다.

"형님, 제가 형님을 모시고 가겠습니다. 형무소는 험한 곳이니 몸조심이 제일입니다. 장권 동지가 치안대 조직 문제로 나가 있어서, 누군가는 형님을 경호해야 하지 않겠습니까? "

여운형이 좌중을 둘러보면서 말한다.

"경호까지 할 필요야 있겠나? 아우 근농은 여기 계동에 자리하고 있어야 하네. 본부를 비울 수는 없지 않은가?

야자(也自, 이만규의 호)는 젊은 친구들과 함께 대사를 잘 검토하고 있나? "

여운홍이 대답한다.

"예, 조금 전에 연락이 왔습니다. 아침 일찍부터 송규환 집에 모여 논의를 시작하고 있다고 합니다."

여운형이 이강국과 최용달을 쳐다본다.

"근농 대신에 이 군과 최 군이 같이 가기로 하지."

둘이서 좋아라고 따라나선다.

"예, 우리들이 모시고 가겠습니다. 왜적들에게 고생한 동지들을 환영도 해야 하지요."

여운형은 중도에서 백윤화 판사를 만나 대동하고 서대문 현저동으로 향했다. 그동안 일제 치하에서 정치범 사상범으로 몰려 옥살이를 하고 있는 독립지사들을 석방하기 위하여 형무소로 가고 있는 것이다.

여운형 일행이 서대문형무소 정문에 도착하자 많은 사람들이 주위에 몰려든다. 감옥이 열리고 옥에 갇힌 조선인이 풀려 난다는 풍문이 돌아서인지, 흰옷을 차려입은 가족 친지들이 벌써 형무소 인근을 메우고 있다.

여운형은 지체 없이 옥문을 열고 형무소로 들어섰다. 형무소장이 나와 인사를 차린 후, 여운형은 간수장의 인도를 받으며 강당으로 안내되었다. 형무소 내 넓은 강당에는 오늘 출옥하는 수감자들이 입추의 여지없이 꽉 들어차 있다. 근 천 명이 되어 보였다. 이미 출감 수속을 마친 듯, 잡혀올 때 입었던 흰옷으로 갈아입었으며, 손에는 자그만 보따리들을 움켜쥐고 바닥에 쭈그려 앉아 있다.

여운형은 수인 인파를 헤치고 단상에 올랐다. 왜적의 모진 고문과 학대에 용케도 살아남아 오늘 출소를 앞에 둔 독립지사들을 바라보자, 여운형은 가슴이 벅차올랐다. 담대하기로 동양에서 소문난 여운형도 일순간 숨이 꽉 막히면서 눈물이 핑 돈다. 여운형은 이를 악물고 복받치는 감정을 눌렀다. 피맺힌 한을 위로하고 환희의 소식을 전하기 위해 입을 열었다.

"여러분, 서대문형무소 옥문을 나서는 독립지사 여러분! 저는 여운형입니다. 여러분의 출옥을 환영하러 달려온 여운형입니다."

와 - 하는 함성이 강당을 진동시킨다.

"조선 독립과 조국 해방을 위해 신명을 바치다가 정치범 사상범으로 몰려 이렇게 감옥생활을 해온 동지들, 그동안 얼마나 고초가 많으셨습니까? 여러분들의 높은 뜻과 희생 덕택으로 조선은 해방되고 독립이 되었습니다. 머지않아 건국이 되면 국권이 회복되고 정부도 수립될 것입니다.

동지 여러분들은 이제 감옥에서 풀려나 자유의 몸이 되며, 집과 사회에 돌아가는 대로 독립지사로서 응분의 예우도 받을 것입니다."

박수 소리가 터져 나온다.

여운형이 비로소 감정이 회복된 듯 차분한 어조로 말을 계속한다.

"나는 조선건국준비위원회를 조직하여 조선의 건국에 시급히 필요한 제반 조치를 진행시키고 있습니다. 또한 오늘 출소하는 여러 독립지사들을 환영하기 위해서, 그리고 절차상 보증인이 요구되어 이 자리에 나왔습니다.

동지 여러분. 이번 세계대전에서 일제는 패망하였습니다. 조선 백성 원한의 소굴인 총독부는 폐지되며, 일본인들은 자기네 본토로 돌아갈 것입니다."

함성이 강당을 뚫고 서대문형무소 하늘로 치솟는다.

여운형의 사자후가 열변을 쏟아내기 시작한다.

"그간 36년 동안 일제의 통치하에서 조선 사람들은 엄청난 고난을 겪었고, 엄청난 재산 손실을 입었으며, 엄청난 인명이 살상되었습니다. 그렇지만 평화를 사랑하고 예의도덕을 숭상하는 조선 민족은 이 원한을 일본인들에게 복수하지 않을 것입니다. 우리는 조선의 자주독립과 조국 건설에 모든 힘을 투입할 것입니다. 그렇게 하여 조선을 다시 동양의 중심에 우뚝 세울 것입니다.

우리 조선 사람들은 일본인들이 무사하게 일본 본토로 돌아가도록 도울 것입니다. 그 대신 일본 본토에서 아직도 신음하는 수백만의 조선 동포들이 무사히 귀환하게 될 것입니다."

장내가 물을 끼얹은 듯이 조용하다.

여운형이 지나간 모진 날들을 회상하는 듯 목소리가 낮아진다.

"존경하는 독립지사 여러분! 나도 십 수년 전 이곳 서대문형무소에서 징역살이를 하다가 악명 높은 대전형무소로 옮겨갔습니다. 다시 2년 전 일제가 패망한다는 유언비어를 퍼뜨렸다는 죄목으로 붙들려 와 이곳에서 옥살이를 하고 풀려났습니다.

다만 이제 조국이 해방되어 출옥하는 동지들을 보면서 한 가지 한스러운 일이 생각나 가슴이 미어집니다. 독립지사들 중에는 주어진 형기를 다 마치고도 출소하지 못하다가 감옥에서 돌아가시어, 지금도 조국이 해방된 것을 모른 채 지하에 계시다는 사실입니다."

여운형이 손등으로 흐르는 눈물을 닦는다. 여기저기서 흐느끼는 소리가 들린다.

이렇게 왜적의 악형에 희생된 독립지사의 한 사람으로 몽양은 독립지사 이재유(李載裕)를 생각하고 있었다.

이재유는 젊은 독립투사였다. 사회주의 진영의 민족 지도자로 조선공산당에 몸을 담고 독립 투쟁을 계속하다가 체포되어 7년형을 선고받은 후 서대문형무소에서 옥살이를 하였다. 감옥생활 중에도 왜적에 대한 저항을 계속하여, 왜적이 매우 두려워했다. 1944년 9월, 7년 형이 만기가 되었음에도 불구하고 일제는 석방하지 않고 그대로 감옥에 가두어 놓았다. 일제의 악독한 고문 속에서 그해 10월 26일, 청주에 있는 악명 높은 사상예방구금소에서 41세의 젊은 나이로 옥사하고 말았다.

여운형은 그러나 이재유 독립지사의 이름을 이 자리에서 밝힐 수 없었다. 만일 감옥에서조차 조선인 수형자들의 존경을 받았던 이재유 지사가 형 만기 후에 출감하지 못했을 뿐만 아니라, 왜적의 악형에 끝내 옥사했다는 사실이 알려지게 되면, 석방을 앞에 둔 재소자들이 흥분하여 당장 어떤 불상사가 터질지 모르기 때문이었다.

여운형이 숨을 가다듬고 말을 정리한다.

"여러분, 그러나 이것도 다 지나간 일로 지하에 묻고 밖으로 나갑시다. 가족과 동지 들을 만나서 일로 건국에 매진합시다. 독립과 건국과 건설만이 영령들에 대한 참된 보답이 될 것입니다.

독립지사 여러분. 모두 손을 잡고 건국을 위하여 다 함께 나아갑시다!"

함성과 함께 강당에 있는 모든 사람들이 손을 흔들면서 환호한다.

여운형은 출소자들에게 한 가지 양해를 구하면서 연설을 끝냈다.

"여러분, 독립지사 여러분. 옥문을 나서는 여러분과 함께, 제가 경성시내로 나가면서 만세 행진을 했으면 좋겠습니다. 그러나 지금 즉시는 어렵습니다. 왜냐하면, 저는 다시 마포형무소에 가서 그곳에 있는 애국지사들의 출소에 입회를 서야 하기 때문입니다.

잠시 시간을 쪼개어 다녀오겠습니다. 그렇지만 조금 먼저 출옥하시는 여러분들이 가족들과 함께 잠깐 지체해 주시면, 마포형무소에서 나오는 독립지사들과 함께 서대문에서 합류할 수 있습니다. 다 함께 행진하여 경성부청 앞에서 기다리는 환영 시민들과 만나 해방의 기쁨을 누리기로 합시다."

여운형이 단상에서 내려와 정문으로 향했다. 그 뒤를 천여 명의 출소자들이 뒤를 따른다. 개선장군처럼 보무도 당당히 걸어 나가는 여운형과 함께 노도와 같이 밀고 나가는 서대문형무소 애국지사들의 출옥 행진을 아무도 막을 수 없었다. 이미 공포에 질린 교도관들이 거의 자취를 감췄으며, 특히 악질 왜놈 간수들은 짐을 꾸려 도망한지 오래였다. 정치범, 사상범, 경제범뿐만 아니라, 왜적의 압제로 생활 터전을 잃고 방황하다가 잡혀 와 잡범으로 분류된 조선인들도 감옥 문을 나설 수 있었다.

서대문형무소 밖 현저동 일대는 인산인해로 덮였다. 입을 옷과 먹을 음식을 싸들고 기다리던 가족 친지들이 출옥하는 지사들과 합류하면서, 서로 얼싸안고 부둥켜안고 얼굴을 비비며 눈물을 흘린다. 환희와 통곡의 소리가 인왕산 밑 현저동 계곡을 뒤덮고 점차 서대문에 있는 독립문을 향해 퍼져 가고 있다.

출소하는 애국지사들과 함께 형무소 철창문을 나서자, 여운형은 마포형무소로 달렸다. 여운형이 도착했을 때는 마포형무소에서도 출감 준비가 완료되어, 독립지사들이 즉시 출옥하였다. 석방에 입회하고 옥문을 나서는 한 많은 조선 백성들을 지켜보며 여운형은 비로소 소리 내어 통곡하였다.

마포형무소에서 출옥한 수백 명의 독립지사들은 보무도 당당히 행진하며 서대문을 향했다. 아현동 고개를 넘어서자 서대문형무소에서 나온 천여 명의 지사들이 기다리고 있다가 자연스럽게 합세하였다. 가족 친지들과 함께 수천 명으로 불어난 시위대는 독립만세 시위행진에 돌입했다.

만세시위에는 어느새 젊은 학생들이 선두로 나섰다. 질서정연하게 행진을 이끌고 조직적으로 움직이는 품새가 이미 사전 계획이 철저했던 것으로 보인다. 일제가 항복하고 민족이 해방된 다음날, 애국지사들의 출옥 사실을 예상하고 만세 시위를 치밀하고 화려하게 준비한 듯하다.

중학생들 백여 명이 앞장을 서서 시위대를 인도하고, 중간중간에 대학생들이 나서서 지휘를 하고 있다. 10여 명의 학도가 대형 태극기를 함께 들고 행진의 맨 앞 열에 나와 있다. 울긋불긋 굵은 글씨로 쓴 수십 개의 플래카드가 시위대의 곳곳에서 펄럭이며, 뛰어다니는 학생들이 인쇄된 삐라를 구경 나온 시민과 길가 주민들에게 나누어 준다.

선두 대열 중간에서 중동중학 우헌근 학생이 큰소리로 구호를 선창하자, 시위대들이 뒤따라 합창한다. 중동중학의 비밀결사인 태극단(太極團)의 리더이다.

"일제는 패망했다, 조선이여 일어나라!"
"다시 찾은 삼천리, 피어나는 금수강산!"
"우리 모두 받들자, 돌아온 애국지사!"
"삼천만이 하나되어, 자주독립 이룩하자!"
"조선 해방 만세! 조선 민족 만만세!"

학생으로 구성된 시위 선도대가 지나가자, 이번에는 관악 합주대가 뒤를 잇는다. 밴드복을 입고 멋들어지게 치장한 여자중학 밴드부 학생들이 나팔을 불고 북을 치며 행진한다. 호루라기를 불며 밴드 지휘봉을 흔들어 대원을 리드하는 밴드마스터 여학생의 율동에 호기심 어린 시민들이 넋을 빼앗긴다.

뒤 이어 만세시위 본대가 대로를 꽉 메우고 보무당당히 행진하고 있다. 일제의 패망과 함께 형무소에서 출옥한 젊은 독립투사들이 손에 손을 잡고 서로 어깨동무를 한 채 대지를 힘차게 걷고 있다.

"아, 이게 얼마 만인가! 저 푸른 하늘 아래 내 조국 내 땅을 이렇게 밟고 행진하다니!"

복받치는 감격에 눈물이 쏟아진다. 무수한 통한의 세월, 왜적에게 갖은 악형과 고문을 받으며 옥살이를 한 애국지사들이 손등으로 흐르는 눈물을 닦으며, 구호를 외치고 독립만세를 부르고 있다.

조국 해방에 몸을 바치고 감옥에 들어간 형제자매 독립투사들을 잊지 못하여 몸성히 살아 돌아오기만 기다리며 눈물로 세월을 보낸 가족 친지, 그리고 힘없는 백성들, 오늘 옥문이 열리고 뛰쳐나온 독립투사들을 얼싸안고 에워싼다. 행진 대열을 둘러싼 채, 감격에 목 메인 가족 친지, 그리고 백성들이 옆을 따르고 뒤를 받치며 춤을 추면서 행진 대열을 형성하고 있다. 백성과 시민을 가득 태운 트럭과 승용차가 빵빵거리며 뒤섞여 범벅이 된 채 행진 대열에 가담한다. 마포를 지나 종로로 가는 전차에까지 빽빽하게 들어찬 시민들이 급하게 그려 들고 나온 태극기 흔들며, '조선독립 만세!' '민족해방 만세!'를 외치고 만세 시위대에 화답한다.

흰 저고리 검은 치마를 단정하게 차려입은 여학생들의 시위대가 구경꾼들의 시선을 끌며 지나간다. 배화여중 독립투쟁 지하결사체인 근화단(槿花團) 학생들이 시위에 나섰으며, 단장인 최순덕 학생이 앞에서 구호를 선창한다.

"뭉치자 단군자손, 깨어나라 배달겨레!"

"다시 찾은 삼천리, 피어나는 금수강산!"

"모시자 독립지사, 받들자 애국영령!"

낮 12시 정오가 가까워 오자 거리의 시민이 합세하여 수만 명으로 불어난 만세 시위대가 광화문 사거리에 도달하였다. 시위대 주류가 부민관(府民館) 앞에 연단을 세우고 자리를 잡는다. 인파의 꼬리가 광화문 네거리를 지나 종로 쪽으로 퍼지고, 또 한 줄기는 경성부청 광장을 메운 후 남대문 근처에까지 이른다.

만세 시위를 선도한 청년 지도자가 열변을 토한 후, 치마저고리를
입은 여학생이 단아한 자태로 연단 위에 오른다. 시위 군중 속에서 구
호를 선창하던 최순덕, 그 학생이다. 살포시 두루마리 종이를 펴들고
시를 읊는다.

눈물 섞인 노래

독립만세!　독립만세!
천둥인 듯 산천이 다 울린다
지동인 듯 땅덩이가 흔들린다
이것이 꿈인가?　생시라도 꿈만 같다.

아이도 뛰며 만세　어른도 뛰며 만세
개 짖는 소리　닭 우는 소리까지　만세　만세
산천도 빛이 나고　초목도 빛이 나고
해까지도 새 빛이 난 듯　유난히 명랑하다.

이러한 큰 경사　생애에 처음이라
마음 속속들이　기쁨이 가득한데
눈에서는　눈물이 쏟아진다
억제하랴 하니　더욱 더욱 쏟아진다.

천대 학대 속에 마음과 몸이 함께 늙어
조만한 슬픈 일엔 한 방울 안 나도록
눈물이 말랐더니 눈물에 보가 있어
오랫동안 막혔다가 갑자기 터졌는가?

우리들 적(敵)의 손에 잡혀갈 때 깨끗한 몸 더럽히지 않으시려
멀리멀리 가신 님이 이젠 다시 오시려나
어느 곳에 가 계신지 이날을 아시는지
소식이나 통할 길이 있으면 이다지 애달프랴.

어제까지 두 손목에 매여 있던 쇠사슬이
가뭇없이 없어졌다 요술인 듯 신기하다
오래 묶여 야윈 손목 가볍게 높이 치어 들고
우리 님 하늘 위에 계시거든 쇠사슬 없어진 것 굽어보소서.

님께 받은 귀한 피가 핏줄 속에 훑으므로
이 피를 더럽힐까 남에 없이 조심되고 남에 없이 근심되어
염통 한 조각이나마 적에게 빼앗기지 않으려고
구구히 애를 썼사외다.

국민 의무 다하라고 분부하신 님의 말씀
해와 같고 달과 같이 내 앞길을 비춰 준다

아름다운 님의 이름 더 거룩히는 못할지라도
님을 찾아가 보입는 날
꾸중이나 듣지 않고져.

- 벽초(碧初) 홍명희 (洪命熹) -

최순덕 여학생이 시를 낭송하는 동안, 광화문 네거리와 경성부청
앞 광장 등에 앉은 만세 시위대 청중들은 마이크를 통해 흘러나오는
시를 들으면서 감격하고 눈물 짓고 환성을 토한다.

이번에는 교모를 쓰고 교복을 단정히 입은 남학생이 등단하여 또
한 편의 시를 읊는다. 중동중학의 우헌근, 바로 그 학생이다.

대조선(大朝鮮)의 봄

벙어리 된 지 서른여섯 해
서울 종로에 자유종이 울었다.
아가야 이 종소리를 너도 듣느냐?
깨어져라 하고 두드리는 저 종소리
대한독립만세를 부르짖는 저 환호성!
이제는 조선에도 봄이 왔구나.
너도 나도 다시 한번 살아났구나.
아가야, 나도 너도 조상 없는 자식이었지?
성도 이름도 다 갈았구나.

삼한갑족(三韓甲族)이라면서도 -

아가야 말까지 뺏겼구나.

둥게 둥게 두둥게

너를 안고 얼러보지도 못했었구나.

오천년 역사를 가진 민족이라면서도-

나는 밤마다 울었다, 너는 몰랐지?

베개를 적시며 울었드니라.

소리 없이 울었드니라.

숨소리 색색, 평화스럽게 잠든 네 얼굴을 바라보며

천진난만한 성스러운 네 얼굴을 들여다보며

일생이 나 같은 절름발이의 네 운명을 생각할 때

밤이 지새는 줄도 모르고 나는 소리 없이 울었드니라.

벙어리 된 지 서른여섯 해

삼천리강산에 자유종이 울렸다.

대조선(大朝鮮)의 아들, 우리 아가야 이 종소리를 너도 듣느냐?

메아리 은은히 떨려 감돌아 슬지 않는 저 종소리

대한민족 만세를 부르짖는 저 환호성 !

또 한번 대조선에 봄이 왔구나.

활개를 치자. 너도, 나도, 다시 살아났구나.

　　　　　　　　　　　　　- 월탄(月灘) 박종화 (朴鍾和) -

시 낭송이 끝나자 청중들이 감격하여 일어나 환호성을 올린다. 대조선에 봄이 왔다고 활개를 치며 덩실덩실 춤을 춘다.

(4)

마포형무소에서부터 출옥한 동지들과 손을 잡은 채 만세 시위에 동참했던 여운형은, 시위대가 부민관에 도착하여 열변과 시 낭송에 심취하자, 비로소 대열에서 빠져나올 수 있었다. 그는 뒤따라 온 승용차를 타고 계동 집으로 향했다. 첩첩이 쌓인 중요한 일정을 차질 없이 진행하지 않으면 안 된다. 무엇보다도 오늘 낮에는 건국치안대를 발족시켜서 활동을 개시해야 한다.

여운형이 계동에 도착했으나 차가 더 나가지 못한다. 인파가 계동 일대를 가득 메우고 있으며, 몽양 집 주위를 군중이 둘러싸고 있어서 자동차가 진입할 수 없기 때문이다. 여운형은 차에서 내렸다. 만면에 웃음을 띠고 천천히 걸어 나갔다. 몽양을 알아본 군중들이 박수를 치며 환호한다.

집 근처에서 여운형을 기다리고 있던 장권 이하 대원들이 달려와 반가워한다. 장권과 같이 온 임용상이 급하게 보고한다.

"선생님, 지금 집으로 들어가시기 어렵습니다. 즉시 방향을 돌리셔야 하겠습니다."

여운형이 차분하게 묻는다.

"무슨 일인데 그렇게 숨이 넘어가는가?"

"수백 명의 시민들이 집으로 찾아왔다가 선생님이 돌아오지 않아 허탕을 치고 휘문중학교 운동장으로 몰려가 기다리고 있습니다. 몽양의 얼굴이라도 보겠다고 하면서, 또 몽양이 직접 나와 시국에 관해 한 말씀 해 주시기를 바라며 고대하고 있습니다.

즉시 휘문학교로 가시는 게 좋겠습니다."

여운형이 장권을 쳐다보며 말한다.

"장 동지, 치안대 발족 준비는 차질이 없는가?"

"예, 준비가 완료되었습니다. 선생님을 모시고 발대식을 해야 하겠습니다."

여운형이 만족해한다.

"장 동지, 그러면 자네는 먼저 휘문중학교 강당에 가 있게. 나는 운동장에 모인 시민들을 만나보고 강당으로 가겠네."

장권이 힘차게 대답한다.

"저도 선생님을 모시고 운동장으로 가겠습니다."

휘문중학교 운동장에는 5천여 명의 많은 군중들이 모여들었다. 8월 16일 오후 1시, 한 여름 뜨거운 태양이 사정없이 내려쬐고 있다. 조선 총독이 무릎을 꿇고 빌어 용서해 주고 권력을 넘겨받았다는 여운형, 그의 얼굴이라도 보고 싶어 하는 백성들의 아우성으로 운동장이 떠들썩하다.

여운형은 우레 같은 박수를 받으며 청중들 앞에 나타나 열변을 토하기 시작하였다.

"여러분, 조선 동포 여러분. 우리는 해방되었습니다. 조선 민족은 해방이 되고, 자주독립이 되었습니다."

와 - 하는 함성과 함께 청중이 열광한다.

"어제 오전 8시 나는 총독부 정무총감 엔도의 초청을 받고 그의 관저에 나갔습니다. 엔도는 일본인의 잘못을 백배사죄하였는데, 나는 지금 와서 잘잘못을 논하고 싶지 않고, 다만 서로가 헤어지는 오늘에 좋게 떠나는 것이 바람직하다고 말했습니다. 오해와 보복은 서로 간에 피를 흘리게 되기 때문에, 주의하여 불상사가 일어나지 않도록 조심하자고 당부했습니다. 정무총감도 조선 민족이 일본 사람들의 죄를 용서하고 지나간 구원을 잊어 주기를 재삼 빌었습니다.

나는 총독부로부터 치안권을 이양 받으면서 민생을 차질 없이 이끌어나가기 위해 아래와 같이 다섯 가지 사항을 요구하여 동의를 받아냈습니다."

여운형은 5대 요구 내용을 자세히 밝히고, 엔도의 승복 과정을 부연 설명했다.

여운형의 웅변이 불을 뿜는다.

"여러분, 우리 민족은 새 역사의 제일보를 내딛게 되었습니다. 조국을 다시 찾은 우리는 지난날의 쓰라린 과거를 이 자리에서 다 털어버립시다. 이제 다시 일어섭시다! 새로이 출발합시다! 꿈에도 잊지 못한 내 나라, 내 땅 위에 이상적 낙원을 건설해야 합니다.

개인주의나 영웅주의는 단연 없애 버려야 합니다. 일사불란하게 뭉쳐서 끝까지 단결해 나아가야 합니다. 머지않아 연합국 군대가 입성할 터인즉 그때 우리 민족의 실정을 보여 주면서 조금도 부끄러움이 없어야 합니다. 지금 세계 각국이 조선 민족의 일거수일투족을 주시하고 있습니다."

여운형의 당부가 용의주도하게 이어진다.

"왜적은 백기를 들고 항복하였습니다. 그러나 우리는 일본인들의 현재 심경도 이해를 해 줍시다. 물론 우리는 통쾌한 마음을 금할 수는 없습니다. 그렇지만 이제 짐을 싸서 제 나라로 돌아가는 그들에게 우리의 아량을 보이도록 합시다. 백두산 밑에서 자라난 조선 민족의 힘과 정신을 세계만방에 과시하면서, 또한 우리의 모든 힘과 정성을 자주독립과 세계 신문화 건설에 바칩시다.

저는 이미 대학, 전문, 중학생의 경비대원들을 필요한 곳에 배치하였습니다. 이제 곧 여러 지역으로부터 훌륭한 지도자들이 들어오게 될 터이니 그들이 올 때까지 우리들의 힘은 적으나마 협력하여 대사를 성사시키도록 합시다."

여운형의 연설이 끝나갈 무렵, 군중 속 저쪽에서 큰소리가 터져 나왔다.

"오늘 오후 1시에 경성역으로 소련군이 들어온다!"

이어 이쪽에서도 일부 군중이 움직이면서 소리친다.

"소련군은 해방군이다. 경성역에 도착하는 소련군을 환영하러 가자!"

"옳소, 옳소! 가자, 경성역으로!"

어느새 준비가 되어 있는지 몇 군데 군중 속에서는 플래카드가 펼쳐지고, 태극기와 함께 적기(赤旗)가 펄럭인다. 보아 하니 사전에 잘 짜여 진 각본에 따른 움직임이다. 연설은 파하고, 청중들이 썰물같이 학교 문을 빠져나가 경성역 쪽으로 내닫는다.

장권이 다가서며 여운형에게 묻는다.

"선생님, 어떻게 하시겠습니까? 경성역으로 나가시겠습니까?"

여운형이 웃으면서, 그러나 냉정히 자른다.

"장 군, 군중들의 움직임에 신경 쓰지 마세. 우리는 당장 처리해야 할 중요한 일이 많잖은가? 집으로 가서 점심을 먹고, 즉시 건국치안대를 발족하기로 하세.

소련군이 지금 경성역에 입성한다는 말은 헛소문일 걸세. 며칠 더 있어야 할 것이야. 또 비록 소련 군대가 들어온다고 해도, 구태여 환영까지 나갈 필요가 있겠나? 난 반대일세."

평소부터 몽양은 외국 군대의 조선 진주를 탐탁하게 생각하지 않았다. 또한 어쩔 수 없이 들어온다고 해도 외국군 진주에 출영 나가는 것을 싫어했다.

여운형은 임용상, 장권 등과 함께 집으로 가 점심을 먹었다. 오후 3시 여운형은 휘문중학교 강당으로 직행하여 건국치안대 발족식에 참석하였다. 치안대 대장 장권이 여운형의 지시를 받고 조직과 담당 구성원을 완료한 후에, 건국준비위원회 위원장 여운형을 모시고 건국치안대를 정식으로 발족하는 행사이다.

휘문중학교 강당에는 장권 대장을 비롯해 시내 체육계 무도계(武道

界) 대표들, 중학교 체육 교사들, 전문대학 이상의 학생 대표들이 참석하여 강당을 꽉 메웠다. 조선건국준비위원회 위원장 자격으로 여운형이 축사를 하자 열기가 하늘을 찌른다.

조직 부서를 만들고 책임자를 선임하였다. 치안대 대장에 장권, 사무국장에 정상윤(丁相允), 총무부장에 송병무(宋秉武), 학도동원부장에 이규현(李圭鉉)이 취임하였다.

건국치안대 본부를 안국동 소재 풍문여학교에 설치하고 즉시 활동을 개시하였다. 중등대대(中等大隊), 전문대학대대, 지역동원본부, 직장동원본부 등등 조직을 완료하였다.

대장 장권이 단상에 올라 우렁찬 목소리로 발표한다.

건국치안대 대원 여러분. 우리의 당면 목표는 치안 유지의 자주적 확보와 민생 안녕을 위한 사회질서의 확립입니다. 구체적 활동 목표로서는 다음의 다섯 가지가 되겠습니다.

① 청년과 학도 2천여 명을 동원하여 서울의 치안 확보에 진력한다. 그러기 위하여 각 경찰서와 파출소에 나가 경찰과 함께하거나 경찰을 대신하여 치안 확보 활동을 한다.

② 지역별, 직장별 치안대를 조직하여 그곳에서 각각 치안을 유지하고, 중요 기관이나 주요 자재를 확보케 하며, 특히 수원지 보호에 만전을 기해야 한다.

③ 전문대학 이상의 학도 대표를 선발해 각 지방에 파견하여 지방 치안대를 조직케 하고, 중앙과 긴밀한 연락망을 구축하도록 한다.

④ 전기회사 및 철도국과 긴밀히 연락하여 생산과 교통 원활에 진력한다.

⑤ 특히 혹시 발생할지도 모를 몰지각한 일부의 일본 군인들 및 경찰들의 반동화에 대비하고, 양민 학살 또는 사회 혼란에 대한 사전 준비를 강화한다.

안재홍, 조선건국준비위원회 부위원장이며 애국지사인 그는 경성방송국 라디오방송 마이크 앞에 섰다. 실로 만감이 교차된다. 독립선언을 발표하는 그러한 감동이다. 안재홍은 마음을 진정시키고 연설을 시작하였다.

8월 16일 오후 3시, 〈해내 해외 삼천만 동포에게 고함〉이라는 연설이 라디오에서 흘러나온다. 이미 예고된 안내 방송에 따라 전국 방방곡곡, 지리산 산채에서도, 종로 청진동 대포집에서도 삼천만 동포들이 숨을 죽인 채 경청하고 있다.

지금 해내 해외 삼천만 우리 동포에게 고합니다.

오늘날 국제 정세는 급격히 변동하고 있고 특히 조선을 핵심으로 한 동서의 정세가 급박하게 변동하는 이때에 우리 조선 민족으로서 대처해야 할 일이 긴급 중대하기 때문에 우리들 각계를 대표하는 동지들은 여기에 조선건국준비위원회를 결성하고 신생 조선의 재건설 문제에 관하여 가장 구체적이고 실제적인 준비 공작을 시작하게 되었습니다.

여러분! 낡은 정치와 새로운 정치가 지금 바야흐로 교체하는 때를 당하여 잘못하면 대중은 거취를 정하지 못하고 진퇴를 그르칠 수가 있습니다.

여러분! 우리 조선 민족은 새로운 중대한 위경에 처해 있습니다. 이러한 민족의 성패가 걸린 비상한 시기에 있어서 성실 과감하고 총명주밀한 지도로써 인민을 잘 파악 통제하지 않으면 최대의 광명 가운데서 도리어 최악의 과오를 범하고 대중에게 큰 해독을 남기게 되기 때문에 우리들은 지금 정신을 차려서 일보 일보 견실하게 전진하려고 생각합니다.

최대 문제인 근본적 정치 운용에 대하여서는 금후 적당한 시기에 차차 발표하겠거니와 당면 긴급 문제는 올바르게 대중을 파악하고 국면을 수습하는 것입니다. 그것으로써 먼저 민족 대중 자체의 생명 재산의 안전을 도모하고 또 조선, 일본 양 민족이 자주 호양의 태도를 견지하여 조금도 마찰을 없이하는, 즉 일본인 주민의 생명 재산을 보장하는 것입니다.

이상의 목적을 위해 경비대(警備隊)를 결성하여 일반 질서를 정리합니다. 학생-청년 경위대(警衛隊), 즉 본 건국준비위원회의 소속 경위대를 두고 일반 질서를 잡겠습니다. 그 이외에 무경대(武警隊), 즉 정규병의 군대를 편성하여 국가 질서를 도모합니다. 또 식량에 대해서는 먼저 경성 1백20만 부민의 식량은 절대 확보하는 계획을 세우고, 근거리에 쌓여 있는 미곡을 운반하기 위하여 소운반통제기관(小運搬統制機關)을 장악하고 운반 공급을 할 준비가 되어 있습니다. 각지의 식량 배급 그 외 물자배급 태세도 현상을 유지하면서 진행하겠으므로 이상의 사정을 잘 이해하고 한층 책임을 다하기를 바랍니다.

경제사의 통화와 물가정책은 현재로서는 현상을 유지하면서 신정책을 수립 단행할 것입니다. 미곡 공출 문제는 될 수 있는 대로 관대 합리적으로 미곡 생산자인 일반 농민의 식량 자족을 도모하겠습니다.

본 건국준비위원회는 발족할 때부터 청소년 학생 및 일반 정치 범의 석방을 요구하여 왔습니다마는 작(昨) 8월 15일부터 금 16일까지 경향 각지의 기미결 합계 1천1백 명이 즉시 석방되었습니다. 여러 동포들과 함께 민족호애의 정신으로써 가벼운 발걸음이 되게 하시기를 바랍니다. 행정기관을 접수할 날도 머지 않을 것이지만, 일반 관리는 직장을 지키면서 충실히 복무할 것을 요구합니다. 통감정치 이래 40년간 총독정치는 특수 정치였으나 일반 관리나 전적 관리 및 그 외의 일반 협력자들은 금후 충실한 복무를 계속하는 한 일률로 안전한 일상생활을 보장합니다. 이점 명심하고 안심하기 바랍니다.

끝으로 국민 각위 노유남녀는 차제에 언어 동정을 각별히 주의하여 일본인 주민의 심사 감정을 자극하는 일이 없도록 하지 않으면 안 되겠습니다. 40년간의 총독정치는 벌써 과거의 일입니다. 더욱이 조선,일본 양 민족의 정치 형태가 어떻게 변천하더라도 아시아 제 민족으로서 맺어진 국제적 조건하에 있어서 자주호양 각자의 사명을 다해야 할 운명에 있다는 것을 특히 올바르게 인식하지 않으면 안 되겠습니다. 우리들은 서로 공명동감하면서 한 걸음씩 가시밭을 헤치고 수난의 길을 나아가지 않으면 안 되겠습니다.

여러분! 일본에 있는 5백만 우리 동포가 일본 국민과 같이 수난의 생활을 하고 있다는 것을 생각할 때 조선 주재 1백 몇십만밖에 안 되는 일본 주민 제씨의 생명 재산의 안전 확보가 필요하다는 것을 총명한 국민 제씨가 십분 이해할 것을 의심하지 않습니다. 제위의 심대한 주의를 요청하여 마지않습니다.

조선건국준비위원회

건국준비위원회의 포고 형식으로 된 안재홍의 이 연설은 16일 하오 3시에 방송된 후, 당일 저녁 6시, 9시 두 번에 걸쳐 재방송되었다. 발표 내용은 건국준비위원회의 결성과 활동을 국민에게 알리는 것뿐만이 아니었다. 식량의 확보, 통화와 물가의 안정, 치안과 사회질서의 확립, 그리고 경위대와 정규 군대의 편성 등 신정부 수립의 정책발표로 보였다.

조선건국준비위원회 부위원장 안재홍의 연설은 경향 각지에 큰 반향을 불러일으켰다. 방방곡곡의 조선 백성들은 비로소 왜적이 패망해 보따리를 싼 채 도망하고 있으며, 조선이 독립하여 신정부가 수립된 것으로 생각하게 되었다.

모든 군중들이 흥분하고 궐기하였다. 독립 만세가 국토를 진동시

켰다. 일본 군대를 제압한 외국군이 미처 진주하지 않았으며 신정부
가 아직 수립되지는 않았지만, 이에 이르러 일제의 조선 식민 통치는
사실상 종료되었다.

도회지나 시골 동네를 막론하고 전국 각지에서 민중들의 열렬한
지지와 적극적인 참여로, 건국준비위원회의 건국 노선에 따르는 지역
기관들이 폭발적으로 조직되었다. 조선건국 전라북도임시위원회, 함
경남도인민위원회 조직준비위원회, 평남건국준비위원회, 건국준비
위원회 경북지부(약칭 : 경북건준) 등등 그해 8월 하순까지는 전국에
걸쳐 140여 개의 건준(建準) 조직이 결성되었다. 또한 일제가 장악하
고 있던 각 경찰서와 군, 면사무소 등을 접수하여 치안력과 행정권을
평화적으로 인수하였다.

매일신보(每日新報)는 건준 활동과 그에 대한 민중 열기를 다음과
같이 보도하고 있다.

위대한 새 조선의 탄생을 앞두고 세기의 진통을 계속하고 있는
계동의 건국준비위원회는 연일연야 눈코 뜰 새 없이 바쁘다. 주
위에 몰려드는 군중의 흥분을 진정시키고 이제는 학도치안대
의 경위 속에 싸여서 착착 제반 시책이 구성 진전되어 가고 있
다. 고원한 이상 아래 구상을 짜내는 조선 건설 사업은 우리 3천
만 민족의 행복을 무엇보다 전제로 하는 것이다. 이 본부에 새벽
부터 문화 정치 사상 경제 교육 각계의 저명인사가 잇달아 드나
든다. 신문기자반, 사진반, 영화촬영반, 방송반 등의 자동차 오

토바이가 그칠 새 없이 들이닿는다.

이웃 어느 부인은 죽을 쑤어 이고 오고, 어느 할머니는 밥을 해 이고 온다. 또 어느 집 부인네는 설탕물과 꿀물을 타서 쟁반에 받쳐 들고 와서 "선생님 잡수시게 해 주시오"하고 쟁반을 내놓고 자취를 감춘다. 또 어느 청년은 가벼운 주머니를 기울여 기금으로 바치고 간다.

어디에 이만한 우리들의 단결력과 애정이 숨어 있었던고! 밤이 깊어도 방마다 환하게 켜진 불빛은 꺼질 줄을 모르고 그대로 진통을 계속한다. 우리 3천만 형제는 진심으로부터 이 위원회의 원만한 건투를 염원하여 마지않는다.

영웅이 때를 만났다. 여운형의 인기가 하늘로 치솟는다. 조선 백성의 인기를 한 몸에 받으며 해방 정국에 새로운 영웅이 탄생하였다. 조선건국준비위원회의 활동이 개시되면서 방방곡곡에 독립만세 시위와 함께 건국 사업이 힘차게 전개되기 시작하자, 건준의 지도자 여운형에 대한 조선 민중의 지지와 인기가 참으로 대단하다.

나라를 다시 찾고 건국에 몸과 재산과 마음을 바치려는 열망이 모든 백성에게 가득하다. 사민이 평등하고 인권이 보장되며 자유가 실현된 민주주의를 생전 처음으로 만끽한다. 이러한 신천지의 사회 분위기와 개인 열망이 정치 참여로 나타나고 있다. 민주, 평등, 자유로 상징되는 새로운 사조와 민중의 열망과 사회 분위기는, 폭발적 정치 참여와 함께 영웅 여운형과 그의 조직 건국준비위원회에 집중되고 있다.

여운형은 카리스마를 갖춘 대중적 지도자이다. 여운형은 탁월한 통찰력과 지도력을 갖춘 정치가이다. 여운형은 건국동맹이나 건준이라는 조직을 갖춘 현실적 실력가이다. 때를 만난 영웅, 여운형은 기민한 결단력으로 해방 정국의 기선을 장악해 나가고 있었다.

4. 한국민주당(韓國民主黨)

(1)

　뜨거운 햇볕이 사정없이 내리쬐는 8월의 한낮 오후, 촌로(村老) 한 사람이 나무 그늘에서 졸고 있다. 경기도 양주군 은봉면 덕정리 산골이다. 시국이 무섭고 인심이 흉흉한 시절, 한가롭기까지 한 이 사람은 누구인가? 보아 하니 얼굴 색깔이라든가 손마디 가는 생김이 농군은 아닌성 싶다. 왜정시대 유명한 조선인 변호사이며 또한 독립지사인 애산(愛山) 이인(李仁), 그가 이 산골에서 이렇게 졸고 있는 것이다.

　제 나라를 찾겠다고 독립운동을 했다는 죄목으로 왜적에게 붙잡혀 감옥살이를 하다가 죽음 직전에 형무소에서 풀려나왔다. 경성 청진동 집에 있지 못하고, 시골 농가를 얻어 요양 생활을 하고 있다. 일제에게 '악질 불령선인(不逞鮮人)' 우두머리로 지목되어, '흑표사호(黑票四號)'로 비밀 처형 명부에 등재되어 있다고 하여 피신도 겸하고 있는 셈이다.

　그늘진 느티나무 옆 외딴 집에 젊은이 하나가 자전거를 타고 달려온다. 멀리서 쉬지 않고 왔는지 헐떡거리는 숨이 턱에 와 닿는다. 이인을 알아보았는지 나무 그늘 앞에서 자전거와 함께 쓰러진다.

　"아버지, 아버지. 일어나십시오. 저 춘(春)입니다. 아버지, 둘째 춘이 왔습니다."

이인이 깜짝 놀라 깨며 주위를 두리번거린다. 자식을 알아보고 벌떡 일어나 앉는다.

"아니, 이거 춘이 아니냐? 네가 여기까지 웬일이냐? 나를 보러 온 것이냐?"

젊은이는 이인의 둘째 아들 이춘(李春)이다. 일어나 앉은 아버지 앞에 넙죽 절을 올리면서 울먹인다.

"예, 아버지. 급히 아버지를 모시러 이렇게 달려오는 길입니다."

이인이 되묻는다.

"아니, 무슨 일이냐? 큰일이라도 터졌느냐?"

자라 보고 놀란 가슴 솥뚜껑 보고도 놀란다고, 왜적을 피해 도망쳐 온 이인에게는 예삿일이 아닌 듯싶다.

갑자기 아들이 울기 시작한다. 엎드린 채 엉엉 소리 내어 통곡한다.

이인은 어안이 벙벙하여 입을 벌린다.

"춘아, 갑자기 왜 이러느냐? 누가 돌아가셨느냐? 답답하구나. 어서 말해 보아라."

그제야 눈물을 닦으며 이춘이 입을 연다.

"아버지, 일제가 망했습니다. 마침내 왜적이 항복했습니다. 오늘 낮 12시, 일본 천황 히로히토가 라디오에 나와서 무조건 항복을 선언하고, 국민이나 병사들에게 전쟁을 중지하라고 했습니다."

이인이 벌떡 일어선다. 아들의 머리를 쳐들면서 소리친다.

"일본이 항복하다니? 아니, 그것이 정말이냐?"

아들이 우는 채로 말한다.

"예, 아버지. 사실입니다. 일본이 항복해서 망했습니다.

조선은 해방되었으며, 즉시 건국정부가 세워진다고 합니다. 서울
에서는 난리가 난 것같이 어수선합니다."

이인이 정신을 가다듬으며 다시 묻는다.

"그렇구나. 드디어 올 것이 왔구나. 천우신조가 무심치 않고 조상
의 음덕이 두터워 마침내 조국이 해방되었구나.

그렇지. 경성에서는 동지들이 가만히 있지 않겠지. 그래, 누가 너
를 여기에 보내더냐?"

그때서야 이춘이 마음을 가라앉히며 대답한다.

"예, 그렇습니다. 청진동 집에들 오셔서, 춘곡(春谷) 선생 등 여러
분이 급히 기별하며 아버지를 모시고 나오라고 하셔서 이렇게 달려
왔습니다."

이인이 즉석에서 자리를 털고 일어선다.

"알았다. 내가 즉시 나가마. 경성으로 직행하겠다. 너는 먼저 가서
동지들에게 전해라. 네가 타고 온 자전거는 다시 타고 나가라. 나는 차
편을 구하든지 동네에서 알아볼 터이니까."

이인은 동네 사람들을 불러서 해방 소식을 전하며, 자기가 경성 시
내에 바로 나가야만 되었으니 경성에 데려다 줄 젊은이를 부탁했다.
젊은 청년과 자전거가 준비되었다. 이인은 시골 아낙이 챙겨 준 찐 감
자 하나로 점심 요기를 하며, 젊은이가 모는 자전거 뒤에 매달려 서
울로 나갔다.

이인은 8월 15일 오후 일제가 패망하고 민족이 해방된 날, 시골 신작로 길을 털털거리고 지나며 산천과 촌락을 둘러본다. 거의 모두가 왜적의 수탈에 견디지 못하고 주인도 없는 폐허가 돼 버렸다. 이인은 지나간 날들의 고통과, 그리고 조국 독립의 기쁨으로 갑자기 설움이 복받친다. 손등으로 눈물을 훔치며, 먼 하늘을 쳐다본다. 지난 세월이 주마등같이 뇌리를 스친다.

이인은 청일전쟁으로 국운이 기울기 시작한 다음다음 해인 1896년, 대구에서 태어났다. 청운의 꿈을 품고 왜적의 소굴인 일본 도쿄로 건너가 명치대(明治大) 법과를 졸업하고, 천신만고 끝에 조선인으로는 불가능하다던 변호사 시험에 합격하여, 식민지 치하에서 고통받는 조선 백성을 위해 경성에서 변호사로 개업한 것이 엊그제 같다.

중국에서 폭탄을 갖고 조선으로 잠입하여 총독 등 왜적 괴수들을 살해하려는 의열단(義烈團) 독립투사들의 변론으로부터, 6·10만세 사건 광주학생 사건 등 독립운동으로 체포 구금된 민족지사들과 애국애족 청년학도들의 변론을 앞장서서 맡았다. 특히 여운형, 안창호, 안재홍, 송진우 등 저명한 애국지사들의 변호를 도맡다시피 했다. 왜정 치하에서 긍인(肯人) 허헌(許憲)과 가인(街人) 김병로(金炳魯)와 그리고 이인 세 사람은 무료 변론 민족 변호사로 조선인의 존경을 받아 왔다.

일제의 발악이 극에 달하여 조선 민족 말살로 내닫고 있던 1941년 말, 이인은 조선독립투쟁 백년대계의 하나였던 조선어학회(朝鮮語學會)사건에 직접 가담하였다. 동지들과 함께 조선인 민족 변호사 이인은 일제에게 체포되어 구속되었다. 함흥경찰서에 끌려가서 1년 가까이 모진 고문에 시달리며 취조당했다. 독립투사들을 죽이기로 작정한 왜경들은 몽둥이와 죽도(竹刀)로 사정없이 때리고 비행기 태우기, 손가락 꺾기, 굵은 고무호스로 묶고 난장질하기 등 악랄한 고문을 자행했다. 이인은 고문 과정에서 앞니 두 개와 어금니가 모두 부수어지고 귀가 찢어져 나가며 거의 죽음 직전에 이르는 생지옥을 거쳤다. 그러나 타고난 목숨이 질긴 듯 용케 살아남았다.

거의 일 년 동안 경찰서에서 고문을 당한 이인은 다시 함흥형무소로 옮겨져 징역살이에 들어갔다. 그러다가 1945년 1월 18일 선고공판에서 징역 2년에 집행유예 4년을 받고 풀려났다. 그러나 이미 2년 6개월 동안을 온갖 악형 고문을 받으며 징역살이를 하고 난 후였다. 산송장 폐인이 되다시피 하여 경성 청진동 집에 돌아온 것이 전쟁 말이었다. 거기에 더하여 왜적 학살의 대상으로 명단이 올라가 있었다. 휴양 겸 벽촌으로 피신한 것이 바로 오늘로 이어진 것이 아닌가….

이인을 태운 자전거가 의정부를 지나 경성 외곽지대인 창동에 이르자 분위기가 돌변한다. 흰옷을 입은 조선 백성들이 거리를 활보하고 있다. 이전에는 상상하기 어려운 풍경이다. 젊은이들이 길가에 모여서 벽보를 붙이며, 일부 청년학도들은 태극기를 손에 들고 만세를 외치기도 한다.

'어느 틈에 벌써 태극기까지 준비했었나?' 하고 이인이 감탄한다. '조선독립 만세!' '조국해방 만세!'라는 벽보 글씨가 큼지막하게 눈에 들어온다. 이인도 마음이 흥분되기 시작한다.

종로 청진동 집 앞에 몇 사람이 나와 있는 것이 보인다. 이인이 자전거에서 내리자, 알아보고 두 사람이 뛰어온다.

춘곡(春谷 : 원세훈의 호) 원세훈(元世勳)이 이인을 껴안는다.

"애산, 얼마나 고생이 많았나? 어서 오게. 우리는 살았네!"

애산이 눈물을 글썽이며 대답한다.

"춘곡, 내가 무슨 고생을 했나? 자네가 경성에 남아 왜적에게 당하느라고 어려웠지."

이인이 젊은이를 알아본다.

"너, 재중이 아니냐? 여기 웬일이냐? 아버님은 어디 계시냐?"

김병로의 자제인 김재중이 대답한다.

"아버지가 찾아가 뵈라고 해서 기다리고 있었습니다. 아버지도 급히 밖으로 나가셨는데, 지금 어디 계신지는 모르겠습니다."

이인이 주위를 돌아보면서 말한다.

"자, 다들 집으로 들어가세. 아, 젊은이. 자전거 몰고 오느라고 수고 많았네. 어서 들어와. 요기해야지."

방에 들어와 앉자마자 숨 돌릴 틈도 없이 이인이 묻는다.

"춘곡, 지금 정세가 어떻게 돌아가고 있는가? 일제가 항복했으면 총독부가 없어진 것인가? 없어진다면 누가 나서서 우리 백성들을 이끌어 갈 것이며, 또 정부를 조직하여 나라를 세울 준비는 하고 있는 중인가?"

원세훈이 비로소 여유가 도는지 웃으면서 입을 연다.

"아이 이 사람아, 정세는 무슨 정세인가? 이제부터이겠지.

들리는 소문에 의하면 몽양이 앞으로 나섰다는 것 같아. 아베 총독의 요청을 받아들여 몽양이 행정권을 이양받았다고 하는데, 치안대를 조직하는 등 정부 구성에 착수하였다고 하네. 그리고 놀랄 만한 풍문으로는 공산주의자들일세. 며칠 전부터 일제 항복의 기미를 눈치 채고 좌익세력이 지하에서 나와 움직이기 시작하였네."

이인도 놀라 묻는다.

"아니, 공산주의자들이 어떻게 그리 기민할 수 있었나? "

원세훈이 손바닥 들여다보듯이 간단하게 설명한다.

"애산도 참, 눈 귀가 어둡구먼. 아 그야, 소련 붉은 군대가 있잖나? 또 경성 한복판 정동에는 소련 영사관이 버젓이 활동하고 있었잖은가? 그들과 벌써부터 내통하고 있었을 걸세."

이인이 뒤통수를 얻어맞은 듯 한동안 멍하고 있다.

원세훈이 이인에게 더 큰 충격을 주려는 듯이 한마디 덧붙인다.

"지금 장안에 떠도는 소문에 의하면, 소련군 대군이 전쟁을 하며 북조선에서 남진을 계속하고 있다고 하네. 일제의 무조건 항복으로 전쟁이 끝났기 때문에, 이제는 소련 붉은 군대가 기차를 타고 경성역으로 입성하게 되었다는 것이야. 그렇게 되면 내일이나 모래 사이에 경성을 점령하게 된다는 모양일세. 참, 내."

대화에 김재중이 끼어든다. 얻어들은 정보를 전한다.

"청년학도들도 궐기한다고 야단들입니다. YMCA 청년부와 전문대학생과 시내 각 중학교 체육 교사 등 젊은이들을 중심으로 치안대가 조직된다고 합니다. 물론 여운형 선생님의 건국준비위원회 산하

조직체이지요. 내일부터는 경성 시내 각 경찰서와 지서를 접수하여 치안을 직접 맡게 되어 있다고 합니다. 몽양의 지도하에 총독부와 협의가 끝났다고 합니다."

이인이 의아해하면서 원세훈에게 묻는다.

"춘곡, 좌익세력이 모두 발 벗고 나섰다는 얘기 아닌가? 그렇다면 민족진영 인사들은 지금 무엇을 하고 있소이까?"

원세훈이 답답하다는 듯이 요점만 들려준다.

"낭산(朗山)의 말에 의하면 총독부에서 처음에 고하에게 행정권을 이양할 것이니 맡아 달라고 했었는데, 고하가 거절하였다는 것이야. 또한 몽양이 고하를 찾아와 함께 대사를 처리해 나가자고 제안하였는데, 고하가 이를 한마디로 잘라서 불응했다고 하네.

자세한 내용은 모르겠으니, 애산이 고하 등을 만나보면 진상을 알게 될 것이 아닌가?"

이해가 안 가는지, 이인이 옷을 갈아입고 즉시 나선다. 자전거를 끌고 온 양주의 젊은이를 다시 앞세우고 자전거 뒤에 매달려 시내로 달린다. 먼저 광화문 사거리에 있는 동아일보 사옥으로 나갔다. 거기에는 아무도 없었다. 이인은 방향을 틀어서 이번에는 원서동 송진우 집으로 향했다. 마침 송진우가 집에 있는데, 그를 중심으로 백관수(白寬洙), 김병로, 정인보(鄭寅普) 등 민족진영 인사들이 둘러앉아 있다.

이인이 들어오는 것을 보고 반가워서 모두 일어선다. 특히 김병로가 앞으로 나서며 이인을 껴안는다.

"애산, 이게 웬일인가? 기별도 없이. 피난처에서 이제 올라오는 길인가?"

이인이 숨이 찬 듯이 대답한다.

"덕정리에서 막 상경하는 중일세. 집에서 옷만 갈아입고 고하가 광화문 사옥에 없길래 이곳 집으로 오는 길일세."

자리에 앉아 수인사가 끝나자, 이인이 먼저 입을 연다.

"여러 동지들. 이렇게 모였으니 반갑기 그지없으나, 거두절미하고 내가 한마디 묻겠소이다."

송진우를 쳐다보면서 말을 계속한다.

"고하, 지금 정세가 어떻게 돌아가고 있소이까? 오늘 일제가 무조건 항복한 비상시국에 우리 민족진영에서는 무슨 긴급조치를 취했나요? 어떤 원대한 계획을 진행시키기라도 하고 있소?"

급작스런 질문에 송진우가 당황한다. 얼떨결에 대답한다.

"솔직히 말해서 일제가 이리도 빨리 항복하리라고는 생각하지 못했소이다. 해방에 대한 준비는 못 하였소."

이인이 답답하다는 듯이 말한다.

"나부터 아무런 준비도 없이 도망해 있었으니 할 말은 없습니다.

그러나 다 알고 있는 것처럼, 몽양이나 조선공산주의자들은 민첩하게 일제의 패망을 예상하고 해방 정국의 기선을 장악하면서 활발히 움직이고 있소이다. 우리들 민족진영도 이렇게 앉아 있어서는 안되지 않겠소이까?"

이인의 추궁에 송진우가 변명조로 답변한다.

"나도 민족 해방에 대한 준비를 하지 않고 있었던 것은 아니오이다.

아직은 때가 아니라고 생각하여 은인자중하고 있었소.

　내가 겪은 특별한 정황을 하나 얘기하리다. 지난 8월 11일 왜인들의 요청이 있어서 경기도 지사실에 나갔었지요. 지사 이쿠다(生田淸三郎)와 경기도경찰부장 오카(岡)를 만났습니다.

　이쿠다의 말은, 일본이 곧 종전을 하고 조선에서 물러가게 되었으니 고하가 국내 치안을 맡아 주기를 바란다는 것이었소. 고하 진영에서 책임 있게 나서 준다고 하면 현재 총독부가 가지고 있는 치안 권력의 4분의 3 즉 헌병, 경찰, 사법, 통신, 방송, 신문 등을 즉시 넘겨주겠다는 제안이었소.”

　이인은 물론 먼저와 있던 김병로나 백관수도 처음 듣는 얘기라 모두들 놀라워한다.

　이인이 다그쳐 묻는다.

　“그래서 어찌하였소?”

　송진우가 무겁게 대답한다.

　“나는 평소의 지론대로 일언지하에 거절하였소이다.

　나는 이렇게 말했소. 이쿠다 지사, 생각해 보시오. 내가 중국의 왕조명(王兆銘)이나 불란서의 페탱이 되고자 했다면 벌써 됐을 것이 아니오. 이것은 내가 사양한다느니보다도 만일 내가 왕조명이나 페탱이 되어 버린다면, 당신네가 일본을 떠난 뒤에 나는 조선 민족에게 발언권이 없어지지 않겠소? 머지않아 조선은 일본과 국교도 맺게 될 것인데, 지금 목전의 이익만 생각하다가는 도리어 앞으로의 큰 경륜을 잃을 염려가 없지 않을 것이오. 조선 땅에 올바른 지일(知日) 인사라도 남겨 두어야 좋지 않겠소? ”

송진우의 엉뚱맞은 말을 듣고 나서 김병로가 이인을 쳐다보며 한숨을 쉰다. 왜적 앞에서 의연한 태도라고 송진우를 이해할 수도 있다. 그러나 이것은 정세 판단에 우둔하기 한량 없는 처사이며 또한 조국과 민족을 위해 너무나 무책임한 자세가 아닌가….

이인이 송진우를 똑바로 쳐다보면서 내뱉는다.

“고하, 그것을 말이라고 하는 거요? 당신이 어떻게 해서 조선의 왕조 명이나 페탱이 된다는 말이오? 그리고 그렇게 중대한 사안을 고하 혼자 생각으로 끝내 버렸소? 아니라면 가까운 주위 동지들과 한마디라도 상의해 처리함이 당연하지 않았겠소이까?”

좌중에 언성이 높아지자 김병로가 급히 끼어든다.

“해방이 되어 경사스런 날에 왜들 이러시오? 좀 언짢은 일이 있더라도 자중하십시다.”

송진우를 쳐다보면서 말을 계속한다.

“고하의 신중한 생각도 일리는 있겠지요. 그러나 내 생각에는 이 중차대한 시국에 우리 민족진영의 지도층이 백성들 앞에 나서서 건국의 대도를 인도하는 것이 급선무가 아니겠소이까? 더구나 좌익세력들이 저렇게 설쳐대는 판에….”

이번에는 송진우가 무안을 당했는지 핼쑥한 얼굴이 붉어지면서 목소리를 높인다.

“여러분들도 잘 아는 것처럼 왜인들의 간교함을 속속들이 간파하기에는 어려움이 따르오. 그들이 속으로는 연합군에게 무조건 항복을 해 놓고 겉으로는 태연한 척 우리에게 엉뚱한 소리를 하리라고는 예견하지 못하였소.

또한 우리 조선 민족에게는 임시정부가 엄연히 존재하고 있지 않소이까? 더구나 나진과 청진 등에 상륙한 이후 지금도 북조선에서 소련공산당 대군이 남하를 계속하고 있을 뿐만 아니라, 들리는 풍문에 의하면 이곳 경성도 곧 그들 붉은 군대가 점령할 것이라 하오. 이렇게 혼란한 시국에 총독부 관리의 말 한마디에 나서는 것이야말로 경거망동이 될 수 있다고 보오."

송진우는 자기의 지론인 양 어려운 지경에 이르면 임시정부를 불러 댄다. 또 이제는 스탈린 군대의 존재에 공포감을 감추지 않고 있다.

이인은 송진우의 의중을 헤아릴 수 있었다. 그는 소련 공산군의 진주를 무서워하고 있다. 공산주의 세상을 두려워하여 주저하고 있는 것으로 보인다.

이인이 감정을 가라앉히면서 묻는다.

"고하의 생각도 일리는 있다 하겠소이다. 그런데 인촌은 경성에 계시오? 낭산은 어디에 있소?"

송진우가 속이 뒤틀리는지 퉁명스럽게 답한다.

"인촌이야 칩거하고 있는 데 칩거하고 있겠지요. 연천 농장인가 하는 데 말이오. 아직 경성에 나오지 않은 모양이외다. 낭산은 밖에 나갔는지 보이지 않소이다."

일제를 피해 숨어 있다는 말에 이인도 화가 치솟는지 자리를 차고 일어선다.

"나도 밖에 나가 정세 좀 살펴봐야 하겠소이다. 먼저 나갑니다."

이인이 주위를 의식하지 않고 혼자 휑하니 나가버린다. 방안에는 냉랭한 분위기만 감돌고 있었다.

독립지사 유석(維石, 조병옥의 호) 조병옥(趙炳玉)은 고향인 천안에 칩거하고 있다가, 해방 직전인 8월 초에는 경성에 올라와 있었다. 일제 발악의 마지막이 목전에 다다른 것을 예감하면서, 동지들과 해방의 준비를 서두르기 시작하였다.

8월 15일 히로히토의 항복 방송을 듣고 난 오후, 원세훈으로부터 이인이 상경하였으며 고하를 만나고 있다는 소식을 들었다. 조병옥은 원서동으로 가지 않고 청진동에서 이인이 돌아오기를 기다리고 있었다.

이인이 돌아오는 모습을 보자, 조병옥이 뛰어가 두 손을 잡는다.

"애산, 살아 있었구나! 난 왜놈에게 붙들려 죽은 줄만 알았네."

이인이 조병옥의 농담에 너털웃음을 터뜨리며 한마디 한다.

"오늘은 해방이라 참네. 다른 날 같았으면 자넨 혼났네."

이인이 반가워 어쩔 줄을 몰라 하는 조병옥의 손을 붙들고, 곧장 청진동 골목 대폿집으로 들어간다. 두주불사의 두 지기가 왜정 치하에도 곧잘 들락거리던 대폿집이다. 조병옥과 이인은 으슥한 구석에 자리를 잡는다. 며칠 전까지 귀해서 맛보기조차 어렵던 막걸리가 넘쳐나고 있다.

두 독립지사는 해방의 환희를 대폿잔에 나누며 건국 대사와 해방 정국의 귀추에 신경을 곤두세우기 시작한다.

조병옥이 먼저 입을 연다.

"원서동에 많이들 나와 있던가? 고하와 만나서는 무슨 얘기를 나누었나?"

이인이 대포 한 잔을 쭉 들이키며 답답한 듯이 말을 한다.

"옛날 고하가 아닐세. 생각보다 소인배가 되었어. 무슨 일인지 전혀 움직이지 않고 있어. 지적하면 말이나 들어야지, 경거망동을 조심해야 한다면서 변명만 늘어놓고 있네."

조병옥도 불만에 찬 목소리로 털어놓는다.

"그럴걸세. 자네도 이미 들었겠지만, 몽양이 바쁘게 움직이기 시작했어. 또 공산주의자들도 소련의 지원하에 조직적으로 활동을 개시한다고 소문이 파다해. 민족진영 동지들은 시골로 피신하여 아직 숨어 있거나 뿔뿔이 흩어져서 전혀 행동이 보이지 않아. 정말 안타까운 실정일세."

이인이 대폿잔을 권하며 조병옥에게 묻는다.

"고하가 겁이 많은 사람이 된 것 같은 느낌을 받았네. 요 근간 왜놈들에게 하도 혼이 나서 왜소해졌는지도 모르지.

고하는 특히 소련 공산당과 붉은군대를 두려워하는 기색이 역력했네. 지금 경성 시내 풍설로는 소련 대군이 그대로 남진을 계속하여 이곳 경성을 점령한다는 것이야. 고하도 그렇게 전제하면서 시국 정세를 내다보고 있더라고. 그러니까 잘못하면 경거망동이 되어 망신당하는 것이 아닌가 하며 몸을 사리고 있어. 알량한 식자가 돼 버렸어.

유석, 어떤가? 자네가 판단하기에 소련 군대가 경성을 독차지할 것으로 보이나?"

조병옥이 눈을 크게 뜨면서 말한다.

"고하가 그렇게 소심하고 제 몸만 사리니까 민중들로부터 욕을 먹는 것이야. 지금 경성 시민들이 민족진영에 대고 뭐라고 하는지 애산은 잘 알고 있지 않은가? 애산이야 함흥에까지 잡혀가 죽을 고생하며 천신만고 끝에 살아 돌아온 것이 엊그제니 그런 평판이 가슴에 와 닿지는 않았겠지만 말일세."

"아니, 경성 시민들이 뭐라고들 하는데 그러나?"

조병옥이 내뱉는다.

"우익진영은 기회주의자들이라는 거야. 일본이나 구미 유학한 것도 도피 행각이었다는 거야. 게다가 마르크스주의와 레닌 혁명사상이 널리 전파되어 있어. 계급투쟁 이론은 모르는 백성이 없을 정도야. 이런 때일수록 우리 민족진영이 희생을 감수하며 앞장서서 독립 정국을 이끌어 나가야 하는 것일세."

이인이 잔을 비우며 심각한 모습으로 다시 묻는다.

"유석은 미국 콜롬비아대학에서 정치경제학으로 박사 학위를 받았으며, 연희전문학교에서 교수 생활도 했으니 국제정치에 밝을 것이 아닌가?

내가 한 가지 물어볼 내용이 있으니 유석의 판단이나 고견을 가감 없이 들려주게. 지금 스탈린 군대가 북조선에서 대거 남하하고 있는 것은 사실인데, 이 경성을 소련이 차지하고 또 우리 조선 땅덩어리를 소련 공산당이 지배하게 되나? 아니면 미국이나 영국이 가만히 있지 않을 것인가?"

조병옥이 이인 얼굴을 빤히 쳐다보면서 웃는다.

"아니, 이 한심한 친구야. 그렇게 세상 물정에 어두운가? 조선에서 제일간다는 변호사가 이 지경이니, 좌익분자들이 통째 먹으려 대들지 않겠어? 평생 신문쟁이 노릇하며 국제 정세를 다룬 고하도 공산당 놀음에 놀아나니, 그래서 한심하다는 거 아닌가?"

조병옥이 술을 들이켜고 잔을 탁 놓으면서 말한다.

"이 친구야, 내 말 잘 들어. 조선 땅덩어리는 작은 듯이 보여도 동북아시아의 요지네. 소련 혼자서 차지할 수 없게 되어 있어. 미국이나 영국, 그리고 중국이 놔 두지를 않네.

생각해 보면 단박에 답이 나올 수 있는 문제 풀이가 아닌가? 일제와는 누가 싸웠나? 미국이 국력을 기울여 여태까지 전쟁을 해 오지 안했는가? 또한 중국도 엄청난 인명 재산을 피해보며 지금까지 중일전쟁을 치러 왔어. 그런데 스탈린이 아무런 공로도 없이 조선 삼천리를 혼자서 먹는단 말인가? 미국이나 중국이 가만히 보고만 있겠나?

또 일제가 누구 때문에 무조건 항복을 했나? 미국의 원자폭탄 두 방에 손을 든 것이야. 이러한 사리가 아니라 하더라도 독일의 전례를 보면 환히 생각할 수 있는 일이야.

독일과 독일의 수도 베를린을 미영불소 네 강대국이 똑같이 나누어 가졌네. 우선은 소련군이 이 경성을 점령하게 될 수도 있겠지. 그러나 뒤이어 미군과 영국, 중국 등 연합군이 들어올 것이고, 그러면 독일처럼 미영중소 4대국이 분할하여 지배하게 될 걸세. 이 경성은 특히 요처인지라 틀림없이 네 나라가 분할 점령할 것이야. 알아듣겠나?"

이인에게 비로소 문리가 트인다. 머리를 짓누르던 의혹이 걷히면서 국제 정세가 손에 잡힐 듯이 보이는 것 같다.

이인이 경탄하며 조병옥에게 술잔을 건넨다.

"역시 미국 박사는 다르구먼. 유석, 자네는 가짜 박사는 아니야. 내가 인정을 함세. 오늘 술은 내가 사지."

조병옥이 파안대소하며 말한다.

"고하가 왜놈들한테 몇 차례 붙들려 형무소에 들락거리고 혼이 나더니 지레 겁을 잔뜩 먹은 모양이야. 하기야 재판소 호랑이라고 소문난 애산도 혼이 난 후에는 무서워 숨어 있었으니 소소한 인간들이야 더 일러 무엇 하겠나? 하 하 하."

이인이 정색을 하며 대꾸한다.

"유석, 자네 모르는 소리 하지 말게. 왜적에게 두들겨 맞고 고문당하면 어느 장사도 못 당하게 되어 있어. 살아남는 것만도 천만다행일세. 자네가 뭘 알겠나?"

조병옥이 눈을 부라리며 항의한다.

"아니 애산, 말은 바로 하세. 내가 자네한테 공짜로 변호를 받기는 했으나, 독립 투쟁으로 왜적들에게 붙들려 가 징역살기로는 내가 자네 선배일세. 또 우리 민족진영에서 왜적과 대항하여 징역 안 살아 본 사람 있는가? 자네 너무 뽐내면 못써."

이인과 조병옥이 큰소리로 웃으며 술잔을 부딪친다.

조병옥의 항변은 맞는 말이었다.

조병옥은 왜정시대 구미(歐美), 일본 등에 유학한 신진 기류 중에서는 항일 독립투쟁에 헌신하고 감옥살이도 한 불굴의 민족지사였다.

조병옥은 동학농민전쟁(東學農民戰爭)이 일어나고 청일전쟁이 발생하여 내외로 국운이 험난하던 1894년, 충남 천안군 동면 용두리 목천(木川)에서 태어났다. 조병옥의 부친 조택원(趙宅元)은 1919년 3·1운동 당시에 유명한 유관순(柳寬順) 양과 그 아버지 유중권(柳重權)과 함께 천안 병천(並川) 시장에서 독립만세시위 운동을 일으킨 주동 인물이다. 만세시위 도중에 왜적의 총격에 치명상을 입고 병원에서 3개월간 치료를 받은 후 목숨을 건졌으나, 퇴원한 다음에는 공주감옥에서 4년간 징역살이를 했다. 조병옥의 아우도 독립만세시위운동의 주동자로 왜적에게 체포되어 3년간 형무소에서 복역하였다. 이토록 조병옥의 집안은 독립지사의 가문이었다.

조병옥은 어려서 집을 떠나 유학길에 올랐다. 충남 공주에 있는 영명학교(永明學校)를 거쳐 당시 민족정신 함양의 터전이며 신학문 교육으로 이름을 떨치고 있던 평양 숭실중학교(崇實中學校)를 졸업했다. 계속해서 경성으로 진출하여 후에 연희전문학교(延禧專門學校)로 교명이 바뀐 배재전문학교(培材專門學校)에서 1년 동안 영어를 비롯한 기초 학문을 닦은 뒤, 마침내 1914년 미국으로 유학을 떠났다.

미국 와이오밍고등학교에 4년간 다니면서, 재학 중에는 학생회장을 맡기도 하였다. 1918년 콜럼비아대학교 경제학과에 입학하였고, 학사, 석사를 마친 후에 학업을 계속하여, 1925년에는 콜럼비아대학교에서 박사 학위를 취득하였다.

미국에서 유학하는 동안에도 조병옥은 항일독립운동에 투신하였다. 선구자적 독립지사인 서재필(徐載弼) 박사가 이끄는 뉴욕한인회(韓人會)에 가입하여 총무로 활약하였다. 또한 독립투사인 도산(島山) 안창호(安昌浩) 지사가 이끄는 흥사단(興士團)에 입단하여 항일 투쟁을 조직적으로 펼쳐나가기도 했다.

1925년 귀국하여 연희전문학교에서 대학교수 생활을 하고 YMCA에 나가 청년들에게 민족정신을 고취하던 조병옥은, 1927년 3월 창립된 신간회(新幹會)를 계기로 민족 독립운동의 전면에 나섰다. 좌익 우익이 협력 연합하여 합법적 정치투쟁을 전개한 항일 독립투쟁 단체로 유명한 신간회에서, 조병옥은 중앙회의 재정총무로 활약하고, 또 전국 지부 중 핵심인 경성지회의 지회장을 맡았다.

1929년 폭발하여 다음해까지 계속된 광주학생운동(光州學生運動)은 전국에서 194개교 54,000여 명의 학생들이 독립운동 시위에 참가하였다. 이 광주학생운동 독립 투쟁을 지도하며 민중 대회를 소집하고 일제 규탄대회 및 독립 시위를 전국에 걸쳐 계획하던 와중에서, 조병옥은 허헌(許憲), 홍명희(洪命憙) 등 신간회 간부들과 함께 왜적에게 체포되었다. 갖은 고문을 받고 징역 3년을 언도받은 조병옥은 민족지사들의 원한의 상징이었던 서대문형무소에서 감옥살이를 하였던 것이다.

8월 16일이 되자 민족진영은 벌집을 쑤셔 놓은 듯이 시끄러웠다.

아침 일찍 밖에 나갔던 아들이 시내에 뿌려진 전단을 주워 들고 집으로 돌아와 급히 이인에게 전했다. 건국준비위원회에서 살포한 포고문이다.

이인이 묻는다.

"춘아, 이게 무어냐? 어디서 난 것이냐?"

"거리에서 주웠습니다. 지금 골목골목에 삐라가 뿌려져 있습니다. 또 길거리에는 사방에 벽보가 나붙어 있습니다. 시민들이 나와서 삐라를 주워 보고 벽보를 읽느라 정신이 없습니다. 아버지께 보여 드리려고 급히 들어왔습니다."

막상 삐라에 적힌 건국준비위원회의 포고문을 보고 거리에 뛰어나가 벽보를 보니, 이인은 눈에서 불이 났다. 은인자중한답시고 방 안에 누워 있을 고하와 민족진영 지도자들이라는 면면들을 연상하니 이인은 울화가 치밀어 견딜 수가 없다.

아니나 다를까 얼마 지나지 않아서 조병옥이 청진동 이인 집에 들이닥친다. 호주머니에서 그 건국준비위원회의 전단을 꺼낸다.

조병옥이 숨을 몰아쉬면서 말한다.

"몽양이 성난 말같이 달리기 시작하고 있구먼. 거기에다 좌익분자들이 일제히 궐기할 태세일세."

이인이 한숨을 토하며 받는다.

"나도 이미 보았네. 이거 보통일이 아닌데⋯."

조병옥이 새 정보를 토해 낸다.

"애산, 지금 이 삐라가 문제 아닐세. 어제 오후 몽양이 서대문형무

소에 가서 갇혀 있는 정치범, 사상범 등 독립지사들을 석방하려고 했
는데, 절차가 늦어 오늘 아침에 석방한다는 것이야. 지금 가족이나 학
생 들이 출옥하는 지사들을 환영하려고 준비에 난리들이라고 하네.

뿐만 아니라 오늘 조선 공산당이 지하로부터 나와 경성에서 일대
시위를 벌인다는 것이야. 몽양과 공산당의 지휘 아래 치안이나 행정
등 총독부로부터의 인수가 일사분란하게 진행되어 나아간다고 하네.
우리 민족진영 얘기는 한마디도 없네. 이거 정말 큰일이군."

이인이 밖에 대고 소리친다.

"춘아, 아침 상 빨리 올려라. 급히 나가야 하겠다. 유석, 우리가 이
러고 있을 때가 아닐세. 즉시 원서동으로 건너가세. 동지들에게도 연
락하여 고하 집으로 모이도록 하세."

아침을 먹는 둥 마는 둥 한 후 이인과 조병옥은 송진우 집으로 달
렸다.

이른 아침인데도 민족진영 지도층 인사들이 대거 모여들었다. 해
방 정국이라는 시국의 중대성도 있었을 뿐만 아니라, 전광석화 같은
몽양의 움직임과 공산주의자들의 행동에 크게 놀랐기 때문이다.

내온 차를 단숨에 마시면서, 이인이 송진우에게 단도직입적으로
묻는다.

"현하 중차대한 정세를 생각할 때 우리도 즉시 행동을 시작해야 할
것이오. 그러기 위하여 고하에게 다시 한번 묻겠는데, 고하는 왜 임
시정부 봉대만을 명분으로 은인자중을 내세우며 움직이지 않고 있소
이까?"

고하도 차분하려고 애를 쓰며 자기 생각을 말한다.

"총독부의 행정권 이양 제의를 받게 된 처음에 나는 사태가 이렇게 되리라고 예상하지 않았소이다. 일제가 패망하면 미국과 중국을 비롯한 연합군이 바로 조선에 진주하여 왜군의 무장을 해제할 것으로 보았소. 또한 중국에 있는 임시정부가 즉시 환국하여 나라를 세우고 정부를 수립하여 행정을 펴 나가리라고 생각했던 것이오. 그 같은 생각은 아직 변함이 없소이다."

이인이 언성을 높인다.

"무슨 말을 그렇게 무책임하게 하시오? 그래서 현하 시국이 고하의 예상대로 진행될 것 같소이까? 지금 소련 대군이 곧 경성으로 들이닥칠지도 모르며, 거기에 부화뇌동하여 좌익들이 조선공산당 간판을 내걸고 나설 것이오. 또 지금 삐라나 벽보에 나와 있는 것처럼, 여운형이 조선건국준비위원회를 내세워 정국을 장악하기 시작하고 있지 않소이까?"

고하도 오늘은 지지 않고 나선다.

"나는 지금 시국이 우리가 나서지 않으면 큰일 날 중차대한 사태라고는 보지 않습니다. 며칠 간 더 추세를 지켜보면서 행동해도 별 문제가 없을 것으로 봅니다."

이인이 화를 벌컥 낸다.

"무슨 말이 그렇소? 왜적이 항복하고 조선 민족이 해방된 현하 시국이 중차대하지 않다면, 그 어느 때가 중차대한 때라는 말이오? 아니 고하는 국내에서 우리 민족 최고의 지도자이며 평생 언론을 담당해 온 사람인데, 그같이 안이한 생각을 하고 있단 말입니까?

내가 걱정하는 바는 우리가 독립을 못 한다거나 건국정부를 못 세운다는 말이 아니오. 지금 3천만 조선 백성들이 당황망조하고 있소. 이때에 좌익이 선전 선동으로 민중들을 휘어잡고, 또 여운형이 기민하게 기선을 제압하여 정국을 장악하게 되면 건국 대사가 잘못될 수도 있다는 사실을 알아야 하오.

그동안 시정에서 백성들이 뭐라고 말해 온지 아시오? 좌익은 과격하고 소아병적 독선 고집에 매달리지만, 그러나 우익은 완고하고 고루하다고 비난해요. 다시 말해서 고하가 여운형 세력이나 공산주의자들을 가볍게 보는 것은 안이하기 이를 데 없는 잘못입니다. 실로 걱정이 태산 같소."

옆에서 보다 못해 김병로가 나선다.

"왜들 이러시오? 중대한 시국에 처하여 흥분이나 과격한 언사는 도움이 되지 않습니다. 솔직하게 토의하고 상의하십시다."

이인이 말을 받는다.

"내가 일부러 과격하려는 것이오? 고하가 이렇게 누워만 있으면서 경거망동, 은인자중만을 찾고 있으니 답답해서 내 생각을 말하는 것입니다."

고하도 배알이 꼬이는지 주위를 휙 둘러보더니 한마디 내뱉는다.

"애산은 나더러 몽양과 왜 경쟁을 하지 않았느냐고 힐난하는데, 나는 중대한 대사를 앞에 놓고 그들과 주도권 다툼이나 하고 싶지는 않소이다."

김병로의 옆에 있던 백관수가 끼어든다.

"고하, 그것은 애산의 얘기를 잘못 듣고 있는 것으로 보입니다.

지금 시국이 우리가 몽양과 주도권 다툼이나 하고 있을 때입니까? 또 정국을 주도하겠다고 하여 시기나 하고 경쟁하는 것입니까? 그렇게 소인배 짓을 하여 얻는 게 무엇입니까?

애산의 얘기는 조선 민족 독립 건국이라는 현하 시국이 공산주의자들의 손아귀에 일방적으로 들어가서는 크게 잘못된다는 생각입니다. 여운형 세력도 그 성향이 불분명한 것은 고하도 잘 알고 있지 않소이까? 몽양이나 공산주의 세력이 선전 선동으로 백성들을 현혹하도록 내버려 둬서는 새 나라를 세우는 건국대사가 낭패될 수도 있다는 뜻입니다."

백관수의 무게 있는 한마디에 좌중이 조용해진다.

이인이 맞은편에 앉아 있는 김준연을 보고 묻는다.

"낭산, 낭산은 한때 조선공산당 당수도 지냈고, 또 그네들 수법에 대해 밝으니 한마디 물어보겠소. 몽양 진영이나 좌익세력이 장차 어떻게 나아갈 것 같소이까? 또 백성들의 호응은 어떠하겠소?"

김준연이 웃으면서 입을 연다.

"애산의 우국충정을 누가 모르겠습니까?

나도 며칠 전부터 몽양 주변의 움직임과 공산당 지하세력의 동태를 보면서 걱정을 해 왔습니다. 여운형은 시정에 잘 알려져 있으며 민중 사이에 인기가 높아요. 특히 청년학도들에게는 영웅으로 추앙받고 있는 처지입니다. 또한 잘 아시는 것처럼 공산당의 선전 선동은 탁월하며 조직력은 우리 민족진영이 따라잡기 어려울 정도이지요.

내가 두려워하는 바는 그들이 목적을 위해 수단 방법을 가리지 않는다는 사실입니다. 필시 조선공산당은 정권을 차지하기 위해 모든 수단을 동원할 것입니다. 그들의 최종 목표는 조선 천지에 공산당 국가를 건립하는 것입니다.

방금 전 고하가 실토한 대로 나도 왜적이 이렇게 패망하고 소련 공산대군이 북조선을 거쳐 물밀듯이 내려오리라고는 예상을 못했습니다. 고하가 걱정하는 바는 만약 스탈린 붉은 군대가 경성을 점령하고 공산당 치하가 되면 만사가 끝나는 것이 아닌가 하는 점이지요. 그런 사태가 발생할 경우에 잘못 운신하면 경거망동이 되어 오히려 건국 대사를 그르치는 것이 아닌가 하고 조심하고 있는 것이지요."

이인이 큰소리로 낭산의 말을 가로막고 나선다.

"낭산, 그렇게 솔직하게 털어놓으니 시원합니다. 몽양이 국민들 사이에 인기가 높으며 또 공산주의자들이 지독하다는 것은 우리들 모두 잘 알고 있는 것이오이다. 그럴수록 우리가 정신을 차려야 하지 않겠소? 그럴수록 우리가 먼저 나서서 좌익세력보다 강하다는 것을 보여 줘야 하지 않겠소? 우리가 이렇게 주저앉아 있으면, 바로 그 점을 좌익이 노리는 것이 아니오이까?

또 소련 적군이 경성에 진주하여 조선을 독차지할지는 아직 단언할 수 없는 일입니다. 왜적 치하에서도 36년간 싸워 왔는데, 이제 어떻게 돌아갈지도 모르는 상황에 처하여 지레 겁을 먹고 엎드려 있어서야 될 일입니까?"

이인이 바로 옆에 앉아 있는 조병옥을 쳐다본다. 조병옥이 부리부리한 눈을 치켜뜨면서 좌중에 끼어든다.

"내 소견으로는 소련군이 경성을 차지한다거나 조선을 일방적으로 지배할 것이라고는 보이지 않습니다. 그러한 사태는 국제정치 역학 상 상정하기 어려운 가상일 뿐입니다. 공산주의 세력들이야 그렇게 되길 바라겠지요. 또 좌익분자들이야 호기를 만났다고 일부러 떠들어 대면서 민중들을 현혹시키겠지요."

그때 원세훈이 급히 방으로 들어선다. 숨을 헐떡이며 큰소리로 바깥 소식을 전한다.

"이거 일이 크게 번지고 있소이다.

몽양이 서대문형무소와 마포형무소에 가서 조선인 수감자들을 모두 석방시켰으며, 그들을 데리고 종로 일대에서 독립 만세 시위에 들어갔다고 합니다. 또 공산주의자들이 지하에서 나와 조선공산당 간판을 내걸고, 수많은 민중들과 합세하여 경성역으로 들어오는 소련 군대를 영접하러 나간다고 시내가 발칵 뒤집혔습니다. 뭐, 오늘 오후 3시에 경성역으로 소련 군대가 기차를 타고 들어온다나요."

참으로 엄청난 뉴스가 아닐 수 없다. 일순간 방안 공기가 얼어붙는 듯하다.

답답한 분위기를 깨려는 듯 송진우가 조병옥을 보면서 짜증스럽게 내뱉는다.

"유석은 무슨 근거에서 소련 군대가 경성이나 조선을 점령하기 어렵다고 보는 것이오? 물론 일부 풍설이겠으나 지금 사태가 이렇게 긴박하게 돌아가고 있지 않소이까?"

조병옥이 크게 웃으면서 입을 연다.

"고하가 언제부터 그렇게 소심해지셨소이까?

내가 그래도 미국에서 정치경제학을 전공한 박사 출신이오. 연전에서는 교수생활도 했소. 나도 누구 못지않게 왜놈들에게 잡혀가 고문도 당하고 서대문형무소에서 감옥살이도 했소이다."

송진우의 아픈 곳을 찌르며 말을 계속한다.

"고하, 내 얘기 잘 새겨들으시오. 독일이 항복한 이후 베를린이 어떻게 쪼개져 점령됐는지는 신문쟁이 출신인 고하가 더 잘 알고 있지 않소? 그건 덮어 놓겠소.

태평양전쟁에는 소련은 참전국이 아닙니다. 불과 닷새 전에야 전쟁에 뛰어들었소이다. 그것은 몽고, 만주 일원에 땅덩어리가 탐이 나서 그랬겠지요. 내가 스탈린이라도 그렇게 하고말고요.

며칠 전 왜적이 연합국에게 항복할 때에 미국, 영국, 중국 등 연합국으로부터 승낙을 받았다고 합디다. 미국, 중국은 소련의 검은 뱃심을 모르고 있겠소이까? 스탈린이 조선을 송두리째 잡수시라고 미국, 중국이 그대로 보고만 있겠소이까? 절대 그런 일은 없을 것입니다.

일본의 무조건 항복을 수락할 때에 연합국들 사이에서 모종의 합의가 있었다고 보아야 합니다. 조선 문제에 대해 반드시 사전 합의가 있었을 겁니다. 내가 보기에는 독일과 베를린 점령에 적용되었던 선례가 조선에서도 시행될 가능성이 매우 높아요. 그렇다면 소련 군대를 그렇게 걱정할 필요가 없어요. 조선공산당 패거리들의 선전에 속아 넘어갈 아무런 이유도 없소이다."

조병옥의 한마디 한마디가 좌중을 압도한다. 송진우가 얼굴이 벌개지면서 말 한마디 못하고 입만 쩍쩍 다신다.

난감한 장면을 모면하려는 듯 김준연이 입을 연다.

"애산, 애산이나 가인은 몽양을 변호한 일도 있고 친교를 쌓아서 잘 알고 있지 않습니까?

내가 며칠 전 있었던 일을 털어놓으리다. 수삼 일 전, 몽양의 오른팔 역할을 하고 있는 정백을 두 차례 만났습니다. 저쪽에서 연락이 와 연합 제의를 받았습니다."

김병로가 말을 자르면서 묻는다.

"정백이라면 조선 공산당 사건으로 옥살이를 한 그 핵심 공산당원이 아니오? 그 정백이 지금 몽양과 한패가 되어 있다는 말입니까?"

김준연이 대답한다.

"예, 바로 그 정백입니다. 현재 몽양의 오른팔이 되어 긴밀하게 활동하고 있는 것으로 보였지요. 또 나와는 조선 공산당 활동도 함께했으며 친하게 지내오 고 있는 사이입니다."

김준연이 말을 계속한다.

"정백이 몽양을 대신하여 말하기를, 몽양 진영과 우리 민족진영이 연합하여 총독부로부터 권력을 이양받아서 건국 준비를 하자는 것이에요. 그래서 고하와 상의한 후, 임시정부가 곧 환국할 것이니 함부로 경거망동해서는 안 된다고 하면서 거절했지요.

그때는 왜적 히로히토가 항복 선언을 하기 전이었기 때문에 사태가 이렇게 급전직하로 변할지는 몰랐었지요. 또 여운형이 총독부와 거래하고 있는 줄은 생각도 못 했었구요. 제일 떨떠름한 것은 정백 같은 공산주의자들이 몽양 주위에 들끓고 있는 점이었습니다."

이인이 한숨을 쉬며 말한다.

"참 애석한 일입니다. 그때 여럿이 지혜를 모았으면 좋은 방안이 나왔을 지도 모르지 않았겠소? 고하가 무참히 거절해 버리니, 몽양은 더 좌익세력에게 기대게 되었을 것이었구려. 이 일을 어찌하면 좋단 말이오?"

기다렸다는 듯이 김준연이 솔직하게 얘기한다.

"애산, 나도 고하의 완강한 태도에 어쩔 수 없어서 거절은 하였으나, 지금에 와 후회스럽습니다."

차를 한 모금 마시면서 계속한다.

"내가 보기에 아직 늦지는 않을 것 같아요. 애산과 가인은 평소부터 몽양과 가까운 사이가 아닙니까? 어떻습니까? 애산과 가인이 나서서 몽양을 만나보시고 협의를 해 보시지요."

그때 안에서 사랑으로 라디오를 보냈다.

"방송에서 중대한 발표가 있다고 하니 대기하여 들으시라고 합니다."

라디오에서 예고 방송이 나오고 있다. "금일 오후 3시에 건국준비위원회 부위원장 안재홍의 시국 담화 발표가 있으니 모든 국민들은 필히 청취하기를 바랍니다."

깜짝 놀란 김병로가 소리친다.

"아니, 민세가 건국준비위원회에 가담했소이까? 부위원장을 맡고 있다는 말이 아니오?"

모두가 눈을 껌벅이고 있는데, 역시 원세훈이 정보가 빠른지 한마디 한다.

"그런 것 같습니다. 민세 안재홍이 몽양의 권유를 받아들여 함께 건국준비위원회를 이끌어 나가고 있다는 풍문이 있습니다. 지금 다시 들으니 부위원장을 맡은 것이 확실하군요."

이인이 좌중을 둘러보며 말한다.

"좋소이다. 낭산의 제안대로 내가 몽양을 만나보겠소이다. 얘기가 잘되면 민족진영 인사들이 적극 나서 주어야 합니다. 약속들 하시겠소이까?"

조병옥이 쌍수를 들어 환영하고, 모두가 수긍한다.

"여부가 있겠소이까? 나라를 위하고 백성을 돌보는 대사인데 무얼 망설이겠습니까?"

이인이 자리를 털고 일어선다.

"쇠뿔은 단김에 빼랬다고 지금 즉시 만나보겠소이다. 가인, 나하고 같이 가십시다."

김병로가 웃으면서 따라나선다.

"역시 애산답구면."

설산(雪山, 장덕수의 호) 장덕수(張德秀)가 서울 제기동에 자리한 보성전문대학 교정으로 들어섰다. 8월 16일 이른 아침이다.

장덕수, 지금부터 26년 전 3.1운동이 일어나던 해, 왜적에게 체포되어 하의도(荷衣島)에 유배되었다가 몽양 여운형과 함께 왜적의 심장부인 도쿄로 직행하여 몽양은 사자후를 토하고 장덕수는 통역을 해 조선의 독립을 주장하면서 왜적의 간담을 서늘하게 했던 그 사람, 바로 그 장덕수이다. 지금은 박사(博士)이며 교수가 되어 보성전문대학을 지키고 있는 것이다.

8월의 태양이 이글거리는 교정과 운동장, 학생들의 그림자도 비치지 않는 적막한 학원이다. 일제 암흑기에도 보성전문학교(普成專門學校)와 연희전문학교(延禧專門學校)는 청년학도 민족지사를 길러내는 양대 명문대학으로서 자리를 굳건히 지켜 왔다. 그러나 1944년 최후 발악하던 총독부는 '불령선인(不逞鮮人)의 산실(産室)'이라는 두 대학을 아주 없애버리기로 결정하고 그 폐쇄에 앞서, 연희전문은 경성공업경영전문학교(京城工業經營專門學校)로, 그리고 보성전문은 경성척식경제전문학교(京城拓植經濟專門學校)로 교명을 변경하도록 명령하였다.

입학생으로는 경제과 76명, 척식과 100명을 뽑도록 규제하였다. 그러나 나이가 차면 학도병으로 끌고 간다. 남아 있는 학생마저도 3학년 학생은 구청을 비롯한 관공서에 징용되고, 2학년 학생은 부평에 있는 조병창(造兵廠)에 노력 동원으로 끌려가며, 학교에는 1학년만 남게 되니, 수업이 될 리가 없을 뿐만 아니라 요사이는 학생 모습을 찾아보기가 어려울 정도가 돼 버렸다. 그러나 이제는 나라를 다시 찾게 되었으니, 보성전문대학도 어엿하게 제 모습을 회복할 것이다.

장덕수는 만감에 젖으며 학장실을 둘러서 자기 자리에 앉았다. 창 밖으로 교정이 눈에 들어오고 저 아래 대운동장이 보인다.

보성전문 교주이며 학장인 김성수(金性洙)는 왜적의 살해 명부에 오른 것을 알고 도피하여 자리에 없다. 장덕수는 보성전문 교수로서 지금은 수석생도감(首席生徒監)과 척식과장(拓植科長)을 겸하고 있으 니, 명실공히 학교와 학생을 책임지는 교수인 셈이다.

장덕수는 어제 원서동 송진우 집에 들러 동지들과 기쁨을 나눈 뒤, 학교에 나와 자리를 지키고 있는 것이다. 이제 학교를 걱정하고 조국 광복의 환희에 감격하는 학생, 교수, 그리고 지사들이 교정으로 몰려 들기 시작할 것이다. 그럴 때 학장을 대신하여 교수 대표 격인 자기라 도 자리를 지키고 있어야 할 게 아닌가….

장덕수가 보리차를 한 모금 마시고 나자 누군가가 문을 요란스럽 게 두드린다. 들어오라는 소리가 나기 무섭게 키가 후리후리한 중년 신사가 들어온다. 항일 투쟁을 함께해 온 독립지사 우양(友洋, 허정의 호) 허정(許政)이다.

평생 지기지우인 둘은 포옹을 하며 해방에 감격해한다.

허정이 직설적으로 말한다.

"설산이 왜 이리 한가한가? 이렇게 학교 교무실에만 앉아 있으면 되겠는가? 민족이 해방되고 조국이 독립되어 이제 막 나라를 세워야 할 이 중대한 시국에, 조선 사회 최고의 지식인이며 민족 지도자인 설 산이 백성들 앞에 나서서 이끌어나가고 정국을 주도해 나가야 하지 않겠는가? "

장덕수가 웃으며 대답한다.

"나도 갑작스런 해방에 실감이 나지 않네. 어안이 벙벙하여 두서를 못 차리고 있어, 어디서부터 손을 대야 할지 당황스러울 뿐이네."

허정이 힐난조로 시국 돌아가는 사정을 전한다.

"평생 해방을 준비해 온 대 장덕수가 두서를 못 차린다니 말이 되는가? 여운형이 건국준비위원회를 결성하여 정국의 기선을 제압하고 나섰네. 여운형 주위에는 명망가들뿐만 아니라, 장래가 촉망되는 청년학도들이 구름같이 모여 있네. 여기에 좌익 세력이 조직적으로 움직인다고 하네. 조선 공산당이 즉시 조직될 것이고, 맹렬히 행동을 개시하여 해방 정국을 장악할 것이라 하고들 있어.

이러한 때에 민족진영에서는 누가 나서서 무엇을 하고 있나? 칩거하고 있다는 송진우나 쳐다보며, 또 도피한 채 나타나지도 않는 인촌 선생만 기다릴 것인가? 참으로 안타까운 일이구먼."

장덕수는 허정을 잘 알고 있다. 외모가 준수한 헌헌장부인 데다가 포용력과 리더십이 탁월한 인물이다. 일찍이 여기 보성전문 상과를 일등으로 졸업하고, 상해를 거쳐 유럽을 경유한 후 오랫동안 미국에서 항일 독립 투쟁을 해 왔다. 특히 상해 임시정부가 제정한 교민단법(僑民團法)을 충실히 따라서 뉴욕에 재류한인교민단(在留韓人僑民團)을 만들어 단장이 되었으며, 다시 북미재류한인교민단(北美在留韓人僑民團)을 조직하여 총단장으로 활약하였다. 동시에 이승만 박사의 지도하에 임시정부 구미위원부(歐美委員部)에서 활동하였으며, 특히 상해 임시정부에 재미 교민들의 성금을 송금하는 데 성심을 다했다.

또한 장덕수와는 뉴욕에서 한인 독립신문인 삼일신보(三一申報)를 발행하기도 하였다.

　장덕수가 자기 생각을 털어놓는다.

　"우리가 해방 정국을 이끌어 나아가자면 힘이 밑받침되어야 하네. 여기에는 인촌(仁村, 김성수의 호)의 결심이 중요한 관건이야. 인촌이 오늘 내일 새 귀경할 것이니 상의해 보기로 하세."

　허정의 얼굴이 펴진다. 허정이 장덕수에게 묻는다.

　"몽양과 조선공산주의자들 배후에는 소련과 스탈린이 버티고 있는 것 같아. 또한 소련 공산군 대병력이 북조선을 석권하고 계속해서 경성으로 진주한다는 풍문이 파다하네. 만약 소련군이 여기 경성을 차지하게 되면 우리의 구상은 물거품이 되지 않겠는가?

　정치학박사이며 국제정치에 해박한 설산의 고견을 들어보고 싶네."

　장덕수가 논리정연하게 정세를 진단한다. 예리한 통찰력이 빛을 발한다.

　"현재 상황으로만 보면 조선 강토에 소련군이 제일 가까이 있는 것만은 사실이네. 또 지난 9일부터 개전한 이래 나진, 청진, 함흥 등을 점령하여 계속 남하하고 있는 것도 사실이고. 그렇지만 경성을 소련군이 차지한다든가 조선 전체를 스탈린이 지배하게 될 것이라는 주장은 국제정치학상 타당성이 없는 말이야. 공산주의자들이야 그렇게 선전하겠지.

　자네도 잘 알고 있지 않은가? 미국이나 영국은 자유민주주의 국가로서 공산당 일당독재를 하고 있는 소련이나 스탈린을 본질적으로 싫어하네. 이론상으로도 자본주의와 공산주의는 체제적으로 공존할 수 없어. 상생이 아니라 상극 관계이기 때문에, 결국은 대결 투쟁으로 발전할 것이야.

이러한 사실을 간파하고 있는 스탈린은 제2차세계대전을 기화로 팽창정책을 추진하고 있네. 소비에트공산제국의 생존 전략이지. 지금 스탈린제국의 팽창의 창끝이 동아시아로 향하고 있으며, 마침 우리 조선이 그 최전선이 된 셈이야.

이 같은 사태를 미국이나 영국도 잘 통찰하고 있을 것이야. 미국은 동아시아의 전략적 요충지인 조선을 소련에게 내주지 않을 걸세. 그것은 국제정치상 절대 있을 수 없는 실책일세. 사람들이 잘 몰라서 그렇지, 미국에는 뛰어난 인재들이 즐비하네. 비록 루스벨트가 죽었다고는 하나, 트루먼 대통령 밑에는 대전략가들이 많이 있어.

더군다나 중국이 있지 않은가? 청일전쟁을 하면서도 일본의 조선 점령을 용인하지 않았던 중국이 소련의 경성 점령 사태를 방관할 수는 없는 일 아닐까?"

허정이 감탄한다.

"역시 설산이야. 자네 얘기를 들으니 가슴이 후련하네. 자네 분석대로라면 오죽이나 좋겠나?

내 생각에 몽양은 그렇지 않을 것이지만, 공산주의자들에게 정국의 주도권을 갖게 해서는 매우 위험천만할 것이야. 정신 차려야 하네."

"우양, 참 잘 보았네. 나는 몽양을 잘 알아. 몽양은 그런 인물이 아닐세. 고하에 비하면 몽양은 폭이 넓어. 그러나 조선공산당을 얕보아서는 큰코다칠 수 있어. 저들은 조직의 명수이며 선전 선동의 달인이야. 더군다나 소련 공산당의 지원이 있지 않은가.

공산주의자들이 나설수록 민족주의 진영도 하나로 뭉쳐서 나서고, 저들과 정면 대결해야 하네. 민족주의 세력이 모여서 정당이라도 결성해야 하네. 정국의 주도권을 잃지 않을 때에만 발언권이 있게 되며, 나아가 협상에서 지분을 확보할 수 있게 되는 것이야.

내가 영국에 건너가기 전에 콜럼비아대학에서 공산주의를 연구했었지. 공산당은 우익 세력이 약하다고 생각할 때에는 반동으로 처단해 버리지. 그러나 자기들보다 강력하다고 판단할 때에는 타협에 응하며, 그 경우에야 진정한 공존이 가능하게 돼."

허정이 감격하여 장덕수의 손을 덥석 잡는다.

"설산, 고맙네. 자네가 미국 뉴욕에서 항일 투쟁을 할 때부터 선각자로 알고는 있었지만, 오늘 자네의 식견을 듣고 보니 참으로 고견이네. 우리 힘을 합쳐서 건국 대업을 잘해 나가세. 자네가 시키는 일이라면 나는 발 벗고 나서겠네."

허정의 말은 맞는 말이었다. 우익 민족주의 진영에서 장덕수는 당대 최고의 이론가이며 제일의 전략가였다. 학력이나 지식이나 경력이나, 그리고 열정에서 장덕수는 좌우 두 진영을 통틀어 손을 꼽는 민족지사였다. 그가 비록 일제가 최후 발악하는 어려운 시기에 보성전문대학을 지켜 나가기 위해 본의 아니게 친일 행각을 한 것은 숨길 수 없는 행위였으나, 여운형도 찬사를 보낸 것처럼 장덕수의 조국애와 항일독립투쟁 정신은 역사에 찬연히 빛나고 있었다.

장덕수, 그는 누구인가?

장덕수는 동학농민운동이 일어나고 청일전쟁이 터진 1894년 황해도 재령군 남율면에서 태어났다. 가난 속에서도 독학으로 열심히 노력한 장덕수는, 국권을 상실한 다음다음 해인 1912년에 현해탄을 건너 일본으로 들어갔다. 잃어버린 조국을 다시 찾기 위해서는 실력을 키워야 한다는 청운의 포부를 세우고 와세다 대학 정경학과(政經學科)에 진학했다.

고학하면서 뼈를 깎는 노력 끝에 대학을 졸업한 장덕수는 조선총독부의 회유를 뿌리치고 항일 민족지사들의 집결지로 유명한 중국 상해로 탈출하여 독립 투쟁을 시작하였다.

상해에서 신규식(申圭植), 여운형 등과 항일 투쟁을 계속하면서, 여운형, 김규식, 선우혁, 김철 등과 독립투쟁 단체인 신한청년당(新韓靑年黨)을 결성하였다. 1919년 1월 도쿄로 잠입하여 3·1운동의 시발점인 '도쿄2·8독립선언'에 참여하고 다시 국내로 잠입하던 중 인천에서 왜경에게 체포되었다. 전라남도 하의도에 유배되었다가, 여운형과 함께 일본에 건너감으로써 유배에서 해제되기도 했다.

1920년 동아일보가 창간될 때 약관 26세에 주간(主幹), 주필(主筆)을 맡아 독립을 향한 정론(正論)을 이끌어 나아갔다. 장덕수는 30세가 되던 해에 동아일보 구미 특파원으로 미국에 건너갔다. 이때부터 13년간 장덕수는 미국과 영국에서 학업을 계속하여, 마침내 그의 나이

43세에 미국 콜럼비아대학에서 박사 학위를 취득하였다.

　다음 해에 귀국한 장덕수는 유학 시절의 선배이며 또 경제적 은인인 김성수의 권유에 따라 보성전문대학에서 교수 생활을 시작하였다. 일제의 탄압이 극에 달한 1940년대 초, 장덕수는 보성전문대학을 지켜나가기 위해 총독부와 대결하면서, 학장인 김성수를 대신하여 총독부의 정책에 협조하는 무거운 짐을 맡기도 했다. 일부 항일 민족지사들에 의해 친일파로 오해를 받게 된 점이 바로 보성전문 수석생도감과 척식과장의 직책이었다. 그러나 개인의 명예에 흠집을 남기기도 했을지 모르나, 장덕수는 보성전문 창설자 김성수와 함께 무사히 학교를 수호해 낼 수 있었으며, 마침내 1945년 8월 15일 민족 해방의 광명을 맞이할 수 있었던 것이다.

(2)

　원서동 송진우 집 사랑방을 나선 이인과 김병로는 계동으로 달렸다. 여운형 집 일대에는 찾아오는 사람들과 구경 나온 인파들로 인산인해를 이루고 있다. 가히 여운형의 인기를 실감할 만하다. 여운형 댁 내에 들어서니 청년들로 들끓어 발 들여 놓을 틈이 없다.

　이인은 소외감을 느껴 마음이 편치 않았다. 젊은이들이나 학생들이 대부분이어서, 이인과 김병로를 알아보는 이도 없을 뿐 아니라 대접해 주는 사람도 없었다.

이인이 큰소리로 부른다.

"어이 젊은이, 나 몽양 선생을 만나러 왔네. 안에 기별 좀 해 주게."

청년 하나가 비위에 거슬리는지 이인과 김병로를 아래위로 훑어본다.

"나 말이오? 어디서 오신 누구신데, 위원장님을 찾습니까? 통성명이 먼저 있어야 할 것이 아니오?"

이인도 배알이 꼬여 막말이 나오려고 한다.

"젊은 친구, 나 몽양과 친한 사람일세. 지금 몽양이 집에 있는가, 없는가?"

"보아 하니 식자가 있는 분 같은데, 주인을 찾아왔으면 인사치례는 갖춰야 하는 것 아니오? 어디서 온 누구시며, 용건은 무엇이오?"

이인도 지지 않는다. 이런 난장판 같은 데서 이인이라는 이름을 밝히고 싶지 않다.

"어이 여보게, 내가 알 만하니 찾아왔네. 자네한테 용건을 말한다고 알아듣겠나? 몽양이 있으면 어서 안에 고하게."

주위에 덩치가 큰 장한들이 모여든다. 화가 난 청년이 큰소리로 말한다.

"이거 어디 와서 경우 없이 굴어요? 나이를 자셨으면 나이 값을 하시오. 내 말이 뭐가 잘못돼서 그럽니까? 당신 이름을 묻고 찾아온 용건을 말하라는 것이 그렇게 기분 나쁘게 들렸소?"

옆에 있던 김병로가 입을 연다.

"젊은 친구, 그런 말이 아니잖소? 우리는 몽양 선생과 막역한 친구 간이오. 주요 국사를 논의하려고 급히 찾다 보니 결례가 됐는지는 모르겠소. 안에 계시면 연통이나 해 주시구려."

건장한 청년 하나가 앞으로 나선다.

"영감님들, 서운하게 생각하지 마십시오. 보시다시피 인파가 들끓다 보니 질서가 어려울 지경입니다. 협조하는 뜻에서 기본 예의를 지켜 주십시오.

어디서 오신 누구이며, 용건은 무엇이라고 할까요?"

참다못한 이인이 소리를 버럭 지른다.

"언제부터 몽양 주위가 이렇게 높아졌어? 그래, 말해 주마. 나 경성 변호사 이인이다. 이제 됐냐?"

또 하나의 장한이 대든다.

"뭐야? 당신네들 말 다했어? 변호사면 다야? 이 친일파 앞잡이들 같으니라구!"

이인이 젊은이의 멱살을 잡을 태세다.

"이놈, 너 말 다했냐? 친일파 압잡이라고?"

"그야, 말은 바른말 아니오. 왜정 치하에서 변호사질을 해 먹으려면 일본놈 앞잡이 노릇 않고는 안 되지 않았소? 또 왜적에게 잡혀 간 불쌍한 백성들을 얼마나 등쳐 먹었소?"

김병로도 나선다.

"이 친구, 안 되겠구먼. 몽양을 생각해서라도 그렇게 막말해서야 되겠는가?"

주위가 왁자지껄해진다. 그때 사랑방에서 누군가가 문을 열고 대청으로 나오며 말한다.

"왜 이렇게 시끄러운가? 조심들 해야지."

먼발치에서 시비하고 있는 청년을 알아보고 묻는다.

"어이, 정 군. 왜 그러나? 무슨 일이야?"

"예, 야자 선생님. 별일이 아닙니다. 몽양 선생님을 뵙겠다고 소란을 떨기에…."

야자라는 말에 귀가 번쩍 뜨인 이인이 대청마루를 올려다본다. 이만규(李萬珪)를 알아보고 부른다.

"어이, 야자(也自, 이만규의 호) 아닌가? 오래간만이야. 나 청진동에 사는 이인일세."

이만규도 이인과 김병로를 알아보고 맨발로 뛰어나온다.

"아니, 애산이 아니오? 가인도 오셨구려. 어서 안으로 드십시다."

놀란 이만규가 청년들을 보고 소리친다.

"이놈들아, 이 무슨 결례냐? 당장 무릎 꿇고 사과드려라."

눈치 챈 장한들이 일제히 무릎을 꿇는다. 김병로가 웃으면서 젊은이들을 일으키며 자상하게 타이른다.

"청년 지사들, 어서 일어나시게. 자네들이 뭘 알겠나? 이분이 유명한 민족 변호사이며 독립지사이신 이인 선생이시네.

몽양 선생을 위해서라도 앞으로는 처신을 조심해야지. 백성을 향한 몽양 선생의 입지가 높아지면 높아질수록, 몽양을 모시는 자네들의 몸가짐은 더욱 낮아지고 겸손해져야 하네. 그것이 진정 몽양 선생을 위하는 길일세."

꿇어 엎드린 청년들이 일제히 합창한다.

"앞으로는 명심하겠습니다."

청년들이 벌떡 일어나 앞장서서 방으로 모신다. 뒤따르는 이만규가 김병로를 쳐다보며 빙그레 웃는다.

차를 마시며 이인이 입을 연다.

"야자, 몽양은 언제 저렇게 유망한 젊은이들을 수하에 거두었나? 역시 몽양이 인물은 인물이야. 장래가 촉망되는 청년들일세."

이만규가 오히려 어리둥절하며 반문한다.

"아니 애산, 지금 나를 나무라는 것인가? 무례를 저지른 철부지들을 칭찬하다니, 도대체 무슨 말인지⋯."

애산이 껄껄껄 웃는다.

"야자, 내가 그렇게 속 좁은 사람인가? 저 친구들과 일부러 시비를 벌여 본 것일세. 몽양이 부러워서 말일세.

독립하고 건국하는데, 젊은 친구들이 저만한 기개가 없어서야 될 법이나 한 말인가? 앞으로 조선의 국운은 저 청년들의 패기에 달려 있네. 우리가 다듬고 키워야 하지."

이만규가 이인의 손을 덥석 잡는다.

"역시 애산은 진정한 애국지사일세. 전부터 애산이 통이 큰 장부라고 알려져 있었지만, 왜적에게 잡혀가 고문당하고 옥살이를 하더니, 간이 더 커졌구려."

이만규의 농에 셋이서 파안대소한다.

이만규가 정색을 하고 묻는다.

"몽양을 만나러 오신 거지? 무슨 급한 일이 있으신가?"

이인이 대답한다.

"맞네. 몽양을 급히 만나야겠네."

이만규가 일러준다.

"저기, 오는 길목에 임용상(林龍相) 집이 있지 않은가? 그곳이 건국준비위원회 본부이며, 몽양은 거기에 상주하고 있지. 지금 가면 만날 수 있을 걸세."

이인과 김병로가 즉시 일어서서 나간다.

마침 여운형이 휘문중학교 운동장에서 연설을 하고 군중과 헤어져 점심 식사를 하려고 집으로 향하던 참이었다. 이인과 김병로를 보고 반가워하며, 세 사람은 다시 여운형 집으로 들어가 조용한 건넌방에서 대좌하였다.

이인이 단도직입적으로 말한다.

"몽양은 애국지사이며 조선의 지도자시오. 어찌하여 건국을 준비하는 조직을 만들면서 송진우 등 민족진영 인사들은 일부러 배제하는 것이오?"

여운형이 펄쩍 뛰면서 대답한다.

"애산, 그게 무슨 말이오? 누가 그런 모함을 합디까? 고하가 그럽디까? 내가 속이 좁은 사람이 아니라는 것은 애산이 더 잘 알지 않소이까?

나는 고하와 협력하여 건국준비위원회를 조직하려고 무던히 애를 썼어요. 정백을 두 번이나 보내어 김준연을 만나 고하와 협의하자고 청탁을 넣기까지 했어요. 그리고 해방 당일인 어제 아침에는 다시 이여성(李如星)을 고하 집으로 보내어 내 뜻을 전했소이다.

내가 개인적으로 잘못한 것이 있으면 용서하고, 건국의 대사에 민족진영에서 꼭 참여해 달라고 간곡히 말했소이다. 그러나 고하는 협의는 고사하고 한마디로 거절하며 일축했소이다. 게다가 망신까지 주는 것이었습니다. 고하와 낭산은 주위에 모함하기를, 이 여운형이가 총독의 돈을 받아먹고 왜적의 앞잡이 노릇을 하기 시작했다는 것이에요. 이는 지나친 편협이 아니오이까?"

이인은 할 말을 잃었다. 몽양의 말이 사실이기 때문이다.

이인이 몽양의 진심을 떠본다.

"고하는 그렇다 치더라도, 그러면 나에게는 왜 연락도 없었소이까?"

이번에는 여운형이 이인의 속내를 알아차렸는지 웃으면서 말한다.

"애산, 농담이 지나치시오. 애산이 함흥형무소에서 산송장으로 나와 요양 중이었고, 또 왜적 살생부 첫 장에 올라 피신하고 있었다는 것은 경성 시민이 다 아는 사실이오. 왜 낸들 그걸 모르겠소. 애산에게 연락할 방도가 있었으면 고하에게 매달렸을 리가 있소?"

이인도 미안한지 몽양 따라 웃는다. 다시 정색을 하며 지적한다.

"몽양, 지금 몽양 주위에는 공산주의자들이 에워싸고 있다고 소문이 납니다. 조선공산당이라도 재건하시려는 것이오?"

몽양이 진지하게 얘기한다.

"애산, 그리고 가인. 본래 나는 인정에 약한 사람이 아니오? 저 사람들이 내가 좋다고 나를 찾아오는데 그것을 어떻게 거절한단 말입니까?

우리가 다 알고 있는 것처럼, 항일 독립투쟁에 좌가 어디 있고 우가 어디 있었습니까? 저 사람들도 왜적들에게 모진 고문을 당하고 긴긴 징역살이를 하지 않았소이까? 건국에 다 같이 참여하는 것은 당연한 순리가 아닐는지요?"

김병로가 입을 연다.

"몽양, 그렇다면 건국준비위원회를 해산하고 다시 몽양과 민족진영이 힘을 합쳐 새 조직을 만들어 나아가면 어떻겠소이까?"

여운형이 웃으면서 대답한다.

"가인, 뭐 일을 거꾸로 할 필요가 있겠소? 이제 건국준비위원회가 출범했으니 민족진영에서 이 건준에 참여하여 힘을 합치면 되지 않겠소이까? 나는 독립 건국 이외에는 욕심이 없소이다."

이인과 김병로는 민족진영의 참여와 건준의 개편에 다시 못을 박으며 일어났다.

이인과 김병로는 몽양과 헤어져서 창덕궁 돈화문 앞을 지나 원남동으로 넘어왔다. 선약이 되어 있어 백관수(白寬洙) 사랑채에서 회동했다.

이인이 여운형과 대화한 내용을 백관수에게 들려주며 대책을 숙의한다.

이인이 김병로를 쳐다보며 말한다.

"몽양과 약속한 대로 민족진영에서 참여하여 건국준비위원회를 개편하면 여북 좋겠소이까? 그런데 가인이 보기에는 어떨 것 같소? 몽양의 약속대로 일이 잘되어 나갈까요?"

김병로가 고개를 갸웃둥하며 한참 만에 대답한다.

"내 생각에는 장래가 불투명한 것으로 보입니다. 이미 건국준비위원회가 조직, 출범하였으며, 주위에 혈기 왕성한 젊은 제제다사들이 운집해 있는데, 이제 와서 방향 전환한다는 것이 그리 쉽지는 않을 것 같았소이다."

백관수가 무겁게 입을 연다.

"애산, 몽양이야 담대하고 폭이 넓은 사람이니 언약을 지키려고 하겠지요. 그러나 문제는 공산주의자들입니다. 몽양 주위에 모여 있는 그네들이 껄끄럽게 생각돼요.

우리가 잘 알고 있듯이 공산주의자들은 지독하고 끈질깁니다. 그들의 목표는 조국 광복에서 나아가 공산당 국가를 세우는 일일 겝니다. 혹독한 왜정 치하에서도 독립운동 너머에 있는 공산정권 수립을 포기하지 않았어요. 더구나 지금은 소련 공산당과 그 군대가 지원하며 조선을 집어삼킬 태세가 아닙니까?

그네들은 이제부터는 대놓고 혁명 투쟁을 선동할 겁니다. 그렇게 되면 몽양도 어쩌지 못하겠지요. 아니 한걸음 더 나아가 공산주의자들이 오히려 몽양을 이용하려 들 것이 뻔해요. 몽양의 약속을 곧이곧대로 믿어서는 안 됩니다. 공산주의자들이 있는 한 대사를 그르칠 위험이 다분해요."

애산이 단호한 표정을 지으면서 입을 연다.

"나도 그런 예감이 들었소이다. 고하가 옹고집을 피워 시기를 놓쳤다고 해야겠지요. 이제 와서 몽양의 인정만을 믿을 수도 없고, 더구나 공산주의자들의 약속에 매달릴 수는 없다는 말이 옳소이다.

이제부터는 우리도 뭉쳐야 해요. 민족진영 인사들도 한마음으로 뭉쳐서 조직을 만들고 정당이라도 결성해야 할 것 같소이다. 지금같이 뿔뿔이 흩어져 있거나 감 떨어지기만을 기다리고 있어서는 안 됩니다."

이인이 물 한 모금을 마신 후 결론을 내린다.

"오늘 하루 발품을 팝시다. 그래서 당장 내일이라도 일차 모임을 가집시다."

이인, 김병로, 백관수 3인은 즉시 행동을 개시하였다.

백관수가 나서서 원남동 자기 집에 모이는 우익 인사 김용무(金用茂), 나용균(羅容均), 박명환(朴明煥), 정광호(鄭光好) 등을 설득하였다. 이인과 김병로는 계동 한학수(韓學洙) 집으로 향했다. 여기에는 원세훈, 전진한(錢鎭漢), 이병헌(李炳憲), 현동완(玄東完), 이경수(李庚洙), 송남헌(宋南憲) 등이 모인다. 이들에게서도 협력을 약속받았다. 이인은 다시 구미지역(歐美地域) 유학자들이 모이는 안국동 윤보선(尹潽善) 집으로 가서 협의했다. 여기에는 주인 윤보선을 비롯하여 허정, 김도연(金度演), 윤치영(尹致暎), 백남훈(白南薰), 홍성하(洪性夏) 등이 모인다. 청진동 이인 사랑채를 중심으로 모이는 조병옥, 박찬희(朴瓚熙), 서정희(徐廷禧), 조헌영(趙憲泳), 서용길(徐容吉), 김재학(金載學), 김대석(金大石) 등의 동지들은 이인 자신이 나서서 결집시키기로 했다.

이인, 김병로, 백관수, 조병옥 등이 중심이 되어 우익 민족주의 진영은 8월 17일 반도호텔에서 모임을 가졌다. 각계에 있는 민족지사 100여 명이 모여 세를 과시하였다. 여기에는 혈기왕성한 젊은이들도 적잖게 합류하였다. 명분은 '중경임시정부 환영준비회'와 '연합군 환영준비회'로서, 회장에 권동진(權東鎭), 부회장에 이인, 사무장에 조병옥, 인선 담당 5인위원회에 이인, 서정희, 정노식, 김약수, 김도연 등을 선임하였다.

반도호텔 모임이 성황리에 개최되자 해방 정국에 적지 않은 파장을 미치기 시작하였다. 이인을 비롯하여 민족진영 지도층 인사들은 고무되었다. 무엇보다도 여운형의 건국준비위원회와 좌익의 활발한 조직운동 및 선전, 그리고 소련 붉은 군대의 남하에 움츠려 있던 우익 민족주의 세력은, 불과 하루 만에 백여 명의 명망가들이 운집하는 것을 보면서 자신감을 갖게 된 것이다. 백성들의 지지와 인기를 한 몸에 받으며 해방 정국의 기선을 제압한 여운형과 그의 조직 건국준비위원회에 강력한 경쟁 세력이 고개를 내밀기 시작하였다.

인촌(仁村, 김성수의 호) 김성수(金性洙)는 일제 식민지 시절 조선인 지도자 반열에서 중심 인물이었다. 특히 국내 학계나 언론계, 경제계에서는 그 영향력이 가장 클 정도였다. 그러한 김성수가 창씨개명에 응하지 않는 등 총독부에 대해 협조를 거부하며 또 독립운동의 배후 세력으로 군림하기 시작하자, 총독부 비밀 특수 기관은 김성수를 조선인 학살 명부 꼭대기에 올렸다. 이를 눈치 챈 김성수는 일제 패망이 거의 확실해지면서 왜적의 발악이 극에 달하자, 생명의 위협을 느껴 경기도 연천 시골로 피신하였다.

해방이 되고 8월 17일 밤 경원선 열차 화차(貨車) 칸 구석에 앉아 귀경한 김성수는 다음날부터 보성전문학교 교장실에 나갔다.

8월 20일 한낮이 가까워 올 무렵, 미군 비행기 B29 한 대가 웅자를 나타내며 서울 상공을 여러 바퀴 순회하고 있다. 전쟁 말기에 조선 사람들에게는 반가운 손님이었다. 그런데 8·15 해방 이후 며칠간 뜸하다가 다시 나타난 것이다. 김성수가 교장실에서 미군 비행기를 반가우면서도 의아하게 쳐다본 지 얼마 후, 학교를 지키고 있던 늙은 수위가 손에 무엇인가를 들고 교장실로 급히 뛰어 들어온다.

수위가 종이를 내밀면서 말한다.

"학장님, 방금 하늘을 여러 바퀴 돌고 간 미군 비행기가 뿌리고 간 삐라입니다. 무슨 중요한 내용일 것으로 생각되어 쫓아 나가 주워 들고 왔습니다. 여기 이것입니다."

그렇잖아도 의아하던 차에 반가웠다.

"수고했습니다. 내 후에 사례하리다. 고마워요."

수위가 흐뭇해하면서 밖으로 나갔다. 김성수는 급히 삐라 내용을 훑어보았다. 삐라는 미군이 곧 진주하게 되어 있다는 것을 서울 시민에게 알리면서 종전과 같이 질서를 유지할 것이며, 특히 연합군의 포로에 대하여 인도주의에 입각하여 대우해야 함을 부탁하는 내용이었다.

김성수가 한숨을 내쉬면서 기뻐한다.

"아, 이제 민족진영이 살아날 수 있게 되었구나. 이 곳 서울이 소련 공산군 치하에 들어가지는 않게 되었구먼. 천만다행이야!"

그때 장덕수가 허정과 함께 학장실로 들이닥친다.

김성수가 반가워한다.

"어서들 오시게. 그렇잖아도 사람을 보낼까 하고 생각하던 참이 었네."

장덕수가 큰소리로 말한다.

"인촌 선생님, 전단을 받아보셨습니까? 방금 전 B29 비행기가 뿌리고 간 미군 전단 말입니다."

김성수가 시치미를 뗀다.

"이 방에만 틀어박혀 있는 내가 어떻게 전단을 받아 보나? 무슨 내용이길래 그러나?"

허정이 아래 주머니에서 삐라를 꺼내어 김성수에게 건네며 말한다.

"인촌 선생님, 이제 우리는 한시름 놓았습니다.

이 서울에 소련군이 아니라 미군이 들어올 모양입니다. 미군 관할 구사령관 웨드마이어 장군 명의로, 미군이 진주한다는 예고입니다."

그때서야 김성수가 빙그레 웃으면서 책상 서랍에서 삐라를 꺼내 놓는다.

"나도 벌써 구해 보았네. 참으로 다행한 일일세."

장덕수가 한마디 한다.

"놀랍습니다. 어떻게 방에만 계신 분이 삐라를 벌써 구해 보셨습니까? 좌견천리(左見千里)라고 하더니 인촌 선생님을 두고 한 말 같습니다."

김성수가 장덕수의 손을 잡으며 칭찬한다.

"장 박사의 식견은 대단하오. 지금 다시 생각해도 놀라울 정도요.

엊그제 고하와 만날 때, 장 박사가 이 경성은 소련군 혼자서 점령하지 못할 것이라고 단언하지 않았소? 그때는 나도 긴가민가했지. 장박사가 화가 나서 고하를 탓하느라고 한 말 아닌가 했었지. 이제 미군 사령관의 이름이 박힌 전단을 받아 보니, 어쩌면 그렇게 장 박사의 예측이 적중한지 놀랍소."

장덕수가 계면쩍어한다.

"어쩌다가 봉사 문고리 잡은 격이지요. 국제 정세를 눈여겨보면 그 정도야 누구도 예상할 수 있습니다."

허정이 나서서 다그친다.

"인촌 선생님. 소련 공산군 혼자 경성을 차지하지 못하고, 또 미군이 진주한다고 전단이 살포되었으니, 이제는 고하를 혼내서 일을 시켜야하지 않겠는지요? 경거망동 안 한다고 하며 스탈린 군대가 무서워 저렇게 들어앉아만 있어서야 무슨 큰일을 할 수 있겠습니까? 선생님이 일을 시키셔야 하겠습니다."

김성수가 흔쾌히 대답한다.

"우양 지적이 맞는 말이야. 이제 같이 나서서 고하를 설득해 보기로 하세."

장덕수가 쐐기를 박는다.

"인촌 선생님, 때가 왔습니다. 만약 시기를 놓치면 몽양과 좌익의 연합 세력에게 주도권을 빼앗기게 됩니다. 그때는 회복이 거의 불가능할지도 모릅니다.

또 한 가지 염려스러운 점이 있을 것 같습니다. 미군이 진주한다는 것이 확실해지면, 이번에는 우익 세력들이 우후죽순같이 나올 것입니다. 그럴 때 중심 지도 세력이 튼튼하거나 바르지 못하면 독립과 건국이라는 대사를 그르칠 수도 있습니다."

김성수는 해방 정국이 의외로 복잡다단하다는 것을 깨닫기 시작한다. 여기에 김구 주석의 임시정부가 환국하고 해외 독립지사들이 귀국하게 되면 많은 변화가 생길 것이다. 이럴 경우 국내 정치인들이 어떤 자세를 갖고 어떻게 움직이느냐에 따라, 장덕수 정치학박사의 예측대로 건국대사가 큰 영향을 받게 될 것이다.

김성수는 어깨가 무거워져 옴을 느꼈다. 식민지 시절 국내를 지키며 독립지사들을 후원하고 백성을 일깨우며 또 나라를 찾을 젊은 청년학도들을 길러내는 데 평생을 바친 당대 최고의 민족지사 김성수, 그는 자기의 책임이 의외로 막중함을 비로소 절감하기 시작한다.

거기에 어려움을 더하는 것이 바로 고하의 소심이다. 엊그제 대면에서는 송진우를 대놓고 나무라지는 않았지만, 김성수 자신도 실망했다. 적지 않은 민족진영 지도층 인사들이 이제는 송진우의 지도력에 회의를 갖고 있다.

장덕수와 허정이 나간 후 학교 운동장을 내려다보면서 김성수는 혼자 한숨을 짓는다.

"일을 어찌하면 좋을 것인가…?"

김성수는 독립 건국을 앞에 두고 고민을 하기 시작하였다.

김성수, 그는 민족의 운명이 쇠잔해 가고 있던 조선조 말인 1891년 10월, 전라북도 고창군 부안면 인촌리의 부유한 가정에서 출생하였다. 일찍이 민족을 구원하겠다는 큰 포부를 안고 왜적의 심장부인 도쿄에 유학하였다. 김성수가 일본의 명문사립학교인 와세다대학에 입학한 1910년에, 그의 조국인 조선은 일제의 침략으로 국권을 상실하고 말았다.

김성수는 잃어버린 강토를 다시 찾는 길은 자기 힘을 키워 스스로 강해지는 방법밖에 없다는 진리를 깨달았다. 김성수는 절치부심 공부하고 견문을 넓혔으며, 특히 일본이 세계적 강국으로 발돋움한 비결이 무엇인지를 깊게 연구하였다. 김성수는 와세다대학 정경학부를 졸업한 후에 귀국하였다.

식민지 시절 망국의 백성들에게 희망을 주며 항일 독립투쟁을 이끌어 온 지도자 중에서 김성수는 특이한 인물이다. 고금동서를 관통하여 나라를 건설하고 발전시키는 데, 교육과 언론과 산업은 삼대 초석(礎石)이라고 할 수 있다. 김성수는 약관의 나이에 교육, 언론, 산업이라는 세 가지 대업을 일으키는 데 성공하였다. 김성수는 불굴의 투지와 깊은 통찰력으로 구국의 삼대 목표를 성취한 것이다. 물론 여기에는 부호였던 선대의 지원이 큰 도움을 주었다. 또 행운도 따랐다.

망국의 시절에 왜적 통치하에서 삼대 초석의 중요성을 갈파한 지도자로는 의암(義庵) 손병희(孫秉熙)와 도산(島山) 안창호(安昌浩)를 들 수 있겠다.

3·1운동 당시 33인의 한 사람으로 민족 대표였던 손병희는 외적의 침입에 맞서 나라를 지키기 위해서는 3대 정책이 중요하다고 하면서 다음과 같이 강조하고 있다.

병전(兵戰)보다 더 무서운 것이 세 가지 있으니, 첫째는 도전(道戰)이요 둘째는 재전(財戰)이요 셋째는 언전(言戰)이라, 이 세 가지를 능히 안 뒤라야 가히 문명의 지경에 나아가게 되고 가히 보국안민평천하(輔國安民平天下)의 계책을 얻게 될 것이다.

또한 일제 치하에서 신민회(新民會)와 흥사단(興士團)을 일으켜 항일 독립투쟁을 이끈 애국지사 안창호는 내외 동포의 존경을 한 몸에 받았는데, 그는 민족 백년대계의 사업으로 평양에 대성학교(大成學校)를 세워 교육 구국을, 마산동에 자기회사(磁器會社)를 일으켜 산업 구국을, 그리고 신민회 회원인 당대 선구적 언론인 양기탁(梁起鐸), 신채호(申采浩)를 통하여 언론 구국을 추진하였다.

이들 시대를 앞서가는 구국의 대전략을 실천한 세 지도자 중에서 큰 결실을 맺은 사람이 바로 김성수이다.

김성수는 귀국한 지 일 년 후인 1915년 서울에 중앙학교를 인수하여 독립운동의 요람으로 만들었다. 다시 일제의 민족 탄압이 극에 달하기 시작한 1932년에는 보성전문학교를 인수하여 민립대학(民立大學)을 세우고 민족의 동량지재(棟梁之材)를 길러내는 데 온 힘을 기울였다.

교육사업에 성공을 거둔 김성수는 다시 1919년 약관 28세에 경성방직주식회사(京城紡織株式會社)를 설립하여 산업 구국에 나섰다. 이 방면에서도 크게 성공을 거둠으로써, 일제강점기 조선인으로 일본인들에 필적할 수 있을 재력가로 우뚝 설 수 있게 되었다.

김성수는 마지막으로 언론 구국 사업에 앞장섰다. 그의 나이 29세가 되던 1920년 4월 일간신문 동아일보(東亞日報)를 창간하고 사장으로 취임하여, 평생 언론을 통한 항일 투쟁에 신명을 바쳤다. 동아일보 창간사(創刊辭)인 '주지(主旨)를 선명(宣明)하노라'는 독립운동사에 빛나는 민족정신의 천명이었다.

김성수는 민족교육, 민족언론, 민족산업을 일으켜 자주독립의 토대를 건설하였을 뿐만 아니라, 자신이 앞장서서 항일 독립투쟁에도 나섰다. 1919년 기미년 3·1독립운동은 해외에서는 일본 도쿄 '2·8독립선언'에서 촉발되었으며, 국내에서는 중앙학교가 그 발원지였다. 교주(校主)인 김성수와 교장인 송진우 그리고 교사 현상윤(玄相允) 세 젊은 애국지사를 중심으로 독립운동 계획이 확산되어 나가서 마침내 항일 민족투쟁으로 승화되어 갔던 것이다.

조선 민족 말살과 조선인 황국신민화(皇國臣民化) 정책의 하나로 악명 높은 창씨개명(創氏改名)을 들 수 있다. 김성수는 일제의 폭압과 협박에 굴하지 않고 끝까지 창씨개명에 저항했다. 또 전쟁이 막바지에 달하면서 일제는 조선인 청년학도들을 전쟁터로 끌고 갔다. 이것이 학병(學兵)이다. 청년학도가 싸움터로 끌려갈 때, 조선 사회의 저명 인사로 하여금 학도병 동원에 앞장서도록 강요하였다. 김성수는 총독부의 강요에 응하지 않았다.

일제는 마지막 수단으로 김성수에게 일본의 작위 수여와 귀족원 의원 임명을 통해 회유하려고 압박하였다. 그러나 김성수는 엔도 정무총감 앞에서 정식으로 거절했다. 이와 같이 언론 사주(社主), 대학 학장, 그리고 조선인 최고 재력가의 한 사람인 김성수가 식민지 조선 사회 최고의 지도자로서 일제 식민 통치에 저항하며 독립운동을 계속할 수 있었던 데에는 행운이 크게 따라 주었기 때문이라고도 할 수 있을 것이다.

(3)

미군 태평양총사령관이며 연합군 최고사령관인 맥아더 장군은, 일본이 연합군에게 무조건 항복을 한 후, 일본의 항복 사절단을 필리핀 미군사령부로 파견할 것을 명령하였다. 일본 육군참모총장 우메즈 대장의 기피로 참모차장 가와베 도라시로(河邊虎四郎)가 특별전권대사로 선임되었다. 가와베는 8월 19일 이른 아침 장교와 외교관으로 구성된 15명의 대원과 함께 미군 C.54 수송기를 타고 마닐라 시청에 마련된 특별 회견실에서 미군에게 항복하였다.

이 자리에서 맥아더의 참모장인 리처드 K. 서덜랜드 중장은 일본 측 이의는 허용되지 않는다는 전제하에 '일반명령 제1호'를 읽어 주었다.

주요 내용으로, 만주와 조선 북부에 있는 일본군은 소련군에게 항복하고, 인도지나와 대만, 그리고 중국에 주둔한 일본군은 중화민국에 항복하며, 그 밖의 모든 일본군 병력은 미군과 영군에게 투항한다. 특히 조선은 북위 38도선을 경계로 하여 북은 소련군에게, 남은 미군에게 항복한다는 것이다.

가와베 항복 사절단 일행은 21일에 일본으로 귀국하였다. 스즈키 수상이 사직하고 천황의 숙부인 히가시쿠니(東久邇) 공이 수상이 되어 구성된 새 내각에서, 내무차관은 22일 조선총독부 정무총감에게 이 사실을 전문으로 통보해 주었다.

이 중요한 뉴스는 즉시 경성 시내에 퍼져나갔다. 특히 무지막지한 소련 붉은 군대에게 쫓겨 도망쳐 온 일본인 피난민들에게는 반가운 소식이 아닐 수 없다. 어떻게 해서든지 살아서 본토로 돌아가야 했던 일본 민간인들에게는, 경성으로 집결하고 숨을 돌린 후에 남쪽으로 내려가 부산 지역에서 배를 타는 것이 정해진 코스다. 일본 피난민 자치조직인 세화회(世話會)는 경성에 도착한 후에, 소련 군대가 38도선에서 정지하게 되고 더 이상 쫓아 내려올 수 없다는 소식을 총독부로부터 듣고 가슴을 쓸어내리며 안심하였다. 세화회가 이끄는 일본 피난민들을 통하여 새로운 뉴스가 경성 시내에 전파되어 나간 것이다.

김도연(金度演))이 안국동 윤보선 집 사랑채로 뛰어든다. 큰소리
로 외친다.

"큰일이 결정되었소이다. 민족진영에게 절대적으로 유리하게 바
라던 대로 대사가 결정 났소이다."

8월 23일 오후, 방 안에는 미국이나 영국에서 유학하고 귀국하여
독립운동을 지속해 온 민족진영 인사들이 모여 있다. 윤보선, 윤치영,
허정 등의 면면이 보인다.

좌장 격인 윤보선이 나무라는 투로 묻는다.

"상산(常山, 김도연의 호)답지 않게 웬 호들갑이오?

대사가 정해지다니, 그건 또 무슨 말이오?"

김도연이 땀을 닦으며 대답한다.

"경성에는 소련군이 아니라 미군이 진주하게 되었습니다. 38도선
을 기준으로 해서 북조선에는 소련군이 진주하고, 남쪽에는 미군이
들어오는 것으로 합의되었다고 합니다."

윤치영이 깜짝 놀라며 끼어든다.

"38도선이라니 그 무슨 말이오? 총독부에서 정식 발표라도 있었
소이까? "

김도연이 설명한다.

"황해도 해주와 경기도 개성을 가로지르는 북위 38도선 말입니다.
이곳을 경계로 하여 미국, 소련 양군이 조선에 진주하여 왜적의 무
장을 해제한다는 것이지요. 당연히 여기 경성은 소련 적군(赤軍)이 들

어오지 않게 되었다는 말이오. 연합국 사이에 합의가 끝나서 결정된 것이라고 하오."

백남훈이 다그친다.

"그 소식을 어디서 들었소? 혹시 떠도는 유언비어는 아니오? "

김도연이 자랑스럽게 말한다.

"이 중대한 시기에 방 안에 틀어박혀 있으면 뉴스가 굴러들어온답 디까?

총독부 정무총감 엔도가 세화회 간부들을 불러들여 털어놓았다고 합니다. 틀림없는 뉴스에요. 일본 정부에서 전문을 통해 알려 온 내용 이라고 합니다. 공식 통보랍니다."

방안에 와 - 하는 함성이 일어난다.

윤보선이 굳게 다문 입을 연다.

"동지들, 이제 때가 왔소이다. 즉시 활동을 개시합시다. 옛말에 지 자(智者)는 기회를 만나 발동한다고 했습니다.

그간 우리들이 소심하여 몽양과 좌익세력에게 기선을 빼앗겼소이 다. 이제는 나섭시다. 그동안 검토했던 대로 정당을 발기하고 행동으 로 들어갑시다. 독립하고 나라를 세우는 데 우리도 앞장을 섭시다."

청진동 이인 집에도 급히 민족진영 인사들이 모여들었다.

역시 정보에 밝은 원세훈이 소식을 전한다.

"애산, 얘기 들었나? 38도선 분할 점령 말이야."

이인이 눈을 크게 뜨면서 대답한다.

"글쎄 말일세. 전화로 말은 들었으나, 내가 정보를 직접 얻지는 못했네. 사실을 말해 보게. 원체 중대한 일이니."

원세훈이 설명한다.

"어제 일본 내무성에서 전보가 왔다는 거야. 조선을 38도선을 경계로 하여 북쪽은 소련군이, 남쪽은 미군이 점령하기로 합의했다고 하네. 따라서 이 경성은 미군이 점령하게 되었다는군."

김병로가 묻는다.

"춘곡, 그 소식 정확한가? 어디서 들었나?"

원세훈이 답답하다는 듯 말한다.

"가인, 공산주의자들과의 경쟁은 정보 싸움일세. 정보에 어둡거나 쳐지면 기선을 잡기 어려우네. 지금 일본인 사이에는 이 소식을 모르는 사람이 없을 정도일세. 엔도가 세화회 대표들을 총독부에 불러서 알려 주었다는 거야. 이제 스탈린 군대가 쫓아 내려오지 못하게 되었으니 안심해도 된다고 통보해 주었다는 것일세. 이 정도면 거의 확실하지."

조병옥이 한마디 거든다.

"애산과 지난번에도 얘기했지만, 나는 어느 정도 예상은 했었네. 경성에는 미영중소 연합군이 함께 진주할 것으로 생각했지. 그런데 개성을 지나는 북위 38도선을 중심으로 미군과 소련군이 나누어 들어오기로 했다니, 생각보다 더 잘된 일이군."

이인이 조병옥을 쳐다보면서 농을 던진다.

"이제 앞으로는 유석 세상이 되겠구먼. 미국인들과 붙어서 말을 터놓고 지낼 만한 인물은 유석같이 미국에서 박사를 받아 온 유학파들이 아니겠나? 높은 자리 오르거든 잘 좀 봐 주게."

김병로가 입을 연다.

"실없는 우스갯소리 그만하게. 이제 여건이 성숙되었으니 대사를 일으키세. 시간이 없어. 시간이 촉박해."

이인이 정색하며 말한다.

"춘곡은 선경지명이 있는 것 같아. 시베리아 호랑이의 결단력은 높이 사야 할 것이야. 이러한 사태를 예견하고 이미 고려민주당(高麗民主黨)을 창당했으니 말일세."

그러했다. 원세훈은 평생을 민족 해방에 몸을 바친 독립투사이다. 1910년 국권을 빼앗기자 만주로 망명하였다. 다시 러시아로 건너가 시베리아와 연해주를 무대로 항일 투쟁에 몸을 바쳤다. 3·1운동 후에는 중국으로 들어가 북경과 상해 등지에서 사회주의자들과 함께 독립투쟁을 계속하였다. 왜적에게 체포되어 국내로 압송되고 감옥살이를 했으며, 출옥 이후에도 항일 투쟁을 전개하다가 해방을 맞았다.

원세훈은 공산주의자들의 속성을 꿰뚫어보면서, 여운형의 건준과 좌익세력에 대항하기 위하여 지체 없이 정당을 만들었다. 8월 18일 고려민주당을 창당하고 위원장에 취임하였다. 이 고려민주당은 우익 진영에서 해방 후 최초로 나온 정당이다. 또한 민족진영 인사가 발족시킨 정당이면서도 사회민주주의를 강령으로 내세운 정당이다.

이인이 좌중을 둘러보며 말한다.

"예정대로 창당을 끝내도록 합시다. 원세훈 동지가 애지중지 만든 고려민주당을 우리 창당에 그대로 가져온다고 하니 얼마나 큰 힘이 되겠소이까? 즉시 서두르기로 합시다."

김병로가 제안을 한다.

"나도 정당 발기를 지지합니다. 그전에 한 가지만 양해했으면 어떻겠습니까? 건준 부위원장 민세와 24일이나 25일 쯤 마지막 절충을 해 보기로 했으니, 한 번만 더 기다려 보았으면 합니다. 늦어도 하루 이틀 정도에 지나지 않을 게 아닙니까?"

조병옥이 거든다.

"이강국 같은 극좌파 젊은 친구들이 방해를 부린다니까 별다른 결과는 없을 겁니다. 그렇더라도 우리 성의를 다 보인다는 면에서 이삼일 정도 기다리는 명분은 있겠지요. 또 준비 기일도 있고 하니 가인의 제의대로 했으면 합니다."

8월 25일 건준 대표로 안재홍과 권태석이, 민족진영 대표로 김병로와 백관수가 만났다. 그러나 예상대로 건국준비위원회 내의 공산당 계열의 완강한 반대로 회담은 실패로 끝났다. 이인을 중심으로 하는 민족진영은 즉시 행동을 개시했다.

8월 28일 계동 한학수 집에서 창당 발기대회가 개최되었다. 이인, 조병옥, 김병로, 백관수를 비롯하여 고려민주당의 원세훈, 그리고 함상훈, 한학수 등 항일운동에 몸을 바친 200여명의 민족주의 진영 인사들이 참여하여 조선민족당(朝鮮民族黨)이 창당되었다.

조선민족당이 창당 발기된 8월 28일, 일본군 조선군관구사령부는 공식으로 미군의 38도선 이남 진주를 발표하였다. 또한 9월 2일 미군은 서울 상공에 다시 삐라를 살포하여 미군의 서울 진주를 공표하면서, 특히 재조선미군사령관(在朝鮮美軍司令官) 육군 중장 존 아르 하지(John R. Hodge)의 이름을 분명히 밝혔다.

9월 4일에는 안국동 회합 장소 집 주인 윤보선을 중심으로 윤치영, 유억겸, 백남훈, 김도연, 허정, 장덕수 등이 집결하여 한국국민당(韓國國民黨)을 발기하였다.

내외 정세가 급변하는 가운데, 김성수는 송진우를 독려하여 '대한민국임시정부 환국환영회' 조직을 위해 국민대회준비회(國民大會準備會)를 결성하며 본격적인 정치 행보에 뛰어들었다.

마침내 민족진영 인사들은 건준 및 조선공산당 등 좌익세력에 대항하고 독립 건국을 주도하기 위하여, 9월 16일 급변하는 내외 정세에 결단을 내려 우익세력의 총집결체로서 한국민주당(韓國民主黨)을 창당하였다. 서울 종로에 있는 천도교기념관에서 1,600여 명의 발기인이 모여 창당한 한국민주당은, 이인, 원세훈, 김병로 중심의 조선민족당, 윤보선, 장덕수, 김도연 중심의 한국국민당, 그리고 김성수, 송진우, 서상일 중심의 국민대회준비회 등 세력들이 중경 대한임시정부(大韓臨時政府) 절대 지지를 선언하고 결성한 정당이다.

송진우를 수석총무(首席總務)로 선출하여 당을 대표하도록 하고, 원세훈, 백관수, 서상일, 김도연, 허정, 조병옥, 백남훈, 김동원 등 8명을 총무로 선임하여 집단지도 체제를 갖추었다. 한국민주당은 창당 발기대회에서, 대한임시정부의 법통을 절대시하고 대중 본위의 민주주의와 전국민의 자유 발전의 토대 위에서 자주 독립 국가를 건설한다는 창당선언문을 발표하였다.

　한국민주당이 창당되고 정책 목표와 이념이 분명하게 천명되면서, 해방 정국의 기선을 기민하게 제압한 여운형과 그의 기반 조직인 건국준비위원회는 내외로부터 강력한 도전을 받기 시작하였다.

5. 남북분단(南北分斷)의 서막

(1)

마셜(George C. Marshall) 장군은 화가 치밀었다. 가슴속이 부글부글 끓어올랐다.

마셜이 누구인가? 미군에서 대통령 다음가는 군사 최고 지도자다. 육군참모총장이며 합동참모본부 의장이 아닌가. 제2차세계대전에서 나치 독일을 궤멸시키는 데 결정적인 기여를 한 전쟁 기획의 최고 책임자가 아닌가. 루스벨트 대통령과 함께 얄타에서 스탈린 및 소련군 수뇌들과 협상하며, 음흉하기로 소문난 공산당 패를 요리한 미군의 최고 두뇌가 아닌가.

그런 마셜이 지금 당황하고 있는 것이다. 엊저녁 마셜 장군은 백악관으로부터 긴급 전화를 받았다. 트루먼 대통령 군사문제 수석 참모인 리하이(William D. Leahy) 제독으로부터의 질책이었다.

"의장님, 대통령 각하의 지시입니다.

지금 소련 공산군이 극동에서 대규모 병력으로 남하하고 있습니다. 이를 효과적으로 제지하지 않으면 동아시아 일대가 소비에트러시아 붉은 제국이 될 것입니다. 스탈린의 의도는 분명합니다. 패망한 일제의 전리품을 독차지하려는 것입니다.

즉시 스탈린 군대를 제압할 정확한 전략을 수립하여 대통령에게 보고하십시오. 스탈린의 군사 의도를 예측하지 못한 군부에 대하여 대통령 각하의 불만이 크십니다. 피와 땀은 미국이 흘리고, 북극의 곰은 누워서 떡을 받아먹고 있습니다."

속이 상한 마셜이 한마디 했다.

"리하이 제독, 그것이 어찌 미군 전략의 오류 때문이라고 할 수 있습니까? 스탈린 군대가 저렇게 참전하고 전광석화같이 남하하리라고는 아무도 예상을 못하지 않았습니까? 예상을 했었다 하더라도 이제 와서 소련의 대일전 참전을 저지할 방법이 없지 않습니까?"

리하이가 한마디 덧붙이고 전화를 끊었다.

"마셜 장군, 대통령 각하와 논쟁하자는 말입니까? 지금 그럴 시간이 없습니다. 즉시 작전을 수립하고 보고하라는 각하의 특별 지시입니다. 장군의 응답은 없었던 것으로 하고 각하께 말씀드리지 않겠습니다."

그렇지 않아도 마셜 장군은 어제의 급보를 접하고 몹시 놀랐다. 일본이 연합국에게 무조건 항복하겠다는 것은 반갑고 의외의 사건이었다. 그러나 바로 뒤 이어 소련이 대일전에 참가하고 스탈린 군대 200만 대군이 몽고, 만주, 한국, 사할린 등지에서 일제히 공격해 오고 있다는 내용에는 충격을 받았다.

미군 수뇌들은 한결같이 공산당을 불신했다. 특히 음흉한 스탈린과 소련 적군에 대해서는 혐오감까지 갖고 있다. 마셜 장군도 마찬가지이다. 루스벨트 대통령 생존 시에는 대통령의 영향을 받아서 억눌려 있었으나, 트루먼 대통령이 들어서자 군부의 대소련 반감이 점차 고개를 쳐들고 있었다.

마셜 장군은 언짢았다. 몹시 불쾌하였다. 소련은 믿을 수가 없다. 연합군이 될 수 없다.

진정한 우방이 될 자격이 없다. 어떻게 히로시마와 나가사키에 미국의 원자폭탄이 투하되어 일본이 더 지탱할 수 없게 되자 참전한다는 말인가! 소련의 참전이 일본의 무조건 항복에 무슨 도움이 될 수 있는가? 그러면 소련 공산군은 미국과 일본의 이전투구를 관전하면서, 호시탐탐 전리품만을 삼킬 기회를 노리고 있어 왔다는 말인가?

소련군 참모장 안토노프(A. E. Antonov)에게 속은 생각으로, 마셜은 소련과 스탈린에 대한 평소의 혐오감이 다시 치민다. 불과 보름 전 마셜 장군은 미국을 대표하여 소련 적군의 참모총장인 안토노프와 포츠담에서 중요한 군사 회담을 한 일이 있었다.

포츠담 회담은 1945년 7월 17일부터 8월 2일까지 베를린 교외 포츠담에서 열렸다. 미국의 트루먼 대통령과 영국의 쳐칠 수상, 그리고 소련의 스탈린 원수 등 3대국 수뇌 회의였다.

7월 24일부터 26일까지 마셜 장군을 중심으로 하는 미군 수뇌는 안토노프 소련군 총참모장과 군사회담을 진행하였다. 토의 과정에서는 소련군이 대일전에 참전했을 때 미·소 연합군이 한국과 만주, 그리고 동해 오츠크해, 베링해 등에서 공동으로 수행할 군사작전에 대하여 심도있게 논의하였다.

마셜 장군은 소련군의 대일전 참전 시기와 군사작전의 전개에 관하여 특별한 관심을 갖고 있다. 그것은 향후 동아시아에 대한 미국의 국익과 전략에 지대한 영향을 미치기 때문이다. 그러한 사정은 소련도 마찬가지이다.

안토노프 장군이 직선적으로 묻는다.

"앞에서 킹 제독은 규슈를 점령한 이후에 규슈로부터 블라디보스토크에 이르는 통신이 개통될 수 있다는 점을 말씀하셨습니다. 통신선의 문제는 매우 중요합니다. 왜냐하면 쓰시마 해협(대한해협)은 일년 내내 사용될 수 있지만, 쿠릴열도와 라페루스 해협을 통한 통로는 일년 중 한때는 결빙으로 인하여 봉쇄되기 때문입니다.

마셜 장군님, 큐슈 침공은 언제 개시될 수 있겠습니까? 그 결과 언제쯤 남쪽으로부터의 해상 통로가 개통된다고 예상할 수 있는지요?"

군사작전에 관한 중요한 기밀 사항이다. 그러나 마셜 장군은 솔직하게 대답한다.

"규슈 침공은 세 가지의 요인에 따라 결정될 것입니다.

첫째는 유럽에 주둔하고 있는 군대의 이동과 관련이 있습니다. 둘째는 규슈에 대한 전면적인 수륙 양면 공격을 위해서 오키나와 등으로부터 대규모의 보급품을 공격 군함에 옮겨 적재할 수 있느냐의 문제입니다. 셋째는 필리핀과 오키나와에서 격전을 치른 몇 개 사단이 최근 일선에서 후퇴하여 있는데, 그들이 과연 다음의 작전을 위해 복구 훈련될 수 있느냐 하는 점입니다.

끝으로, 날짜를 결정하는 데 중요한 인자라고는 말할 수 없지만, 9

월과 10월 초 이 지역의 일기 상황도 작전 수행을 어렵게 만들고 있습니다. 현재로서는 10월 말에 규슈의 상륙작전이 전개되리라고 예상하고 있습니다."

안토노프 장군이 감격한 듯이 말했다.

"만약 10월에 쓰시마 해협을 통과하여 블라디보스토크로 가는 해로가 개통될 수 있다면 우리들로서는 매우 기쁘겠습니다. 왜냐하면 그 무렵에는 쿠릴열도와 라페루스 해협을 통한 교신이 결빙으로 인하여 두절되기 때문입니다."

"아, 그렇겠군요. 남쪽 해로를 개통시킨다는 것이 소련의 합참에게는 얼마나 절박한 것인가를 충분히 이해할 수 있겠습니다. 우리 미국은 가능한 한 빨리 쓰시마 해협의 기뢰를 제거하고 동해로 진입할 수 있는 길을 개통시키겠습니다."

마셜 장군은 말을 계속하면서, 기민하게 소련군의 대일 참전 일자에 관하여 질문했다.

"안토노프 장군님, 소련 극동군은 언제쯤 대일 전쟁을 시작할 수 있겠습니까? 우리의 규슈 침공 작전에 큰 영향을 미칠 수 있기 때문에 알고 싶습니다."

잠시 침묵이 흘렀다. 안토노프는 숨을 고른 후에 입을 연다.

"우리 소련군 합동참모부는 8월 말 정도에 만주에 주둔하고 있는 일본군을 공격할 예정입니다. 그런데 정확한 참전 날짜는 중국 장개석 장군과의 회의에서 결정될 것으로 생각됩니다."

안토노프의 분위기로 보아서 애매모호한 표현 같았다. 역시 협상에 임하는 소련 장교들의 상투적인 수법이다.

마셜 장군이 재차 묻는다.

"그러면 소련 극동군은 만주의 일본 관동군만 공격할 예정입니까? 아니면 조선에 있는 일본군도 목표로 하고 있습니까?"

안토노프가 분명하게 대답한다.

"우리 소련 군대가 대일전에 참전하면, 극동에서 전 전선에 걸쳐 동시에 공격할 예정입니다. 만주와 조선, 그리고 사할린에서 전면 전쟁에 돌입할 것입니다."

안토노프는 조선 공격의 강조가 실언이었다고 생각했는지 서둘러 말을 계속한다.

"미국은 조선과 동해에서 일본군 소탕에 대한 작전을 계획하고 있지요?"

마셜 장군이 지체없이 대답한다.

"일본군에 대한 미국의 해군 및 공군의 공격은, 조선은 물론이고 요동반도까지 확산될 수 있습니다. 또한 이는 전쟁이 격화될수록 강화될 것입니다. 따라서 지금 합참에서 포괄적이면서도 면밀하게 전략계획을 수립하고 있는 중입니다."

안토노프가 다시 서류를 보면서 차분히 제안 설명을 해 나간다.

"그러면 동해에서 미국과 소련의 해군 및 공군의 작전 관할 지역을 설정하고자 합니다. 양국 실무자 간에 검토된 두 지역의 작전 경계선은 다음과 같습니다.

조선 연안의 케이프 볼티나(Cape Boltina, 舞水端)에서 북위 40

도, 동경 135도를 거쳐 북위 45도 45분, 동경 140도를 지나 다시 동향하여 남부 사할린 끝에 있는 크릴론(Cape Crillon : 近藤)과 홋가이도의 북쪽 끝에 있는 소야마사키(宗谷岬)를 연결하는 선입니다.

소련의 해군과 공군은 이 분계선의 북쪽에서 작전을 전개하며, 미국은 그 남쪽에서 작전을 전개할 것입니다. 이 분계선은 해상 함대와 잠수함 및 항공기의 작전 제한선이 될 것입니다. 상황에 따라서 장차 이 분계선은 바뀔 수도 있겠습니다. 이 분계선의 북쪽에서 미국의 해군과 공군이 작전을 전개하거나 이 분계선의 남쪽에서 소련의 해군이나 공군이 작전을 전개하는 문제는 조정될 수가 있습니다."

마셜 장군과 킹 제독이 동의하고 분계선을 수락하였다.

안토노프가 설명을 계속한다.

"다음으로 조선과 만주에서 미국과 소련의 공군 작전 지역 경계선은 다음과 같습니다. 무수단(舞水端)으로부터 장춘, 요원, 개로, 적봉을 거쳐, 북경, 대동을 지나 내몽고의 남쪽 국경선에 이르는 분계선입니다.

미국의 항공기는 위의 지명을 포함하는 분계선의 남쪽에서 작전을 전개하며, 소련의 항공기는 이 분계선의 북쪽에서 작전을 전개할 것입니다. 물론 장차의 상황에 따라서 이 분계선은 변경될 수 있습니다. 이 분계선의 북쪽에서 전개되는 미국의 공군 작전과 이 분계선의 남쪽에서 전개되는 소련의 공군 작전은 상호 협의를 거쳐야만 합니다."

마셜 장군이 대답한다.

"소련 합참의 제의에 전적으로 동의합니다."

이렇게 하여 포츠담에서 미군과 소련군 사이에는 군사작전 경계선에 관하여 중요한 합의를 보았다. 비록 해군과 공군의 양국 작전 분계선이지만, 이는 향후 극동에서의 세력 판도에 큰 영향을 미쳤다. 크게 보아서 만주와 사할린이 소련 구역으로 되고, 만주를 제외한 중국과 일본 본토가 미국의 세력 속에 포함되었다.

그런데 여기에서 조선이라는 전략적 요충지의 향배가 군사 전략가들의 초미의 관심사로 부상하기 시작했다. 미군과 소련군은 조선반도의 중간 지점인 38도선 부근에서 작전 분계선을 설정하는 데 합의하였다. 그러면서 동시에 미·소 양국은 조선의 독립과 신탁통치에 의견의 일치를 보았다. 물론 얄타 회담에서 루스벨트와 스탈린 간에 구두로 약속한 결정의 재확인이다. 그렇지만 조선의 분할이라는 새로운 전략적 시각이 세계 무대에 처음으로 공식 검토되기에 이르렀다. 남북 분단의 서막이 열리고 있었던 것이다.

소련군 안토노프 참모장과의 회담이 끝난 그날, 포츠담 미국 수뇌 캠프에서는 극비리에 긴급 전략회의가 열렸다. 대소 강경론자 킹 제독의 요청과 대통령 참모 리하이 제독의 지시가 있었다. 미군 합참의장 마셜 장군도 불안하여, 포츠담에 트루먼 대통령을 수행한 미군 수뇌들이 참석한 비상회의를 즉시 소집한 것이다.

미 육군참모총장 마셜 장군, 미 해군을 대표한 킹(Ernest J. King) 제독, 미군 항공본부장 아놀드(Henry H. Arnold) 장군, 대통령을 대신한 리하이(Leahy) 제독, 전쟁성 작전국장 헐(John E. Hull) 중장,

그리고 미군의 싱크탱크로 유명한 '전략정책단(Strategy and Policy Group)'을 이끄는 링컨(George A. Lincoln) 장군 등이 모였다. 또한 주소 미국대사로 스탈린의 야심을 잘 간파하고 있는 해리만(William A. Harriman) 대사도 참석했다.

한밤 비상전략회의에는 긴장감이 감돌았다. 회의는 마셜 장군이 이끌었다.

"우리는 소련과의 회담을 통하여 스탈린 군대의 작전 의도를 분명히 알게 되었습니다. 그들은 대규모 지상 병력을 동원하여 만주와 몽고와 사할린을 점령하려 하고 있습니다. 또 한 가지 중요한 것은 조선에 공격을 가하여 조선반도를 차지하려고 계획하고 있다는 사실입니다. 우리 미군은 즉각적으로 대처하지 않으면 안 되겠습니다."

킹 제독이 말을 이어받았다.

"소련 공산군은 일본을 타도하는 것이 아니라 전리품을 차지하는 데 목적이 있습니다. 그러한 전략 기도가 이제 그 마각을 드러냈습니다. 우리 미군이 일본을 괴멸시키면, 소련 공산군은 극동의 국경선을 돌파하고 주인 없이 팽개쳐진 넓은 땅을 집어삼키려는 것입니다.

만주와 사할린은 얄타에서 루스벨트 대통령이 약속했기 때문에 어쩔 수 없다고 하겠습니다. 그러나 그것도 소련군이 일본을 패망시키는 데 대한 대가로 거론된 것입니다. 지금같이 우리 미국이 일본군을 괴멸시키는 것을 팔짱 끼고 구경만 하다가 아무 한 일도 없이 소련이 차지하라는 것이 아닙니다.

더욱 중요한 문제는 조선반도의 점령입니다. 조선반도는 소련, 중국, 일본이 국경을 서로 맞대고 있는 전략적 요충지입니다. 극동에서 세력 균형을 좌우하는 핵심 지역입니다. 이제 소련은 잘 준비된 지상군을 앞세워 일거에 한반도마저 삼키려 하고 있습니다. 그런 후에 이를 기정사실화하면서 팽창의 거점으로 삼으려 할 것입니다. 스탈린과 공산주의자들의 상투 수법이 동아시아에서 재현되고 있습니다. 대응전략이 시급합니다."

킹 제독, 미국 해군의 산 증인이며 최고 지휘관이다. 그는 잠수함 기지 사령관을 지내고, 항공모함 함장을 역임하였으며, 전투함대 항공부대 사령관을 거쳤다. 1941년 미국 대서양함대 사령관이 되었다가, 일본의 진주만 기습으로 발발한 태평양전쟁을 지휘하기 위하여 즉시 미국 연합함대 사령관으로 전임하면서 해군성 작전부장도 겸임하였다. 킹 제독은 해상전은 물론이고 항공모함을 중심으로 하는 항공전과 잠수함전 등 모든 분야에 관한 풍부한 지식을 갖춘 역전의 맹장이다. 얄타 회담에서 루스벨트 대통령을 보좌하고 스탈린과 대결하면서, 소련군의 허실을 깊이 통찰하였다. 일본과의 대결에서 미국의 자력에 의한 전쟁 수행을 주장하는 대소 강경파의 주축으로 유명하다.

트루먼 대통령이 포츠담 회담에 임하기 위하여 미군 수뇌들에게 전략 자문을 받고 있을 때, 킹 제독은 이제 갓 대통령 직에 올라 전쟁에 대해 문외한인 촌스런 정치가에게 진심 어린 조언을 아끼지 않았다. 킹은 얄타에서 루스벨트가 스탈린에게 당한 미국 국익의 손실에 대하여 안타깝게 설명하면서, 대일전에서 자신감을 갖고 소련과의 협상에 나서라고 충고하였다.

"대통령 각하. 미국의 힘은 막강합니다. 제2차세계대전에서 미국은 독일과 이탈리아를 패망시켰습니다. 이제는 미국 단독의 힘과 의지로 일제를 격멸시킬 마지막 전투에 이르렀습니다. 이 최후의 결전에 소련의 참전은 별 도움이 되지 않습니다.

각하, 소련의 참전이 바람직한 것인지의 여부를 떠나서, 그들의 참전이 승리에 불가피한 것이 아니라는 점을 저는 분명하게 강조하고 싶습니다. 우리가 그들의 참전을 애걸한다는 것은 참으로 부끄러운 발상입니다. 일본을 패망시키는 데에는 미국의 희생도 크겠지만, 우리로서는 단독으로 일본을 패망시킬 수 있다는 사실을 의심할 나위가 없습니다. 이와 같은 현실을 정확히 인식하셔야 합니다. 그렇게 되면 앞으로 있을 스탈린과의 회담에서 대통령 각하의 힘과 의지는 크게 강화될 것입니다. 그러할 때 각하께서는 루스벨트 대통령의 오판에서 벗어나실 수 있을 것입니다."

킹 제독의 조언은 트루먼 대통령에게 깊은 인상을 주고 큰 영향을 미쳤다.

미국의 힘에 대한 자신감은 유독 해군 지휘관들에게서 강하게 표출되어 왔다. 이러한 미국 군사력에 대한 신뢰감은 소련 및 그의 노회한 독재자 스탈린에 대한 불신감으로 직결되었다. 트루먼 대통령의 군사문제 최고 보좌관인 리하이 제독도 그러한 지휘관의 한 사람이다.

대통령을 대신하여 참석한 리하이가 발언한다.

"만약 소련이 만주와 사할린을 차지하고 조선마저 점령한다면 동북아시아 전체를 장악하는 것이 됩니다. 이는 일본 본토의 안위에도 직결됩니다. 뿐만 아니라 이후 중국 대륙과 동남아시아에도 공산주의 세력의 팽창이 가속화되는 원인을 제공하게 될 것입니다. 따라서 합동참모회의는 소련군의 남하를 저지할 대책을 즉시 강구해야 합니다.

내 개인 생각입니다마는, 나는 오래전부터 일본 본토 공격과 일본을 패배시키는 데에 소련의 참여가 필요하다는 것을 믿지 않았습니다. 스탈린과 소련군은 미국이 일본을 괴멸시키는 것을 원하지 않고 있다는 말입니다. 일본이 패퇴한 다음에 우리 미국이 동아시아를 지배할 수 있다는 사실을 소련은 두려워하고 있습니다. 그러나 엄연한 사실은 1944년 가을 이후, 우리의 해군 봉쇄와 공군 공습으로 일본은 이미 패배하였다는 것입니다."

리하이 제독의 견해는 한걸음 더 나아가고 있었다. 이는 어떤 면에서 소련의 대일 참전을 달갑게 생각하지 않는다는 발언이었다.

회의장은 물을 끼얹은 듯이 조용하다. 한밤중 긴급 전략 회의에 참석한 군 수뇌들은 리하이 대통령 군사참모의 발언의 배경이 무엇인지를 알고 있었다. 포츠담 회담이 시작되면서 미국의 군사력은 새로운 전기를 맞고 있었다. 그것은 역사적 신무기 개발의 성공이다.

포츠담 회담이 열리기 하루 전 날, 1945년 7월 16일 뉴 멕시코의 로스알라모스 사막에서 실시된 원자폭탄 폭발 실험이 성공하자, 스팀슨 전쟁성장관은 지체 없이 포츠담에 나가 있는 트루먼 대통령에게 보고했다. 트루먼 대통령은 이 역사적 신병기인 원자폭탄 사용 여부를 군 수뇌들과 상의하고 있었던 것이다.

마셜 장군이 침묵을 깨고 입을 열었다.

"킹 제독과 리하이 장군의 말씀은 잘 알겠습니다. 그러나 이제 와서 소련의 대일 참전을 반대하기는 어려운 일이 아니겠습니까? 또한 소련군의 측면 도움 없이 우리 미군만으로 일본의 무조건 항복을 끌어내기에는 출혈이 너무 크다는 사실이 엄연하기도 합니다."

킹 제독이 나선다.

"소련의 참전을 반대하거나 소련과의 동맹을 파기하자는 말이 아닙니다. 미국은 소련을 신뢰할 수 없다는 얘기입니다. 우리는 공산주의자들을 믿기 어렵다는 뜻일 뿐입니다. 우리가 믿을 것은 우리 자신뿐이며, 미국의 군사력과 전쟁 의지뿐이라는 의미입니다."

육군 작전국장 헐 장군이 정보 보고서를 보면서 발언한다.

"여러분들이 잘 알고 계시는 사항을 정보 보고를 토대로 하여 다시 한번 상기시켜 드리고 싶습니다. 지금 현재 일본의 군사력을 개관해 보면 다음과 같습니다. 일본 본토에 200만 명, 한국, 만주, 대만에 200만 명, 서남아시아와 태평양군도 등에 100만 명 등 총계 650만 명으로 추산됩니다. 미국이 실전을 통해서 이들을 섬멸하고 승리하기에는 그 피해가 너무 클 것으로 우려됩니다. 예컨대 한국에서 군사적 승리를 얻기 위해서도, 일본 본토가 괴멸당한 이후 8개월여의 기간과 17개 사단 73만여 명의 병력이 필요합니다.

또한 일본이나 한국 지형의 험준함과 일본 군대의 악독성을 고려할 때 미군의 희생이 매우 클 것이 걱정됩니다. 오키나와 전쟁 시에

투입되었던 미군 병력의 35%가 희생되었던 뼈아픈 사실을 경시해서
는 안 될 것입니다.

그러므로 가급적이면 소련군으로 하여금 만주의 관동군이나 북쪽
에 전개되어 있는 일본 군사력을 견제한다는 것은 매우 긴요한 측면
전략이라고 생각됩니다."

헐 장군의 발언이 끝나자 리하이 제독이 단호하게 말한다.

"좋은 내용을 지적하셨습니다. 미군이 일본 규슈에 상륙하고 조선
연안에 진출해도 만주 일대에 있는 일본군은 움직이지 못할 것입니
다. 북쪽에 포진되어 있는 일본군은 소련군의 존재 자체만으로도 견
제됩니다. 틀림없습니다. 러일 전쟁 이래 소련과 일본은 양립될 수 없
는 숙적 관계입니다.

중요한 문제는 스탈린 군대의 동태입니다. 그들은 지금 호시탐탐
기회를 노리고 있습니다. 미국이 참전을 요청하거나 요청하지 않거나
를 떠나서 침공할 시기를 저울질하고 있을 것입니다. 우리가 대일 공
격을 늦춰 달라고 해서 그들이 말을 들을 자들입니까? 소련군은 시기
가 무르익었다고 판단되면 불시에 침공해 올 것입니다. 우리는 우리
의 능력과 의지를 믿을 수밖에 없습니다.

방금 헐 장군의 정보 판단대로 일본군을 괴멸시키거나 무조건 항
복을 받아 내기 위해서는 특단의 조치를 강구해야 합니다. 우리 미국
의 힘을 총동원하지 않으면 안 됩니다."

잠깐 호흡을 고른 후에 리하이 제독이 결론을 내렸다.

"미국은 미국의 힘만으로 일본을 박멸해야 합니다. 또한 미국은 할

수 있습니다. 나아가 우리 미군의 희생을 최소화할 전략을 세워야 합니다. 그러기 위하여, 미국은 방금 개발이 완성된 '신 병기'를 사용하지 않으면 안 될 것입니다."

해리만 대사가 입을 연다.

"소련과 스탈린은 얄타나 이곳 포츠담에서 우리와 공동보조를 취하고 있지만, 이는 형식에 불과한 것으로 보입니다. 그들은 특히 극동에서 자신들의 목적을 최대한 달성하기 위하여 일방적인 군사 행동을 서슴지 않을 것입니다.

제가 여러 차례 각하에게 전문도 보냈습니다만, 스탈린이 비록 조선의 4대국 신탁통치에 동의했음에도 불구하고 그는 조선에 대한 소련의 단독 지배를 절실히 원하고 있음이 틀림없습니다. 또 스탈린은 소련 극동군 산하에 조선인 공산주의 투사들을 많이 양성해 왔으며 소련 점령군이 조선 땅으로 진공할 때 그들을 데려갈 것이기 때문에, 조선의 소비에트화를 자신하고 있는 것으로 보입니다. 따라서 미국의 조선반도 전략은 어려움에 봉착하리라 예상됩니다."

참으로 천금의 무게를 갖는 귀중한 발언이다.

그후에도 적지 않은 토의가 계속되었다.

마침내 비상전략회의의 결정이 났다. 마셜 장군이 마무리 발언을 한다.

"미국은 아무리 위기에 처하더라도 소련의 불로소득을 용인하지는 않겠습니다. 미국은 소련과의 동맹 관계를 충실히 이행하겠지만, 그러나 일본과의 전쟁에서 소련의 참전을 애걸하지는 않을 것입니다.

소련이 조선반도를 점령한다는 작전 노출에 우리는 충격을 받았습니다. 따라서 미국은 소련의 대동아시아 점령 작전을 좌시할 수 없습니다. 미국 합참은 태평양사령부에 대하여 조선 점령에 대한 구체적 계획을 수립하도록 지시하겠습니다. 맥아더 사령부와 니미츠 함대에게 조선 점령을 위한 군사작전 준비를 명령하겠습니다. 또한 웨드마이어 중국전구 사령관에게도 만주 문제를 적극 검토하도록 특별 훈령하겠습니다.

끝으로, 합참본부는 일본의 점령 과정에서 미군의 피해가 최소화될 수 있도록 일본군에게 원자폭탄의 신병기를 사용하려는 대통령 각하의 뜻을 받들기로 하겠습니다."

비상전략회의장에는 밤이 깊어가고 있었다.

(2)

백악관의 지적으로 침울했던 마셜 장군은 곧 정신을 가다듬었다. 소련군 패거리들한테 속은 생각으로 심화가 끓어 올랐던 마셜은 마음의 평정을 되찾았다. 극동 지역의 운명과 미국의 아시아지역에 대한 전략의 향배가 자신의 어깨에 달려 있음을 절감했다.

마셜은 자기도 모르게 한숨이 절로 나온다.

'아, 그래도 이 얼마나 다행한 일인가!'

극동에 대한 소련의 야심을 간파한 미국 합참은 이미 지난 7월 말에 미군에 특별 지시를 내린 일이 있다. 또한 그때에는 일본에 대한 원자폭탄의 사용이 확정되어 있었기 때문에, 일본의 패망과 항복이 빨라질 수 있을 것이라는 새로운 상황이 조성되고 있었다.

마셜은 태평양전쟁에서 미군을 지휘하고 있는 맥아더 장군과 니미츠 제독에게, 일본이 갑자기 패망할 경우에 대비하여 조선을 점령할 것을 지시하였다. 즉시 맥아더 사령부의 계획서가 합참에 보고되었다. 그 보고서에서 맥아더는 서울의 장악이 무엇보다도 시급하며, 그다음으로 부산과 서해안의 군산을 점령할 계획이라고 진언했다.

마셜 장군은 미군 태평양사령부의 신속 과감한 점령 계획에 만족해했다. 그러나 소련 지상군의 대거 남하라는 전략 상황을 고려하면서 탄식할 수밖에 없었다. 서부 태평양에 전개되어 있는 미군의 현실로 보아 도저히 소련군을 제압할 수 없기 때문이다. 조선반도에서 소련을 따라잡기는 거의 불가능하다.

지금 스탈린 군대는 만반의 준비 태세를 갖추고 조소(朝蘇) 국경을 돌파하여 남진하고 있지 않은가. 그에 비하여 미국의 전투부대는 조선반도로부터 1,000km나 떨어진 오키나와 군도에 있다. 현재의 군사 상황으로 보아서, 만약 스탈린이 결심만 하면 지구상의 어떤 국가도 소련군 정예 병력의 조선 점령을 막을 수 없는 것이다.

어떻게 하면 소련의 조선반도 독점을 저지할 수 있을 것인가? 아무리 생각해도 돌파구가 보이지 않는다.

마셜 장군은 새로이 정신을 가다듬고 급히 링컨 장군을 찾았다. 삼성조정위원회의 전쟁성 대표이며 합참의 합동기획처 책임자인 링컨 소장은 마샬의 각별한 신임을 받고 있었다. 링컨은 유능한 장군으로 정평이 나 있다. 링컨 자신이 당시 미국 사회의 엘리트 코스인 영국 옥스퍼드 대학원에서 수학한 이른바 '로즈 장학생(Rhodes Scholar)'으로 미군 내에서 손을 꼽는 수재이다. 또한 링컨이 이끌고 있는 전쟁성 산하 전략정책단에는 로즈 장학생에서도 특별히 선발된 미군 두뇌들이 포진하고 있다. 본스틸(Charles H. Bonesteel) 대령과 맥코맥(James McCormack, Jr) 대령과 러스크(Dean Rusk) 대령이 그들이다. 러스크 대령은 군에 들어오기 전 약관 20대에 캘리포니아 밀즈 대학교 교수를 지낸, 자타가 공인하는 실력자이다.

일본이 무조건 항복 의사를 밝히고 소련군의 대일 공격이 시작된 어제, 미군은 특급 비상경계에 돌입하였다. 모든 장병들이 전투 대기 태세에 있었다.

전쟁성 작전국장 헐 중장이 링컨 장군을 대동하고 합참의장실에 들어섰다. 거수경례를 마치고 헐과 링컨은 마샬 장군 앞 소파에 부동자세로 앉는다.

분위기가 긴장되었다. 마샬의 얼굴이 굳어 있었기 때문이다.

헐이 먼저 말한다.

"의장님. 찾으셨습니까? 링컨 장군과 함께 왔습니다."

한동안 입을 굳게 다물고 있다가 마샬이 입을 연다.

"내가 두 분 장군에게 단도직입적으로 묻겠습니다. 소신껏 답변해 주시오. 지금 시간이 없습니다.

우리가 잘 알고 있는 것처럼 극동에서 스탈린 군대가 전격적으로 남하하고 있습니다. 그 결과 우리가 이미 포츠담에서 염려했던 상황이 실제로 나타났습니다. 미군 전투부대는 만주나 조선으로부터 매우 멀리 떨어진 곳에 있습니다.

이러한 국면에서 우리가 어떻게 하면 소련군의 남진이나 그들의 무혈점령을 저지할 수 있겠습니까?"

헐이 의아한 듯이 묻는다.

"소련의 참전은 미국의 요청에 의한 것이 아닌지요?

또한 소장이 알고 있기로는, 소련군이 만주와 사할린에 진주하는 것은 얄타와 포츠담에서 미국이 용인한 작전이 아닙니까?"

마셜이 어두운 표정으로 대답한다.

"만주나 사할린은 참전의 대가입니다. 해석할 나름이겠으나, 참전이란 일본과의 전쟁에서 소련군이 결정적인 기여를 한 데 대한 응분의 대가를 의미한다고 할 것입니다. 그러나 지금 소련군의 행동은 대일 참전이 아닙니다. 그것은 일제의 패망으로 내던져진 극동의 광활한 지역을 소련이 차지하려는 전리품 수확에 불과합니다."

링컨이 발언한다.

"의장님, 현재 일본이 포츠담 선언을 수락하여 항복하거나 패망한 것은 아니지 않습니까? 따라서 소련은 연합군의 일원으로서 일본과의 전쟁을 시작했다고 강변하지 않겠습니까?"

마셜이 즉시 말을 받는다.

"바로 그 점입니다. 스탈린은 매우 교활합니다. 소련 공산군은 극동에서 팽창을 노려 왔습니다. 우리의 원자폭탄에 의하여 일본이 무조건 항복을 제의해 오자 잽싸게 어부지리를 차지하려고 나선 것입니다."

잠시 말을 끊었다가 계속한다.

"만주나 사할린은 어쩔 수 없을 것입니다. 우리가 얄타나 포츠담에서 실수했기 때문이지요. 그러나 조선반도의 경우는 다릅니다. 포츠담에서도 검토한 것처럼 스탈린은 극동의 전략 요충지인 조선을 탐내 왔습니다. 그 결과 대병력을 앞세워 조선반도로 진격해 오고 있습니다. 만약 조선 주둔 일본군의 저항이 없다면 조선반도는 삽시간에 소련군의 수중에 들어갑니다. 또한 지난번 헐 장군의 보고대로, 스탈린이 양성한 조선인 공산주의자들을 앞세워 즉시 공산화되고 맙니다.

조선 문제는 포츠담에서도 4대국에 의한 신탁통치로 합의되었었습니다. 소련의 독차지는 용인될 수 없습니다. 우리는 조선반도의 소비에트화를 절대 묵과할 수 없습니다."

마셜 장군이 앞에 앉아 있는 두 사람을 똑바로 쳐다보면서 단호하게 지시한다.

"두 장군은 지금 즉시 소련군의 일방적인 남하를 저지할 수 있는 묘책을 강구해 주시오."

헐과 링컨은 어리둥절할 수밖에 없었다. 갑작스런 질문에 대답할 말이 있지 않았다. 묘책이 생각나지 않는다.

링컨이 마지못해 입을 열었다.

"의장님, 조선반도에 대해서는 소련의 독단적인 남진을 항의할 수 있을 것 같습니다."

"그것이 무엇이오?"

"얄타와 포츠담에서의 합의 내용입니다. 4대국에 의한 신탁통치의 합의 사항 말입니다. 그에 근거하여 미영중소 네 나라의 동시 점령을 내세워, 소련군의 독단적인 점령을 막아보는 방법입니다."

마셜은 귀가 번쩍 뜨였다. 즉시 되묻는다.

"링컨 장군, 소련군이 우리의 항의를 받고 조선반도에서 남하를 정지할까? 그 음흉한 스탈린이 미국의 말을 들을까?"

링컨이 자신 있게 대답한다.

"스탈린은 조선반도보다 만주에 집착하고 있습니다. 또한 사할린과 쿠릴열도의 병합도 소련에게는 동북아시아에서 사활이 걸린 중대사일 것입니다. 이러한 스탈린의 야심은 이미 얄타와 포츠담에서 적나라하게 노출되지 않았습니까?

스탈린이나 소련군 수뇌들은 지금 미국의 승인에 목을 매고 있을 지도 모릅니다. 만약 미국이 장개석의 편을 들어 만주 점유를 반대한다면 소련도 난처할 수밖에 없게 됩니다.

그러므로 조선반도의 흥정은 어렵지 않게 우리의 요구가 관철될 수 있을 것으로 사료됩니다. 다만 그 요구의 정도는 문제가 되겠지요."

마셜 장군이 무릎을 친다. 역시 링컨이다. 더욱이 링컨 산하에는 찡 크탱크가 있지 않은가? 이들에게 묘책을 강구하기로 하자. 마셜은 그 자리에서 지시를 내린다.

"지금부터 링컨 장군은 전략정책단을 이끌고 극동에서 소련군의 남하를 저지할 수 있는 작전을 구상하시오. 방금 말한 대로, 소련이 수용할 수 있는 적당한 선에서 미국의 요구를 관철시킵시다.

동시에 삼성조정위원회와 합참의 합동기획처를 가동하여, 정책단의 작전 구상을 합참 방안으로 결정하도록 하시오. 이제 시간이 없습니다. 만약 우리가 한눈을 팔면 스탈린 군대는 극동 전부를 집어삼킨 후, 이를 기정사실화하는 공산당 상투 수법을 들고 나올 것이오. 작전 구상이 끝나고 합참 방안이 결정되는 대로 대통령에게 보고하기로 합시다."

헐과 링컨은 마샬 장군의 지시 사항을 열심히 메모한다.

마샬이 결론을 내리고 다시 한번 강조한다.

"지금 우리가 내리는 결정은 미국의 정책일 뿐만 아니라 전 연합국의 정책으로 확정됩니다. 소련군도 전쟁에 참여했기 때문에 이제는 연합군 속에 들어왔습니다. 따라서 연합군의 결정된 지시 사항을 준수할 의무가 있게 됩니다. 우리가 결정하는 미군의 작전 방침은 전 연합군 총사령관의 명령으로 지시될 것입니다. 링컨 장군은 연합군 총사령관의 '일반명령(General Order)' 형태로 작전 내용을 구성하시오."

메모를 마친 헐이 묻는다.

"의장 각하, 어떻습니까? 말씀하신 대로 연합군 총사령관의 이름으로 명령된다면, 이 기회에 소련군의 만주 점령 약속을 변경하도록 하면 좋지 않을까요? 마지막 챤스인 것으로 생각됩니다마는."

마셜 장군이 한동안 말없이 창밖을 응시하다가 고개를 돌리면서 말한다.

"링컨 장군, 스탈린이 우리의 요구에 순순히 응할까?"

링컨이 조심스럽게 대답한다.

"지난번 포츠담에서 안토노프는 소련군이 8월 말경에나 참전할 예정이라고 밝혔습니다. 그런데 미군에게 한마디 사전 연락도 없이 갑자기 선전포고를 하고 수백만의 극동군 정예 부대를 동원하고 있습니다. 소련군의 행동을 보면 이는 고도로 준비되고 철저히 계산된 작전임에 틀림없습니다.

이러한 전후 상황으로 판단해 볼 때 소련군의 주 목표는 만주의 점령에 있는 것으로 판단됩니다. 그들은 주력 부대를 만주 전선에 배치하였을 것입니다. 또한 소련 공산주의자들은 중국의 북부와 만주에 있는 모택동 홍군(紅軍, Red Army)을 효율적으로 동원할 것입니다. 이미 오래전부터 전개해 왔을지도 모릅니다.

그러므로 제 생각으로는 스탈린이 만주에 관한 한 미국의 지시에 따르지 않을 것으로 보입니다. 아마도 크레믈린은 이번의 마지막 전쟁을 기점으로 하여 미국과의 결별을 작정했을 것입니다. 그러한 징후들이 이미 유럽에서 계속 노출되고 있지 않습니까?"

마셜 장군의 얼굴이 굳어진다. 헐 중장의 안면 근육이 경직되면서 입이 한일자로 다물어지고 있다. 극동에서의 전리품 분배를 놓고 미군과 소련군의 대결이라는 새로운 역사적 상황이 시시각각으로 조여 들고 있었다.

링컨 소장은 전략정책단의 핵심 멤버인 본스틸, 맥코맥, 러스크 세 대령을 자기 집무실로 불렀다. 마셜 장군과 헐 국장과의 회의 내용을 설명하고 특별 지시 사항을 전달하였다. 이미 전략정책위원회의 정보보고를 통하여 세 대령들이 일본의 항복 준비와 소련군의 남진 전황을 상세히 알고 있기 때문에 부연 설명이 필요 없었다. 링컨 단장을 중심으로 세 대령이 모여서 즉시 일반명령 작성을 위한 실무 작업에 들어갔다.

링컨이 본스틸을 쳐다보면서 입을 연다.

"본스틸 대령, 일본의 항복에 대하여 미군과 연합군이 어떻게 항복을 접수할 것인가를 결정해야 하겠습니다. 지금 스탈린 군대가 기습적으로 극동에 쇄도하고 있기 때문에 우리로서는 모든 작전을 시급히 결정하지 않으면 안 되겠습니다. 시간이 가면 갈수록, 결정이 지체되면 지체될수록 미국에게는 매우 불리합니다.

본스틸 대령은 지난번 나에게 비망록을 건넨 일이 있지요? 그때 대령은 일본의 항복에 대한 우리의 준비가 없다고 개탄했었습니다. 선경지명이었습니다. 따라서 본스틸 대령은 지금부터 즉시 일반명령의 초안을 작성하시오. 비망록 구상을 토대로 하면 빠르겠지요. 착수가 가능하겠습니까?"

본스틸이 가볍게 대답한다.

"단장님, 그것이 무슨 어려운 작업이겠습니까?"

링컨이 의아한 듯이 되묻는다.

"어려운 작업이 아니라니요? 매우 예민하면서도, 장래에 큰 영향을 미칠 중대한 작전 구상이 아닙니까?"

본스틸이 역시 별일 아닌 듯이 말한다.

"태평양전쟁이 끝나고 일본이 패망으로 종결됩니다. 그러면 일본 제국이 점령했던 광활한 동아시아가 미군의 영역으로 들어옵니다. 우리는 일본이 차지하고 있었던 지역들을 연합국들에게 분할 점령하도록 하면 되는 것이 아닌지요? 연고에 따라 공평하게 배분하는 원칙을 준수하면 되지 않겠습니까?

또 연합국 간의 합의가 결정되면, 그 작전 범위 안에서 일본군의 항복을 각 연합군들이 접수하면 되는 것이 아니겠습니까?"

링컨이 즉시 말을 받는다.

"핵심을 잘 지적했습니다. 바로 그 점입니다. 그런데 여기서 새로운 문제가 발생하였습니다. 그것이 소련 스탈린 군대의 대거 남진 사실입니다. 미국과 한마디 상의도 없이 불시에 공격을 개시하며 남하해 오고 있습니다. 일본 패망으로 나타난 전리품을 차지하려는 비열한 야심입니다.

대령이 말하는 공평한 배분은 이러한 소련의 철면피한 행동을 저지하는 작전이 중심을 이룰 수도 있기 때문에, 시급하고도 중요하다는 말입니다."

방 안은 일순간 조용해졌다. 미군의 두뇌로 손꼽히는 세 대령들은 사태의 심각성을 음미하면서 대응 방안을 찾으려고 고심하기 시작하였다.

침묵을 깨고 러스크가 발언한다.

"스탈린의 교활성은 잘 알려져 있습니다. 또한 동아시아에 대한 크레믈린의 팽창 야심은 미국에게 두려움을 주어 왔습니다. 유럽에서는 나치독일의 패망으로, 아시아에서는 일본의 괴멸로 거대한 힘의 진공 상태가 나타났습니다. 소련 공산주의자들이 가능한 한 이를 많이 차지하려고 할 것이라는 전략 상황은 예견되어 왔던 일입니다.

단장님, 그런데 소련군의 움직임을 예상하면서 일반명령을 작성하는 데에는 상부의 기본 방침이 있어야 하지 않겠습니까? 우리는 거기에 충실하면 될 것이 아니겠습니까?

대통령과 합참에서는 어떻게 생각하고 계신지요?"

링컨이 괴로운 듯이 말한다.

"대통령과 마셜 장군의 지침은 지나치게 단순할 정도입니다. 간단명료합니다. 두 가지 사항이지요. 첫째는 스탈린 군대의 남하를 저지하는 것입니다. 둘째는 소련군이 조선을 독점하는 것을 용인할 수 없다는 것입니다."

러스크가 되묻는다.

"군사적으로 판단할 때, 현재 소련군의 대규모 공격을 저지할 방안이 우리에게는 없지 않습니까? 더욱이 일본이 연합군에게 무조건 항복을 하면, 소련 지상군은 순식간에 만주와 사할린을 점령한다고 간주해야 하지 않겠습니까?

정치적으로 판단할 때, 얄타와 포츠담에서의 협약으로 만주와 사할린, 그리고 쿠릴열도는 소련의 세력권으로 편입되지 않겠습니까?

다만 조선반도는 4대국 신탁통치로 약속되어 있으므로, 정치적 타협이 가능하겠지요."

링컨이 말한다.

"나도 러스크 교수의 의견과 같습니다. 그런데 마셜 의장의 견해는 스탈린이 미국과의 약속을 어겼다는 생각입니다. 헐 국장의 의견도 마찬가지입니다. 헐 장군은 만주의 요충지인 대련과 요동반도를 소련에게 넘겨주어서는 안 된다는 주장입니다.

백악관 리하이 제독의 생각은 만약 소련이 대련을 점령하지 않을 때에는 빨리 미군이 대련 항구를 차지해야 한다는 것이지요."

전략정책위원회에서 러스크 대령은 교수로 호칭되고 있다. 대학에서 정치학을 전공한 러스크는 미군의 군사전략을 국제정치 및 외교와 결합하는 데 탁월한 능력을 보여 왔다.

링컨이 결론을 맺는다.

"미국은 태평양전쟁에서 연합국의 지도 국가입니다. 전략 상황으로 판단할 때 일본은 조만간 항복할 것입니다. 포츠담 선언을 수락하고 무조건 항복을 해 올 것으로 보입니다. 그러므로 미국은 일본의 항복을 접수하고 동아시아의 재편을 계획해야 합니다.

문제는 시간이 없습니다. 시간은 미국의 편이 아니라, 간교하게 동맹국을 속여 온 소련 공산주의자들의 편입니다. 우리는 더 이상 앞뒤를 재거나 망설일 틈이 없게 되었습니다. 즉시 결정을 내려야 합니다.

세 분은 지금부터 일본의 항복을 접수 처결하는 '일반명령'을 작성하십시오. 우리가 작성하는 일반명령은 대통령의 결재를 받아서, 연합군 총사령관의 이름으로 반포됩니다. 재차 말하지만, 우리 전략정책단이 전권을 위임받았습니다. 세분 이 작성하는 항복 명령서는 삼성조정위원회의 심의와 합참의 검토를 거쳐 대통령에게 보고된 후, 그대로 시행됩니다. 따라서 책임과 권위를 갖고 총력을 기울여 주기 바랍니다.

다만 시간이 없다는 것을 잊어서는 안 됩니다. 오늘 밤을 넘겨서는 안 됩니다. 이 밤 안에 일반명령서의 작성이 완결되어야 합니다."

세 사람은 본스틸 대령의 방으로 향했다. 극동의 운명이 세 대령의 손에 달려 있게 되었다. 조선반도, 조선 민족의 운명도 그에 따라 정해질 수밖에 없었다. 펜타곤의 시계가 자정을 넘고 있었다.

본스틸을 중심한 삼인 그룹은 일본 패망 후 동아시아를 분할 지배하는 데 세 가지 원칙을 세웠다. 이 세 원칙하에서 일반명령을 작성해 나가기 시작하였다.

첫째는 미군 점령의 우선순위이다. 미국의 국익과 전후 미국의 세계전략, 특히 아시아 전략의 전개라는 시각에서 점령 우선순위를 결정한다는 것이다. 일본 본토의 점령은 가장 중요하고 시급하다. 미군의 일반명령 작전 목표는 여기에 집중되어야 한다. 다음으로 조선반도의 점령이다. 조선 땅은 역사적으로 중국, 러시아, 일본 삼국 간에 쟁탈의 요처가 되어 왔으며, 지금도 변함없이 극동의 전략적 요충지이다. 점령 우선순위에서 마지막으로 요동반도이다. 넓은 땅 만주와 황해가 만나는 전략 지역이며, 특히 요동반도에는 대련과 여순이라는 천혜의 군항이 위치한다.

둘째는 그동안 얄타와 포츠담에서 있었던 연합 국간의 협의 사항이다. 미국과 소련 간에 맺어진 협약은 가능한 한 지켜져야 한다. 소련 군의 대일전 참전은 미국 등 연합군의 요청에 의한 것으로 볼 수 있다. 그러므로 얄타 협정에 따라, 만주는 소련의 세력권에 포함되고, 사할린과 쿠릴열도는 소련에 병합될 수밖에 없을 것이다.

셋째는 특별하고도 중요한 의미를 갖는 문제별 사안 처리이다. 여기에서는 조선 문제가 크게 부각된다. 소련 단독의 조선반도 점령은 용인될 수 없다. 조선반도는 극동의 전략 요충지이기 때문에, 미국은 이 지역이 소련의 세력권에 편입되는 것을 절대 저지해야 한다. 이 문제는 4대국 신탁통치라는 얄타 및 포츠담 협의 정신에 비추어 보아도 단독 점령하려는 스탈린의 기도가 이해될 수 없다. 문제별 사안에서 또 하나는 대련항의 점령이다. 미국의 입장에서 볼 때 비록 만주가 소련의 세력권으로 편입된다고 하더라도, 만주나 북중국에의 상륙 거점 확보는 긴요하다.

이러한 기본 원칙에 따라서 본스틸, 맥코맥, 러스크 삼인은 '일반 명령 제1호(General Order No.1)'를 작성해 나갔다. 그런데 삼 인이 제일 고심한 것은 현실성이다. 군사작전의 현실 가능성이 큰 문제로 대두되게 마련이다. 스탈린이나 소련군과 상대할 경우에는 더욱 그러하다.

현재 조선반도에서는 소련 지상군이 막강한 화력과 기동력을 앞세워 전면 공격을 감행하고 있다. 그들은 사전에 치밀하게 계획되었을 뿐만 아니라, 유럽에서 히틀러 군대를 격파한 전력을 과시하고 있다. 이러한 소련군의 조선 점령을 어떻게 저지할 수 있을 것인가? 과연 스탈린이 미국의 제안을 받아들일 것인가? 소련군이 정말 연합군사령관의 명령에 순응하여 조선의 단독 점령을 포기하고 중도에 남하를 멈출 것인가? 난해하기 이를 데 없는 문제였다.

조선 문제의 현실적인 돌파구를 찾기 위하여, 본스틸 대령은 링컨 장군을 찾았다. 고심에 봉착할 때면 중간중간 여러 차례 링컨의 자문을 요청하였다. 마침내 본스틸 그룹은 조선 문제를 결정하기에 이르렀다.

조선반도에 임시로 군사작전 분계선을 설정한다. 이 분계선은 일본의 항복을 접수하고 일본군의 무장 해제를 목적으로 하는 것이기 때문에 잠정적인 군사 작전 라인일 뿐이다. 유럽에서 있었던 독일의 4대국 분할 점령과는 다르다. 왜냐하면 조선은 얄타와 포츠담의 국제 회의에서 미영중소 4대국에 의한 신탁통치가 합의되어 있기 때문이다. 영국군과 중국군은 아직 준비가 되어있지 않기 때문에, 미국과 소련 만으로 일본군의 항복을 접수하기로 한다.

문제는 항복을 받기 위한 임시 군사작전 분계선을 어디에 설정할 것인가이다. 여기에는 빼놓을 수 없는 조건이 미국의 국익과 연계되어 있다. 우선 조선의 수도인 서울을 차지해야 한다. 다음으로는 인천 항이다. 인천이나 군산은 미국 해군이 황해를 장악하고 중국 연안과 만주로 진출하는 길목이다. 특히 인천에는 연합군 포로수용소가 있는데, 여기에는 미군 포로 138명이 수용되어 있다.

조선반도의 동해를 장악하는 것은 미 해군에게는 매우 중요한 전략 과제이다. 동해는 일본의 보호나, 그리고 소련 극동함대의 본거지 인 블라디보스토크에 직통되고 있다는 의미에서 무시 못 할 지역이다. 동해를 장악하기 위해서는 대한해협을 지배하지 않으면 안 되며, 대한해협의 장악을 위해서는 한국의 부산항 보유가 필수적이다.

결국 이러한 여러 조건들을 충족시킬 수 있는 분계선은 위도 38도선에 의한 분할이다. 위도 38도에 따라 조선반도를 남북으로 분할하여, 북쪽은 소련군의 작전 구역으로 하고 남쪽은 미군의 진주 지역으로 한다. 각 지역에서 미군과 소련군은 일본군의 항복을 받는다.

이후에 신탁통치 실시가 구체적으로 결정되면 미소 점령군은 철수하고, 4대국 신탁통치위원회가 조선을 위임받아 통치하게 될 것이다. 또는 영국군이나 중국군이 진주하게 되더라도 미군과 소련군이 다시 합의하여 필요한 지역을 재분할하면 될 수 있다.

이렇게 하여 조선반도 분할안이 결정되었다. 마침내 조선을 남북으로 분단하는 38도선이 확정되었다. 그에 따라 각각 미군과 소련군이 남한과 북한에 진주한다는 연합군 '일반명령 제1호'가 완성되었다. 조선 민족 분단 역사의 새로운 비극을 알리는 시계 종소리가 1945년 8월 11일 새벽 두 시를 알리고 있었다.

그날 아침 삼성조정위원회가 소집되었다. 펜타곤에 있는 전쟁성 차관보 맥클로이의 작전회의실에서 열렸다.

본스틸 대령이 '일반명령 제1호' 초안의 내용을 보고하였다. 전쟁성 대표 위원인 링컨 장군이 작성의 배경 및 원칙에 대하여 설명했다. 그 안에는 조선의 38도선 분할 안이 들어 있었으며, 모든 참석자들로부터 주목을 받고 있었다.

해군성 대표 위원인 가드너(M. Gardner) 제독이 먼저 발언한다.

"북위 38도선에서 조선을 분할하여 북쪽을 소련이 점령 지배하도록 한 것은 지나친 양보입니다. 배경 설명이 있었지마는, 왜, 어떤 군사적 근거에 의하여 38도선을 작전 분계선으로 설정하게 되었는지 납득이 가지 않습니다.

다시 한번 38도선 분할 이유를 말씀해 주시오."

본스틸을 쳐다보면서 링컨이 입을 연다.

"내용 보고에서도 말씀드린 것처럼, 현재 조선에서의 군사 정세로 보아 조선반도를 분할하는 것이 현명할 것으로 판단되었습니다. 38도선은 조선의 영토를 균등하게 분할하는 선이며, 미군이 진주하게 될 남쪽에는 서울과 인천항이 포함되어 있습니다. 그리고 대한해협을 제압하는 부산항도 속해 있습니다."

가드너의 억양이 높아진다.

"내 말은 어떠한 군사작전 근거에서 38도선을 구상했으며, 또 북쪽의 조선을 소련에게 내준 꼴이 되었느냐 하는 뜻입니다."

링컨도 직선적으로 대답한다.

"지금 소련 지상군이 조선의 북쪽 국경을 돌파하고 대거 남진해 오고 있습니다. 일본이 항복할 경우에, 소련군은 짧은 시간 안에 조선 전부를 점령할 것입니다. 소련군이 조선의 남단인 부산까지 점령하기 전에 미군이 조선에 상륙한다는 것은, 현재의 군사 상황으로 판단할 때 불가능합니다.

따라서 소련군이 조선 전부를 장악하는 것을 저지하기 위하여, 그리고 조선반도가 공산주의 세력권에 편입되는 것을 막기 위하여, 미국은 시급히 군사작전 분계선을 설정하려는 것입니다. 중요한 문제는 스탈린이 우리가 제시하는 군사작전 분계선을 받아들일 것이냐 하는 점입니다."

가드너가 즉시 말을 받는다.

"그렇다면 소련을 의식하여 38도선을 제시했다는 말씀이군요. 그러한 논리에서라면, 만약 스탈린이 이 38도선 분할을 수용하지 않고 조선의 남쪽 끝까지 진격한다면 어떻게 하시겠습니까? 그 이후에 대하여 무슨 작전계획이라도 구상하고 계십니까?"

참으로 난처한 질문이다. 그러나 사태의 정곡을 찌르는 문제 제기가 아닐 수 없다.

일반명령을 작성한 실무자 본스틸 대령이나 링컨 장군은 갑자기 대답할 말이 생각나지 않았다. 본스틸이 자리에서 일어나 정중하게 인사하고 답변한다.

"우리 전략정책위원회 실무 팀에서는 상부의 지시에 의거하여 초안을 작성했습니다. 그러므로 삼성조정위원회에 제출하여 문제점을 보완하는 것이 아니겠습니까? 군사작전의 미시적 관점에서, 그리고 미국의 국익이라는 거시적 시각에서, 훌륭한 수정이 나오기를 기대하겠습니다."

정치적 발언이었다. 그러나 지금의 사정에서는 누가 보아도 타당한 의견이다.

가드너도 일어선다.

"내가 한 가지 수정 제의를 하겠습니다. 조선의 분단선을 38도에서 더 북쪽으로 올립시다. 1도를 높여서 39도선 군사 분계선을 제시합시다.

링컨 장군의 배경 설명에서도 나왔던 것처럼, 전략 요충지인 조선반도를 소련과 분할 점령할 수밖에 없다고 한다면, 가능한 한 분계선을 북쪽으로 끌어 올립시다. 그것이 미국의 국익에 유리할 것으로 보입니다."

링컨이 묻는다.

"제독께서 39도선을 생각하시는 데에는 어떤 군사적 고려가 있는 것인지요?"

가드너가 대답한다.

"특별한 작전 의도는 없습니다. 다만 우리가 조선 문제를 다루고 있긴 하지만, 조선반도가 극동에서 전략 요충지에 위치하고 있기 때문에 주변에 미치는 군사적 영향도 주목해야 할 것입니다.

만약 39도선이라면, 그 연장선상에 황해(黃海) 요동반도의 군사 기지인 대련항이 남쪽으로 포함될 수 있습니다. 이는 장래 극동에서의 미국 전략에 적지 않은 영향을 미치게 될 것입니다."

링컨은 입장이 난처했다. 이미 본스틸 실무 그룹에서 이 문제가 심도 있게 논의되었었기 때문이다.

링컨이 난색을 표한다.

"소련이 39도선 분할안을 수용할까요?

대련항은 소련이 중요하게 고려하고 있는 만주의 군사 요충지입니다. 스탈린이 수용하기 어려울 것으로 예상됩니다. 그렇게 될 경우에 잘못되면 조선반도에서 소련군의 남진을 저지하는 군사작전 분계선마저 거부되는 일이 벌어질까 우려됩니다."

갑자기 가드너 제독이 소리를 지른다.

"아니, 언제부터 우리가 소련의 눈치만 보아 왔습니까? 미군은 스탈린의 승낙을 받고 극동에 진출해야 하는 것입니까? 지나친 말 같습니다만, 전쟁의 인명 피해는 육군성만 보고 있습니까? 해군성에서도 가슴 아픈 피해를 계속 당하고 있습니다. 일본과의 사투에서 우리 미국은 엄청난 손실을 입고 있습니다. 그동안 소련군은 태평양전쟁에서 무엇을 해왔습니까?

해리만 대사도 말하고 있는 것처럼, 유럽 전쟁이 끝난 이후에 소련은 미국과 비타협적 자세를 견지해 오고 있습니다. 전쟁이 종결되면서 공산주의자들의 상투 수법이 재현되고 있으며, 우리가 그들을 믿을 수 있는 근거가 거의 없지 않습니까?

소련 공산주의자들이 미국과 약속을 지키지 않는데, 왜 우리만 소련과의 언약을 준수해야 합니까? 특히 극동의 전략 지역에서 소련의 군사 활동 구역선을 존중해 줄 의무가 우리에게 꼭 존재하는 것입니까?"

삼성조정회의가 잠시 정회되었다. 링컨이나 본스틸로서는 가드너의 논리를 더 이상 반박하기가 어려웠다. 회의를 더 이상 끌고 갈 수 없었다.

얼마 후 상성조정회의가 다시 열렸다. 새로이 참석한 고위 수뇌들의 얼굴이 보인다.

링컨이 다시 발언한다.

"오전에도 설명을 드렸습니다만, 일본의 항복 예상과 소련군의 남하 추세로 볼 때 우리에게는 좌고우면(左顧右眄)할 시간적 여유가 없습니다. 그러므로 조선반도 문제에서 일단 38도선 군사작전 분계선을 제시하는 것이 좋겠습니다. 그런 후에 소련을 포함한 4대국과 상의하여 신탁통치 문제를 논의할 수 있을 것입니다.

우리에게 시급한 것은 미군이 조선반도에 진주할 수 있을 때까지 스탈린 군대의 일방적 남진을 막는 일입니다. 가능한 한 조선반도의 북쪽에서 저지해야 합니다. 그러나 소련이 수용할 수 있는 분계선이어야 현실적일 것입니다."

가드너 제독이 벌떡 일어선다.

"스탈린이 수락할 것인가, 아닌가는 여기서 알기 어렵습니다. 우리는 주변 사정을 고려하여 단지 예상할 뿐입니다.

앞에서도 말씀드렸던 것처럼, 저는 군사작전 분계선을 38도가 아니라 39도로 소련군에게 제시할 것을 제안합니다. 가능한 한 북쪽으로 끌어 올리자는 의견입니다. 소련군에게 미국의 의사를 분명히 전달하자는 것이지요. 지나친 저자세는 협상 작전상 또 다른 어려운 결과를 초래할 수 있습니다.

소련에게 충분한 이유를 제시하면 되지 않겠습니까? 신탁통치안에 의하면, 미국 중국 영국 소련 4대국입니다. 따라서 네 나라가 조선을 군사작전상 거의 동등하게 분할한다면 타당한 이유가 될 것으로 생각됩니다. 소련도 거부하기는 어려울 것입니다.

스탈린은 조선반도에서 동해와 인접한 부동항을 원하고 있습니다. 조선반도의 북쪽에는 청진이나 흥남 같은 양항들이 많습니다. 그리고 39도선 이북에는 조선의 제2도시 평양이 자리하고 있습니다. 소련에게도 별 불만은 없을 것입니다."

링컨 장군이 머뭇거릴 수밖에 없었다.

뒷자리에서 한 사람이 일어선다. 오전에 참석하지 않았던 새로운 얼굴이다. 국무성 차관보인 던(Jams C. Dunn)이다.

"조선반도에서의 군사작전 임시 분계선 설정을 두고 전쟁성과 해군성 사이에 의견이 대립되고 있는 것으로 보입니다. 모두 미국의 국익과 미군의 안전을 고려하여 판단하고 있으신 것으로 생각됩니다. 38도선과 39도선 사이에는 별다른 차이가 없어도 보입니다.

다만 가드너 제독의 말씀은 만주의 요충지인 요동반도와 대련 군항이 포함될 수 있느냐가 관건인 것 같습니다. 미국의 입장에서는 얄타 협정에 의하여 만주가 소련 세력권으로 편입되더라도, 요동반도와 대련항을 우리가 장악할 수 있기를 바라는 것은 당연하다고 하겠습니다.

그렇지만 또한 미국은 군사적 현실에서 스탈린과 소련군이 대련항을 포기할 수 있을 것인가를 생각하지 않으면 안 됩니다. 왜냐하면 이 문제는 대련항에만 국한되는 것이 아닙니다. 조선반도 전체 문제와 연관될 것이기 때문입니다.

저는 39도선보다는 38도선이 더 현실적 제안이라고 생각됩니다. 38도선 제시가 미국의 국익을 보다 더 안전하게 확보할 수 있을 것으로 판단됩니다. 우리는 극동에서 조선반도를 소련에게 내줄 수는 없습니다. 조선반도는 전략상 요동반도나 대련항보다 훨씬 더 중요합니다. 따라서 38도선 제시가 바람직하겠습니다. 이 생각은 번즈(J. F. Byrnes) 국무장관의 견해이기도 합니다."

가드너가 다시 일어난다.

"던 차관보님의 말씀은 잘 알겠습니다.

저도 38도선의 제시를 반대하는 것은 아닙니다. 여기 계신 분들이 잘 알고 있는 것처럼 소련이 미국을 기만해 왔기 때문에 미국은 얄타나 포츠담에서의 약속을 꼭 이행할 의무는 없다고 봅니다. 또한 전후의 세계 전략 전개를 위하여서도 스탈린에게 미국의 허약성을 보여서는 안 된다는 견해일 뿐입니다.

조선반도에서 소련군의 대거 남진은 일본군에 대한 공격으로 볼 수 없습니다. 이는 조선반도를 지배하려는 야심의 발로입니다. 동아시아의 공산화 거점으로 삼으려는 소련 공산주의자들의 적화 전략의 일환입니다.

그러므로 우리는 38도선에서 북쪽으로 1도만 올려서 39도선을 제시하자는 것입니다. 다시 한번 강조합니다마는, 이번에 39도선을 제시하면서, 미국에 대한 스탈린의 태도를 시험해 볼 필요가 있기도 합니다. 이러한 견해는 해군성 포레스털(James Forrestal) 장관의 생각이기도 합니다."

가드너 제독이 물러서지 않는다. 오히려 던 차관보의 발언에 식상한 듯이, 번즈 장관에 맞서 포레스틸 장관까지 거론하고 나선다.

한동안 잠잠하였다. 더 이상 발언자가 나올 수 없는 분위기였다.

마침내 앞 좌석 삼성조정위원회 의장 자리에 앉았던 맥클로이 전쟁성 차관보가 나선다.

"이만 위원회 회의를 종결하겠습니다. 여러 위원님들의 생각은 충분히 수렴되었다고 보입니다. '일반명령 제1호'에서 조선의 군사작전 분계선 문제를 제외하고는 합의된 것으로 보아도 무난할 것입니다.

다만 조선반도의 군사 분할선이 문제인데, 일단은 38도선 제시로 결정하겠습니다. 그러나 해군성과 가드너 제독의 39도선 수정 제의가 있었으며, 또 그 제안 이유가 분명했습니다. 그러므로 삼성조성위원회와 전쟁기획본부에서는 38도선안을 기본으로 하되, 39도선의 수정안도 하나의 제안으로서 올리겠습니다. 최종 결정은 합참본부와 삼성 장관님들을 거쳐서, 백악관에서 내려질 것입니다.

시간이 없습니다. 소련군의 일방적 남진을 저지해야 합니다. 2, 3일 안에 대통령각하의 지시가 내려질 것으로 생각됩니다. 모든 지휘관이나 참모들은 비상 대기하시기 바랍니다."

회의는 끝났다. 조선반도 분할안은 확정되었다. 38도선인가, 39도선인가 하는 문제는 아직 유동적이다. 그 선이 서울 위를 지나건, 또는 평양 아래를 지나건 별 차이는 있을 수 없다. 마침내 남북 분단의 서막이 서서히 올려지면서, 삼천리 금수강산 산하(山河)가 찢겨지기 시작하고 있었다.

이를 막을 사람은 누구인가?

역사는 냉혹하리만큼 거침없이 흐르고 있었다.

(3)

미군 합동참모본부는 일본의 항복을 접수할 준비에 착수하였다. 특히 소련군의 남하에 대비하여 조선의 점령 계획 수립에 심혈을 기울였다.

태평양 미군사령관 맥아더 장군에게 '항복조건 지침(Capitulation Message)'을 하달하였다. 일본의 항복을 받고 조선을 점령하는 것이 맥아더 사령관의 가장 큰 책임이자 권한임을 상기시켰다. 이 지침서에서 합참은 지난번 태평양 육군사령부가 제출한 '블랙리스트(BLACKLIST) 작전계획'을 실행할 만반의 준비를 갖추도록 명령하였다. 블랙리스트는 일본의 항복 이후, 일본 본토와 조선에 대한 점령 계획이다.

맥아더사령부는 블랙리스트에 따라서 조선의 남쪽을 점령할 구체적 작전계획을 수립하고 이미 합참에 보고했다. 그에 의하면, 미 제10군(Tenth Army)이 서울·인천 지역, 부산 지역, 군산·전주 지역을 차례로 점령한다. 작전명은 각각 '베이커 40(Baker Forty)', '베이커 41(Forty Forty-One)', '베이커 42(Baker Forty-Two)'로 지정되어 있었다.

조선반도 38도선 분할안을 담은 '일반명령 제1호'는 삼성조정위원회의 결정에 따라 문맥이 다듬어지고, 국무장관과 전쟁성장관과 해군성장관의 재가를 기다리고 있었다. 삼성 장관의 결재가 나오는 즉시 대통령에 보고될 것이다.

마셜 장군이 리하이 제독과 함께 대통령 집무실에 들어섰다.

"어서 오세요. 기다리고 있었습니다."

트루먼 대통령이 반갑게 맞이한다. 대통령의 얼굴이 밝았다. 일본의 무조건 항복이 거의 결정 단계에 이르렀기 때문이다.

마셜 장군이 보고서와 함께 입을 열었다.

"각하, 연합군에 대한 각하의 명령서는 지금 장관들이 최종 검토하고 있습니다. 대통령 각하의 재결이 나는 대로 '일반명령' 형식으로 연합군에게 반포될 예정입니다."

대통령이 묻는다.

"의장, 그런데 소련군이 조선반도에서 남진을 멈출까요? 스탈린이 우리의 제의를 수락할 것인가요? 걱정됩니다."

"각하, 여러 가지 정황으로 볼 때, 38도선 군사작전 분계선안은 받아들여질 것으로 생각됩니다."

리하이 제독이 부연 설명한다.

"만약 소련군이 거절할 경우에는 특단의 조치를 강구할 예정입니다. 4대국 신탁통치안은 엄연히 유효합니다. 소련도 거절할 수는 없을 것으로 판단됩니다. 스탈린이 거부한다면 엄청난 부담을 안게 될 것입니다."

트루먼 대통령이 만족한 표정을 짓는다.

"마셜 장군, 합참의 견해대로 태평양지역 연합군 최고사령관을 임명하는 일은 시급합니다. 또 매우 중요합니다. 소련군을 통제할 제도적 장치가 될 수 있기 때문이지요. 그런데 누구로 하면 좋을까요?"

마셜이 리하이의 얼굴을 쳐다보면서 보고서의 첫 장을 열었다.

"각하. 앞으로 지상군의 역할이 지대할 것으로 보입니다. 일본의 점령과 조선 및 중국에 대한 상륙이 주요 과제로 대두되고 있습니다.

그러한 견지에서, 미국 태평양 육군총사령관이 적격일 것으로 사료됩니다."

트루먼 대통령이 미소를 띠면서 묻는다.

"리하이 제독. 니미츠 제독이나 해군 측에서 섭섭하다고 하지는 않을까요?"

리하이가 대답한다.

"각하, 그렇지 않습니다.

국가의 막중대사입니다. 특히 소련과 영국 등 대외 관계가 있기 때문에, 미군의 최고사령관을 임명함이 타당하다고 생각합니다."

트루먼 대통령이 단안을 내린다.

"나는 군에 대해서는 아직 종합적인 파악을 못 한 상태입니다. 그러나 두 분의 의견이 일치하니까, 미군 태평양지역 총사령관을 '연합군 최고사령관'에 임명하도록 하겠습니다. 맥아더 장군은 가장 용맹스럽고 신망이 두터운 사람으로 정평이 나 있으니 적격입니다. 마셜 의장은 소련과 영국, 중국 등 연합군에 통보하여 동의를 받도록 하십시오.

리하이 제독은 맥아더 사령관에게 특별히 당부하여 큰일을 잘 끝내도록 하시오. 특히 소련군이 일방적으로 남하하고, 또 스탈린이 간교하게 욕심을 부리고 있으니 단단히 조심하라고 이르시오.

지금 중요한 문제가 조선반도의 38도선 저지입니다. 한 치의 오차도 없이 소련군의 불법 남하를 막도록 단단히 지시하기 바랍니다."

이렇게 하여 맥아더 장군에게 태평양전쟁의 최종 결말이 맡겨졌다. 거기에는 조선 남북 분단의 미래도 들어 있었다.

맥아더 사령부에는 대통령의 지시가 계속 하달되었다. 일본을 점령하고 즉시 조선반도로 상륙하여 조선을 점령하라는 명령이다. 소련군과 대결할지도 모르는 긴박한 상황이다. 또한 소련군의 남진이 늦어질 경우에는 지체 없이 요동반도 대련항 등 만주의 해안에 상륙을 준비하라는 지시이다. 소련 공산주의 세력의 팽창주의를 봉쇄하라는 합참의 작전 설명이 부연되었다.

또한 합참은 연합군사령관의 특별 요청을 받아들였다. 그동안 조선은 일본과의 전쟁에서 미군의 극동 중국전구(中國戰區)에 소속되어 있었다. 그 결과 중국전구 미군사령관인 웨드마이어 장군의 지휘하에 놓였다. 조선이 극동의 전략 요충지로 부상하고 38도선 분할과 미군의 조선 점령이 초미의 중대사로 등장하면서 미군의 조선 점령에는 많은 병력이 필요하게 되었다. 따라서 조선에 상륙할 미 지상군에 대한 지휘가 중요시된 것이다. 이에 따라 합참은 조선을 중국전구에서 태평양전구로 이동시켰다. 맥아더 사령부의 직접 지시를 받도록 변경한 것이다. 그만큼 조선 문제가 미국의 극동 정책 중요도에서 순위가 격상되었다.

8월 15일 마침내 미국 대통령 트루먼이 전쟁성 전략정책단 및 합참 전쟁기획위원회가 마련하고 삼성조정위원회가 다듬은 '일반명령 제1호'를 승인하였다. 일본 천황의 항복이 일본을 포함한 전 세계에 천황 자신의 육송으로 방송되고 일본 정부가 무조건 항복을 공식적으로 제의하자, 미국은 이를 받아들인 것이다. 즉시 대통령의 지시에 따라, 영국과 소련, 중국 등 연합국 수뇌들의 동의를 받기 위하여 '일반명령 제1호'의 내용이 각국으로 전송되었다.

스탈린의 회답을 기다리는 동안 미군 합동참모본부는 초조하였다. 기계화부대를 앞세운 소련의 극동군이 동아시아를 석권하고 있었다. 만주에 포진하고 있다는 일본 관동군의 저항 소식은 전혀 들리지 않고 있다. 조선 주둔군의 반격도 거의 보이지 않는다고 한다.

근거를 알 수 없는 루머들이 외신을 타고 워싱턴에 쏟아져 들어온다. 소련 지상군이 이미 서울을 점령하고 소련 해군이 인천항에 상륙했다고 한다. 일본의 천황이 라디오에 나와 항복을 한 다음날에는 서울에 소련 괴뢰정부가 수립될 예정이라는 소식도 들렸다. 일본이 항복하고 일본군이 투항하였기 때문에, 만주와 조선에서는 소련 지상군이 조선인들의 환영을 받으면서 신속하게 진주하고 있다는 것이다. 여기에는 이미 정교하게 준비된 조선인 공산주의자들의 조직적인 움직임이 주효했다고도 한다.

링컨 장군은 답답하고 초조하였다. 비록 유언비어겠지만, 난무하는 루머를 접할 때마다 책임을 통감했다. 자리에 앉아 있을 수 없었다. 링컨이 급히 일어난다. 전쟁기획위원회 작전상황실에 들어섰다. 마침 가드너 제독이 먼저 와 앉아 있었다.

링컨이 반갑게 말한다.

"가드너 제독, 우리가 소련의 군사력을 과소평가했나 봅니다. 그들의 음흉한 작전에 대하여 대응 태세를 소홀히 한 듯합니다."

가드너가 기다렸다는 듯이 받는다.

"이미 엎질러진 물입니다. 이제 와서 어떻게 하겠습니까? 조선반도 군사 분계선 제의에 대한 소련의 회답을 기다릴 수밖에요."

링컨이 묻는다.

"지금이라도 늦지 않았으니, 소련의 조선 강점에 무슨 대책을 강구해야 하지 않겠습니까? 합참에 즉시 건의해 보는 것이 어떻겠습니까?"

오히려 가드너가 말린다.

"아닙니다. 지금은 때가 아닌지도 모르겠지요. 소련군의 조선 점령이 확인된 후에 움직이는 것이 맞을 것입니다.

지금 연합군 총사령관은 맥아더 장군입니다. 극동의 사태가 확인되면 그때 미군의 태도를 확실히 하는 것이 좋습니다."

그때 던 국무성 차관보가 들어온다.

링컨이 반갑게 일어서면서, 말을 건넨다.

"차관보님, 이거 보통 일이 아닌 듯합니다. 물론 루머이겠지만⋯.

어떤 외신 기자의 성급한 말을 빌리면, 우리 미군은 내일 아침에 소련아이들이 쓰시마(對馬島)에 앉아 있는 것을 발견하게 될 것이라는 거예요."

던이 침통한 듯이 말한다.

"스탈린은 음흉하기 이를 데 없는 독재자입니다. 거기에 경찰국가 보스들은 너나 할 것 없이 깡패들입니다. 보나마나 이제 소련아이들은 조선반도를 완전히 점령한 다음에, 몰로토프를 앞세워 말장난이나 하면서 세월을 끌 것입니다. 그러다 보면 웬만한 일은 기정사실화되고 말겠지요. 그게 공산주의자들의 상투 수법이 아닙니까?"

듣고 있던 가드너가 벌떡 일어나 소리친다.

"그것은 절대 용서할 수 없습니다. 우리 젊은 용사들이 얼마나 많은 피를 흘렸는데요. 이 동아시아의 해방을 위해 고귀한 생명이 얼마나 희생됐는데요. 우리는 단호해야 합니다. 스탈린이 미국을 기만하고 간교하게 나오면 우리는 더욱 확고한 의지를 보여 주어야 합니다. 우리가 여기서 멈추면 그것은 국제공산주의 세력에 대한 굴복으로 보일 것입니다."

그러나 미국은 소련의 철혈 독재자 스탈린의 회답을 기다리는 수밖에는 없었다. 링컨 장군이나 가드너 제독이나 던 차관보에게도 별다른 묘책이 없었다. 무지막지하게 진격하는 소련군에 대한 외신의 홍수와 갖가지 유언비어의 범람 속에 그럭저럭 시간은 흐르고 있었다.

(4)

스탈린 관저의 전화벨이 요란히 울렸다.

비서가 수화기를 들었다.

"여보세요, 대원수의 관저입니다."

"안녕하십니까? 대원수 각하와 통화하고 싶습니다. 안토노프입니다."

비서가 말한다.

"좀 있다가 아침 조회 시간에 뵈면 어떠시겠습니까?"

"급한 용무가 있어 전화를 드렸습니다. 바쁘시더라도 통화를 하고 싶습니다."

비서가 묻는다.

"무슨 일이라고 전해 올릴까요?"

안토노프가 더듬거린다.

"매우 중대한 용무이기 때문에, 뵙고 직접 말씀드리고 싶습니다. 그대로 전해 주시면 고맙겠습니다."

얼마 지나지 않아서 스탈린이 나왔다.

"총장, 무슨 일이요? 나 스탈린이오."

안토노프가 부동자세로 말한다.

"예, 각하! 참모총장 안토노프입니다."

스탈린이 재차 묻는다.

"조금 있으면 만날 텐데, 무슨 일로 이렇게 전화했소?"

안토노프가 다급한 듯이 대답한다.

"대원수 각하. 미국아이들한테서 중요한 부탁 사항이 들어왔습니다. 미국 대통령 트루먼이 대원수 각하께 승낙을 요청해 왔습니다."

스탈린이 수화기를 고쳐 잡는다.

"트루먼이 나에게 부탁을 해 왔다고? 무슨 일인데?"

안토노프가 조심스레 말한다.

"직접 뵙고 말씀드리고 싶습니다."

스탈린이 잠시 주춤하였다. 다시 묻는다.

"자세한 이야기는 만나서 하기로 하고, 우선 미국아이들 얘기 제목이 무언가?"

안토노프가 말한다.

"예, 각하. 미군이 '일반명령 제1호' 명의하에, 일본군 항복에 관하여 군사 관할권 협의를 요구해 왔습니다. 그 가운데 중요한 의제는, 조선반도에서 북위 38도선을 제시하고, 그 북쪽은 소련군이, 그 남쪽은 미군이 진주할 것을 물어 왔습니다."

스탈린의 언성이 높아진다.

"무엇이라고? 조선반도에서 38도선 분할을 제시해?"

"예, 각하. 그렇습니다."

스탈린이 지체 없이 지시한다.

"잘 알았소. 지금 즉시 들어오도록 하시오. 비서실에 전화하여 같이 들어오시오. 몰로토프 외상과 베리아 의장에게 연락하시오."

정기적인 아침 각료회의는 취소되었다. 대신에 안토노프의 긴급 군사 보고 사항을 중심으로, 외상 및 내무상과 함께 작전 회의가 열렸다.

스탈린이 말한다.

"어서들 오시오. 긴급 군사 문제가 있어서 급히 연락했습니다.

안토노프 장군, 미국 트루먼 대통령이 요청한 내용을 상세히 말씀해 주시오."

안토노프 총장이 자리에서 일어나 보고한다.

"방금 아침에 미국 트루먼 대통령이 대원수 각하께 승낙을 요청해왔습니다. 일본군의 항복을 접수하고 일본군의 무장 해제를 용이하게 하기 위하여, 연합군 간에 작전 분계선을 정하자는 의견입니다."

안토노프가 미국 트루먼 대통령의 제의 내용을 읽어 내려갔다.

안토노프가 결론을 맺는다.

"미국 대통령의 제안 내용의 초점은 조선반도에 있는 것으로 보입니다. 조선에서 소련과 미국이 일본군의 무장해제를 공동으로 수행하자는 것입니다. 이를 위하여 조선반도에 북위 38도선을 경계로하고, 우리 소련과 미군이 각각 북과 남에 진주하여 점령한 후, 일본군의 무장을 해제하자는 제의입니다.

방금 들으신 것처럼, 나머지 내용은 우리와 미국 간에 이미 협의된 내용들입니다. 만주와 사할린, 쿠릴열도에서는 아무런 문제가 없습니다."

스탈린이 물었다.

"총장, 군사전략 측면에서 보면 어떠하겠소? 38도선에서 분할하여 지배하여도 별일은 없을 것 같소?"

안토노프가 대답한다.

"예, 각하. 군사전략 측면에서 관찰하면 두 가지 문제가 있습니다. 첫째는 동해 바다에 대한 지배 문제입니다. 동해는 소련제국 극동함대사령부가 위치한 블라디보스토크의 앞바다입니다. 또한 동해는 바다의 수심이 매우 깊기 때문에 잠수함을 비롯한 대함대가 활동하고 잠복하기에는 양호한 해역입니다. 동해를 제압하고 장악하기 위하여서는 쓰시마 해협을 통제해야 하며, 쓰시마 해협의 통제를 위하여서는 조선반도의 남쪽 항구인 부산을 차지하는 것이 절대 필요합니다.

둘째는 극동에서 차지하고 있는 조선반도의 전략적 가치입니다. 일본과 중국과, 그리고 해양 세력인 미국을 견제하기 위해서는 조선반도의 장악이 필수적입니다. 더욱이 동남아시아 및 태평양에의 진출을 전략 목표로 하는 소비에트제국의 입장에서 볼 때, 조선반도의 장악은 대단히 중요합니다. 특히 조선의 남쪽에는 천혜의 양항들이 많습니다.

그러하기 때문에 적군(赤軍)사령부는 극동군의 주력 부대인 제25군을 조선반도에 투입하였습니다. 또한 현재까지는 소기의 성과를 거두고 있습니다."

심각하게 생각하고 있던 스탈린이 말한다.

"총장, 현재의 추세라면 우리 극동군은 언제쯤 조선반도 전체를 석권할 수 있겠소?"

안토노프가 서류를 보면서 답변한다.

"앞으로는 상황이 더 양호해지리라고 판단됩니다. 일본군이 정식으로 항복하면 극동군의 진격에는 아무런 걸림돌이 없게 됩니다. 따라서 약 15일 후인 8월 말까지는 작전을 완료할 수 있습니다. 전 조선을 점령할 수 있을 것입니다."

"음!"

스탈린이 신음을 토한다.

잠시 후 고개를 돌려 몰로토프를 쳐다보면서 질문한다.

"외상. 외상은 이 문제에 대하여 어떻게 생각하시오? 외교적으로 문제가 없을까?"

몰로토프가 입을 연다.

"대원수 각하, 제 판단으로는 국제 외교상 적지 않은 문제가 발생할 것으로 보입니다. 조선은 얄타와 포츠담에서 국제 협의를 통해 이미 4대국 신탁통치가 결정된 상태입니다. 따라서 소비에트 적군이 조선반도 전부를 점령한다 하더라도, 미국은 신탁통치를 요구하고 나올 것입니다. 거기에는 영국과 중국도 따라 나설 것입니다. 그렇게 되면 극동군이 조선반도에서 철수하는 사태가 빚어질 수도 있을 것입니다. 뿐만 아니라 우리 소련의 국익에도 별로 도움이 안될 수도 있습니다."

스탈린이 급히 말을 받는다.

"소련 국익에 도움이 안 될 수도 있다고?"

"예, 각하. 그럴 수도 있습니다. 만약 4대국 신탁통치 약속을 지킬 수밖에 없게 된다면, 조선에 대한 소련의 권리는 4분의 1이 되는 셈입니다. 이는 미국과 반반씩 나누어 갖는 것만 못합니다."

역시 몰로토프는 속셈에 빠르다.

스탈린이 맞장구를 친다.

"그렇지. 미국아이들이 그렇게 나오겠지. 독일의 분할 점령에서
도 허깨비 프랑스를 끌어들여서 한 몫을 더 챙겨가지 않았나? 영국
을, 그리고 장개석까지 데리고 와서, 그 얄팍한 상투 수법을 또 써
먹겠지.

그러면 어떻게 한다…?"

베리아가 나선다. 작달막한 키, 반짝이는 눈에는 간교한 지혜가
번득이고 있다.

"각하. 좀 더 장기적인 시각에서 전략을 구상하고 싶습니다. 우리
와 미국이 양분할 수도 있습니다. 아니면 4대국 신탁통치안도 수용
할 수 있습니다.

중요한 문제는 결론입니다. 최후의 승리가 어느 쪽으로 결정 나느
냐가 보다 더 중요한 일 입니다."

스탈린이 격려하듯 채근한다.

"베리아 의장, 좋은 묘수가 있소?"

베리아가 장황하게 설명해 나간다.

"대원수 각하, 조선은 우리 소비에트제국의 극동 전략에서 교두
보입니다. 전략적 가치는 유럽에서의 필란드나 폴란드에 뒤지지 않
습니다. 더욱이 우리 소비에트제국은 국경선을 따라서 국제자본주
의 세력들과의 완충지대를 만들고, 거기에 위성 공산주의 국가들을

세워야 합니다. 조선반도는 동아시아의 거점이면서 동시에 위성 지역입니다.

따라서 일시적인 조선반도 점령보다는, 장기적으로 공산주의 위성국가를 건설하여야 합니다. 이를 위하여 우리는 그동안 많은 투자를 해왔습니다."

스탈린이 말한다.

"그렇지, 그동안 열심히 준비해 왔지.

베리아 의장, 조선의 소비에트화는 가능성이 높은가? 우리가 자신해도 될까?"

베리아가 단호한 어조로 대답한다.

"예, 대원수 각하.

유럽이나 아시아를 막론하고, 신생 국가에서는 사회주의가 새로운 사상으로서 인민들에게 환영받고 있습니다. 이러한 추세는 소비에트러시아의 위대한 승리와 함께 후진국에 열광적으로 전파되어 나갈 것입니다.

각하, 우리에게는 신생 국가 지도자들을 교육시키고 지원하는 경험과 조직이 잘 마련되어 있습니다. 대원수 각하의 탁월하신 지도 아래, 조선반도에도 공산주의 소비에트국가가 수립될 수 있을 것으로 확신합니다."

놀라운 탁견이다. 소련 공산주의자들의 정교한 공산화 기술과 강력한 소비에트화 추진 기구는 아직 자본주의 세력들이 낌새도 못 채는 비밀 병기임에 틀림이 없었다.

스탈린이 단안을 내린다.

"좋소. 안토노프 장군, 지금 즉시 트루먼에게 답하시오. 미국과 함께 소련이 조선반도를 분할하겠다고 승낙하시오. 38도선이면 괜찮을 듯하오. 미국아이들이 제 맘대로 제안했으니, 그리고 소련은 거기에 따라갔으니, 앞으로 변경은 할 수 없겠지. 외상의 계산대로 4분의 1보다는 50% 차지가 낫겠지.

외상, 오늘의 계산에 따라 하나 잊지 말 것이 있소. 앞으로 신탁통치를 할 때, 영국이나 중국의 참여를 반대하시오. 미국과 함께 소련은 2분의 1의 권한을 행사해야 합니다."

스탈린의 단안은 명쾌하였다. 또한 소련은 실리와 명분을 동시에 챙길 수 있었다.

안토노프가 일어나 스탈린에게 제의한다.

"대원수 각하. 미국의 제의를 그대로 수락하는 대신에 한 가지 흥정할 사안이 있습니다."

"그게 무엇인가?"

"예, 각하. 우리가 사할린은 이미 지배하였습니다. 사할린 아래에는 중요한 해협이 있습니다. 소야(宗谷) 해협이 그것입니다. 우리가 쓰시마 해협을 포기하는 대신, 연 중 얼지 않는 소야 해협의 확보는 해상 전략상 중요합니다. 따라서 일본 홋카이도(北海島)의 북부에 소비에트 적군이 상륙하고, 홋카이도 북반을 소련군이 점령해야 합니다. 이를 미국에게 강력히 요구해야 할 것입니다."

스탈린이 확연히 깨달은 듯 소리친다.

"총장, 좋은 명안이요. 그대로 실행하시오. 트루먼에게 분명히 말하시오. 소련 극동군은 일본 홋카이도에 상륙하여, 조선반도와 같이 홋카이도를 분할 점령한다고 통보하시오. 외상도 이 문제에 외교력을 동원하시오."

이렇게 하여, 그 날 8월 16일 스탈린의 답신이 미국으로 보내졌다. 조선반도의 38도선 분할안이 합의된 것이다. 미국의 제안에 스탈린이 쉽게 동의하고, 또 그렇게 신속하게 회답한 데 대하여 미군 수뇌들이 놀랄 정도였다.

이렇게 하여 '일반명령 제1호'가 세계에 발표되었다.

육 해군 일반명령 제1호

(General Order No.1 : Military and Naval)

o. 만주, 북위 38도 이북의 조선, 남부 사할린, 쿠릴열도에 있는 일본군 고위 지휘관과 모든 육해공군 및 지원군은 소련의 극동군 최고사령관에게 항복한다.

o. 일본 본토 및 부속 도서, 북위 38도 이남의 조선, 유구 및 필리핀에 있는 일본제국 대본영과 고위 사령관 및 모든 육해공군과 지원 부대는 미국 태평양 사령관에게 항복한다.

연합군 최고사령관 명의로 반포된 이 '일반명령 제1호'에는 조선의 38도선 분단 내용이 들어 있었다.

마침내 조선의 남북 분단이 결정되었다. 일제의 패망으로 국권이 회복되면서, 산하가 찢어지게 된 것이다. 삼천만 주인이 정신을 차리지 못하는 동안, 강대국의 흥정에 의해서 신생 독립국 조선의 국토가 남북으로 분단되고 있었다.

6. 미군(美軍)의 진주

(1)

　미군이 일본에 진주하기 시작하였다. 스탈린의 야심과 소련 적군(赤軍)의 급속한 남진을 의식하여 트루먼 대통령의 독촉에 따라 태평양 지역 연합군 최고사령관 맥아더 장군의 명령으로 미군이 무조건 항복을 한 일본을 점령하고 있는 것이다.

　찰스 텐치 미 육군 대령은 1945년 8월 28일, 일본에 상륙할 미군 50만 병력의 선발대 대장이 되었다. 보급 물자와 군 전투 장비 등을 싣고 146명의 대원과 함께 45대의 C-47 수송기를 이끌고 미군 기지를 떠났다. 일본에 통고된 시각인 아침 9시보다 1시간여가 빠른 8시 직전, 텐치 대령이 이끄는 선발대가 일본의 수도 도쿄 남서쪽 백여 리에 위치한 일본군 항공기지 아츠기(厚木) 비행장에 도착했다.

　아츠기 비행장은 요꼬하마(橫濱) 외곽에 자리하고 있는 중요한 일본군 항공 기지이다. 요료하마는 일본의 수도 토오꾜의 관문이며 도쿄만(灣)을 수호하는 요새이다. 아츠기 비행장은 바로 요료하마 시의 외곽에 위치하며 도쿄만의 하늘을 지키는 항공기지인 것이다. 특히 일군의 상징이었던 가미가제 항공 특공대의 전용 비행장이기도 하다.

　일본은 무조건 항복을 통고한 직후인 8월 중순에, 미국에게 도쿄의 점령을 피해 달라고 아래와 같이 호소하였다.

일본 정부는 포츠담 선언 몇몇 조항의 실천에 관해 바라고 있
는 바를 미영중소 4개국 정부에 건의하는 것을 용서해 주기 바
랍니다….
연합군의 함대나 군대가 일본에 진주하는 경우에 영접 준비를
갖출 수 있도록 미리 일본 정부에 통고하여 주기 바람.
연합국이 지정하게 될 점령 지점 수는 최소한도로 제한하고, 점
령 지점은 도쿄와 같은 도시를 피하는 방향으로 선정하며, 각
점령지 점에 될 수 있는 한 소수 병력을 주둔시켜 주실 것….'

이러한 일본의 건방진 태도에 미국은 단호히 거절했다. 맥아더 사
령관은 미군이 즉시 도쿄로 진주할 것임을 통고했다. 미군 항공 부대
가 아츠기 공군 기지를 장악하고 지상 부대는 요코스카(橫須賀) 군항
에 상륙하여 도쿄로 진군한다는 것이다. 그렇게 함으로써 잔악하고
오만한 일본을 일거에 제압하겠다는 의도이다.

미군 선발대가 아츠기 비행장에 내린 8월 28일은 날씨가 아주 맑
았다. 바로 이틀 전 태풍이 휩쓸고 간 직후라 태양이 내리쬐기 시작하
면서 이른 아침인데도 한여름 늦더위가 기승을 부리고 있었다.

텐치 대령은 긴장하여 권총에 손을 얹고 입을 다문 채 천막 안으
로 걸어 들어갔다. 미군의 접대를 책임진 일본 '연락위원회' 위원장
아리스에 세이조(有夫精三) 중장은 마음이 조마조마해 갔다. 점령군

이 갖는 일본의 첫 인상이 점령 정책에 큰 영향을 미친다는 것을 알고 있기 때문이다.

천막에 쫓아온 아리스에가 공손히 머리를 숙이며 인사한다.

"본인은 일본 정부와 대본영을 대신하여 귀 부대의 접대 안내를 책임진 연락위원장입니다. 일본군 참모본부 제2부장 중장 아리스에입니다.

의문 나시거나 지시 사항이 있으면 무엇이든지 말씀하십시오. 정성을 다해 모시겠습니다."

아리스에가 더위를 생각하여 차가운 주스를 컵에 따라 텐치에게 권한다. 그러나 텐치는 받아만 놓을 뿐 먹지를 않고 옆으로 밀어 놓는다. 분위기가 험악하다. 천막 주위에는 미군 병사들이 총을 든 채 삼엄한 경계를 하고 있다.

그때 일본군 장군 한 사람이 밖에서 진주군 막사 배정 문제를 지시한 후 급히 천막으로 들어왔다. 텐치 대령을 뚫어지게 쳐다본다. 텐치 대령도 이 낯이 익은 인물을 응시한다. 갑자기 텐치가 자리에서 벌떡 일어선다.

"아니, 이게 누구요? 혹시 메이저 가마다가 아니오?"

가마다 장군도 반가워한다.

"아, 대령이 그 옛날 처음 임관해 온 듀본의 텐치 소위이군요. 맞지요? 이렇게 다시 만나다니, 이것이 꿈이요 생시요?"

두 사람은 서로 부둥켜안는다. 승자 텐치 대령 얼굴에는 반가움이 가득하고, 패자 가마다는 눈물을 글썽인다. 분위기가 바뀐다. 화기애애하기까지 하다. 지금으로부터 12년 전인 1930년대 초, 가마다가 일본군 소좌 시절 미국에 유학하여 포오트 듀본의 미군 제2공병연대에서 대대장으로 근무한 일이 있었다. 그 당시 텐치는 미군 소위로 가마다와 함께 같은 부대에서 근무하였다. 계급적으로는 가마다의 부하였던 셈이다.

가마다 장군의 등장으로 일본군의 접대는 성공을 거두기 시작한다. 그렇다. 일본 대본영에서는 아리스에 위원장의 천거를 받아들여 아리스에 중장과 동기생이며 지미파(知美派)로 널리 알려져 있는 가마다 셍이치(鎌田詮一) 중장을 부위원장으로 발탁한 것이다.

가마다 중장이 텐치 대령 앞에 놓여 있는 주스를 자기가 마신 후 병에서 주수를 가득 따라 텐치 대령에게 건넨다. 다시 돌아가면서 텐치와 함께 온 미군 장교들에게도 주스와 맥주를 내놓았다. 그때서야 더위 갈증에 시달리던 텐치 일행이 스스럼없이 주스와 맥주를 마신다.

텐치 단장, 텐치와 함께 온 부단장 던 대령, 그리고 아리스에, 가마다 네 사람은 별도의 텐트에서 아침 식사를 하며 요담을 나누었다.

아리스에 중장이 긴장을 풀고 묻는다.

"이번 미군 진주의 일정은 저희 일본에게 너무 촉박하여 준비에 차질이 많았습니다. 본진의 진주에는 최소한의 기간을 배려해 주시기 바랍니다."

텐치 대령이 정색을 하며 대답한다.

"제너럴 아리스에, 시간이 없습니다. 가능한 민(民) 군(軍)을 총동원하여 미군 50여만 병력의 진주를 준비해야 합니다. 이는 사령관의 명령입니다.

무엇보다도 시급한 것은 연합군 최고사령관 맥아더 장군의 도착 준비입니다. 사령관께서는 오는 30일 아츠기 비행장에 내리실 예정입니다. 한 치의 차질도 있어서는 안 됩니다."

아리스에와 가마다가 깜짝 놀란다.

가마다가 텐치 대령을 쳐다보며 입을 연다.

"아니 사령관님께서 그렇게 빨리 도래하십니까? 무슨 특별한 까닭이라도 있으신지요?"

텐치 단장이 가마다를 쳐다보고 웃으면서 말한다.

"제너럴 가마다, 맥아더 장군의 용명은 세계가 잘 알고 있지 않소이까?

가마다가 옛날의 전우였기 때문에 사실을 털어놓겠습니다. 이 모두가 자유 세계를 위한 결단이며, 또한 귀국 일본을 위해서도 운명이 달린 중대사입니다.

일본군에서도 알고 있겠지만, 지금 소련 공산군대가 물밀듯이 남하하고 있습니다. 만주나 사할린은 이미 스탈린의 손아귀에 점령되었으며, 이웃 조선에서도 스탈린 군대가 남진을 멈추지 않고 계속 진격하고 있어 언제 조선 전체가 적군에 점령될지 모릅니다."

텐치가 가방에서 서류를 꺼내어 가마다에게 건넨다.

"이것 좀 보십시오. 이 문서 사본은 8월 16일 스탈린이 트루먼 대통령에게 보낸 전문입니다. 소련이 일본을 분할 점령하겠다는 내용입니다."

아리스에와 가마다가 문서를 받아들고 정신없이 읽는다.

일반명령 제1호와 함께 각하의 메시지를 받았습니다. 나는 요동 반도가 만주의 한 구성 부분이라는 뜻의 이 명령 내용에 대체로 이의가 없습니다. 그러나 일반명령 제1호에 다음과 같은 수정사항을 삽입할 것을 제의합니다.

1. 3대국 크리미아 회담의 결정에 의거 소련이 영유하기로 된 천도열도를 일본군의 대소련군 항복 지구에 포함시킬 것.

2. 화태(樺太)와 북해도 사이의 소야 해협 북방에 접하고 있는 북해도 북부를 일본군의 대소련군 항복 지구에 포함시킬 것.

북해도의 남반부와 북반부의 분계선은 동해안의 천로시(釧路市)에서 서해안의 류모이시를 잇는 선으로 하되 지정한 각 도시를 북반부에 포함시켜야 한다.

위 제2항 제의는 소련의 여론과 관련하여 특별한 의의가 있습니다. 아시는 바와 같이 일본은 1919년부터 1921년까지 소련의 전 극동령(極東領)을 그들 군대의 점령하에 두었습니다. 소련군이 일본 고유의 영토 일부를 점령 지역으로 확보하지 못하게 된다면 소련의 여론은 큰 손상을 받게 될 것입니다.

위에 말씀드린 나의 온당한 제의가 어떤 반대도 받지 않기를 간절히 바라는 바입니다.

> 1945년 8월 16일
> 대원수(大元帥) J V 스탈린 드림

전문을 읽고 난 아리스에가 얼굴이 새파래지면서 자리에 털썩 주저앉는다. 가마다가 떨리는 손으로 전문을 다시 텐치 단장에게 건네면서 묻는다.

"그래서 미국 정부에서는 어떻게 결정하셨습니까?"

텐치가 가마다를 안심시킨다.

"너무 걱정하지 마시오. 미국은 단호히 거절하였습니다. 또한 트루먼 대통령은 소련의 붉은 군대를 제압하기 위해 맥아더 원수를 연합군최고사령관에 임명한 것입니다. 맥아더 장군은 소련 군대가 일본 본토에 진입하는 것을 절대 용인하지 않을 것입니다. 그러기에 이미 연합군최고사령관 명의로 '일반명령 제1호'를 포고한 것이지요.

나아가 맥아더 장군은 조선에도 미국 군대의 진주를 명령했습니다. 지금 강력한 전투부대가 조선을 향해 출발했습니다."

텐치가 아리스에를 쳐다보면서 계속한다.

"소련 공산군대가 사할린을 넘어 북해도로 넘어오기 전에 미군이 일본 본토에 먼저 진주해야 합니다. 맥아더 사령관이 위험을 무릅쓰고 직접 최일선에 나서서 일본으로 건너오는 까닭은 여기에 있습니다. 이제는 이해가 가십니까?"

아리스에가 벌떡 일어나 머리 숙여 인사한다.

"단장님, 잘 알겠습니다. 최선을 다해 준비를 하겠습니다."

가마다도 흙빛이 됐던 낯을 풀면서 텐치의 손을 덥석 잡는다.

"친구, 고맙소이다. 우리 일본도 총력을 기울일 것이니, 텐치 단장님과 미국 선발대도 잘 지도해 주십시오."

네 사람은 숙의를 거듭해 나갔다. 연합군의 진주 준비는 통신과 도로와 운수와, 그리고 장병들의 숙소가 중심이었다. 텐치 단장의 긴급 요구 사항으로 두 가지가 제시되었다.

하나는 비행장 활주로의 확장 보수이다. 미군의 B-29나 C-57 등 대형 항공기의 연결 유도로를 위해 활주로를 확장해야 하며, 또 비행기의 무게를 감당할 수 있도록 활주로의 지반을 강화하지 않으면 안 된다. 이 공사를 29일까지, 곧 내일 안에 완료해야 한다. 풍비박산되어 공병대가 없어져 버린 일본군에게는 엄청난 과제가 아닐 수 없다.

다른 하나는 아츠기 공군기지에 방송국을 설치하는 작업이다. 맥아더 사령관이 도착하면서 방송국을 사용하게 된다는 것이다. 이 또한 매우 어려운 숙제이다.

선발대로 진주한 미군 공병대의 지도를 받으며, 아리스에가 지휘하는 일본군은 총력을 기울여 준비를 서둘러 나갔다.

일본의 수도 도쿄 앞바다인 도쿄에 미군의 군함들이 집결하기 시작하였다. 니미츠 제독이 지휘하는 미 태평양함대 소속의 전함, 순양함, 구축함 등으로 구성된 258척의 함정들이 상륙전투단을 태우고 도쿄로 진입했다. 8월 30일 아침, 미군의 일본 점령이 개시되었다. 1만여 명의 미 제6해병사단이 도쿄만의 관문인 요코스카 해군 기지에 상륙했다. 여기에는 상징적으로 450명의 영국 해병들도 참가하고 있다.

같은 시각에 텐치 대령이 이미 접수한 요코하마 아츠기 공군 기지에는 미 제11공수사단 4천여 명의 병력이 진주했다. 미 태평양지역

육군 총사령관이며 태평양지역 연합군 최고사령관인 맥아더 장군의 착륙을 위한 사전 준비이기도 하다.

마침내 8월 30일 오후 2시 19분, 맥아더 장군이 일본 땅에 첫발을 디뎠다. 맥아더 사령관의 전용기인 C-54 바탄호(Bataan호 : 맥아더 장군이 필리핀을 탈출했다가 다시 상륙한 필리핀 바탄반도를 상징해 붙힌 이름)가 웅자를 뽐내면서 아츠기 공항에 착륙했다. 비행기 문이 열리자 맥아더 장군이 트랩 위에 우뚝 나서서, 무조건 항복하고 이제 막 점령이 개시된 일본을 내려다보고 있는 것이다. 그의 입엔 맥아더 군대 승리의 상징인 옥수수 파이프가 굳게 물려 있었다.

9월 2일 오전 8시, 도쿄만에 진입하여 일본에 포구를 향하고 정박해 있는 미국 군함 미주리호 갑판 위에서 일본의 항복 조인식이 거행되고 있다. 미주리호는 1944년 미국 트루먼 대통령의 딸인 마가렛이 아버지 대통령의 고향인 미주리 주(州)의 이름을 따서 명명한 최신예 전함이다.

미 구축함 니콜스호가 미주리호에 현측을 갖다 대자 맥아더 장군이 올라온다. 오늘의 항복 조인식을 지휘하고 서명하여 일본의 무조건항복을 접수할 연합군 최고사령관 바로 그 사람이다. 맥아더가 갑판에 올라 식장에 들어서자, 항복 조인식이 시작되었다.

항복하는 일본 정부와 일본 군부를 대표하여 신임 외무대신 시게미츠(重光葵)와 육군 참모총장 우메츠(梅津)가 항복 조인식에 나왔다. 일본 대표단을 태우고 온 구축함 랜즈타운호가 미주리호 현측에 대자 일본 외무대신 시게미츠가 한쪽 발 의족을 절뚝거리면서 고통스럽게 미주리호 갑판으로 올라온다.

이 시게미츠는 주중공사(駐中公使)로 있던 1932년, 조선 청년 윤봉길 (尹奉吉) 의사가 던진 폭탄에 맞아 왼편 다리를 잃었다. 당시 4월 29일 천황의 생일인 천장절(天長節)을 맞아 중국 상해의 홍구공원에서 상해사변전승기념(上海事變戰勝記念)을 거행하고 있던 식장에 윤봉길 의사가 폭탄을 던져, 침략의 원흉인 중국 주둔 일본군 사령관 시라카와(白川義則) 대장과 거류민단장 가와바다(河端)가 죽고, 일본군 제3함대사령관 노무라(野村吉三郞)와 제9사단장 우에다(植田謙吉) 중장도 중상을 당함으로써, 중국 남부를 침략하던 일본군이 치명상을 입었다. 이때 식장에 참석했던 시게미츠도 중상을 입었던 것이다.

미주리호 갑판 중앙에 항복 조인식장이 마련되고 식장 한가운데에 천이 덮인 긴 테이블이 놓여 있다. 테이블 정면에 항복 조인을 받기 위하여 맥아더 사령관이 앉아 있다. 테이블 맞은편에는 시게미츠를 필두로 해서 일본 대표 9명이 2열로 서있다. 중앙 식단 바로 옆에는 수십 명의 연합군 참모와 고급장교 들이 도열해 있다. 갑판 위 공간에는 수천 명의 병사 들이 항복 조인식을 지켜본다. 또 각국에서 모여든 보도진이 역사적인 장면을 놓치지 않으려고 사진기를 누르며 바쁘게 움직이고 있다.

맥아더 장군이 일어나 개회 연설을 한다.

"오늘 우리는 평화 회복을 지향하는 엄숙한 합의를 이루기 위해 주요 교전 당사국들의 대표자로서 이 자리에 모인 것입니다. 이제 우리의 상반되었던 이상과 이념에 관련된 투쟁은 전쟁터에서 결판이 났습니다. 따라서 더 이상 이에 관해 협의하거나 논쟁할 것이 없습니다.

이 엄숙한 자리에서 우리가 지난날의 피비린내 나는 살육에서 벗어나 보다 나은 세계를 출현시키려는 것은 간절한 소망이며 실로 전인류의 희망입니다. 연합군 최고사령관으로서 본인은 항복 조항들이 전폭적으로 신속히, 그리고 충실히 이행되는가를 확인하기 위해 필요한 모든 조치를 취함에 있어서, 정의와 관용으로 본인의 책임을 다할 것임을 굳게 다짐하는 바입니다."

맥아더 장군의 연설이 끝나자, 참모장 서덜랜드 중장의 지시에 따라 일본 외상 시게미츠가 앞으로 나선다. 한쪽 다리를 절룩거리며 천천히 걸어 나와 책상 앞에 마련된 의자에 앉는다. 시게미츠가 항복문서에 자기 이름을 쓰고 서명했다. 시게미츠의 뒤를 이어, 일본군 참모총장 우메츠가 굳어진 자세로 걸어 나온다. 우메츠는 의자에 앉지를 않고 선 채로 서명을 하였다.

맥아더 장군이 연합군을 대표하여 서명한다. 의자에 착석한 장군은 미리 준비된 세 개의 펜을 내놓는다. 장군은 펜을 차례대로 사용하여 이름을 쓰고 서명한다. 첫 펜이 끝나자, 장군은 그 펜을 장군의 바로 왼편에 서 있는 웨인라이트 장군에게 건네준다. 두 번째 펜이 끝나자, 장군은 그 펜을 장군의 바로 오른편에 서 있는 퍼시벌 장군에게 건네준다. 세 번째 마지막 펜을 기념으로 자기 포켓에 집어넣는다.

웨인라이트 장군은 1942년 필리핀 함락 시에 일본군 포로가 되어 만주 포로 수용소에 있다가 풀려나 맥아더 사령관에 의해 항복 조인식에 특별 초대된 미군 중장이다. 퍼시벌 장군은 싱가포르 함락 시에 일본군에게 포로가 되어 만주 포로 수용소에 있다가 풀려나 항복 조인식에 초대된 영국군 중장이다.

조인식이 끝나자 맥아더 장군이 다시 일어나 큰소리로 선언한다.

"이것으로 일본의 무조건 항복 조인식이 끝났습니다. 지금부터 일본은 연합군에 의해 점령되고, 연합군 최고사령관인 본관에 의하여 지배될 것입니다."

선언이 끝남과 동시에 하늘에서 폭음이 터지며 연합군 비행기 편대들이 도쿄만 상공을 뒤덮었다. 미국이 자랑하는 B-29 폭격기를 선두로 하여 1,900대의 항공기가 대규모 축하 비행을 하고 있었다.

(2)

일본의 무조건 항복과 트루먼 대통령의 종전 선언과 맥아더 사령관의 '일반명령 제1호'의 포고에도 불구하고, 백악관 대통령 수석참모 리하이 제독과 합창의장 마셜 장군을 비롯한 미군 수뇌들은 불안하여 마음을 놓을 수 없었다. 히틀러 군대를 격파한 정예부대를 앞세우고 소련의 붉은 군대가 동아시아 전역에서 남진을 계속하고 있기 때문이다.

특히 조선에서는 일본군의 항복을 무시하고 소련 대군의 진격이 멈추지 않고 있다. 이런 추세라면 전 조선반도의 점령은 시간문제이다. 조선 주둔 일본군이 항복해 저항이 없다고 하면, 소련 적군의 점령은 기동력이 막강한 소련군 차량의 이동 시간에 불과하기 때문이다.

전쟁성 작전국장 헐 중장과 전략정책단 단장인 링컨 소장은 근심이 되어 전쟁성 차관보이며 삼성조정위원회 의장인 맥클로이 집무실에 모였다. 링컨 소장이 먼저 보고 형식으로 말문을 연다.

"의장님, 소련 적군의 남진을 좌시할 수 없습니다. 이대로 보고만 있을 수는 없지 않습니까?"

맥클로이가 대답한다.

"글세, 걱정입니다. 그렇다고 지금에 와서 어떤 방법이 있겠소이까?"

헐 중장이 메모를 보면서 말한다.

"펜타곤에 들어오는 루머들로 정신이 없을 정도입니다. 물론 유언비어성 루머로 보입니다만 근거들이 없지도 않아서 불안합니다."

맥클로이가 묻는다.

"주로 어떤 내용들인가요? 뭐, 이미 알고 있는 얘기들이겠습니다만…."

헐 장군도 답답하기는 마찬가지이다.

"지금도 소련 공산군이 잘 준비된 화력과 기동력을 앞세워 계속 남진해 오고 있는 건 사실입니다. 이미 서울이 점령되었다고도 하고, 소련 해병대가 인천항에 들어왔다고도 하며, 서울 한복판에 소련 영사관이 지원하는 공산당 정부가 들어섰다고도 합니다. 물론 소련의 괴뢰정권이겠지요."

헐 장군이 메모를 다시 본다.

"송자문 중국 외교부장이 헐리 주중 대사에게 말한 내용이 들어와 있습니다. 스탈린과 회담하기 위해 모스크바를 방문한 송 외교부장에 의하면, 스탈린은 소련군의 뒤를 이어 잘 무장된 조선인 공산군대 2개 사단 병력을 조선에 투입하려고 시베리아에 대기시켜 놓고 있다고 합니다. 또한 모스크바에서 치밀하게 훈련된 조선 출신 정치가 및 공산 당원을 상당 수 선발해서 소련군을 뒤따라 조선에 보낸다고 합니다. 그렇게 되면 조선은 일거에 소비에트화하고 말게 된다는 걱정입니다.

중국 외교부장의 전언은 믿을 만한 근거에서 나온 발언으로 보입니다."

맥클로이가 한숨을 쉰다.

"링컨 단장, 무슨 좋은 방안이 없겠소이까?"

링컨의 억양이 높아진다.

"의장님, 이대로 보고만 있어서는 안 될 것 같습니다. 즉시 조치를 취해야 하겠습니다.

태평양사령부와 맥아더 장군에게 지시하여, 당장 미군 병력을 출동시키도록 해야 합니다. 조선으로 진주해야지요. 일반명령 1호에 따라 38도선 이남을 점령해야 합니다."

맥클로이가 결론을 내린다.

"헐 장군, 합참과 협의하여 마셜 의장의 지시로 맥아더 장군에게 출동을 명합시다. 마셜 의장에게는 나도 직접 건의를 하겠소이다."

맥아더 장군은 합참으로부터 독촉을 받았다. 일본 진주와 동시에 지체 없이 조선을 점령하라는 명령이다. 조선 진주에 대한 지시가 계속 태평양사령부에 내려졌다.

마셜 합참의장의 직접 전문도 들어왔다.

맥아더 사령관에게

대통령 각하는 소련 공산군의 불법에 의한 조선반도의 소비에트 화를 절대 묵과할 수 없다고 하셨습니다. 연합군 최고사령관은 '일반명령 제1호'를 철저하게 집행하여 38도선 이남의 조선에 미군이 진주함으로써 귀관의 책무를 다하기 바랍니다.

현재의 상황으로 판단할 때, 아마도 스탈린은 이번의 마지막 전쟁을 기점으로 하여 미국과의 결별을 작정했을 것으로 사료됩니다. 그러한 징후들이 이미 유럽에서 계속 노출되어 왔습니다. 치밀한 대비책이 필요합니다.

맥아더사령부는 전 예하 부대에 작전 개시를 명령했다. 조선을 점령하기 위한 '블랙리스트(BLACKLIST)' 작전 제1단계에 돌입한 것이다. 맥아더사령부는 일본군의 항복을 예상하고 '올림픽 작전'의 취소에 대비하여, 이미 8월 8일 조선 점령을 상정한 '블랙리스트 작전계획'을 수립하였다. 3단계에 걸쳐 조선의 주요 거점 도시인 서울, 인천, 부산, 그리고 군산·전주 지역을 점령한다는 내용이다. 이 세 개의 지역은 각각 '베이커 40(Baker Forty)', '베이커 41(Baker Forty-one)', '베이커 42(Baker Forty-two)'로 명명되었다.

이 작전 계획은 38도선 분할이 합의되기 이전에 수립되었기 때문에, 미군이 상륙해 점령할 최우선 순위의 장소로만 표기되어 있다. 그러나 이들 지역은 조선에서 인구의 39%, 산업시설의 18%, 식량 생산의 44%를 차지하는 전략 지점들이다.

맥아더 사령관은 신속하고 과감한 일본 및 조선의 점령과, 그리고 소련의 대규모 정예 병력의 남진이라는 비상사태에 처하여, 전략 목표 달성의 효율성 제고를 위해, 예하 주력부대인 제8군, 제10군, 제24군단을 개편하였다. 동시에 지휘관들을 경질했다.

또한 합참에 건의하여 조선이 속한 작전 구역을 변경하였다. 조선은 본래 중국 대륙에 연결되어 있기 때문에 중국전구(中國戰區)에 소속되어 있었다. 그러나 소련군의 남진에 대항하면서 대규모 미군 지상병력을 동원하고 지휘하여 신속 과감하게 점령해야 하기 때문에 태평양전구로 변경하여 맥아더 사령부의 직접 명령을 받도록 개편한 것이다.

맥아더 사령관은 조선으로 진주하여 22만km²의 동아시아 전략 요충지를 점령할 군 부대로 미군 제24군단을 선정했다. 군단 사령관에는 하지(John R. Hodge) 중장을 임명하였다.

본래 조선 점령은 미군 태평양사령부 산하 제10군에게 부여되어 있었다. 10군 사령관 스틸웰(Joseph H. Stilwell) 장군은 맥아더 사령관과 협의하기 위해 마닐라를 방문하고, 그곳 태평양사령부에서 조선 점령에 관해 경험을 가진 장교들을 물색하기도 했다.

그런데 상황이 급변하였다. 소련군이 대거 남하하면서 조선에서 공산화의 위험성과, 소련군과의 대결 가능성이 현실로 다가온 것이다. 이런 와중에서 중국의 장개석 정부는 과거 중국에서의 경력에 비추어 스틸웰 장군의 조선 파견을 반대하였다. 국공내전(國共內戰)에 시달리며, 더욱이 만주 점령 문제가 국공(國共) 간에 초미의 중대사로 다가온 현실에서 장개석 정부에게도 조선 문제는 참으로 중요했던 것이다. 장개석 정부는 미국에게 스틸웰 사령관의 교체를 강력히 희망하였다.

맥아더 사령관은 합참과 협의하여 제10군의 중추 부대인 24군단을 조선 점령군으로 선정하였으며, 군단 개편 과정에서 조선 점령의 실정에 맞추어 24군단 병력을 강화시켰다. 또한 자연스럽게 조선 진주 사령관도 24군단장인 하지 장군으로 교체된 것이다.

24군단은 미 태평양지역 군부대 중에서 용맹을 떨쳐온 최일선 전투부대이다. 특히 서부 태평양에 산재된 도서들에서 일본군과 사투하며 섬들을 점령하기 위해 수륙 양용 작전을 수행하는 데 탁월한 전력을 소유하고 있다. 용맹스럽고 호전적인 부대로 이름을 떨친 24군단은 팔라우섬(Palau Is.) 탈환에서부터 시작해 필리핀의 레이테(Leyte) 침공에 이르기까지의 격렬한 전투에서 승리했다. 이후 병력을 보강한 24군단은 1945년 4월부터 6월 말까지 오키나와 침공 작전을 수행하여 격렬한 전투 끝에 승리하고 오키나와를 점령하기도 했다.

조선에서 발생할지 모를 일본 패잔군의 저항을 제압해야 하고 또 남진하는 소련 공산군과의 충돌을 예상할 때, 24군단은 충분히 신뢰할 수 있는 야전군이었다. 또한 조선에 파견할 전투 병력으로서는 당시 미군 부대 중에서 오키나와에 주둔하고 있던 24군단이 가장 가까이 있었다. 이러한 전략적 고려에 의해 24군단이 선정된 것이다.

하지 중장은 24군단장에 선임되자 조선 점령을 위한 작전을 숙의하기 위해 필리핀 사령부로 맥아더 장군을 방문하였다.

하지 중장도 24군단 못지않게 역전의 맹장으로 태평양 미군 내에서 소문이 자자했다. 그는 영예롭게도 '군인 중의 군인(Soldier's Soldier)'이라는 명성까지 얻고 있었다. 하지는 육군사관학교(West Point) 출신은 아니다. 제1차 세계대전 당시 일리노이대학 재학 중에 소위 로 임관되어 대독전(對獨戰)에 참전해 공을 세웠다. 1차대전이 끝나자 전쟁성에서 일반참모로 근무하기도 했다. 그는 육군대학, 지휘 및 일반 참모학교, 보병학교, 화학전학교 등을 졸업하면서 고급 지휘관으로서의 경력을 쌓아나갔다. 그는 또 지상군 장교로서는 드물게 공군전술학교도 이수했다.

제2차 세계대전이 발발하고 태평양전쟁이 터지자 하지는 1942년 25사단 부사단장으로 남태평양 정글전에 참전하여 혁혁한 공을 세웠으며, 1943년 7월에는 사단장으로 승진하여 솔로몬 군도의 전투에서 큰 공을 세우고 무공훈장을 받았다. 1944년 6월에는 남경학살(南京虐殺)의 주역이며 일본군 정예부대인 일본군 6사단을 격파하고 승전하기도 했다.

마침내 1945년에 중장으로 승진하면서 24군단장을 맡게 된 것이다. 하지는 격렬한 전장에서 평생을 보내며 전투로 잔뼈가 굵은 역전의 용장이다. 또한 병사와 생사고락을 같이 하는 정글전의 권위자이기도 하다.

하지 군단장이 최고사령관 집무실에 들어서자 맥아더가 반갑게 맞는다.

"장군, 어서 오시오. 이렇게 갑자기 오느라 원로에 고생이 많았소. 자, 이리 와 앉으시오."

하지가 부동자세로 거수경례를 하고 인사를 차린 다음, 둘이서 굳게 손을 잡는다. 서로 얼굴을 쳐다보는 눈 속에 따뜻한 전우애가 넘친다.

두 사람 모두 백전노장들이다. 태평양전쟁에서 극악무도하기로 소문난 일본군과 싸워 조국을 빛낸 미국을 대표하는 군인들이다.

사령관의 권유에 따라 소파에 앉으면서 하지가 치하한다.

"사령관 각하, 축하 올립니다. 연합군 최고사령관이 되신 것을 경하 드립니다."

맥아더도 고마워한다.

"감사하오. 모두가 영용한 장병들의 충성의 덕분이오. 영예스럽기도 하오만, 한편으로는 막중한 책임감에 어깨가 무겁소이다."

맥아더가 본론을 꺼낸다.

"하지 장군도 익히 아시는 것처럼, 일본 점령과 조선 진주는 미군에게 가장 중차대한 과제입니다. 일본 점령은 사령관인 내가 직접 나서겠소이다. 조선반도 진주는 장군이 맡아 주시오."

하지가 긴장한다.

"사령관님의 명령을 받들어 소임을 완수하겠습니다. 본관 필생의 광영으로 생각하고 총력을 다 하겠습니다."

맥아더가 사령관으로서의 지침을 피력한다.

"태평양전쟁에서 우리 미국은 완승을 거두었습니다. 그러나 앞으로의 과제도 지난 전쟁에 못지않게 어렵고도 중요합니다. 일본군이 점령했던 아시아 전장을 미군이 접수해야 하며, 다시 그 광활한 회복 지역을 정의에 입각해서 지혜롭게 처리해야 할 것입니다.

크게 보아 필리핀 일원은 이미 수복이 끝났소. 동남아시아 지역은 연합국 일원인 영국 및 프랑스와 협의하여 순리대로 정리될 것이오. 대만과 만주는 장개석 중국 정부와 협의가 끝났으며, 중국군에 의해 회복되겠지요."

맥아더가 숨을 고르면서 하지 장군에게 커피를 권한다. 자기도 커피를 마시면서 말을 계속한다.

"문제는 극동의 전략 요충지인 두 지역입니다. 곧 일본 본토와, 그리고 일본 식민지였던 조선반도이지요.

일본 본토는 미군이 독자적으로 점령하게 되었소이다. 나와 장군, 그리고 미군 장병들은 일본군과의 사투로 막대한 인명을 희생하며 태평양전쟁에서 승리했습니다. 그러므로 미국은 당연히 일본 본토로 진격하여 점령할 것이오. 일본 점령은 태평양전쟁 결과의 핵심이기 때문에 내가 직접 나선 것이오.

다음으로는 조선 문제이오. 조선반도는 일본의 식민지였소. 그러나 극동에서 손꼽는 전략 요충지이기 때문에 일본에서 떼어 내기로 했소이다. 카이로 회담이나 테헤란 회담을 통하여 연합국 사이에서도 독립시키기로 합의가 되었소.

그런데 이 조선반도를 차지하겠다고 스탈린이 야욕을 부리고 있소. 소련 공산군 대부대를 앞세워 조선을 점령하려고 남진을 계속하오. 스탈린 적군(赤軍)의 행위는 동맹 연합군에 대한 배신이며 교활하고 철면피한 작태가 아닐 수 없소.

스탈린의 교활성과 소련군의 배신을 염려하여, 나는 대통령과 합참의 지시에 따라 연합군 최고사령관 명의로 '일반명령 제1호'를 포고하여 소련군의 남진을 정지하라고 명령하였소. 그러나 스탈린 군대는 전투 행위를 멈추지 않고 있소. 또 들려오는 풍문에 의하면, 소련 공산군이 조선 38도선을 넘어 서울에 들어왔으며, 인천항을 점령했다고도 하오. 만약 이 풍문이 사실이라면 이는 연합군 최고사령관의 명령을 거역한 행위이오."

하지가 말을 받는다.

"사령관 각하, 저는 이해할 수 없는 것이 있습니다. 일반명령 1호를 보았사온데, 쿠릴열도나 사할린은 이해가 가지만, 조선의 38도선 이북을 왜 소련군에게 내주게 되었는지 모르겠습니다."

맥아더의 언성이 높아진다.

"장군의 말이 맞소이다. 나도 얄타 회담이나 합참의 결정에 불만이 적지 않아요. 의회나 워싱턴에 앉아 있는 군 수뇌들은 왜 소련 공산군을 무서워하는지 모르겠소. 일부 언론의 비판처럼 국제 공산주의자들이 이미 미국 중심부에 많이 침투해 있는 것 같기도 하오."

맥아더가 데스크에서 전문 사본을 꺼내어 하지에게 보이면서 계속한다.

"이것 보시오. 소련아이들은 건방지게도 일본을 분할해 점령하자고 하오. 일본의 북쪽 홋가이도에 소비에트 군대가 상륙하겠다는 것이오. 독일의 분할처럼 일본 점령에 소련이 참여하겠다는 주장이오."

직선적인 성격의 하지가 즉시 반문한다.

"그래서 합참은 어떻게 대응했습니까?"

맥아더가 일언지하에 끊는다.

"장군, 그야 당연하지 않소. 한마디로 거절했소이다."

맥아더(Douglas MacArthur), 1903년 유명한 웨스트포인트 육군사관학교를 수석으로 졸업하고 소위로 임관한 지 27년 만에 대장으로 진급한 미군 최고 엘리트 지휘관의 한 사람이다. 태평양 미 육군총사령관으로 대일 작전을 지휘하여, 마침내 세계 최정예이며 잔혹하기 이를 데 없다는 일본군을 제압하고 항복시킨 주인공, 바로 연합군 최고사령관 그 사람이다.

비록 나이는 65세이지만, 정신력과 체력이 상대방을 압도한다. 그 맥아더 사령관이 구체적으로 자료를 제시하면서 설명한다.

"하지 장군, 나는 소련군을 그렇게 우수하다고 생각하지 않소이다. 또한 스탈린을 비롯하여 소련 지도층이나 군 수뇌들의 자질을 높이 평가하지 않고 있소. 물론 중국의 병서인 손자병법에 경적필패(輕敵必敗)라는 경구가 있지마는, 그러나 적의 약점을 놓쳐서도 안 될 것이오. 히틀러 군대와 싸워 이겼다고 해서 덮어놓고 소비에트 군대를 무서워한다면 이는 전쟁을 모르는 병법 초년생에 불과할 것이오.

스탈린 군대는 강점도 있소. 독재체제에서 나오는 엄격한 규율이나 선전 선동에 의한 사기는 무시할 수 없겠지요. 그러나 소련군의 취약점은 군수 지원의 열세와 수준 낮은 무기 장비와, 그리고 유치한 단계에 머물고 있는 소련의 산업기술 능력이오.

자, 보시오. 유럽 파쇼 세력과의 전쟁에서 미국의 원조가 없었다면 소련군이 독일군을 제압할 수 있었겠소? 소련은 독소(獨蘇) 대전을 미국의 돈으로 ,미국의 무기로, 미국의 군수 지원으로 해 냈소. 전쟁이 시작된 이래 1945년 5월 말까지 미국이 소련에 원조한 내용에서 중요한 것만을 정리해 보면, 비행기 1만5천 대, 전차 1만3천 대, 트럭 42만7천 대, 소형 자동차 5만 대, 철강 2백만 톤, 알루미늄 42만 톤이오.

이러한 미국의 지원이 없었다면 승리는 고사하고 소련은 독일과의 전쟁을 수행할 수도 없었을 것이오."

맥아더가 차를 들면서 결론을 내린다.

"하지 장군, 전선 최전방에 서 있는 우리 야전군은 소련군의 실체를 정확히 파악하고 소련군을 두려워하지 맙시다. 유럽에서 히틀러를 제압하고 태평양과 아시아에서 일본을 항복시킨 미국 군대는 세계 최강이오. 군 장병의 사기와 기동력과 화력, 그리고 군수 지원 능력에서 미군을 당할 군대는 지구상에 존재하지 않소. 스탈린 붉은군대라고 겁내지 말고 자신감을 가집시다."

하지가 감격해한다. 대소전쟁(對蘇戰爭)의 위험성을 앞에 두고 24

군단장 하지 중장이 비로소 불안감을 떨쳐 버린다. 테이블 위에 놓인 커피를 단번에 마신다.

맥아더가 화제를 돌린다.

"장군, 공산주의자들에 대해 어떻게 생각하시오?"

가벼운 질문이었으나, 하지가 정색을 하며 대답한다.

"각하, 하나님을 믿지 않는 사기한들이 아니겠습니까? 본관은 자유를 짓밟고 인권을 유린하는 공산당 독재는 파쇼 독재와 조금도 차이가 없다고 믿습니다. 또한 본관은 독재자 스탈린이야말로 히틀러나 일본의 도조에 버금가는 위험한 악한이라고 생각합니다."

맥아더가 통쾌하게 웃는다.

"하하하, 역시 장군은 평판 그대로 미국 군인 중의 미국 군인이구려. 그래서 나와 미군사령부는 장군을 믿고, 조선 점령을 맡기는 것이오. 부탁하오."

하지가 단호하게 대답한다.

"본관은 명예와 목숨을 걸고 임무를 완수하겠습니다. 어떤 난관이 닥치더라도 정면으로 돌파하여 반드시 조선에 진주해서 점령을 완료하겠습니다.

일본군 패잔병의 저항이 있으면 신속하게 분쇄하겠습니다. 또한 소련 공산군의 부당한 도발과 최고사령관 포고인 일반명령 1호에 대한 거역이 있을 때에는 단호하게 처단하겠습니다."

맥아더가 선언한다.

"감사하오. 하지 장군을 믿겠소. 나와 사령부는 조선 점령 미군사령관 하지 장군을 적극 지원하겠소."

이후에도 맥아더 사령관과 24군단장 하지 중장은 협의를 계속하며 조선 진주에 관한 세부 작전계획을 검토하였다.

하지 장군이 오키나와 기지에 돌아오자 정식으로 '주조선미군사령부(駐朝鮮美軍司令部 : US Armed Forces in Korea)'가 조직되고 사령관에 24군단장 하지 중장이 취임하였다.

주조선 미군의 전투 병력은 24군단을 강화하여 다음과 같이 구성되었다.

제7보병사단

제40보병사단

제96보병사단

제10군 방공대(防共隊)

제137대공포대(對空砲隊)

제101신호대대

제24군단포병대

제1140공병전투부대

제71의료대대

24기지창(基地廠)

여기에 소속된 병력의 수는 10여만 명에 달했다.

하지 사령관은 주조선 미군사령부를 강화하면서, 특별히 제10군 방공대와 그 사령관인 해리스(Charles S. Harris) 준장을 영입했다.

또한 제10군 지1(G-1)에서 프레스코트 대령과 에스테즈 소령을 차출하여 조선에서의 군정 분야를 보강하였다.

하지 사령관은 조선에 진주할 미군 군단의 진용이 갖추어지자, 8월 하순 주요 지휘관 및 참모회의를 소집했다.

하지 장군이 회의를 주재한다.

"귀관들이 숙지하고 있는 것처럼, 조선 주둔 미군사령부는 막강한 전투부대를 이끌고 조선으로 진주하여 38도선 이남의 조선 영토를 점령할 것이오. 여기에는 세 가지 어려운 문제가 제기되어 있습니다. 우리는 이 문제들을 지혜롭게, 그리고 과감하게 해결해야 합니다.

조선진주군사령부 앞에 제기된 문제점으로는, 첫째 재조선(在朝鮮) 일본군의 항복입니다. 저항하는 일본군을 제압하고 항복을 받아서 무장을 해제해야 합니다.

둘째는 38도선 이남 조선 영토의 점령입니다. 여기에는 현재 심각한 위험이 도사리고 있습니다. 그것은 소련 공산군의 존재입니다. 정보에 의하면, 스탈린은 전략 요충지 동해와 쓰시마 해협과 부산을 장악하려고 조선반도 전체를 강점하기 위해 대군을 동원하여 남진을 계속하고 있다고 합니다. 본관은 연합군 최고사령관이 포고한 일반명령 제1호를 수호할 것이며, 이를 위반하는 소련군에 대해서는 가차 없이 응징할 것이오. 그에 따라 발생할지도 모를 전쟁 위험성에 대하여 지휘관 및 참모 들은 만반의 준비를 갖추어 주기 바라오."

갑자기 긴장감이 돌면서 장내가 숙연해진다.

하지 사령관이 계속한다.

"셋째는 조선 인민의 선무(宣撫)입니다. 조선은 일본의 억압에서 해방되었으며, 카이로 회담 등 국제회의에서 독립이 약속되었습니다. 따라서 조선 인민은 점령의 대상이 아니라, 독립을 앞에 둔 자유민입니다. 각별히 유의하기 바라오.

그런데 연합국 신탁통치가 언제 시작될지는 모르겠으나, 그전까지는 미군에 의해 군정이 실시될 것입니다. 아무리 예정된 자유국민이라 하더라도 미국의 국익과 군정에 대한 도발은 용인될 수 없습니다. 군정을 집행할 우리 사령부는 엄한 군율과 선무 사이에서 지혜를 발휘해야 할 것이오."

개회 발언이 끝나자 하지 사령관이 프레스코트(Brainard B. Prescott) 대령을 지적한다.

"대령, 맥아더 사령부에서 협의된 조선 점령에 대한 주요 지침이 있으면 설명해 주시오."

프레스코트 대령이 메모를 펴든다.

"태평양사령부 크리스트 장군 휘하의 조선 군정반은 뚜렷한 진척사항이 없었습니다. 다만 몇 가지 주요 문제에 관해 다음과 같이 협의했습니다.

① 일본군의 항복과 함께 총독부의 수뇌와 주요 지휘관들은 전쟁포로로 체포한다.

② 조선인들은 '해방되어 독립될 국민'으로 대우한다. 그러나 정부 수립은 요원하기 때문에 군정이 엄격하게 시행된다.

③ 일본 경찰 등 현재 운영되는 행정 조직은 효율적인 군정을 위한

범위 내에서 미군 휘하에 그대로 활용되어도 가하다. 그러나 이는 현지 미군의 결정에 따른다.

④ 소련군과의 충돌 예상 등 제관계는 조선 현지 사령부의 판단 결정에 맡겨진다.

이상입니다."

하지가 다시 묻는다.

"조선 미군사령부의 군정을 도와 줄 국무성 고문은 결정이 났소이까?"

프레스코트가 대답한다.

"선정이 된 모양입니다. 곧 발령이 날 것으로 연락받았습니다."

"어떤 인물인가요?"

"국무성 극동국에서 근무하는 베닝호프(H. Merril Benninghof)입니다. 3급 해외협력관인데, 부친이 30년간 일본에서 살았으며, 베닝호프 본인도 1934년부터 1940년까지 만주와 중국에서 근무했기 때문에 극동에 대해 잘 알고 있다고 합니다."

제7사단장 아놀드(Archbald Arnold) 소장이 일어나 발언한다.

"사령관님 말씀을 통하여 조선 점령의 목적과 방향에 대해서는 잘 알았습니다. 어려운 과제는 역사가 깊고 전통 의식이 강하다는 조선 인민의 통치라고 생각됩니다. 더욱이 조선은 인구밀도가 높아서 2천만 명 이상의 백성이 있다고 하는데, 군정의 기본 방침에 대해 좀 더 상세한 설명이 있었으면 좋겠습니다."

하지가 수긍한다.

"좋은 지적입니다. 해리스 장군, 좀 수고해 줄 수 있겠소이까?"

해리스 준장이 일어난다.

"방금 프레스코트 대령도 지적했습니다만, 갑작스런 조선 진주로 준비가 미비하여 군정에 대한 기본 지침이나 세부 사항이 아직 마련되지 못했습니다. 다만 주요 골격을 말씀드리겠습니다.

미군은 조선 주민들에게 선정을 베풀어 조선인들이 미군을 신뢰하도록 노력해야 합니다. 군정의 성패는 조선 인민의 자발적 협조에 달려있기 때문입니다. 또한 예상되는 소련군 군정과의 비교도 중요하기 때문입니다.

군정의 출발은 일본의 군국주의를 폐지하고 전쟁 범죄자를 체포 처벌하는 것입니다. 또한 독립을 열망해 온 조선인들의 애국심을 고려하여, 소위 친일 인사들을 공직에서 제외하고, 경제, 사회 분야에서도 영향력을 발휘하지 못하도록 조치하는 일입니다.

조선 사회 내적으로는 봉건주의를 타파하여 정치, 경제, 사회적으로 자유주의를 고양하고 민주정치에 익숙하도록 훈련하는 것입니다. 그러기 위해서 종교의 자유 및 언론 출판 집회의 자유는 보장됩니다. 군정의 목적에 어긋나지 않는 범위 내에서라면 정당 및 사회단체의 조직은 허용될 수 있습니다."

해리스가 메모를 보면서 계속한다.

"조선 미군사령부가 효과적으로 조선을 점령하고 군정을 펴기 위해서는 행정조직과 기능이 중요합니다. 이는 일조일석에 달성되지 않습니다. 그러므로 미 군정은 현존하는 행정조직과 기능을 활용할 수밖에 없을 것으로 생각됩니다. 행정 조직을 담당하고 있는 일본인들을 활용하되, 가능한 빠른 시일 안에 조선인으로 교체할 것입니다. 이 문제는 법과 질서를 유지하고 치안을 담당하는 경찰 조직에서 더 필요합니다."

하지가 다시 정보참모를 지적한다.

"니스트(Cecil W. Nist) 대령, 지금까지 수집된 조선 사회의 동향은 어떻습니까? 조선인들의 민심에 대해 설명해 주시오."

정보참모인 니스트 대령의 보고도 아직은 개략적이다.

"현재 조선 사회는 정치적 분파주의 경향이 강합니다. 단결력이나 협동심이 부족한 편입니다. 그러나 고무적인 측면도 있습니다. 조선은 언어, 문화, 전통에서 동질적입니다. 또 전체적으로 민족 해방과 국가 독립을 열망해 왔기 때문에 민족주의 성향이 강합니다.

독립 준비를 위해 임시적이라는 전제가 있다면, 조선 인민들은 외국 점령군에게 친절하게 복종할 것으로 믿어집니다. 정확하게 조사된 바는 아니지만, 많은 조선인들은 자기 나라가 외국 군사정부의 지배를 받을 수밖에 없다고 한다면, 미군에게 점령되는 것이 좋을 것으로 생각하고 있습니다.

조선사회에는 비교적 자유주의가 넓게 퍼져 있습니다. 또한 교회가 많고 기독교 사상이 확산되어 있는데, 이는 독립 투쟁에 대한 미국이나 서양의 지원 기대가 큰 몫을 했기 때문인 것으로 보입니다.

다만 조선 현실에서 공산주의자들의 선전 선동과 소련군의 계획적인 개입 가능성이 문제는 됩니다."

이후로도 여러 가지 문제에 대한 심도 있는 논의가 계속되었다.

(3)

제24군단을 주축으로 한 미군 전투 병력이 조선을 점령하기 위해 9월 5일 늦게 오키나와 기지를 출발했다. 필리핀 상륙작전과 오키나와 전투에서 혁혁한 전공을 세운 수륙양용군(水陸兩用軍)을 포함하여 킨케이드(Thomas G. Kincaid) 제독이 지휘하는 미 해군 제7함대가 전투 군단의 수송과 호위를 맡았다. 미 합참본부의 추상 같은 독촉으로 9월 3일에 출발 예정이었으나, 태풍으로 인해 이틀간 지연되었다.

구축함과 항공모함의 호위를 받으며 전투 병력을 태운 수송함과 전함들이 5열 밀집종대형을 형성하고 상륙 지점인 인천항으로 향했다. 태풍의 중심은 지나갔으나 그 여파로 파도가 덮치며 바다가 거칠었다. 미군 대선단(大船團)은 황해에서 북상하면서, 혹시라도 기습할지 모르는 일본 잠수함을 경계하여 야간 항해 중에는 등화관제를 실시했다. 마침내 미군 선단은 9월 8일 새벽, 인천항에서 남서쪽으로 백여 리 떨어진 덕적도(德積島) 근해 해상에 도착하여 멈춰 섰다. 경계를 풀지 않고, 그러나 호기심 어린 눈으로 인천항을 응시하고 있었다.

그때 작은 어선 한 척이 함선으로 접근한다. 큰 파도에 휩쓸리는 일엽편주 같다. 배에는 서너 명의 어부가 타고 있는데, 뱃머리에 태극기가 휘날리는 것을 보니 조선인들이 분명하다. 맨 앞에 있는 군함에 접근하여 소리를 치자 미군 수병이 나왔다. 조선 어선에 탄 어부 한 사람이 영어로 묻는다.

"여보시오, 우리는 조선인 대표로 서울에서 나온 미군 환영위원들입니다. 하지 사령관님을 뵙고자 합니다. 안내해 주시면 감사하겠습니다."

수병이 갑판 선임장교에게 보고한다. 장교가 조선인과 대화를 나눠 보고 그의 유창한 영어 구사에 놀라며 대답한다.

"잘 알아들었습니다. 그런데 이 배는 사령선이 아닙니다. 사령관께서 탄 군함은 뒤에 보이는 저 큰 함선입니다. 그리로 가서 부탁해 보시오."

조선인 일행은 배를 저어서 사령선으로 갔다. 군함 옆에 대어 다시 큰소리로 호소했다. 목소리를 듣고 알았는지, 아니면 연락을 받고 나왔는지 민간 복장을 한 젊은이가 갑판으로 나와 대답한다. 조선말을 능숙하게 구사한다.

"당신들은 조선 사람들입니까?"

깜짝 놀란 조선인들이 반가워하며 신분을 밝힌다.

"예, 그렇습니다. 우리 세 사람은 미군을 영접하러 서울에서 온 대표들입니다. 조선건국준비위원회 위원장 여운형의 친서도 준비해 왔습니다. 하지 사령관을 뵙고 인사드리고 가겠습니다. 허락해 주시기 바랍니다."

젊은이도 기꺼이 응한다.

"반갑습니다. 나는 윌리엄즈라고 합니다. 나의 아버지가 조선에서 오랫동안 선교사로 있었습니다. 나도 조선에서 중학교까지 다녔습니다. 지금은 미군 중령으로 근무하다가 조선에 차출 명령을 받고 동행하고 있습니다. 여하튼 이곳까지 오느라고 고생이 많습니다. 함선으로 올라오십시오."

조선건국준비위원회를 대표하여 조선 진주 미군의 영접 사신으로 나온 여운홍(呂運弘), 백상규(白象圭), 조한용(趙漢用) 3인은 사령선으로 올라섰다. 윌리암즈의 안내를 받아 사령관실로 들어갔다.

조금 지나자 별을 단 장군이 나와 반갑게 맞는다.

"어서 오십시오. 나는 사령부 참모장 카빈 준장입니다. 어려운 길에 오느라고 수고 많았습니다."

여운홍이 나선다.

"인사드립니다. 우리는 서울에 있는 조선건국준비위원회를 대표하여 우리나라를 해방시켜 준 미군에게 감사드리려고 나왔습니다. 여기 건국준비위원회 신임장과 우리들의 경력서가 있습니다. 또한 하지 사령관님께 올릴 여운형 위원장의 환영 메시지도 가져왔습니다."

카빈 장군이 서류를 받아서 잠시 훑어본다. 경력서를 보고 카빈이 놀란다.

"여운홍 선생은 미국에서 대학원까지 나왔습니까? 미국말에 능통하십니다. 놀랐습니다."

여운홍이 겸사한다.

"오하이오 주에 있는 우스터대학을 졸업하고 프린스턴대학원을 다녔습니다. 지금은 서울에 있는 보성전문대학 교수로 있습니다."

카빈이 감탄한다.

"조선에는 미국에서 공부한 청년들이 많다고 들었는데, 인재들이 이렇게 우수한지는 몰랐습니다. 사령관님은 과로한 업무로 참간 주무시고 계십니다. 환영 메시지는 본관이 고맙게 접수하여 사령관님께 올리겠습니다."

커피를 마시면서 카빈이 궁금한 점을 묻는다.

"몇 가지 물어봐도 되겠습니까? 지금 조선 사정은 어떻습니까? 무엇보다도 소련군이 어디까지 진출해 있는지요?"

여운홍이 속으로 생각한다. '아마 우리를 테스트할 모양이군. 그렇다면 솔직하게 말하기로 하자. 이 장군을 설복시키지 않고는 하지를 만날 수 없겠지.'

여운홍이 소상하게 알려 준다.

"소련군은 처음 나진, 청진 등에 상륙하였습니다. 그 후 남진을 계속하여 평양을 차지하고 지금쯤은 38도선 북쪽을 거의 점령했을 것입니다. 맥아더 사령관의 포고를 준수하기 위해서인지, 일단 38도선에서 정지했다고 합니다. 개성에는 들어오지 않고 있습니다.

만주나 북조선에서 피난 내려온 일본인들의 말에 의하면, 소련군들 얘기가 남쪽은 미군이 진주하기로 되어 있어 내려오지 않는다고 하더랍니다."

솔직한 대답에 카빈이 고마워한다. 중요한 정보인지, 카빈이 안심하는 표정이 역력하다. 소련 군대의 동태가 가장 염려스러웠던 모양이다.

카빈이 여운홍에 대해 신뢰가 갔는지, 어려운 질문을 던진다.

"서울을 중심으로 하여 조선인 공산주의자들의 활동이 활발하다고 하는데, 사실 그렇습니까? 또 백성들이 공산주의를 지지하고 있는지요?"

여운홍이 짐작을 해 본다. '미국인들은 공산주의를 아주 싫어하지. 기독교를 믿고 자유주의를 신봉하고 있기 때문에 무신론인 공산주의자들과 스탈린의 독재를 증오하고 있는 것이지.'

여운홍이 자기 생각을 섞어서 공산주의 움직임을 담백하게 전한다.

"서울에 조선공산당이 활동하고 있습니다. 전국에 걸쳐 조직적으로 행동하고 있는 것은 사실이지요. 그러나 내분이 끊이지 않고 있습니다. 지금은 박헌영이 당수를 맡고 있는데, 통솔이 잘 안 됩니다. 아직 그렇게 큰 힘을 발휘하고 있지는 못한 것으로 판단됩니다.

이것은 제 생각입니다만, 조선에서 공산당의 장래는 그리 밝지는 못합니다. 왜냐하면 조선은 유교주의에 기초하여 조상 숭배가 매우 강한 나라입니다. 또한 최근에는 유럽이나 미국으로부터 기독교가 들어와 광범위하게 전파되고 있기 때문입니다."

카빈 장군이 고개를 끄덕이며 만족해한다.

"아, 그렇습니까? 프로페서 여, 어떻습니까? 조선 공산당 배후에는 소련영사관의 지원이 있지 않은가요?"

여운홍이 회심의 미소를 짓는다. 여운홍의 수준 높은 영어가 빛을 발한다.

"어떻게 조선 사정에 그리 밝으십니까? 장군의 말씀이 맞습니다.

지금 서울에서는 정동에 있는 소련 영사관이 맹렬하게 활동하고 있습니다. 조선 공산주의자들을 적극 지원하고 있는데, 적지 않은 활동자금까지 대 준다는 루머가 퍼져 있습니다.

조선공산당 당수라고 하는 박헌영은 공산당 활동 경륜이 짧은 애송이입니다. 반대파들의 주장에 의하면 당수 자격이 되지 않는다고 합니다. 그런데 소련 영사관 주인이며 크레믈린 비밀경찰 책임자로 나와 있다는 샤브신 영사가 박헌영이를 밀어주어 당수가 되었다고들 합니다. 조선이 공산주의 국가가 되면 박헌영이 수상이 된다고 떠들어댑니다. 그러나 조선 백성들은 그 선전을 곧이듣지 않고들 있지요.

공산주의자들은 처음에 큰소리치기를, 소련 레드아미(Red Army ; 적군赤軍)가 부산까지 내려가 조선을 전부 점령한다고 선전했습니다. 그러나 며칠 못 가서 거짓이라는 것이 들통 나고 말았지요. 미군이 진주한다는 사실이 확실해지자, 공산주의자들의 신용이 폭락하고 말았습니다. 이렇게 미군이 조선에 진주하고 있지 않습니까?

카빈 장군, 우리는 미군을 환영합니다. 조선 인민들은 미국을 좋아하고 미국의 역사와 문화를 존경합니다. 그래서 우리가 대표로 이렇게 환영을 나온 것입니다. 우리 조선인들의 진심을 믿어 주십시오."

카빈이 고마워서 쌩큐를 연발한다. 카빈이 정색을 하며 말한다.

"미국인들은 조선에 대해 잘 모릅니다. 단지 역사와 전통이 깊다는 것만 알고 있지요. 조선 사정을 소상히 얘기해 주니 많은 도움이 됩니다. 내가 하나만 더 물어보겠는데, 솔직히 답변해 주십시오.

건국준비위원회 대표라고 했는데, 조선건국준비위원회는 어떤 단체입니까?"

예민한 문제이다. 이번에는 백상규가 나선다. 역시 영어에 능통하다.

"일제가 패망하고 나서 조선인들이 자발적으로 조직한 단체입니다. 글자 그대로 조선의 건국정부 수립을 준비하는 모임입니다. 조선총독부와 협의하여 치안권을 위임받아서 해방 직후의 혼란한 사회질서를 바로잡고 민생을 안정시키는 데 노력하고 있습니다."

카빈이 지적한다.

"총독부와 협의하고 그들의 협조를 받는다고 한다면 친일 단체라는 말입니까?"

백상규가 당황한다.

"절대 그렇지 않습니다. 조선 사회에서 일부 인사들이 그 같은 비방을 하고 있습니다만, 전혀 낭설입니다. 다만 일본 민간인에 대해 조선인들이 보복을 하지 않도록 지도하고는 있습니다.

조선 건국준비위원회는 거의 전부가 독립지사들로 구성되어 있습니다. 여운형 위원장이 일제 말 조직한 독립 투쟁 비밀 결사체 독립동맹이 위원회의 토대가 되었다고 할 수 있지요."

그러자 카빈이 문제를 제기한다.

"조선건국준비위원회에는 공산주의자들이 많다고 하는데, 공산당과의 관계는 어떤가요?"

백상규가 진땀을 흘린다.

"일부 공산주의운동가들이 위원회에 들어와 활동하고 있기는 합니다. 그런데 이들이 왜정시대 독립 투쟁을 하면서 여운형 위원장과 가깝게 지낸 인연으로 같이 활동하고 있는 것뿐입니다.

공산당과는 관계가 없습니다. 자랑 같습니다만, 우리 건국준비위원회는 조선공산당과는 비교가 될 수 없을 정도로 조선 민중의 열렬한 지지를 받고 있습니다. 전국 시, 군, 읍면에 140여 개의 지부도 결성되어 있는데, 모두 자발적으로 건국을 위해 대중이 참여하고 있습니다."

카빈이 고개를 갸웃거린다. 무엇인가 이해가 안 가는 표정이 역력하다. 카빈이 이력서를 보면서 말한다.

"백 선생 말대로라면 이번에 왜 공산당과 연합했습니까? 여운형 위원장이 박헌영과 함께 만들었다는 조선인민공화국은 무엇입니까? 사실대로 말해 주시오."

백상규와 여운홍이 화들짝 놀란다.

"아니, 무슨 얘깁니까? 인민공화국이라니요?"

카빈이 더욱 의심한다.

"조선인민공화국을 모른단 말입니까? 엊그제 9월 6일 여운형과 박헌영이 합작해서 선포했는데요. 정말 모른다고 하시겠습니까?"

백상규가 어이없어서 말을 못 하자 여운홍이 순발력 높게 응대한다.

"카빈 장군, 뭔가 오해가 빚어진 것 같군요.

조금도 거짓 없이 말씀드리건대 우리는 조선인민공화국을 알지 못합니다. 카빈 장군의 정보에 의하면 9월 6일 서울에서 조선인민공화국이 발표되었다는 것이군요."

여운홍이 곤혹스런 표정을 지면서 계속한다.

"카빈 장군께 사실대로 말씀드리겠습니다. 우리는 9월 4일 서울을 떠났습니다. 귀 미군이 당초 9월 6일 인천에 입항하는 것으로 알았습니다. 태풍으로 이렇게 지연되지 않았습니까? 그래서 우리는 인천 앞바다 배 속에서 오늘까지 기다리고 있었습니다.

카빈 장군 말씀이 정말이라고 한다면, 이는 필시 공산주의자들이 조선건국준비위원회를 이용하거나 명의를 도용하는 것입니다. 장군께서 인천에 상륙하고 서울에 진주하시면 즉시 밝혀질 일이 아니오이까? 장군, 우리의 진심입니다. 믿어 주십시오."

카빈이 단언한다.

"좋소이다. 나는 프로페서 여를 믿겠습니다. 공산주의자들의 농간으로 알겠소이다. 대표 여러분들의 노고를 감사하게 생각합니다. 편히 쉬다가, 우리 미군과 함께 서울로 돌아갑시다.

나는 업무 관계로 나가겠으니, 이 함선 안에서 자유롭게 구경하세요."

참모장 카빈 준장은 부관에게 안내를 지시하고 밖으로 나갔다. 여운홍, 백상규, 조한용 세 사람은 절반의 성공으로 자위하며 미군 사령선을 둘러보기 시작하였다.

9월 8일 인천항으로 진입한 미군은 마침내 오후 1시부터 상륙을 개시하였다. 미군 전투기들이 편대를 이루고 요란한 폭음을 내며 인천 상공을 선회하기 시작한다. 인천항과 시내를 정찰하고 하늘에서 힘을 과시하며 상륙군을 엄호하고 있다. 인천 외항에 떠 있는 항공모함에서 발진한 탑재기들이다.

미 군함 수송선의 문이 열리면서 수십 척의 상륙용 주정(舟艇)들을 쏟아 낸다. 소형 배 안에는 완전무장한 미 제7사단 장병들이 가득하다. 소형 주정들은 파도를 헤치고 흰 물거품을 선미에 쏟아 내며 인천 연안 부두를 향해 질주한다. 줄지어 인천 내항으로 직진해 들어온다. 상륙용 주정들이 객선 부두에 설치되어 있는 잔교(棧橋)에 도달하자, 미군들이 드디어 땅을 밟고 인천으로 올라선다.

철모에 소총을 든 상륙 전투병들이 연안 부두 광장을 장악한다. 상기된 얼굴에 경계의 눈초리가 번득인다. 상의 군복 소매를 걷었지만 삼복 한낮 무더위에 땀을 뻘뻘 흘린다. 해풍에 그을려 얼굴은 구리 빛이다.

이날 인천 시가는 축제 분위기에 들떴다. 새벽부터 인천 앞바다에 엄청난 미국 군함들이 집결하기 시작하고, 뒤이어 낮에 미군이 상륙한다는 소문이 퍼져 나갔다. 바다가 보이는 야산이나 언덕에는 일찍부터 구경꾼들로 뒤덮이기 시작했다. 연안 부두가 내려다보이는 높은 건물에는 미군의 상륙을 구경하려는 시민들로 가득하다.

연안 부두 광장 입구에는 붉은 영어 글씨로, 〈웰컴 유나이티드 스테이츠 아미(Welcom United States Army)〉라는 환영 플래카드가 나부낀다. 미국 성조기와 태극기의 물결이 뒤덮은 연안 부두에는 미군을 환영하려고 몰려든 인파로 들끓는다. 성조기를 흔들고 플래카드를 앞세운 환영 인파들은 미군에게 조금이라도 가까이 가려고 움직인다.

그런데 일본 경찰대가 완전무장하고 착검한 채 환영 인파들을 제지하며 시민들의 접근을 막고 있다. 일본군 조선관구사령부가 미군에게 악의적으로 상륙 부두에서 조선인들의 폭동 위험성이 있다고 허위 보고를 함으로써, 모든 환영 행사를 금지하라는 하지 사령관의 지시가 있었기 때문이었다.

그때 갑자기 일본 경찰 쪽에서 총성이 터졌다. 뒤이어 십여 발의 총소리가 계속된다. 환영 인파 대열의 맨 선두에 서 있던 젊은이 두 명이 피를 흘리며 쓰러진다. 조선노조 인천중앙위원장 권평근(權平根 ; 47세)이 가슴과 배에서 피를 뿜으며 땅바닥에 뒹군다. 보안대원 이석우(李錫雨 ; 26세)도 등과 허리 두 곳에 총탄을 맞고 쓰러진다. 두 사람은 그 자리에서 숨졌다.

놀란 환영 인파가 뿔뿔이 흩어진다. 일본 경찰대 앞에는 10여 명의 사상자가 쓰러져 있다. 환영 나온 시민들이 버리고 간 태극기와 성조기, 그리고 피켓 등이 어지럽게 흩어져 있다. 악의에 찬 왜경들이 환영인파를 시기하고, 또 미군과 조선인의 사이를 이간질하기 위해 고의적으로 발포한 것이었다. 전쟁에 패망하고 무조건 항복한 일본 경찰이 미군에 아첨하려고 상륙의 안전을 위한다는 구실 아래 조선인들을 살상한 불법 발포였다.

연안 부두 광장을 점령하고 집결을 완료한 미 상륙군 선봉 부대는 무장한 보병을 거느리고 장갑차를 앞세워 인천 시내로 진군하기 시작한다. 혹시 있을지도 모를 시가전을 경계한다. 연안 부두를 나와 하인천을 벗어난 미군들은 동인천을 향해 진군을 계속하여 경기도청을 장악했다. 일부 병력은 서울의 관문인 경인가도에 바리케이드를 치기 시작했다.

이날 저녁 나절까지 미군은 인천을 점령하였다. 밤이 되자 인천 일원에는 조선미군 사령관의 명령으로 밤 8시부터 다음날 새벽 5시까지 통행금지령이 포고되었다.

그날 밤 인천 앞바다에 정박해 있는 군함사령부에서 하지 사령관은 안도의 한숨을 내쉬었다. 조선의 관문인 인천을 무사히 점령했기 때문이다. 애당초 미군은 조선에 있는 일본군 패잔병의 저항을 두려워했다.

그래서 해리스 준장이 이끄는 선발대를 김포공항을 통해 서울로 파견하여 총독부 및 일본군의 현황을 파악하면서 그들과 협의하고 그들을 설득하였다. 미군이 상륙할 9월 8일 12시 이전에 인천 내의 일본군은 인천 교외로 이전하고, 서울 주둔 일본군은 9일 낮 12시까지 용산 기지에서 한강 이남으로 철수할 것을 요청했다. 일본군사령부도 대전 이남으로 옮기도록 압력을 가했다.

선발 부대장 해리스는 일본 측의 분위기를 살피면서 공도 많이 들였다. 일본도 총독부 영어 통역관 오다야스마(小田安馬)를 시켜 해리스에게 조선인을 악평하고, 특히 조선인 공산당의 폭동 음모를 과대 선전하면서 농간을 부렸다. 일본 측은 의외의 성과를 얻기도 했다.

일본 측의 순종과 호의에 감동한 해리스는 9월 7일 총독부 정무총감 엔도와 회담한 자리에서 아래와 같이 언약했다.

"미군은 남조선에서 군정을 시행함에 있어서 현재 관청에서 집무 중인 일본인 관리와 시설 들을 그대로 계속 사용하고자 한다. 또한 조선을 현재와 같이 일본인 총독 총감의 관할하에 두고 미군 사령관은 행정의 관리, 감독만을 하려고 생각한다."

이러한 해리스의 언급은 총독부 요인과 일본군 지휘부를 고무시켰다. 비록 단시간에 끝난 해프닝이었지만, 일본인들의 조선에 대한 미련을 다시 불러일으키기도 했다.

그러나 미군은 조선 사회의 동정이나 조선인들의 민심에 소홀할 수가 없었다. 더욱이 소련 대군이 이미 38도선 이북을 점령하고, 호시탐탐 남하를 엿보고 있는 절박한 상황이다. 만일 조선인들이 공산주의를 지지하기라도 하는 경우에는 남조선에서 미 군정이 오래 유지될 수 없게 될 것이다. 또한 예정된 신탁통치 기간이라 하더라도 대다수 조선 인민이 소련을 선호하게 된다면 미국의 국익에 크게 불리할 수밖에 없게 된다.

이러한 문제점을 고려하여, 지난 9월 2일 하지 사령관은 아래와 같이 조선 인민에게 호소하는 전단을 서울과 부산, 인천 등지에 살포했다.

미군 상륙에 제한 미군 사령관의 포고 1

남조선 민중 각위에게 고함 (1945. 9. 2.)

미군은 근일 중에 귀국에 상륙하게 되었다. 당군은 동경에서 금일 일본군이 항복문서에 조인을 하게 되었으므로 여기에 의해 미군은 연합군 대표로서 상륙하는 것으로 그 목적은 귀국을 민주주의 제도 하에 있게 하고 국민의 질서 유지를 도모하는 데 있다.

국가 조직의 개선은 일조일석에 이루어지는 것이 아니며 안녕질서에는 큰 혼란과 유혈이 따르지 않게 하지 않으면 안 된다. 어떠한 개혁도 서서히 진행되어야 한다.

여러분도 장래의 국가 건설을 위해 또 민주주의적 생활의 유지를 위해 최대한의 노력을 하지 않으면 안 되는 것이다. 미군은 이상의 목적을 조속히 수행하기 위해 조선 민중에 대하여 다음 여러 가지 점에 대해 절실한 원조와 협력을 요망하는 바이다.

기(記)

민중에 대한 포고 및 제명령은 현존하는 여러 관청을 통해 공포된다. 연합군 총사령관으로부터의 명령은 여러분을 원조하는 것을 본의로 하기 때문에 여러분은 이것을 엄숙하게 지키고 실천해 주기 바란다. 불행하게도 위반하는 일이 있으면 처벌된다. 각자는 보통 때와 같이 생업에 전념해 주기 바란다. 이기주의로 날뛴다든가 혹은 일본인 및 미 상륙군에 대한 반란 행위, 재산 및 기설기관의 파괴 등의 경거망동을 하는 행동은 피할 것이며, 평화를 지키고 평상시와 변함없는 생활을 하는 것이 국토 건설

을 순조롭게 하고 일상생활의 향상을 꾀하는 소이로 할 것이다.
여러분의 생활에 부자유를 가져오게 하는 명령은 극력 피하기
로 한다. 여러분의 충심으로 우러나는 협력을 절망하는 바이다.

1945년 9월 2일
재조선 미군사령관 육군 중장 존 알 하지

1945년 9월 9일, 미군이 서울에 진주하는 날이다. 이날은 마침 일요일, 해방 후 다섯 번째 맞이하는 휴일이다. 전형적인 초가을 날씨로, 서울의 하늘은 푸르고 맑다. 푸르른 가로수 사이로 태극기가 휘날리고, 거리에는 성조기, 유니언잭, 소련기, 중국기 등 4대 연합국들의 깃발이 펄럭이고 있다.

인천에서 하룻밤을 보낸 미군은 아침 8시, 일부는 열차로, 일부 병력은 2백여 대의 군 트럭에 분승하여 서울로 향했다. 한강을 건너 대오를 정비한 미군은 장갑차를 앞세우고 서울역을 거쳐 남대문을 지나 광화문통으로 들어섰다. 무장한 보병들이 도로 좌우로 길게 열을 지어 행군해 온다. 하지 사령관과 제7함대 사령관 킨케이드 제독과 제7사단장 아놀드 소장과, 그리고 고급장교들은 지프를 타고 들어온다. 각종 차량과 기계화부대가 그 뒤를 따라 진입한다.

길고도 긴 미군 장병의 행렬이 서울역에서 광화문을 지나 총독부로 이어져 연달아 움직인다. 규율이 엄정하고 질서가 정연하여 흐트러짐이 없다. 군인들의 얼굴은 승리자로서의 교만이 아니라 예의와 겸손이 넘친다. 장병이 행군해 가는 거리와 그 주위는 일체의 움직임이 정지된 듯이 느껴지고 오직 군화 소리만이 조용하게 들린다.

거리에는 환영 인파가 범람해 있다. 각종 피켓과 플래카드와 성조기 태극기를 흔드는 대중들이 도로 가를 메우고 있다. 곳곳에는 학생들의 주악대도 보인다. 미군이 행진해 갈 때마다 박수와 환호성이 터진다. 지프와 차량에 탄 장병들이 자주 군중을 향해 손을 흔들어 답례하는 모습도 보인다.

이날의 미군 환영 행사에는 여러 단체에서 시민을 동원하고 성조기와 태극기를 나눠 주는 등 노력을 기울였다. 조선건국준비위원회와 민족진영 지도자들이 주도하는 연합군환영준비위원회의 역할이 큰 힘을 발휘했다. 특히 인천에서의 불상사를 거울삼아 열렬하면서도 질서 있게 환영할 것을 당부했던 것이다.

광화문을 지난 미군은 주력 부대가 조선총독부로 직행하여 점령하고, 총독부 광장에 주둔 부대 캠프를 차렸다. 다른 부대는 정해진 진주 계획에 따라 흩어져 갔다. 이날 정오가 지나자 미군의 서울 진주가 무사히 종료되었다.

(4)

1945년 9월 9일, 연합국에 대한 일본의 항복 조인식이 서울에서 거행되었다. 하지 사령관 휘하의 미군이 서울을 점령한 바로 그날이다. 오후 4시, 조선총독부 제1회의실에서 시작되었다.

미군들과, 그리고 미국, 유럽, 중국, 조선 등 세계 각지에서 온 기자들이 조인식장을 가득 메웠다. 4시 8분이 되자, 사회자 무어 중령이 개회를 선언한다.

"지금부터 연합국과 일본 측의 종전 협정에 따라 조선 북위 38도선이남의 일본군과 조선총독부의 항복문서 조인식을 거행하겠습니다.

먼저 일본 측 대표의 입장이 있겠습니다."

미군 장교의 지시에 따라 일본 측 대표들이 입장한다. 조선총독부 아베 총독, 조선군관구사령관 죠츠키 육군 중장, 진해경비사령관 야마구치 해군 중장이 차례대로 들어온다. 일본 측 대표 세 사람은 회의실 중앙에 마련된 테이블 앞에 나란히 섰다. 테이블 맞은편 뒷좌석 의자에는 연합국 측 대표 장교단 13명이 착석해 있다. 무어 중령의 지시가 있자 아베 총독을 중심으로 3인이 자리에 앉는다.

무어 중령이 다시 입을 연다.

"다음은 연합국 측 대표와 미국 측의 대표께서 입장하시겠습니다. 모두 자리에서 일어나 주십시오."

하지 사령관과 킨케이드 해군 제독이 막료 장군들을 거느리고 미 헌병의 호위를 받으며 장중하게 들어온다. 테이블 앞 좌석 중앙에 하지 사령관이 착석하고, 그 옆에 킨케이드 제독이 자리한다. 그러자 미군 제7사단장 아놀드 소장, 사령부 참모장 카빈 준장, 미 제10군 대공포대장 해리스 준장 등 참모들이 옆자리에 앉는다.

일본 측 대표들은 모두 제복을 착용하고 있다. 하지 사령관 뒤 벽에는 조선 태극기와 미국 성조기가 교차해 걸려 있다.

순간 많은 기자들이 카메라를 들고 일제히 달려든다. 테이블을 중심으로 좌정한 대표들을 향하여 내외 보도진들의 플래시가 연속으로 터진다.

오늘 항복문서 조인식의 주인공 하지 장군이 앉은 채로 무겁게 입을 연다.

"태평양방면 미 육군총사령관이며 태평양방면 연합군최고사령관인 맥아더 장군을 대리하여, 내가 38도 이남의 조선 지역에서 일본군의 항복을 받고자 항복문서 조인을 시작하겠소이다."

하지 사령관의 선언이 있자, 부관 장교가 일본 대표들 앞 테이블 위에 3통의 문서를 내놓는다. 두 통은 영문으로, 한 통은 일본어로 작성된 것이다. 죠츠키가 손을 떨면서 항복문서 세 통에 차례로 서명했다. 이어서 야마구치와 아베가 서명을 마쳤다. 다음에는 미국 측 대표인 하지 사령관과 킨케이드 제독이 사인을 했다.

서명이 끝나자, 하지 사령관이 일어나 좌중을 돌아보며 말한다.

"일본의 항복은 앞으로 전 세계에 평화를 달성하는 데 크게 기여할 것입니다. 오늘의 이 항복문서 조인식은 일본의 무장 해제를 위한 하나의 단계입니다. 본관은 연합군 최고사령관의 일반명령 제1호를 충실하고 엄격하게 집행해 나갈 것입니다."

말을 마친 하지 사령관이 킨케이드 제독과 함께 조인식장을 떠난다. 그러자 일본 측 대표들도 뒤를 따라 나간다. 이렇게 하여 역사적인 일본의 조선총독부와 조선 주둔군 항복 조인식이 종료되었다. 시계가 4시 19분을 가리키고 있었다.

일본의 항복 조인식이 시작된 오후 4시에, 하지 사령관은 조선에서 일본 국기인 일장기(日章旗)의 게양을 금지하고 또 일장기 표지의 사용도 금하라고 명령하였다. 같은 날 오후 4시 30분에는 조선총독부 정문 앞에 걸려 있던 일장기가 끌어 내려졌다. 그리고 다시 미국의 성조기가 게양되었다. 이 식전에는 방금 항복 조인식을 마치고 나온 하지 사령관이 참석하고 있었다.

일장기 하강과 성조기 게양 광경을 매일신보(每日新報)가 이렇게 묘사하였다.

9일 총독부 앞뜰 한 구석에 서 있는 기자의 회중시계는 하오 4시 35분을 가리키었다. 아까부터 웅장하게 울려 오던 진주군 군악대의 취주가 끝나자 주둔군의 정렬도 끝났다.

뜰 한가운데 서 있는 국기 게양대를 입구(口) 자로 둘러싸고 엄숙한 공기가 떠돌았다.

이윽고 미국 장병 두 사람이 게양대 앞으로 나아가 지휘관의 호령아래 밧줄을 잡았다. 총독부 울 밖을 겹겹이 둘러싼 군중들의 박수 소리가 일제히 일어났다. 지금까지 펄럭이던 일장기가 소리 없이 내려 왔다. 36년 동안 우리들의 고혈을 착취하고 우리들의 자유와 의사를 압박하여 오던 제국주의의 간판은 여지없이 땅 위에 떨어진 것이다. 참으로 역사적 일순이었다.

이어서 다시 군악대의 취주로 미국국가가 장중하게 연주되기 시작했다. 전 장병은 거수의 경례를 하여 게양대를 우러러 보았다. 일장기 대신에 성조기가 푸른 하늘 아래 찬연히 휘날리며 올라갔다.

또 군중의 박수 소리가 일어났다. 장병들의 두 눈이 감격에 빛났다. 군악은 더욱 그치지 않고 북악산을 울리고 하늘 멀리 퍼져 나갔다. 우리들은 하루 빨리 저 깃대에 성조기 대신 우리들의 국기가 자유롭게 휘날릴 날이 실현되도록 힘을 합쳐야 될 것이라고 느끼었다.

7. 군정(軍政)의 실시

(1)

조선에 진주한 미군은 군정을 실시하면서 맥아더 사령관의 명의로 '조선 인민에게 고함'이라는 포고령 제1호, 제2호, 제3호를 공표하였다.

미국태평양방면 육군총사령부   포고 제1호

조선 인민에게 고함
미국 태평양방면 육군총사령관으로서 자에 다음과 같이 포고한다.
일본제국 정부의 연합국에 대한 무조건 항복은 여러 나라 군대 간에 오래 행해져 왔던 무력 투쟁을 끝나게 하였다. 일본 천황의 명령에 의하고 또 그를 대표하여 일본제국 정부의 일본 대본영이 조인한 항복문서의 조항에 의하여 본관의 지휘하에 있는 승리에 빛나는 군대는 금일 북위 38도 이남의 조선 영토를 점령했다.
조선 인민의 오랫동안의 노예 상태와 적당한 시기에 조선을 해

방 독립시키려는 연합국의 결심을 명심하고 조선인은 점령의 목적이 항복 문서를 이행하고 그 인간적 종교적 권리를 보호함에 있다는 것을 새로이 확신해야 한다. 따라서 조선 인민은 이 목적을 위하여 적극적으로 협력해야 한다.

본관은 본관에게 부여된 태평양방면 미군 사령관의 권한으로써 여기에 북위 38도 이남의 조선과 조선 주민에 대하여 군정을 펴고 다음과 같은 점령에 관한 조건을 포고한다.

제1조 북위 38도 이남의 조선 영토와 조선 주민에 대한 통치의 전 권한은 당분간 본관의 권한하에 시행된다.

제2조 정부, 공공단체 및 기타의 명예직원과 고용인, 또는 공익사업, 공중위생을 포함한 전공공사업 기관에 종사하는 유급 혹은 무급 직원과 고용인 또 기타 제반 중요한 사업에 종사하는 자는 별명이 있을 때까지 종래의 정상적인 기능과 업무를 실행하고 모든 기록과 재산을 보존 보호하여야 한다.

제3조 주민은 본관 및 본관의 권한하에서 발포한 명령에 즉각 복종하여야 한다. 점령군에 대한 모든 반항 행위 또는 공공안녕을 교란하는 행위를 감행하는 자에 대해서는 용서 없이 엄벌에 처할 것이다.

제4조 주민의 재산 소유권은 이를 존중한다. 주민은 본관의 별명이 있을 때까지 일상의 업무에 종사하라.

제5조 군정 기간에는 영어를 모든 목적에 사용하는 공용어로 한다. 영어 원문과 조선어 또는 일본어 원문의 해석 또는 정의가

불명하거나 부동할 때에는 영어 원문을 기본으로 한다.

제6조 이후 공포하게 되는 포고, 법령, 규약, 고시, 지시 및 조례
는 본관 또는 본관의 권한하에서 발포될 것이며 주민이 이행해
야 될 사항을 명기할 것이다.

1945년 9월 9일

미국태평양방면 육군총사령관 다글라스 맥아더

포고 제2호

범죄 또는 법규 위반에 관하여 조선 인민에게 고함

본관의 지휘하에 있는 군대의 안전과 점령 지역 내의 공공안녕
질서 안전의 유지를 도모하기 위하여 본관은 미국태평양방면 육
군총사령관으로서 다음과 같이 포고한다.

항복 문서 조항, 미국태평양방면 육군총사령관의 권한하에 발
포된 모든 포고, 명령, 지령에 위반하는 자, 혹은 미국이나 미
국 동맹국의 인민의 재산, 생명의 안전 또는 보존에 저촉되는
행위를 하는 자, 혹은 질서를 문란케 하거나 사법, 행정을 방해
하거나 고의로 연합군에 적의 있는 행위를 한 자는 군사점령법
정의 재판에 의하여 사형 혹은 그 법정이 결정하는 기타의 처벌
을 당한다.

1945년 9월 9일

미국태평양방면 육군총사령관 다글라스 맥아더

포고 제3호

통화에 관하여 조선 인민에게 고함

본관은 태평양방면 미육군 총사령관으로서 다음과 같이 포고함.

제1조 법화(法貨)

① 군사적 점령 부대에 의하여 발행된 'A'의 기호가 있는 보조군용(補助軍用)의 원(圓) 통화는 북위 38도 이남의 조선 내에서 모든 공사적(公私的) 원(圓) 부채 지불에 관한 법화이다.

② 군사 점령 부대에 의하여 발행된 'A'의 기호가 있는 보조군용 원 통화와 일본은행권 및 대만은행권을 제외한 북위 38도 이남의 조선 내에 현용법화(現用法貨)인 정규 원(圓) 통화는 차별 없이 액면대로 통용할 수 있다.

③ 북위 38도 이남의 조선 내에서는 위 이외의 여하한 통화도 법화가 아니다.

제2조….

1945년 9월 9일

미국태평양방면 육군총사령관 다글라스 맥아더

이 포고령은 미 군정 실시에서 중요한 네 가지 원칙을 천명하고 있다.

첫째는 미 점령군이 조선 통치의 전 권한을 장악하고 군정을 실시한다는 것이다. '당분간'이라는 단서를 붙이기는 했지만, 군정이 언제까지 계속될지는 아무도 모른다.

둘째는 공용어(公用語)로 영어를 사용한다는 사실이다. 조선 백성들이 사용하고 있는 조선어를 인정하고는 있으나, 공용어에서 제외되었다.

셋째는 모든 조선인은 군사 법정에서 재판을 받고 범법자는 군사 법정의 판결에 따라 처벌을 받는다는 것이다. 사형(死刑)을 분명하게 언급하고 있다.

넷째는 화폐는 현재 조선에서 통용되는 조선은행권(朝鮮銀行券)과 미국 군표(軍票 ; MPC)로 한다는 것이다. 경제 활동은 현실을 중시한다는 의미이다.

미 조선군사령관 하지 중장이 반갑게 맞이한다.

"어서들 오시오. 얼마나 노고가 많소? 자, 이리들 앉으시오."

9월 10일 아침이다. 사령관의 숙소인 반도호텔에서 티타임을 갖고 있다.

9월 8일 인천에 상륙하고, 9일에 일제 총독부와 왜군의 항복을 받았으며, 조선 인민들에게 미 군정의 포고령을 발포하였다. 눈코 뜰 새 없이 이틀이 지난 것이다. 다행히 항복하는 일본군의 저항이 없었으며 조선 백성들의 열렬한 환영이 있었기에, 비로소 한숨을 돌린다. 모닝커피 맛이 달콤하게 느껴진다.

하지 사령관을 중심으로 미군 핵심 간부들이 모여 있다. 어깨에 별들이 번쩍거린다. 아놀드 소장, 해리스 준장, 스튜어트 준장, 쉬이크 준장, 프레스코트 대령 등의 면면들이 보인다.

부관이 들어와 거수경례를 하며 보고한다.

"사령관 각하, 초청된 조선인 지도자 세 사람이 회의실에 도착하였습니다. 기다리고 있으라고 할까요?"

하지가 일어난다.

"아니야. 가 봐야지."

아놀드 소장을 쳐다보면서 말한다.

"장군, 오후에 조선인 지도자들과 회동이 예정되어 있지요?"

아놀드 소장이 대답한다.

"예, 그렇습니다. 오후 1시에 조선호텔에서 만나기로 준비되었습니다."

하지 사령관이 회의실로 향한다. 처음 대하는 조선인들이 기대되는지 걸음걸이가 경쾌하다. 회의실에 들어서니 세 사람의 조선인 대표들이 앉아 있다.

하지가 들어서자 모두 일어선다. 긴장하는 분위기다. 하지가 반갑게 악수를 나누면서 입을 연다.

"이렇게 나와 주시니 고맙습니다. 자, 맘 편히 가지시고 이리로 앉으시지요."

세 사람이 앉으면서 차례대로 하지에게 인사한다.

"연희대학 교수로 있는 정일형입니다."

"반갑습니다. 코리아타임스 발행인으로 있는 이묘묵입니다."

"최순주라고 합니다. 이렇게 불러 주셔서 감사합니다."

하지가 차를 들면서 이묘묵(李卯黙) 교수를 주목한다.

"미국 하버드대학에서 박사 학위를 받으셨다고요?"

이묘묵이 미소를 띠면서 대답한다.

"하버드에서 박사 과정을 끝내고, 닥터 학위는 보스턴대학교에서 받았습니다."

하지가 놀라워한다.

"시라큐스대학에서 교수를 지내며 미국 대학생들에게 역사학을 강의하셨다고요?"

이묘묵이 겸양한다.

"미국에 건너가기 전에, 제가 현재 교수로 재직하고 있는 연희대학교를 졸업하고 영명학교에서 교편을 잡은 일이 있었습니다. 그 후 도미하여 시라큐스대학원을 졸업하고 석사 학위를 받은 뒤에 하버드대학원에서 연구를 계속했습니다. 필로소피 닥터 학위를 받은 후 모교인 시라큐스대학에서 4년간 강의를 했습니다."

이묘묵 박사가 하지에게 뼈 있는 발언을 한다.

"저의 조국 조선이 일본군에게 짓밟히고 국권을 상실한 채 일제의 압박에 신음하고 있었기 때문에, 조국으로 돌아올 수가 없었습니다. 또한 미국에서 공부한 박사라고 하면 일제가 독립투사로 낙인찍어 감옥에 넣기 때문에 미국에 남아 있을 수밖에 없었지요. 그래서 모교인 시라큐스대학의 요청을 받아들여 미국 대학에서 강의를 했던 것입니다."

이묘묵 박사의 설명을 들은 하지가 다시 놀란다. 한 번 더 이묘묵 박사를 쳐다본다. 발음이 유창하면서 미국사회에서도 빠지지 않을 고급영어를 자유자재로 구사하고 있는 것이다. 역시 미국 명문대학교 교수를 지낸 인물이라 다른 모양이라고 느낀다.

하지가 이번에는 정일형(鄭一亨) 박사를 향한다.

"닥터 정은 드루대학을 나오시고 드루대학원에서 박사 학위를 받으셨군요. 고국으로 돌아와 모교인 연희대학교에서 교수로 제자들을 키우셨습니까?"

정일형 박사가 감사하다고 머리를 숙인다. 40대에 들어서는 훤칠한 장부이다. 잘생긴 용모와 빛나는 안광이 상대방에게 호감을 준다.

"닥터 정은 엊그제 우리 미군을 환영하기 위해 인천항에 나오셨었습니까? 그날, 상륙작전으로 일정이 혼란스러워 만나지 못했습니다. 미안합니다."

정일형 박사가 겸양한다.

"아닙니다. 오히려 사전 조율도 없이 찾아간 저희가 죄송하지요.

조선에 미군이 진주한다는 사실을 알게 된 후 조선 민족주의 진영에서는 연합군 환영 준비위원회를 결성했습니다. 환영회 대표로서, 저와 조병옥, 장택상 삼 인이 인천 부두에까지 나갔었지요. 사령관님을 뵙기 어렵다는 말을 듣고 메시지만 전달하고 돌아왔습니다."

하지가 말을 받는다.

"환영 메시지는 잘 받아보았습니다. 다시 한번 감사드립니다."

정 박사가 차분하게 자기 생각을 피력한다.

"우리들 조선 백성은 모두 한마음이 되어 미군을 환영합니다. 미국을 존경하고 좋아합니다. 위대한 미군이 태평양전쟁에서 불과 3년 만에 일본군을 괴멸시키고 조선을 해방시켜 주신 데 대해 진심으로 고맙게 생각합니다. 더욱이 조선 기독교사회는 미국인들과 함께 전능하신 여호와하나님의 은총에 감읍하고 있습니다."

정일형은 하지 사령관이 독실한 기독교 신자라는 사실을 사전에 알고 종교적 동지애를 과시하기 위해 여호와하나님을 거론한다. 가슴에 와 닿는지, 하지도 놀라는 표정이다.

하지가 묻는다.

"닥터 정이 방금 대표라고 거명한 민족주의진영은 무엇인가요? 어떤 조직체입니까?"

정일형이 기회라고 생각하여 소상하게 설명한다.

"일제에 대항하여 독립 투쟁을 해 온 조선인 사회는 둘로 갈라져 나왔습니다. 하나는 자유와 민주주의를 표방하는 진영입니다. 다른 하나는 공산주의자들의 조직입니다. 공산주의 진영과 분명하게 선을 긋기 위해서 자유민주주의를 표방하는 독립 투쟁 조직을 조선에서는 민족주의 진영이라고 불러옵니다.

조선인들은 공산주의를 좋아하지 않습니다. 물론 소련 공산당도 조선 독립을 지원해 주고 있기는 합니다. 또한 공산주의자들도 왜적에 항쟁하며 독립투쟁을 해 온 것은 사실입니다. 그러나 공산주의는 조국과 민족을 부인하고 있어요. 소련 공산당은 스탈린의 독재하에서 민주주의를 폐기하고 자유를 억압하고 있습니다.

조선 공산주의자들은 조선 민족의 독립과 자유보다 공산주의 실현을 더 중요한 목표로 삼고 있지요. 우리들 민족주의 진영에서는 이러한 이유로 공산주의자들을 비판하면서, 건국 노선을 달리하고 있는 것이지요."

정일형이 계속해서 자기의 진심을 밝힌다.

"사령관님, 우리들 민족진영에서는 소련 붉은 군대가 아니라 민주주의 사도이며 정의의 십자군인 미군이 조선에 진주하게 된 것을 참으로 감사하게 생각하고 있습니다. 비록 38도선 이남이지만, 그래도 미군이 조선에 있는 한, 조선 민족의 장래는 희망에 가득 차 있습니다. 이 모두가 여호와하나님의 역사이심을 뼈저리게 느낍니다."

하지가 감동하여 가슴을 연다.

"아버지가 선교사로 조선 기독교의 토대를 닦아 놓았다는 언더우드 대령이나, 닥터 이가 교사로 있었다는 영명학교 출신인 윌리엄즈 중령을 통하여 조선에 인재가 많다는 말을 들었습니다. 그런데 마주 앉아 대화를 나누고 보니, 훌륭한 지식인들이 정말 많군요. 이렇게 우수한 문화와 인재를 갖고 있는 조선이 어찌하여 왜적에게 굴복하고 식민지로 전락했는지 이해가 안 갈 정도이군요."

하지가 커피를 마신 후 의아한 점에 대해 질문한다.

"내가 한 가지 물어보겠습니다. 독립지사라는 여운형과 공산당 박헌영이 인민공화국을 만들어 정부를 수립했다고 선전하며 민심을 동요시킨다고 하는데, 이 인민공화국은 어찌된 일입니까?"

최순주가 이묘묵을 쳐다본다. 발군의 미국말로 하지를 잘 이해시키라는 눈짓이다.

이 박사가 핵심을 짚어 간명하게 설명한다.

"조선인민공화국은 조선 공산당의 사기 행각입니다. 대표성 없이 조선 민족의 총의를 도용한 허구입니다. 인민공화국은 조선에 진주한 미군을 희롱하는 어리석은 행위일 뿐만 아니라, 조선 백성들을 속이는 못난 짓입니다. 소련 공산군이 들어올 것을 기대하다가 무산되고 미군이 진주하니까 지레 겁을 먹어 일부 공산주의자들이 저지른 망발입니다.

우리 민족진영에서 보기에는 조선공산당과 박헌영이 여운형 및 건국준비위원회를 이용하고 있는 것으로 생각됩니다. 이미 민족진영에서는 지난 9월 8일, 인민공화국의 민족 반역 행위에 대해 타도 성명을 발표하고 국민에게 널리 알렸습니다."

갑자기 하지의 얼굴이 밝아진다.

"아, 그렇습니까? 그 타도 성명이 어디 있나요?"

이묘묵이 기다렸다는 듯이 말을 받는다.

"서울 시내에 전단도 뿌렸습니다만, 제가 발행하는 코리아타임스 어제 호에 영문으로 게재했습니다. 사령관님께 즉시 보내드리겠습니다."

하지가 정 박사를 쳐다본다.

"닥터 정, 나에게 꼭 하고 싶은 의견이 있으면 말해 보시오."

정일형이 미소를 지면서 입을 연다.

"이렇게 세심하게 배려해 주시니 감사합니다. 업무 폭주로 시달리고 계실 것으로 사료되어 한 가지만 말씀드리겠습니다.

선발대를 인솔했던 해리스 장군이 일본 관료들을 그대로 활용하여 쓰고, 총독부 기구도 사용할 것이며, 미군은 일본인들을 감시하는 수준으로 군정을 해 나아가겠다고 보도되었습니다. 만약 이것이 사실이라면 큰 잘못입니다.

이것은 미국의 불행입니다. 조선 민족은 목숨을 걸고 반대합니다. 여호와하나님께 기도하고 맹세하건대, 조선 백성들과 기독교 사회는 죽음으로 반대에 나설 것입니다."

정일형이 쐐기를 박는다.

"사령관 각하, 생각해 보십시오. 간단한 이치가 아닙니까?

지금 북조선에 진주한 소련군은 왜적을 소탕하고 체포했습니다. 조선인들에게 행정과 치안을 넘겨주고 소련 군정은 뒤에서 감시 감독을 하고 있을 뿐입니다.

그런데 남조선에 온 미군이 왜적 편을 든다면, 그래서 조선민족을 억압하는 식민통치를 계속한다면, 조선 인민은 누구를 지지하고 따르겠습니까? 두말할 필요도 없이 소련군을 지지하고 공산주의로 넘어갈 것입니다."

하지가 충격을 받는다. 당연한 논리이기 때문이다.

갑자기 하지가 단언한다.

"감명 깊은 제안입니다. 그 같은 우매한 정책은 있을 수 없습니다. 만일 일부 장교들이 검토해 왔다고 한다면, 즉시 시정하도록 명령하겠습니다. 걱정하지 마십시오."

대단한 성과이다. 첫 회동에서 이룩한 엄청난 결과가 아닐 수 없다.

이묘묵, 정일형, 최순주 셋이 감격하여 눈물을 글썽인다.

그날 오후 1시, 조선호텔에서는 아놀드 소장 주재하에 조선인 유지 초청 간담회가 열렸다. 이 자리에는 기라성 같은 선각적 지식인들이 50여 명이나 모였다. 독립 투쟁의 일환으로 생각하고 미국, 유럽 등지에 건너가 목숨을 걸고 학술을 연마한 민족지사들이다.

미국 최고의 명문인 하버드대학 철학박사 하경덕(河敬德), 예일대학에서 노동문제를 전공한 이대위(李大偉), 미국 과학기술계의 톱클래스인 매사추세츠주립공대(MIT) 박사인 오정수(吳禎洙), 콜럼비아대학에서 경제학을 전공하고 박사 학위를 취득한 조병옥, 세브란스의전(醫專)을 졸업하고 의사가 된 후 다시 도미하여 시카고 노스웨스턴 의과대학에서 박사 학위를 받은 이용설(李容卨), 일본 최고의 동경대학 농학과를 수료한 후 도미하여 캔자스주립대학에서 농학을 전공하고 박사 학위를 받은 이훈구(李勳求) 등등이다.

차를 마시면서 간담회가 진행되었다. 조선 지식인들과 대화를 나누면서, 미군 장교들의 조선관(朝鮮觀)이 단번에 바뀌었다. 특히 조선에 미군 선발대를 이끌고 들어온 해리스 장군은 일본 지도층에 비하여 식견이 높고 미국 문화에 통달한 일단의 조선인들을 접하면서, 미국의 군정 가능성에 대하여 또 다른 자신감을 갖기 시작했다. 일제 총독부의 기존 조직을 그대로 활용할 수밖에 없을 것으로 생각했던 군정 정책을 근본적으로 바꾸지 않으면 안 된다고 확신하기에 이르렀다.

아놀드 장군이 놀라움을 금치 못하면서 물었다.

"거의 40년 가까이 일본의 식민통치에서 신음하고 지낸 조선에 어떻게 이처럼 뛰어난 인재들이 성장할 수 있었습니까? 특히 미국의 전통이나 문화를 미국인들보다 더 잘 알고 있으니 놀랍습니다. 그 이유가 무엇입니까?"

세브란스 의과대학 교수로 있는 이용설이 일어난다. 이제 막 50대에 들어서는 장년에 인술(仁術)이 몸에 배어 중생을 제도하는 인간미가 넘쳐흐른다. 어려서 독립정신에 빛나는 숭실중학을 졸업하고 세브란스를 나와 의사가 된 조선의 젊은이, 평생 도산 안창호(安昌浩) 민족지도자를 흠모해 흥사단에 가입하고 독립투쟁에 몸을 담은 청년 지사, 다시 미국에 건너가 의학을 공부하고 박사가 돼 귀국하여 세브란스 의전에서 교수로 조선의 인재들을 키운 스승, 수양동우회 사건으로 왜적에게 체포되어 옥고를 치른 항일(抗日)의 의인(義人)이다. 독실한 기독교인으로 질소검박(質素儉朴)하고 근면절약하며 평생을 애국애족의 큰 뜻 아래 살아온 이용설이 일어났다.

"아놀드 장군, 그렇게 조선 사람들을 칭찬해 주시니 고맙소이다. 여기에 모인 일부 식자층이나 지금도 미국에서 선진 문물을 배우고 있는 조선인들은 항상 미국을 존경하고 감사하게 생각합니다. 미국 역사와 미국 사회와 미국 문화가 우리들을 키워 주고 가르쳐 주었기에 오늘의 우리들이 성장할 수 있었다고 믿습니다.

장군, 조선사회는 두 가지 덕목을 중시해 왔습니다. 하나는 하나님과 나라에 대한 숭배입니다. 바로 충성 충(忠) 자로 상징되지요. 다른 하나는 조상과 부모에 대한 효도입니다. 효도 효(孝) 자로 상징되지요. 조선인들은 충효(忠孝)를 제일 귀하게 생각합니다.

충효는 교육을 통하여 후손에게 대대로 전해집니다. 그러므로 조선사회에서는 교육이 중요시됩니다. 자식을 훌륭하게 교육시키는 것이 바로 충효의 실천이기 때문입니다. 명망 높은 스승과 현대적인 기술과 시대를 앞서가는 문명이 미국에 있기 때문에 우리들이 목숨을 걸고 미국으로 가서 배웠던 것입니다. 미국이 인류 문명을 선도하는 한, 우리 조선인들은 앞으로도 후손들을 미국에 보내 교육을 시킬 것입니다."

이용설 닥터의 심금(心琴) 토로에 장내가 숙연하다. 조선을 점령한 미군 제7보병전투사단 사단장, 미 조선군 민정관, 미 조선군 헌병대장 등 미 조선군 최고 지휘관들이 미국사회 명문 의대에서 의술을 연구하고 박사 학위를 취득한 후 조국에 돌아와 인술을 펴서 중생을 구제 하는 독실한 기독교 의인의 말에 귀를 기울이고 있는 것이다.

이용설이 한마디 더 한다.

"장군, 한 가지 부탁이 있소이다. 말씀드려도 괜찮겠소이까? "

아놀드가 정신이 번쩍 든다.

"좋습니다. 내가 할 수 있는 일이라면 꼭 들어 드리겠습니다. 무엇이든지 얘기하시오."

"일제가 패망하고 항복한 지 벌써 한 달이 가까워 오고 있습니다. 그동안 전국에 있는 학교가 문을 닫았습니다. 대학을 비롯하여 중학교, 소학교까지 일률적으로 휴교 조치를 하고 있습니다.

조선이 독립하여 정부가 수립되든 연합국 군정이 실시되든, 어린 학생들은 배움을 계속해야 되지 않겠습니까? 이것이 인류의 장래를 밝혀 주시는 하나님의 뜻이 아니겠습니까? 일부 만이라도 개교해 주시기 바랍니다."

아놀드가 펜을 꺼내어 수첩에 메모한다.

"훌륭한 제안입니다. 조선 민족 지도자들과 상의하여 지체없이 개교하도록 조치하겠습니다. 학교 운영에 별다른 지장이 없다면 최소한도 소학교나 중학교만이라도 빠른 시일 내에 문을 열도록 하겠습니다."

간담회는 유익한 의견 교환을 계속하였다.

9월 11일, 하지 사령관이 정식으로 조선인 앞에 모습을 드러냈다. 총독부 청사 2층 회의실에서 공식 기자회견이 열렸다. 회견장에는 내외신 기자 50여 명이 기다리고 있었다.

하지 사령관이 미군 7사단장 아놀드 소장과 수행 부관 헤이워드 중령을 대동하고 회견장으로 들어왔다. 헤드테이블에 좌정한 하지가 좌중을 둘러본다. 앞자리에 매일신보의 김영상, 이정순 기자, 중앙방송의 문제안 기자, 코리아타임즈의 이묘묵 주간, 하경덕 기자 등등 조선인 기자들이 앉아 있다.

하지가 이묘묵을 확인한 후 좌중을 향해 입을 연다.

"반갑습니다. 미 조선군 사령관 하지입니다.

공식적인 기자회견을 통하여 조선인들에게 조선 주둔 미군의 시정방침을 알리게 되었습니다. 또한 기자들을 통하여 조선인들이 궁금하게 생각하는 바를 듣고 그에 대해서도 답변해 드리겠습니다.

한 가지 제안이 있소이다. 내가 통역을 데려오기는 했지만, 조선 사정이나 조선말에 밝지를 못합니다. 그래서 말인데, 어떻습니까? 저기 기자로 참석하신 이묘묵 박사가 미국말에도 능통하니, 기자 겸 통역을 맡아 주시면 좋을 듯합니다."

참석 기자들이 박수를 치며 환호한다.

"좋습니다. 찬성입니다. 이묘묵 교수가 통역을 해주면 안성맞춤이겠지요. 그렇게 하십시다. 이 박사, 수락하시오."

이묘묵이 만면에 웃음을 머금고 일어나 손을 흔들면서 앞으로 나가 하지 옆에 선다.

하지가 옆자리 의자를 권하며 농담을 던진다.

"닥터 이, 이리 앉으시오. 통역을 잘하려면 내 옆에 붙어 앉아야 될 것 아니오?"

통역이 정해지자, 하지 사령관이 먼저 기자회견 서두의 인사말과 군정의 기본 방침을 발표한다.

"내가 조선에 들어온 이래 조선 인민과 만나기를 고대하였는데, 일이 잘 진행되어 이처럼 빨리 만나게 되었으니 기쁩니다. 조선 인민 대표로 나오신 기자 여러분과, 그리고 외신기자 분들과 허심탄회하게 회견을 하고 싶습니다….

카이로 회담과 여러 차례의 연합국 회담을 통해 조선의 독립은 확정되었습니다. 그 결과 미군이 조선 독립을 위해 조선 땅에 진주한 것입니다. 그러나 자주독립은 즉시 성사되는 것은 아니고, 일정한 기간을 거쳐서 적당한 시기가 도래하면 실현될 것입니다. 여기에서 적당한 시기라는 의미는 조선이 자주독립할 수 있을 만한 성공적 치안 유지를 뜻합니다. 그러므로 조선 인민이 스스로 나서서 사회질서를 바로 세워야 할 것입니다….

나 하지는 알기 쉽게 표현한다면 조선 총독인 셈입니다. 조선 군정의 책임을 맡아서 북위 38도 이남 조선에 적절한 시정을 펼칠 것입니다. 앞으로 조선에 대한 시정방침이 확정되면 일반에 널리 공개하고 알리겠습니다. 일제가 했던 것처럼 억압이나 기만정책은 절대 사용하지 않겠습니다.

나와 나의 참모들은 현재 조선 역사를 열심히 연구하고, 조선의 현실을 조사하고 있습니다. 그 결과 좋은 방안이 나오면 시정을 고쳐 나갈 것입니다. 그러니 조선 인민은 기대를 걸고 기다려 주시기 바랍니다….

비록 며칠이 안 되었지만, 그동안 나에게 직간접적으로 전달된 조선 인민의 희망 사항에 대하여 먼저 개략적이나마 답변하려고 합니다.

첫째는 재일 조선동포의 구제 및 원조 문제입니다. 이 문제는 당연히 미군이 나서서 해결하도록 하겠습니다. 그렇지만 해상 수송력 등 여러 가지 관련 문제가 선결되어야 하기 때문에 조금 시간을 기다려야 합니다.

둘째는 각급 학교의 개교 문제입니다. 조선 청소년을 위한 교육기관은 지체없이 개교하겠습니다. 우선 초등학교를 개교하고, 뒤이어

제반 여건이 갖추어지는 대로 즉시 중학교와 대학도 문을 열 것입니다. 여기에서 등장하는 애로 사항이 바로 조선인들의 국어 교육입니다. 교재 편찬이나 교과목 결정 등에 약간의 시일이 소요될 것인데, 이 문제만 해결되면 개교하도록 하겠습니다.

셋째는 통화 등 경제 문제입니다. 포고령 제3호에 기본 방침이 나와 있으니 유의해 살펴보아 주기 바랍니다. 조선사회의 물자 부족 문제로 미군들은 되도록 자급자족하며 조선 시장에서 물건을 구입하지 않도록 지시했습니다. 혹시 부득이하여 구입할 경우에는 시장에서 정당한 시가를 주고 사도록 했습니다. 미군은 앞으로 필요한 경우에 정당한 임금을 지불하고 조선인 노동자를 고용할 것이며, 일본인은 사용하지 않겠습니다. 그렇게 되면 조선사회와 조선 노동자들이 임금 수입으로 윤택해지는 데 보탬이 될 수도 있을 겁니다."

서두 발언이 끝나자 부관 장교들을 시켜서 기자들에게 양담배를 돌린다. 하지가 웃으면서 말한다.

"담배를 같이 태우면서 기자회견을 진행합시다. 편한 분위기에서 대화를 나누도록 해야 진심이 우러나고 좋은 해답이 나올 것입니다.

회견은 일문일답식으로 하겠습니다. 한 사람씩 질문해 주고 그에 대하여 내가 답변하도록 합시다."

중간에 앉아 있던 조선인 기자가 먼저 일어난다.

"북위 38도선을 경계로 북에는 소련군이, 남에는 미군이 진주했습니다. 분단선인 38도 경계는 정확하게 어디인가요?

또 이 경성은 독일 수도 베를린과 같이 미소 등 연합군이 공동 관리하게 될 것이라는 소문도 있는데 맞는 말인지요?"

이묘묵이 유창한 영어로 통역을 해 주자, 하지가 메모를 하면서 답변을 한다.

"38도선 분할 진주는 연합국 간의 합의 사항이며 맥아더 사령부 일반명령 1호에 명기되어 있습니다. 그 경계선을 정하기 위해 미군 조사대가 내일 출발합니다. 소련군과 공동 조사가 끝나면 확정될 것입니다.

경성을 연합군 공동 관리하에 둔다는 말은 듣지 못했습니다. 이 경성은 38도선 이남에 있기 때문에 미군이 단독으로 관리할 것입니다."

조선인 기자의 질문이 뒤를 잇는다.

"그렇게 확정된다고 한다면 문제가 있지 않을까요? 만약 조선이 남북으로 양단되고 미소 양군이 점령해 있는데, 미국과 소련의 정책이 현저히 다르기 때문에 추후 조선 통일에 지장이 초래될 것으로 생각되지 않습니까?"

"그럴 리는 없다고 생각합니다. 분할 점령은 일제의 항복과 일군 무장해제를 위한 연합국의 방편에 지나지 않습니다. 또 조선 자주독립 정부가 수립될 때까지 한시적입니다.

미국도 여러 나라들이 점령한 때가 있었으나, 결국은 오늘과 같이 통일국가로 발전하였습니다. 조선도 마찬가지로 통일국가가 될 것입니다."

이번에는 미국인 기자가 질문한다.

"미군이 조선에 진주하면서 일제 총독부의 행정 기구와 요원들을 그대로 사용할 것이라고 알려졌었는데, 이것이 사실인지, 또 사실이라면 그 이유가 무엇인지 말해 주시오."

이묘묵이 조선말로 통역하여 장내에 전달하는 동안 하지가 매모하고 기록을 보면서 신중하게 답변한다.

"본인 휘하의 미군은 전투부대이므로 군 편제가 엄격합니다. 가능한 한 점령군이 나서지 않고 행정을 조선에게 위임하는 것이 바람직하다는 입장입니다. 그런 방침을 얘기하다 보니 일제 총독부를 그대로 쓴다고 와전된 것으로 봅니다.

미군이 조선에 진주할 때 걱정한 것이 패잔 일본군의 발악이나 총독부 관리들의 저항이었습니다. 그러므로 일본인들의 무마책이 한 방편으로 고려될 수밖에 없었으며, 선발대로 입성한 해리스 장군도 총독이나 일본군과 상대하면서 총독 기관의 잔류나 활용을 말하게 되었을 것으로 생각합니다.

서두에도 말했듯이, 조선 사정을 면밀히 분석하고 있으며, 검토가 끝나는 대로 새로운 기구를 만들어 조선인들에게 만족을 줄 수 있는 군정을 펴 나아가려고 합니다. 확실히 말씀드리지만, 총독부 기구나 일본인 관리들은 활용하지 않을 것입니다."

하지 사령관의 군정 방침에 관한 중요한 선언이다. 장내가 아연 긴장한다. 이묘묵 박사가 유려한 화술로 통역하며 새로운 미 군정의 정책을 좌중에게 전달한다. 통역 전달이 끝나자 좌중이 술렁이더니, 조선인 기자들이 박수를 치기도 한다.

분위기가 달아오르고 반응이 좋아지자, 하지가 배석한 아놀드 장군을 쳐다보면서 미소를 짓는다.

조선인 기자가 벌떡 일어난다.

"왜인들을 사용하지 않는다니 다행입니다. 일제 경찰은 매우 강압적으로 조선 민중의 원한의 근원이었습니다. 이들 경찰 문제를 어떻게 처리할 것인지요? 또한 8월 15일 이후 무정부상태에 있는 치안을 수습할 방안이 마련되어 있는지요?"

하지의 억양이 단호해진다.

"일본 경찰이 악질로서 조선 인민에게 큰 고통을 줘왔다는 것을 나도 잘 알고 있습니다.

엊그제에도 인천과 경성에서 일본 경찰의 조선 주민 살상 사건이 발생했습니다. 식민지 통치의 일본 경찰은 압제의 표본이었습니다. 미 조선군은 이를 중시하고 지금 경찰제도 개편을 위해 연구를 진행하고 있습니다. 무엇보다도 중요한 원칙은 일본인 경찰을 해체하고 조선인으로 다시 조직해야 한다는 사실입니다."

하지가 아놀드 장군을 쳐다보면서 답변을 계속한다.

"경찰제도 개편 문제는 여기 배석한 아놀드 장군이 맡아서 잘 처리해 나갈 것입니다.

치안 회복은 조선인의 자발적 참여가 있으면 아무런 문제가 없을 것으로 생각합니다. 나는 미군이 점령하고 있는 동안 권총 탄알 한 발도 쓰지 않으면서 조선 민중과 우의를 유지하다가 체류를 끝내기를 바랍니다."

조선인 기자가 또 질의한다.

"식량 문제에 관해 묻겠습니다. 일본인이 식량을 고의적으로 태워 버리거나 강물에 던져 없애는 사태가 발생하고 있습니다. 이렇게 되면 조선의 식량 사정이 매우 핍박하게 될 것인데, 이에 대한 구체적 방안이 수립되어 있는지요?"

"일부 일본인들이 식량에 대해 만행을 저지르고 있다는 보고를 받았습니다. 즉시 대책 마련을 지시했습니다.

미 군정에서 조선 사회의 식량문제가 얼마나 중요한 일인가는 잘 압니다. 최선을 다해도 부족하게 된다면 외국에서 식량을 수입해서라도 공급하겠습니다. 식량 문제로 불안이 발생하지 않도록 대비하겠습니다."

이번에는 외국인 기자가 나선다.

"일본이 항복한 이후 일본인들이나 총독부 관리들이 나서서 조선에 진주한 미군에게 조선인을 악선전하면서 조선에 대한 나쁜 모략을 하고 있다는 말이 공공연히 나도는데, 이것이 사실이라면 어떤 대책이 있어야 하지 않겠습니까?"

"일본은 미국의 적입니다. 무조건 항복한 패잔병들입니다. 그들의 모략에 넘어가지 않습니다. 또한 그들은 이제 조선 땅에서 떠나갈 것입니다.

미군은 조선을 직접 관찰하고 또 조선인 지도자들과 상의하여 시정을 펴 나아갈 것입니다. 나는 미국 문화에 익숙하면서 뛰어난 자질을 갖춘 조선인 지식인들을 많이 알게 되었습니다. 나는 이들의 신앙심과 도덕심을 믿습니다."

기자회견이 거의 끝나갈 무렵 외국 기자가 소련 문제에 대해 질의하였다.

"미소 양군의 조선 분할 점령은 이제 기정사실화되었습니다. 미군과 소련군 사이에 조선 통치에 대한 협동 기구는 설립됩니까?"

하지가 메모를 보면서 답변한다.

"미 조선군은 평양으로 가서 소련군 대표와 협의하려고 합니다. 조선 통치에 관해 협동 기구가 필요하면 논의하겠습니다. 지금까지는 소련 대표가 어디에 있는지 몰랐습니다. 소련군과의 협의는 순조롭게 진행될 것으로 생각합니다."

하지 사령관의 기자회견은 성공리에 끝났다. 시민의 반응이 의외로 좋았다. 하지를 비롯한 미군 수뇌들은 조선인과의 공식 접촉에 고무되어 군정에 자신감을 갖게 되었다. 일제 총독부 유지라는 잘못된 판단의 강박관념으로부터 해방된 미군은 즉시 군정에 관한 주요 정책을 집행하기 시작하였다.

9월 12일 하지 사령관은 아베 조선 총독을 해임시켰다. 총독부와 조선 통치권을 접수한 미군 사령부는 즉시 미군 제7사단장 아놀드 소장을 군정장관(軍政長官)에 임명하였다. 경찰 총수인 경찰국장에 미군 헌병사령관 쉬이크 준장이 취임했다.

9월 14일 엔도 정무총감을 해임하고 동시에 총독부 일본인 국장들을 전원 해임시켰다. 18일에 하지 사령관은 미군 수뇌들을 각 국장에 임명하였다. 9월 20일 하지를 사령관으로 하는 미군정청(美軍政廳 : US Army Military Government in Korea - USAMGIK)이 발족되었다.

하지가 기자회견에서도 언급한 것처럼 미군은 치안의 중추인 경찰력의 장악과 제도화에 박차를 가했다. 식민통치 압제의 망령인 일본 경찰을 폐지하고 조선인으로 구성되는 새로운 경찰의 창설이 중심 과제였다.

여기에는 일본 경관의 악의적 발포로 조선 학도대원과 보안대원이 살해된 사건이 계기가 되었다.

일제가 조선 진주 미군에게 항복하고 일장기 게양이 사라진 날, 9월 9일 밤 9시경, 연희전문 중대가 학도대장의 인솔 아래 성북경찰서 장실에 들어섰다. 조선 치안단 학도대와 협력하여 치안에 활용하고자 성북경찰서장과 교섭하기 시작했다.

이때 돌연 일본 경찰관 여러 명이 총을 들고 난입하여, 조선 학도대원들을 향해 총을 난사하였다. 이 사고로 학도대원인 연희전문 3학년생 안기창(安基昌)이 즉사하고 연희전문 1학년 학생 이인제(李仁濟)는 병원 후송 도중 사망했다. 또 학도대원 4명이 부상을 입었다.

같은 날 밤인 10일 오전 3시경, 조선 학도대원 11명이 용산 방면의 치안 상태를 점검하기 위해 트럭을 타고 삼각지 부근을 통과하게 되었다. 로타리 부근에서 왜경들이 몰려나와 차를 정지시키고 검문하였다. 학도대원들은 일본인 경기도 경찰부장 오카(岡)가 증명 발행해 준 치안단이라는 통행증을 보여 주었다.

통행증을 압수한 왜경들은 불문곡직하고 학도대원들을 향해 무차별 발포하였다. 동양의학전문학교 생도 신성문(申成文) 군이 현장에서 즉사하고, 많은 대원들이 부상을 당했다. 시신을 포함해 학도대원들은 용산경찰서 유치장에 불법 구금되었다. 다음날 연락을 받고 용산서로 달려온 미군 헌병대에 의해 학도대원들은 죽은 동료의 시신을 안고 용산경찰서 유치장을 빠져나올 수 있었다.

학도대 본부에서는 9월 12일 휘문중학교 교정에서 전 조선학도대장으로 희생 영령들의 장례를 치렀다. 서울 시민이 참여하여 거행된 장례식장에는 미군 장교들이 와서 조문을 하였으며, 이들은 조선학도대를 불법 살해한 악질 왜경에 대한 조선 민중의 원한이 극도에 달하고 있음을 목격했다.

미군은 이틀 전 역시 일본 경찰의 발포로 인천에서 사망한 조선 젊은이들의 시민장(市民葬)과 오열하는 인천 시민의 시가행진을 알고 있었다. 일제 경찰의 불법 발포와 조선인 살상이 계속된다면 어떠한 폭동 사태가 발발할지 몰라, 미군은 전전긍긍하기에 이르렀다. 미군 헌병대는 즉시 하지 사령관에게 보고하고 특단의 조치를 건의했다. 하지 사령관은 일본 경찰로부터 경찰권을 회수하고, 미군 헌병대장 쉬이크 준장을 경찰국장에 임명하여 경찰 개편을 즉시 단행하였다.

쉬이크 장군은 일선 경찰서에 미군 5명씩을 배치하여 경찰 업무를 장악시키고 감독을 지시했다. 9월 16일에는 왜경을 조선인 경찰관으로 교체할 것을 결정한 후, 5천 명 내지 6천 명의 조선인 경찰관을 긴급 모집하기 시작했다. 응시 합격자들에게 처음에는 3일간의 기초교육, 9월 말께부터는 1주일간의 교육 기간을 거쳐 일선 경찰서에 배치하기 시작함으로써, 미군의 감독하에 조선인들이 직접 경찰 업무를 담당하도록 개편하였던 것이다.

(2)

미군 하지 사령부가 군정을 실시한지 20여 일이 지나면서 조선 정세는 안정을 찾기 시작했다. 미군 지휘부도 처음에는 불안했으나 체계적으로 자리를 잡아 나아갔다.

그러나 미국을 적대시하고 군정에 반대하면서 미군 철수를 주장하는 세력이 점차 고개를 들었다. 전국적인 조직과 선전망을 장악하고 조선 백성들에게 큰 영향력을 행사하는 조선 공산당이다.

인민공화국 중앙인민위원회의 지시에 따라 9월 12일 서울시인민위원회가 결성되었다. 최원택(崔元澤)을 위원장으로 하는 서울시인민위원회는 미군에 대하여 정권을 인민위원회에 넘기고 군정을 조속히 철폐하라고 요구했다.

조선 정세를 파악하고 민심 동향을 관찰한 군정사령부는 자신감을 갖고 사태에 대처하였다. 준비 기간을 거친 후, 미군 사령부는 군정을 본 궤도에 진입시키기 위해 주요 정책을 과감하게 진행시켜 나아갔다.

9월 말, 하지 사령관 주재하에 전략 회의가 열렸다. 사령관을 중심으로 군정장관 아놀드 소장, 사령관 정치고문 베닝호프, 미군 헌병사령관 겸 군정청 경찰국장 쉬이크 준장, 미군 G-2 책임자 니스트 (Cecil W. Nist) 대령, 군정청 정보국장 뉴먼(Glenn Newman) 대령 등등의 면면이 보인다.

하지가 서두를 연다.

"미군 중추를 담당한 간부 장교 여러분들이 노력한 결과 군정이 자리를 잡아 가고 있습니다. 우려했던 치안 상태도 점차 호전되어 가고 있어요. 여러분들의 노고를 치하합니다.

그동안 우리 사령부는 조선인과 조선 사회에 대해 면밀히 관찰해 왔습니다. 그 결과 적지 않은 문제가 도사리고 있음을 확인했습니다. 이들 문제의 본질을 철저히 파악하고 시급히 대처하지 않으면 난관에 봉착할 위험이 큽니다. 그래서 오늘 회의를 소집했습니다.

문제점들을 지적하면서 허심탄회하게 좋은 방안을 제시해 주기 바랍니다. 자, 그러면 토의를 시작할까요?"

먼저 하지가 지명한다.

"베닝호프 고문, 그동안 수집된 자료를 토대로 조선의 정치 정세를 분석 평가해 주시오."

베닝호프가 준비된 서류를 보면서 발언한다.

"현재의 조선 정세를 한마디로 요약한다면 불안과 혼돈이라고 할 수 있겠습니다. 지금 조선에 나와 있는 미군 장병들은 조선 상황이 혼돈의 수렁 속이나 화산의 가장자리에 앉아 있는 듯하며 살얼음을 밟고 있는 기분이라고 합니다. 점화되기만 하면 즉각 폭발할 것 같다는 얘기들입니다.

그런데 이러한 우려는 조선 공산주의자들 문제만 아니라면 지나친 걱정이라고 생각됩니다. 물론 조선 인민들이 적지 않게 불만에 차 있는 것은 사실입니다. 조선인은 일본 잔재의 즉각적인 일소를 갈망하고 있습니다. 또 즉시 자주독립과 정부 수립을 요구합니다.

그러나 일본인에 대한 조선인들의 증오가 격렬하긴 하지만, 조선 사회는 이를 충분히 자제할 저력이 있습니다. 지금까지 큰 유혈충돌 없이 잘 견디어 왔습니다. 그러므로 우리 미군이 감시를 게을리하지 않고 노력하면 조선인들이 폭력에 의지할 것이라고는 생각되지 않습니다.

본인이 생소한 조선에 와서 짧은 시일 안에 민정을 조사하고 분석하는 데에는, 조선에서 살았고 조선에 대해 잘 알고 있는 몇몇 분의 도움을 받았습니다. 특히 언더우드 대령과 윌리엄즈 중령의 도움에 대하여 이 자리를 빌려 고마운 말씀을 드립니다.

저는 주로 조선의 좌익 세력과 공산주의자들을 중심으로 보고하겠습니다. 현재 서울 및 남조선 전 지역은 두 개의 정치 그룹으로 대립하고 있습니다. 하나는 민주주의 진영입니다. 우익 보수 세력이라고도 합니다. 다른 하나가 좌익 세력입니다. 급진적 혁명을 목표로 하는데, 조선공산주의자들이 중심이 되고 있습니다.

조선 공산당에는 새로운 지도자로 박헌영이 떠오르고 있습니다. 비록 조선 공산주의운동 원로들의 분파 작용으로 내부가 혼란스럽기는 하지만, 우익을 능가할 조직력을 키워 나아가고 있습니다.

공산주의자들은 일본인 재산에 대한 압류와 일본인의 즉시 추방을 주장합니다. 이 주장을 행동으로 옮길 위험이 크기 때문에 치안 질서에 위협이 되고 있습니다. 소련을 위시한 세계 공산주의자들이 조직과 선전 선동에 탁월한 능력을 발휘한다는 것은 잘 알려져 있는 사실입니다. 이 사실은 조선에서도 예외가 아닙니다.

조선 공산당은 잘 훈련된 선동가들을 다량 보유하고 있습니다. 또 공산당 조직을 강화하면서 특히 외곽 조직의 확대에도 열을 올립니다. 이 선동가들은 우리 지역 내에서 혼란을 계획하고 있습니다. 조선 민중들에게 계급투쟁을 선동하며 미국에 반대하고 소련을 지지하도록 시도하고 있음이 틀림없습니다.

문제는 미군 병력의 부족과 전문가의 결핍입니다. 현재 주조선미군은 통치력을 효율적으로 확립하기 위한 충분한 병력을 보유하고 있지 못합니다. 또 조선 인민들에게 자유화 민주주의 우월성을 전파시킬 전문적 교육자들이 모자랍니다. 그런 의미에서 현재 남조선은 공산주의자들이 파괴 선동 활동을 하기에는 적합한 곳이 되었다고 하겠습니다.

이것이 중요하고 시급한 문제입니다."

조선에 진주하여 군정을 실시하기 시작한 미군의 고뇌가 가감 없이 배어나고 있다. 하지 사령관의 주름살이 깊어진다.

베닝호프가 말을 마치자, 이번에는 미군 사령부의 정보를 책임지고 있는 니스트 대령이 나서서 발언한다.

"방금 고문이 말씀하셨지만, 제가 보기에도 남조선에는 상반되는 두 개의 정치 세력이 존재하며 상호 투쟁 관계에 돌입해 있다고 봅니다.

　우익 보수 세력은 자유를 중시하고 민주주의 원칙을 신봉합니다. 현재 한민당이 그 중심에 위치합니다. 민족주의 진영이라고도 불리는 이 진영은 공산주의를 철저히 반대하고 있으며, 따라서 자연히 반소(反蘇)의 입장에 서게 됩니다. 우익 진영의 특징으로는 대다수가 조선 사회에 기반을 갖고 있는 유지층들입니다. 또 진영의 지도자들은 미국에서 고등교육을 받았거나 조선 내의 미국계 선교 기관에서 전문적 교육을 이수한 지식인들입니다.

　그러므로 우익 진영은 당연히 서구 민주주의 지지와 반공(反共)을 정책으로 내걸고 있게 되며, 미국을 좋아합니다.”

　차를 마신 니스트가 좌중을 보며 결론을 내린다.

　“조선의 현실에도 밝고 고무적인 측면이 있다는 것을 보고드리고 싶습니다. 지금 조선에는 학식이 풍부하고 경험이 많은 우익 인사들이 수백 명 넘게 있습니다. 이들은 지역에서 기반도 튼튼하며 주민들 사이에 명망도 높습니다. 물론 이들 중 일부는 일제에 협력했다고 친일파라는 비난을 받기도 하지만, 이러한 오명은 일제가 물러가고 건국정부가 수립되면서 점차로 씻어질 것입니다.

　또 한 가지 긍정적인 측면은 이 우익 민주진영 인사들이 중경 ‘임시정부’의 환국을 지지하고 있으며 미국에서 오랫동안 독립투쟁을 해온 이승만 박사를 존경하고 있다는 사실입니다. 이승만 박사나 임시정부는 조선 민중들로부터 압도적인 지지를 받고 있으며, 조선 민족의 자주독립을 추구한다는 입장에서 반공주의 노선을 선호할 것으로 판단됩니다.”

니스트 대령의 분석 평가에는 정보 책임자라는 무게가 실려 있다. 좌중의 분위기가 밝아진다. 하지 사령관의 고뇌도 잠시 사라지는 느낌이다.

하지가 발언한다.

“조선 정세에 부정적인 면과 긍정적인 면이 교차되고 있습니다그려. 동양 격언에도 음(陰)과 양(陽)이 교차된다는 것이지, 항상 어두운 면만 있거나 밝은 면만 계속되는 것은 아니라고 했습니다. 중요한 관건은 우리가 어떤 태도를 견지하고 목적을 관철시켜 나가느냐에 달려 있습니다.

쉬이크 장군, 말씀해 보시지요.”

일선에서 치안을 책임지고 있는 쉬이크 준장이 일어난다.

“조선 공산당이나 인민공화국이라는 조직이 시간이 흐름에 따라 약화되는 것이 아니라 세력이 더 강화될 조짐이 나타나고 있습니다. 특히 우려되는 바는 강력한 소련 적군(赤軍)과 독재자 스탈린의 존재입니다. 소련 공산주의자들은 북위 38도 이북을 점령하였으며, 이제 조선 공산당을 이용하여 남조선 문제에 본격적으로 개입할 것입니다.”

소련 공산군이 북조선을 차지했다는 말에 장내 분위기가 어두워진다.

“좀 더 구체적으로 현실을 짚어 보겠습니다.

우익 진영에 비하여 좌익 세력은 잘 뭉쳐져 있습니다. 조선 공산당은 조직력이 탁월합니다. 여기에 여운형의 인기와 건국준비위원회의 기반이 보태져서 위세가 대단합니다. 한민당이 대항하기에는 아직은 벅찹니다.

현재 전국에 걸쳐 인민위원회가 조직되어 가동되고 있습니다. 인민위원회는 인민공화국의 하부 조직인데, 공산당이 조직의 전권을 틀어쥐고 있습니다. 서울과 인천 등의 중앙 지역을 제외하면 인민위원회가 지방을 이미 장악했다고 해도 과언이 아닙니다.

그들은 행정을 차지하고, 특히 경찰을 손에 넣은 곳도 허다합니다. 농업이나 교육을 관리하며 교통을 통제하기도 합니다. 좀 더 시일이 지나게 되면 세금을 거둬 자금을 확보하게 되고, 군대도 만들어 지방 정부를 세운다고 할 것입니다.

이렇게 되면 내전으로 발전하게 됩니다. 미국은 조선의 내전에 관여할 수는 없습니다. 조선을 포기할 수밖에 없게 됩니다. 그러면 조선은 공산당을 통하여 소련에게 고스란히 넘어갑니다. 스탈린 제국의 붉은 영토가 조선 관문을 통하여 태평양으로 향할 것입니다."

스탈린제국이라는 말에 찬바람이 인다.

"중앙에서도 문제입니다. 세심하게 눈여겨보면 금방 알아차릴 수 있습니다. 조선 신문을 공산당이 장악했습니다. 이를 과소평가하거나 그대로 놔둬서는 안 됩니다.

일제가 항복하자 공산주의자들이 재빨리 움직여서 총독부 기관지였던 매일신보를 접수하여 공산당 기관지로 만들었습니다. 미군이 진주하기 하루 전인 9월 7일에는 새로이 조선인민보(朝鮮人民報)를 창간했습니다. 다시 9월 19일에는 소위 공산당 기관지라는 해방일보(解放日報)를 발행하고 있습니다.

거기에 비해 우익 진영은 신문다운 종합지를 하나도 갖고 있지 못합니다. 명망 있는 이묘묵 박사와 백낙준, 하경덕 제씨들이 코리아타임즈를 발행하는 데 성공하였으나, 아시는 것처럼 이는 영자(英字) 신문입니다. 우리 미군에게는 유용한 소식을 전해 주고 있으나 조선인민들에게는 아무런 영향력을 행사하지 못하고 있습니다.”

장내 분위기가 심각하다.

“자금 문제는 더 위험합니다. 조선 공산당들은 폭력을 동원하여 일본인들의 재산을 강탈하며 자금을 축적합니다. 수단 방법을 가리지 않습니다. 이 풍부한 자금을 투입하여 조직 확대강화에 총력을 기울입니다.

그런데 더욱 우려되는 점은 북조선에 있는 소련군의 동태입니다. 수집되는 첩보에 의하면, 북조선에서 소련 공산군이 조선 사회에서 통용되는 조선은행권을 모두 압수하고 있으며 금괴나 자산도 장악했다고 합니다. 만약 이 거대한 자금을 서울에 있는 소련 영사관을 통하여 공산주의자들에게 공급한다면 남조선은 엄청난 위험에 직면할 수밖에 없게 됩니다. 이미 그 같은 조짐들이 곳곳에서 감지되고 있습니다.”

하지 사령관의 안면이 굳어진다. 좌중이 찬물을 끼얹은 듯하다.

쉬이크가 결론을 맺는다.

“한민당은 믿을 수 있는 조직입니다. 명망 있고 뛰어난 지식인들이 한민당의 중추를 이끌고 있다는 것은 다행한 일입니다. 그러나 한민당을 중심으로 하는 우익 세력은 조선 공산당과 대결하여 이기기 어렵습니다. 여기에 강대한 군사력과 자금력을 확보한 소련 군대가 개입을 시작했습니다.

만약 미군이 나서지 않는다면 민주주의 조선 건설은 실패할 것입니다. 확고한 의지를 갖고 추진하지 않으면 조선의 공산화나 소비에트화는 저지할 수 없는 추세로 보입니다. 이상입니다."

가감 없는 직설적 발언이다. 참석자들의 등골이 오싹하다.

여러 국장들의 보고가 예정에 따라 진행되었다. 마침내 한일(一)자로 꽉 다물고 있던 입이 열리면서 하지 사령관이 선언한다.

"공산주의는 인류의 적이며 문명의 파괴자입니다. 폭력과 사기로 주변을 침략하고 공산제국의 영토를 팽창시키는 스탈린과 소련 공산당이 모든 국제적 분쟁의 원흉입니다.

나는 조선에서 소련 붉은군대의 야욕을 용인하지 않을 것입니다. 그들은 왜군과의 전쟁에서 피 한 방울 흘리지 않고 만주와 사할린과, 그리고 이 조선 땅을 집어삼켰습니다. 미군은 엄청난 재산 피해와 인명 손실을 감수하며 일본과의 혈전에서 승리했는데, 이제는 이 조그마한 남조선 하나를 지켜내기 어렵게 되었습니다.

나는 남조선에서 공산당의 불법, 사기, 폭력을 절대로 용인하지 않을 것이오. 소련의 야욕을 조금도 묵과하지 않을 것이오."

속이 타는지 물을 마시고 컵을 둔탁하게 놓는다.

"스탈린이 조선을 소비에트 국가로 만들어 위성 제국에 편입시키려고 한다는 사실은 의심할 나위가 없습니다. 조선의 미 군정청과 조선인의 민주 정당들을 전복하기 위한 첩자들과 자금이 소련의 지령에 따라 북조선을 통해 흘러들어오기 시작하고 있습니다. 소련 적군과 조선 공산당의 목적은 미국이 조선을 강점했다고 비난 선전하고 조선 인민을 선동함으로써 미군을 철수시키는 것입니다.

　내가 확실히 단언하건대, 소련군과 조선 공산당의 기도를 반드시 격파하겠습니다. 내 휘하의 미군과 군정청이 누구의 조력도 받지 않고, 합동참모부나 국무성의 후원도 받지 않고, 이 확고한 임무를 완수할 것입니다."

　전략회의는 끝났다. 조선 공산당과 인민공화국에 대한 전면전이 선언되었다. 박헌영과 여운형이 어떻게 대결해 올 것인가? 과연 조선 공산당이 미 군정청에 대항하면서 합법적으로 살아남을 것인가?

　조선의 해방 정국에 대형 태풍이 접근하고 있었다.

(3)

　신작로에서 논두렁으로 들어온 여인이 뛰어오면서 소리를 지른다. 종이쪽지를 쥔 손을 위로 들어 흔들고 있다.

　"여보, 전보가 왔어유. 경성에서 치영이가 전보를 쳤어유."

　홍성 구바위에 사는 위병관이 마침 들판에 나와 있었다. 동네 친구 김원회가 논에서 김을 매는 날이다. 점심이 푸짐하다고 불러서 밥도 먹고 막걸리 한 사발을 마시고 있는 중이다. 김원회가 달려오는 여자를 쳐다본다.

"저게 누군가? 어이 병관이, 저기 자네 부인이 아닌가?"

위병관이 고개를 들어 확인한다.

"아니, 저 여편네가 웬일이지? 무슨 일이 났나…."

숨을 헐떡거리며 부인이 위병관에게 전보를 내민다.

"배달부가 집으로 전보를 가져왔어유. 경성에서 치영이가 보냈어유."

위병관이 부리나케 빼앗아 본다.

'아버지 상의할 일 있으니 급히 상경 바람 경성 치영 드림'

위병관이 김원회를 쳐다본다.

"무슨 일인가? 나보고 급히 상경하라니 어떻게 해야지?"

김원회도 걱정을 한다.

"웬일까? 무슨 일이 생겼나? 여하튼 당장 상경해야 하지 않겠어?"

위병관이 김원회를 보면서 운을 뗀다.

"집에 돈이 없으니 어떡한다? 원회 자네 노자 돈 좀 빌려줄 수 있겠어?"

"그럼세. 당장 상경하게."

위병관이 김원회와 같이 논두렁을 벗어나 급히 닫는다. 돈을 장만한 위병관이 기차를 타고 상경하였다.

경성역 바로 옆 대로변에 있는 조선냉동공업사(朝鮮冷凍工業社)에서 직원으로 근무하는 아들 위치영이 반갑게 맞는다. 부자는 옆에 있는 찻집에서 대좌했다.

위병관이 아들에게 묻는다.

"전보를 다 치고, 무슨 일이냐?"

마침 차가 나온다.

"아버지, 우선 목 좀 축이시죠."

차를 마시면서 위치영이 본론을 꺼낸다.

"아버지, 어디 잘 아시는 분 없으신지요?"

위병관이 의아해한다.

"밑도 끝도 없이 그게 무슨 말이냐?"

"아버님, 일본 사람들이 자기네 땅으로 돌아가게 되었습니다. 돌아갈 때 집이나 공장을 조선에 놔 두고 간다고 해요. 그런데 그 집과 공장을 조선 사람이 차지하게 됐답니다. 연고가 있는 조선 사람이 갖게 되는 모양이에요."

위병관이 응대한다.

"그래, 나도 들었어. 홍성에서도 아주 시끄러워. 너 왜 알지? 내 친구 김 진사도 홍성에 왜인 가옥을 차지할 수 있게 되나 보더라."

차를 마시면서 묻는다.

"그런데 너 왜 그 얘기를 하니?"

위치영이 주위를 살피며 조용히 말한다.

"제가 모시고 있는 일본인 후쿠다(福田) 사장님이 저에게 은밀히 전해 주시더라구요. 공장과 공장이 깔고 앉아 있는 집을 제게 주고 가시겠대요."

위병관이 놀란다.

"아니, 그게 정말이냐?"

"그런데 조금 문제가 생겼어요. 사장님은 나에게 꼭 주시려고 하는데, 옆에서 압력이 들어온대요.

경성 지역에 얼음을 배달하는 중간업자 이동욱이라는 자가 있는데, 그자가 돈을 조금 내 놓을 테니 자기에게 넘기는 문서를 써 달라고 조른대요. 그래서 사장님이 거절했대요. 그랬더니 이자가 공산당원 간부를 내세워 협박을 하고 있답니다. 요새 공산당원이 무섭다나요."

위병관이 눈을 치켜뜬다.

"아니, 저런 죽일 놈들이 있나! 그 공산당원 간부라는 자가 누군데?"

위치영이 종이쪽지를 펴 본다.

"공산당 서울시당 간부라고 해요. 경남 사천 출신인데, 이름이 이우적이래요. 일본에도 유학한 거물인가 봐요."

위병관이 차를 벌컥 들이키면서 한참 생각을 한다.

"알았다. 내가 길을 찾아보겠다. 당장 홍성에 내려가 김 진사와 상의해야지. 김 진사가 발이 넓은 사람이니 좋은 방법이 나올 것이다.

얘, 그 종이 내게 다오."

좀 더 얘기를 나눈 후에 위병관이 일어나서 즉시 역으로 향했다.

고향에 돌아와 김원회에게 자초지종을 말하고 상의한다.

"원회, 어디 길 좀 찾아 주어야겠네."

김원회가 시원스럽게 말한다.

"암, 그래야지. 방법을 찾아보세. 요새 소련군이 내려온다고 공산주의자들이 날뛰고 있네. 이우적이 꼼짝 못할 높은 양반을 찾아야 할 텐데….."

한참 생각하던 김원회가 입을 연다.

"여보게 병관이. 이 문제로 청을 넣을 데는 한 곳이 있기는 하네. 건국준비위원회 말일세."

위병관이 걱정한다.

"거기에 손이 닿을 수 있을까?"

김원회가 궁리한다.

"그러니까 만들어 봐야지. 들리는 얘기에 의하면 건국동맹 간부들이 거개 다 건국준비위원회로 들어갔다고 하더군. 자네와 내가 몽양이 지휘한 건국동맹 비밀당원이 아닌가? 고생을 했으니 이런 때 도움을 요청해야지.

수순을 밟아 나가세. 우선 건국동맹 충청남도 책임자인 신표성 씨를 찾아가 보세. 그의 도움을 받으면 건준 수뇌에 연결될 수 있을 걸세."

두 사람은 논산 집에 가서 물어, 서울에 있는 신표성 숙소를 찾아갔다.

신표성이 반갑게 맞는다.

"어서 오시오, 반갑습니다. 그동안 잘 지내셨습니까? "

김원회가 인사를 하며 용건을 말했다.

신표성이 시원시원하게 응대해 준다.

"나도 공산주의 운동에 몸을 담고 있소이다. 그러나 나라를 세운다고 하는 사람들이 그러면 안 되지요. 아무런 연고가 없는 자가 왜적이 남긴 물자를 차지하겠다면 못씁니다. 그걸 막겠다고 건준을 만들어 고생하는 것이 아니오이까? 그런 데다가 일가 형제가 된다고 나서서 부정한 압력을 가한다면 더욱 더 잘못입니다.

이우적 동지가 그런 사람이 아닐 텐데, 여하튼 알아본 후에 길을 찾아봅시다. 왜적 치하에서 고생을 함께한 건국동맹 동지들이 아닙니까? 더욱이 김원회 동지의 부탁인데요."

신표성이 직접 안내하여 건준 본부에서 조동호를 면회하였다. 조동호도 건국동맹 비밀당원이라는 사실을 알고는 적극 나서 주었다. 공산당 거물인 정백을 끌어들여, 이우적에게 부탁했다. 이우적은 조동호와 정백이 나선 것을 알고, 더욱이 위치영의 아버지가 건국동맹원이었던 것을 듣고는 조선냉동공업사 일에서 물러섰다. 사촌인 이동욱을 시켜 왜인 후쿠다에게도 통지했다.

일이 무사히 정리된 것을 알고는 후쿠다가 위치영을 불렀다.

"위 상. 그간 수고가 많았소. 나와 같이 이 공업사에서 10여 년간 생활한 사람은 위 상뿐이오. 고생도 많이 하고, 또 급료도 낮아서 항상 미안하게 생각해 왔소.

이제 나는 일본 내지로 떠나가오. 우리가 떠나면 어차피 조선인 누군가가 이 공장을 차지하고 경영할 것이오. 그럴 바에는 내 식구나 마찬가지인 위 상에게 공장을 넘기고 싶소.”

위치영이 눈물을 흘린다.

“사장님, 제가 어떻게 이 많은 재산을 거저 받을 수 있겠습니까? 좀 더 기다려 보시다가 건국정부가 선 후 보상이 나오면 받아 가시죠.”

후쿠다가 위치영의 손을 잡는다.

“지난 10년 동안 위 상을 옆에서 지켜 보았소. 위 상은 그 정직한 심성이 큰 장처이오. 위상의 노력과 땀이 이 공장에 배어 있소. 이 공업사를 인계받을 사람은 위 상 빼고는 없소.

내가 문서를 만들어 줄 테니 잘 간직하고 있다가 실수없이 공장을 차지하도록 하시오. 아버지께서 발이 넓으시니 염려되지는 않지만, 어수선한 시국인지라 매사에 조심하시오.”

후쿠다는 그날로 위치영에게 문서를 만들어 주었다. 지난 수년간 공장 운영이 어려워 임금을 주지 못했으며, 그 대가로 조선냉동공업사를 넘겨준다는 징표 문건이었다. 위치영은 후쿠다가 떠나자 단번에 얼음공장의 주인이 되었다.

비서가 들어와 알린다.

“밖에 조선인 손님이 오셨습니다. 들어오라고 할까요?”

언더우드가 묻는다.

“조선 사람이라구요? 무슨 일로 왔나?”

“국장님께 소원드릴 사항이 있다고 합니다. 꼭 뵈어야 한다면서 막 무가내입니다.”

"그래요? 그러면 한번 만나 봅시다."

40대의 장년으로 보이는 사내가 공손히 인사한다.

"처음 뵙겠습니다. 저는 황해도 연백에 대대로 살고 있는 이철우라고 합니다."

언더우드가 놀란다. 비록 유창하지는 않지만 꽤 영어를 잘한다.

"무슨 일로 오셨습니까?"

이철우가 읍소하다시피 한다.

"저희 집은 아버지 때부터 연백에서 염전을 가업으로 삼아 해 왔습니다. 그런데 2년 전 왜놈의 악질 사채를 잘못 써서 고리채 계산에 염전을 왜놈에게 빼앗겼습니다. 여러 번 다퉈 보았으나 번번이 왜놈에게 지고 염전을 뺏긴 채 오늘에 이르렀습니다.

이제 왜놈이 일본으로 돌아간다고 하며 염전을 내놓았습니다. 본래 우리 집 염전이었으니 제가 관리하는 것이 타당한지라 이렇게 찾아뵈었습니다."

언더우드가 동정한다.

"그렇지요. 왜놈들에게 많은 조선인들이 피해를 보았지요. 고리채를 앞세워 농토를 얼마나 강탈해 갔습니까?" 이제 나라를 찾았으니 땅도 찾아야 하지요."

언더우드는 더 의심하지 않고 이철우에게 해당 염전관리인(鹽田管理人) 이라는 증명서를 발행해 주었다.

이철우가 고마워하면서 얼마간의 금전을 내놓는다. 언더우드는 웃으면서 거절하고 다시 돌려주어 보냈다.

그리고 여러 날이 지나갔다.

군정장관실에서 호출령이 왔다.

언더우드가 물었다.

"무슨 일이오? 나 좀 바쁜데."

비서가 연통해 준다.

"광공국장(鑛工局長)님에 대해 탄원서가 들어와 있습니다. 그간의
사정을 보고해 올리라는 지시입니다."

언더우드가 의아해한다.

"나에 대한 탄원서라니 무슨 건입니까?"

비서가 서류를 보면서 답변한다.

"얼마 전 이철우라는 사람에게 연백의 염전관리인이라는 증명서
를 해 주셨나요?"

며칠 되지 않아서 바로 기억이 난다.

"아, 그런 일이 있었어요. 염전 소유자였다는 이철우가 직접 왔었
지요."

비서가 전화로 얘기를 끝낸다.

"그러면 다시 조사하여 보고하면 되겠습니다. 이 탄원서에 보면 그
이철우라는 인물은 염전 소유자가 아니랍니다. 전혀 연고가 없으며
또 연백에도 거주하지 않는다고 합니다."

언더우드가 아차! 하고 후회한다. 즉시 비서를 시켜 군정장관실에
서 탄원서를 가져왔다. 그리고 보좌관으로 와 있는 조선인 오정수 박
사에게 탄원서의 진실 여부를 세밀하게 내사하도록 의뢰했다.

오정수 박사는 연백 현지를 답사하여 조사하고 관계자들과 일일이 면담하여 삼일 만에 진실을 밝혀냈다. 결과에 따르면, 이철우는 가짜였다. 장래 염전 값이 크게 오를 것을 예상하고, 영어를 잘한다는 계산 아래 군정청에 들어와 읍소했다는 것이다. 언더우드 광공국장은 즉시 이철우의 염전관리인 증명을 취소하고, 연백 동네에 거주하는 이전 소유자에게 염전 관리권을 확인해 주었다.

8. 소련 적군(赤軍)의 진주와 북조선(北朝鮮)의 공산화(共産化)

(1)

소비에트사회주의공화국연방(U.S.S.R.) 지도자 스탈린의 명령에 의해 소련 적군(赤軍)의 대병력이 이동하고 있다. 1945년 5월부터 7월까지 3개월에 걸쳐서, 서부 유럽에 주둔하고 있던 소련군이 바이칼호 동부, 연해주, 극동으로 이동하고 있는 것이다.

스탈린이 누구인가? 소련의 철혈 독재자이다. 소련 공산당 서기장이고, 소비에트러시아 공산제국의 수상이고, 소련 적군의 대원수(大元帥)이며, 소련 붉은군대의 총사령관이다. 1879년생이니 당년 66세로서, 경륜과 공적이 절정에 이르렀다.

1945년 4월 30일 나치 독일의 독재자 히틀러가 그의 애인 에바브라운과 자살했다. 소련 대군이 베를린을 점령하자 베를린 일원의 독일 정예군이 소련군에게 항복하였다. 소련 붉은군대의 위세가 세계를 진동시킨다. 스탈린은 낙후된 농경 사회였던 러시아를 일거에 세계 제일의 사회주의 공업국가로 일으켜 세웠다. 더욱이 소련 인민을 이끌고 소련 붉은군대를 동원하여 히틀러 나치 군대를 격파했다. 스탈린 대원수의 명성과 카리스마가 온 천지를 뒤덮고 있는 것이다. 소련에 누가 있어 스탈린 총사령관의 명령을 거역할 수 있을 것인가!

역사상 세계적 패권주의 세력으로 군림한 러시아제국은 끝없는 팽창정책을 추구하면서 국경선상의 약한 고리를 찾아 침략을 계속하였다. 대영제국의 봉쇄로 크리미아에서 패퇴한 후, 러시아는 부동항남하정책(不凍港南下政策)의 주방향을 태평양과 그의 전략적 연안인 동북아시아로 돌렸다.

때마침 조성된 청조(淸朝)와 조선조(朝鮮朝) 말기의 역사적 호조건을 맞은 제정러시아는, 그러나 노일전쟁에서 패하여 눈물을 머금고 후퇴하지 않을 수 없었다. 패전의 멍에로 사할린을 일본에게 빼앗기는 수모도 감수했다. 러시아 민족사상 최악의 수치였다.

그런데 러시아제국을 인수한 소련 공산당과 그 지도자 스탈린이 팽창주의와 부동항남하정책을 계승한 이래, 다시 한번 최적의 호기를 맞이한 것이다. 일본제국주의의 패망이 확실해지면서 거대한 전리품이 동북아시아에, 극동에 널려져 있다.

주인이 불분명한 땅 넓이만 해도 엄청나다. 몽골이 156만 4천, 만주가 123만, 조선이 22만, 그리고 일본에 빼앗긴 사할린 섬이 7만 6천 km²이다. 합친 면적이 무려 310만km²인 것이다.

또한 동북아시아의 요충인 조선반도의 전략적 가치도 각별하다. 러시아 민족 연래의 숙원인 부동항과 태평양 출구는 조선을 차지함으로써 일거에 해결된다. 조선반도 남쪽에는 부산이나 제주도를 비롯해 태평양에 면해있는 양항이 즐비하다.

얄타 회담에서 미국이 소련군의 대일전 참전을 간절히 요청했다.

만주나 조선이나 사할린이나 스탈린의 뜻대로 하라고, 루스벨트가 보증해 주었다. 참전의 대가치고는 이 얼마나 엄청나게 수지맞는 전리품인가!

스탈린은 결심했다. 연합국 동맹인 미국의 간절한 소원을 들어주면서, 일본을 공격하여 멸망시킨다. 40여 년 전 노일전쟁에서 일본에게 당한 쓰라린 패배를 갚아준다. 이 얼마나 통쾌한 복수인가!

복수만이 아니다. 미국 대통령 루스벨트와의 계약대로 만주, 사할린, 몽골, 조선 등을 점령하여 광대한 지역을 소비에트러시아 제국의 위성영토(衛星領土)로 편입시킨다. 잘만 흥정하면 일본 홋카이도까지 차지할 수도 있다.

스탈린은 유럽에서 독일과의 전쟁을 승리로 끝낸 다음, 동북아시아에서 일본과의 전쟁 준비에 총력을 기울이기 시작하였다. 병력 이동이 끝나고 전쟁 준비가 완료되는 대로 기습적으로 총공격을 개시할 것이다. 그러나 섣불리 전력을 노출해서는 안 된다. 선전포고 시기도 용의주도하게 저울질해야 한다. 미국 공격에 일본이 쓰러지기 직전 소련군이 참전해야 한다. 최소의 피해로 최대의 효과를 거두는 것이 최고의 전략이다.

총사령관 스탈린 대원수의 명령일하에 붉은 군대의 대 병력과 군수 장비가 9천km 내지 1만2천km 떨어진 작전 지역으로 이동하기 시작했다.

강화진지 돌파 및 삼림지대에서의 전투 경험이 풍부한 제5통합군이 동프러시아로부터 이동을 개시했다. 적재와 이동과 하역 등에만

50여 일이 소요되었다.

연해주 지역으로 이동하여 소련극동군총사령부 휘하 제1전선군에 배치된 군대는 동프러시아, 체코슬로바키아, 카르파티아 및 기타 지역에서 출발한 총 189개 병단이다. 여기에는 3개 여단, 9개 보병사단, 3개 고사포사단(제60, 제33, 제48사단), 7개 박격포여단, 1개 통신여단, 보병군단을 지원하기 위한 9개 독립자주포연대, 6개 독립포병연대, 19개 독립자주포사단 등으로 구성된 제126산악포병군단이 포함되어 있다.

제39군 병력은 5월 12일부터 110대의 군용열차를 이용하여 몽골로 향했다. 바인-투멘역에 하차하여 초이발산 지역에 집결한 후 병력을 보충하고 각종 전투 장비로 재무장한 뒤에 7월 16일경 새로운 집결지로 이동했다.

제2우크라이나 전선에 있던 대규모 포병, 전차, 공병 부대는 바이칼 동부전선으로 이동했다. 총 300개 통합군 및 독립 부대이다. 여기에는 제5포병군단(제3, 제6 포병사단), 4개 고사포사단, 9개 포병 및 박격포여단, 2개 통신여단이 포함된 8개 공병여단, 2개 자주포여단 및 1개 전차여단이 포함되어 있다.

극동전선에는 육군 외에 강력한 공군력도 이동했다. 소련 공군총사령부의 지휘하에 수행되었는데, 폭격 부대와 수송 부대는 항공기로 이동하고, 전투기 폭격기 및 각종 항공기와 승무원 지상군 요원 및 기타 요원 등은 철도로 이동했다.

6월부터 7월 사이에 항공기 공장으로부터 1375개의 객차 및 화차로 구성된 25편의 열차가 1155대의 신형 항공기를 싣고 극동으로 달렸다. 7월 1일부터 22일 사이에는 제6, 제7 폭격군단의 4개 폭격사단(폭격기 TU-2기 260대)과 2개 수송사단(IL-2기 180대)이 독일, 프랑스, 칼리닌 및 모스크바 비행장에서 바이칼 동부전선으로 이동하였다.

소련 적군(赤軍) 대병력의 성공적인 이동 배치의 결과로 극동전선의 군사력은 현저히 강화되었다. 총 병력 수 50만 명 이상, 부대 수 단급 100개, 독립부대 500개 이상, 탱크 1500대, 자주포 1840문, 대포 3600문, 전투기 1400대, 기타 후방 지원 부대 및 각종 기관 700개 등이 증강되었다.

일본과의 전면전을 준비하는 이러한 대규모의 군사력 이동 및 배치는 총사령관 스탈린이 직접 관장했다. 전략 전술의 수립, 지휘관들의 임명, 전투부대의 편성 등에 스탈린은 한시도 눈을 떼지 않았다.

A.M.바실리예프스키 원수가 총사령관으로 있는 소련 극동방면군은 3개 군으로 편성되어 있다. 사령관 K.A.메레츠코프 원수 휘하의 제1전선군, 사령관 M.A.브르가예프 대장 휘하의 제2전선군, 사령관 R.Y.말리노프스키 원수 휘하의 자바이칼 전선군이다. 연해주에 주둔하여 만주와 조선 공격을 담당하는 제1전선군에는 제25군, 제35군, 제5군, 제1적기군, 제10전차군단이 있다. 제25군이 조선 전선을 관장하며, 사령관은 치스차코프 대장이다.

1945년 8월에 들어서자 소련 극동방면군총사령부는 대일 공격 개시를 위해 소만(蘇滿) 국경선, 만몽(滿蒙) 국경선, 조소(朝蘇) 국경선

일대에 전투 병력 전개를 완료하였다. 80개 보병사단과 4개 탱크군단 등을 포함하여 11개 군에 총병력 157만 7천 7백 명의 대군이다.

소련 극동군의 전력과 사기는 미국의 지원으로 더욱 향상되었다. 일본군 공격을 위한 특별 지원 군수물자가 미국에서 시베리아로 긴급 수송된 것이다. 가솔린 19만 톤, 각종 토목 건축 및 통신 기자재 2만 톤, 의류 및 의료 품목 1만 4천 5백 톤, 군용지프 5백 대, 트럭 1천 대, C47 및 C54 수송기 1백 대, 프리기트 호위 구축함 30척, 기뢰 부설함 2척, 소해정 30척, 1백 톤급 구잠함 50척 등의 방대한 전쟁 물자이다.

1945년 6월에 이르러 일본군 총지휘부인 대본영(大本營)도 극동으로 이동하는 소련군 대병력에 관한 첩보를 입수하고 관동군과 조선 북부에 경계를 강화하였다. 대본영은 조선에 주둔하고 있는 제17방면군에 지시하여, 북조선 지역에서의 대소(對蘇) 작전은 만주 관동군 총사령관의 지휘를 받도록 개편하였다. 이에 따라 북조선의 평양, 나남, 함흥, 원산 등지에 주둔한 조선군 소속 육해공군 및 기타 병과 부대들은 관동군 총사령부 휘하에 편입된 것이다. 당연히 북조선의 평안남북도, 함경남북도, 황해도, 강원도 지역이 모두 관동군 작전 지역으로 설정되었다.

또한 일본 대본영은 관동군의 방어종심(防禦縱深)을 강화하기 위해서 중국 한구(漢口)에 주둔 중이던 구시하라 중장 휘하의 제34군(제59사단, 제137사단, 제133여단)을 북조선의 함흥(咸興)으로 긴급 이동시키고 관동군총사령부 소속으로 편입시켰다.

일본군 참모총장 우메츠(梅津)는 직접 관동군과 북조선 강화의 독려에 나섰다. 6월 2일 우메츠는 경성에 와서 조선군사령관 죠츠키 중장을 만나 지시하고, 다시 만주 대련으로 가서 그곳에 대기 중인 관동군총사령관 야마다 대장 및 지나 파견군총사령관 오카무라 대장 등과 회동하며 소련군의 방어책을 논의했다.

모스크바에서 6월 24일 역사적인 전승 퍼레이드가 열렸다. 히틀러 군대를 격파하고 나치독일을 멸망시킨 소련군 병사들이 자부심과 환희의 열기 속에서 모스크바 시민들의 열렬한 환영을 받으며 보무당당히 붉은 광장을 행진하였다. 조국 전쟁에 참여하고 개선한 장병들이 레닌 묘 앞에서 파시스트 독일군의 찢어진 군기 조각들을 던질 때마다 우레 같은 함성과 북소리가 울려 퍼졌다.

치스차코프 대장은 전승 퍼레이드에 참가하고 며칠간 휴식을 취하기 위해 모스크바에 머물고 있었다. 6월 26일, 전승 퍼레이드가 끝난 지 이틀 후에 소련군 참모본부에서 출두 명령이 내렸다.

참모본부에 들어서자 총참모장 안토노프 장군이 반갑게 맞는다.

"치스차코프 장군, 어서 오십시오. 전승 퍼레이드에 참가한 후 쉬지도 못하고 이렇게 불러 미안합니다."

치스차코프도 인사를 차린다.

"총장님, 충분히 쉬었습니다. 전승 퍼레이드에서 모스크바 시민들이 열렬히 환영해 주어 감개가 무량했습니다."

안토노프가 웃으면서 말한다.

"자 이리 앉아서 차를 좀 드시지요. 조국 전쟁을 승리로 이끈 장군에게는 소련 인민들의 어떤 환대도 부족할 것입니다."

차를 마시면서 안토노프가 본론을 꺼낸다.

"장군, 이렇게 오시라고 한 것은 급한 일이 있어서입니다.
스탈린 대원수께서 치스차코프 장군을 만나고 싶어 하십니다."

치스차코프가 깜짝 놀라며 마시던 찻잔을 탁자에 놓고 부동자세를 취한다.

"대원수 각하께서 소관을 찾으셨습니까?"

안토노프가 차를 마시라고 권유한다.

"차를 마저 드시지요. 지금 기다리고 계시니 같이 가 뵙도록 합시다."

치스차코프는 안토노프를 따라 크레믈린 궁으로 가서 스탈린을 만났다.

치스차코프가 스탈린 앞에서 부동자세를 취하고 경례한다.

"대원수 각하, 제6근위군사령관 치스차코프 대장은 각하의 명령을 받고 여기 도착하였습니다."

스탈린이 만면에 미소를 띠면서 치스차코프의 손을 잡는다.

"장군, 참으로 장하오. 조국 해방 전쟁에서 거둔 전승을 다시 한번 경하하오."

치스차코프가 감격해한다.

"대원수 각하, 영광이옵니다. 모든 승리가 최고사령관 각하의 지도 명령에 충실한 때문이었습니다."

스탈린이 좌석을 권한다.

"자 이리 앉으시오. 유럽 전쟁 이후 장군이나 부대의 기분과 사기는 어떠하오? 건강도 괜찮소?"

치스차코프가 정좌를 취한다.

"전 장병의 사기가 승리에 충만되어 있습니다. 건강에 대해서는 조금도 염려할 필요가 없을 정도입니다."

스탈린이 차를 마시면서 치스차코프를 쳐다본다.

"장군, 유럽 전쟁 전에 극동에서 근무한 적이 있습니까?"

치스차코프가 즉시 대답한다.

"네, 그렇습니다. 연해주군관구 군사정보부에서 대좌로 복무하고 있다가 독일 침략이 발발하자 유럽 전선으로 출동했습니다."

스탈린이 구체적으로 묻는다.

"극동 지역에서 장군이 잘 알고 있는 전선은 어디인가요? "

"저는 6년 동안 연해주에서 근무하였습니다. 그러므로 조국의 국경 지역에 대해서는 어느 곳이나 숙지하고 있습니다."

스탈린이 좋아한다.

"좋습니다. 보고에 의하면 장군은 극동의 25군에서 군단장으로 근무한 적도 있었더군요."

스탈린이 서류를 보면서 계속한다.

"치스차코프 장군, 내 얘기를 잘 들으시오.

유럽에서 전쟁을 끝낸 우리 적군(赤軍)은 이제 극동으로 이동하여 일본 군대와 싸우게 될 것이오. 전면 전쟁을 치르고 일본군을 궤멸시켜야 하오.

이 전쟁은 중요한 목표가 있소이다. 노일전쟁에서 잃었던 우리 땅 사할린을 되찾아야 하오. 또한 만주와 조선을 점령하고 그곳에서 일제의 압박에 신음하는 아시아 제민족들을 해방시켜야 하오.

나는 장군을 25군사령관에 임명하여 대일 전쟁을 책임 맡도록 하려고 하는데, 어떻게 생각하오?"

치스차코프가 예상하고 있던 내용이다.

"소관을 신임해 주셔서 감사합니다. 조국과 대원수 각하에게 충성을 다할 것을 맹세합니다. 또한 기필코 일본군을 격파하고 승리를 쟁취하겠습니다."

스탈린이 만족해한다.

"좋소. 나는 장군이 사령관 임무를 잘 해내리라고 믿으오.

이틀 후에 장군은 비행기 편으로 극동으로 가시오. 장군이 근무한 적이 있고 또 숙지하고 있는 연해주에 가서 25군을 맡아 전쟁 준비를 하도록 하시오. 장군, 무훈을 바라오."

치스차코프 대장을 비롯하여 소련 극동방면군 제1전선군 산하 제25군의 지휘관 진용이 결정되었다. 군 부사령관에 라구친 중장, 참모장에 펜코프스키 중장, 포병사령관에 마카로프 소장 등등이다. 또한 예하 부대 지휘관들도 정해졌다. 그리고 당 군사회의 정치위원에는 레베데프 소장이 임명되었다.

(2)

1945년 8월 9일 대일선전포고(對日宣戰布告)와 함께 일본에 대한 소련 극동군의 총공격이 개시되었다. 소련 붉은군대의 목표는 만주에 주둔하고 있는 일본 관동군(關東軍)의 타격이다.

소련 극동방면군의 제1전선군, 제2전선군, 그리고 자바이칼전선군이 세 방향에서 만주로 진격하여 관동군을 포위 섬멸한다. 소련 태평양함대는 동해와 연해주 앞바다를 제압하여 일본 본토와 만주의 연락을 차단하면서, 전쟁의 진행 상황을 살피며, 북조선의 동해 연안에 메레츠코프 원수가 지휘하는 제1전선군은 하바롭스크와 블라디보스토크 사이의 연해주 국경선상에 포진해 있다가 제1적기군과 제10전차군단을 앞세워 국경선을 돌파하고 만주로 진격해 들어갔다. 만주 동부 교통의 요충지인 목단장(牧丹江)을 점령하고 길림(吉林)을 장악한 후에 장춘(長春)으로의 진출을 작전 목표로 하고 있다. 장춘에서는 몽골 국경을 돌파하고 남하하는 말리노프스키 원수 휘하의 자바이칼전선군과 회동하기로 되어 있다.

치스차코프 대장이 지휘하는 제25군은 제1전선군의 남쪽에 포진하고 있었다. 소련 극동군의 좌익을 확보하며 조선 점령을 목표로 하고 있다가 전투가 개시되자 일제히 국경선을 돌파했다. 4개 보병사단과 전차사단 및 포병여단으로 편성된 총병력 12만 5천여 명의 25군은 비교적 조선 국경선에 가까운 왕청(汪淸), 훈춘(琿春), 도문(図們), 연길(延吉)을 향해 진격하였다. 예상보다 빠르게 돌진해 들어간 제25군은 개전 다음날인 8월 10일 만주 동녕(東寧)에 군사령부를 이

전하였다.

제25군은 조선 침투를 위한 특수 부대로 남부군(南部軍)을 편성하여 기습 공격을 단행했다. 개전 당일부터 기습을 감행한 남부군은 다음날 8월 10일에 조선의 국경 도시인 경흥(慶興)을 점령하였다. 마침내 소련군이 조선 영토에 들어서게 된 것이다. 11일에는 25군의 주력인 제393보병사단이 사단장 F. I. 이사코프 대좌의 지휘 아래 훈춘을 점령했다.

경흥을 장악하고 조선에 진출한 제25군은 조선으로 계속 진격하여 일본군의 군항 요충지인 웅기와 나진을 점령하기 위해 제393보병사단을 남부군과 함께 공격에 투입하였다. 393보병사단 투입으로 전력이 크게 강화된 남부군은 소련 연해주를 공격하기 위한 일본군의 해군 공군기지인 웅기를, 그리고 북조선에서 가장 큰 일본 해군 군항인 나진을 맹렬히 공격해 들어갔다.

한편, 소련군 태평양함대는 8월 9일부터 공중 폭격과 함포 사격을 가하며 웅기와 나진, 청진 등 동해안의 주요 조선 군항들을 공격했다. 393사단과 남부군의 진격을 통보받은 태평양함대는 8월 12일 새벽 웅기에 접근하여 해병대를 상륙시켰다. 별다른 저항 없이 웅기를 점령했다. 태평양함대는 8월 13일에는 독립 해병대대를 나진에 상륙시켜서 점령하는 데 성공했다. 태평양함대의 해병대가 점령하자 곧 뒤이어 393사단의 보병부대가 웅기와 나진으로 진격하여 들어왔다.

웅기와 나진을 점령한 소련군은 청진으로 향했다. 남부군은 도로를 따라 청진으로 진격하고, 태평양함대는 청진에 대한 해상 공중 공격을 강화하며 상륙작전을 준비했다. 청진은 북조선에서 가장 크고 중요한 항만도시이다. 일본의 해군기지일 뿐만 아니라 조선의 대공업중심지이다. 8월 16일 해안 도로를 따라 남하한 제393보병사단의 공격과 해안에서 상륙한 해병대의 합세로 마침내 청진을 함락시켰다.

천황의 항복 방송이 나오고 청진이 함락되자, 일본군은 대본영의 지시에 따라서 소련군에게 항복을 통고하였다. 그러나 소련 극동군 총사령관 바실리예프스키 원수와 제1전선군사령관 메레츠코프 원수는 전투의 계속을 명령하고 조선을 점령하라고 지시하였다. 이에 따라 제393사단은 계속 남진하며 17일에는 나남을 점령하고, 18일에는 경성을 함락시켰다.

한편 제25군의 1지대가 만주의 요충 도시 왕청을 점령하는 동안, 제1전선군의 또 다른 주력군은 길림과 하르빈으로 진격을 계속했다. 일본 관동군의 사기 저하와 일본 대본영의 항복 선언으로 오히려 소련군사령부에서는 중요 거점 도시의 점령이 더 시급해졌다. 왜냐하면 세계대전이 끝나기 전에 만주와 조선 전부를 점령하라는 스탈린의 호령이 추상같이 내려지고 있었기 때문이다.

소련군 공정부대는 8월 19일에 만주의 심장부인 장춘과 봉천에 낙하산 병력을 투하하여 점령하였다. 22일에는 요동반도의 군항 요충지인 여순에 공정대를 투하시켰다. 조선에서는 8월 21일 태평양함대가 원산으로 향하여 일거에 남부군 병력을 해병대와 함께 원산에 상륙시켜 점령하였다. 소련군은 계속 함흥으로 진격해 들어갔다.

8월 24일에는 마침내 북조선의 심장부인 평양에 제25군 병력이 공중 투하되어 평양을 점령하였다. 제25군은 진격을 계속하여 남북 조선의 분단 경계선인 38도선에 도달함으로써, 소련 붉은군대의 북 조선 점령이 완결되었던 것이다.

소련군이 평양에 진주했다는 보고를 받고 치스차코프 대장이 휴식 을 취하고 있었다. 부관이 급하게 사무실에 들어온다.

"사령관님, 지급 전화가 왔습니다. 제1전선군 사령관 메레츠코프 동지의 전화입니다."

치스차코프가 놀라 급히 일어나 전화를 받는다.

"사령관 동지 각하, 소관 치스차코프입니다."

메레츠코프의 목소리가 찌렁찌렁 울린다.

"치스차코프 대장, 수고가 많았소이다. 8월 말경까지는 북조선 점 령 계획이 끝나겠지요?"

"예, 각하. 그렇습니다."

메레츠코프가 묻는다.

"대장 동지, 어떻소이까? 북조선 점령이 종결되면, 제25군 사령부 를 장군의 곁으로 옮겨야 되는 것이 아닌지요? 조선 어디가 좋겠소이 까? 함흥이 괜찮을까? 아니면 평양이 나을까?"

치스차코프가 자기 의견을 말한다.

"제 생각으로는 평양이 좋을 듯합니다. 함흥은 소련에서 가깝지만 외져 있다는 느낌이 듭니다. 또 평양은 옛날부터 조선인들의 수도였 었습니다. 북조선의 수도와 같다는 상징적 의미가 있는 전략적 거점

도시입니다."

메레츠코프가 흔쾌히 동의한다.

"좋소이다. 평양으로 합시다. 그런데 사령부 이전은 9월 1일 전에 하는 것이 좋겠지요."

"각하. 그렇게 하겠습니다. 점령이 마무리되는 대로 즉시 이동하겠습니다."

전화를 끊고 치스차코프가 참모장 펜코프스키 중장을 불렀다.

"장군, 메레츠코프 원수와 협의를 끝냈습니다. 조선 점령이 종결되는 대로 25군 참모본부를 평양으로 이동하기로 했습니다. 장군이 맡아서 처리해 주시오. 지금부터 착수해야 할 것입니다.

나는 내일 평양으로 가겠습니다. 평양 일원에 주둔하고 있는 일본군의 무장을 해제해야 하겠소이다. 3만 명 대군이니 지체할 수가 없어요. 장군, 뒷일을 부탁하고 떠납니다. 차질이 없도록 이행해 주시오."

펜코프스키 참모장이 씩씩하게 응대한다.

"사령관 동지, 걱정하지 마십시오. 소관이 성심을 다해 완수하겠습니다. 사령부 이전은 개의치 마시고 일본군 무장 해제에 전념해 주시기 바랍니다."

다음날 8월 26일 소련 극동군 제25군사령관 치스차코프 대장은 군용기를 타고 평양으로 향했다. 비행기 창문을 통해서 본 비행장은 텅 비어 있었다. 비행기가 평양시 외각에 있는 비행장에 내렸다. 치스차코프 일행은 군용기에서 내려 터미널을 향해 걸어갔다.

사령관이 비행기에서 내리는 것을 확인하고 소련군 장교 몇 명이 뛰어오고 있는 것이 보인다. 그런데 어찌된 일인지 적지 않은 조선 민간인들이 무리를 지어서 치스차코프 일행을 쳐다보면서 웅성거리고 있다. 그 중 몇몇은 손에 조그만 깃발을 흔들면서 소리를 지르고 있다. 언뜻 보아 환영을 나온 인파 같다.

사령관 부관인 라닌 중좌가 뛰어온 장교에게 묻는다.

"저 군중들은 무엇이오?"

장교가 있는 그대로 보고한다.

"조선 민중들입니다. 평양에 거주하는 무산 대중들의 대표자들입니다. 사령관 동지께서 평양에 오신다는 말을 듣고 환영한다며 기다리고 있습니다. 허락하지 않는다고 타일러도 막무가내입니다."

가만히 듣고 있던 치스차코프 대장이 라닌 부관에게 지시한다.

"내가 조선 민중을 그대로 두고 차 탄 채 지나가 버릴 수는 없지 않은가? 그렇다면 군중들에게 가서 내가 만나겠다고 전하도록 하게.

소련 진주군을 대표해서 조선인들에게 인사말을 하는 것도 의미 있는 일일 것이야. 내가 조선 인민을 격려해 주어야 하겠지."

라닌 중좌가 부동자세를 취한다.

"예, 각하. 즉시 가서 조선 군중들을 집합시키겠습니다."

치스차코프 사령관이 별 네 개가 번쩍거리는 소련 장군복에 훈장을 달고 군중 앞에 나선다. 인파는 벌써 통역까지 대동하여 환영한다.

라닌 중좌가 소개한다.

"친애하는 조선 인민 여러분! 극악무도한 일본 제국주의 군대를 격파하고 조선을 해방시킨 소비에트 붉은군대 제25군 사령관께서 여기 평양에 도착하셨습니다. 사령관 치스차코프 대장 동지께서는 일본군과 싸우셨을 뿐만 아니라 서부 유럽에서는 나치독일 군대도 격파하셨습니다.

그러면 치스차코프 사령관님의 인사말씀이 있겠습니다."

거구의 치스차코프가 조선 군중 앞에서 정중히 고개를 숙이고 인사한다.

"친애하는 조선 인민 여러분, 참으로 반갑습니다!

소련 공산당과 볼쉐비키 정부가 일본 침략자들을 쳐부수고 조선 인민을 해방시키라고 우리를 이곳에 보냈습니다. 소련극동군 제25군은 자기의 사명을 완수하고 이렇게 평양에 도착하였습니다."

통역의 말을 듣고 군중들이 박수를 친다.

치스차코프가 계속한다.

"우리 소련군은 정복자가 아닙니다. 해방자로서 당신들에게 달려왔습니다. 소련 인민은 당신들에게 우리의 질서나 문화를 강요하지 않을 것입니다. 소련군은 조선 인민을 보호하고 도울 것입니다. 또한 조선의 독립과 국가 건설을 성심성의껏 도와줄 것입니다. 감사합니다."

간단하지만 정감 어린 인사였다. 다시 환성이 터지며 박수소리가 요란하다.

환영 꽃다발을 한 아름 받은 치스차코프는 평양 시내 임시숙소로 향했다. 그런데 공항뿐만 아니라 시내 큰거리에도 환영 인파가 넘치고 있다. 곳곳에 소련 국기가 휘날리고 큼지막한 소련 글자로 쓴 플래카드가 걸려있다.

"위대한 해방자 붉은군대 만세!"

"스탈린 대원수 만세!"

"조선 인민은 소련 공산당의 은혜에 감사한다."

치스차코프 일행이 탄 차가 군중 앞을 통과하자 꽃다발을 던지며 환성이 터진다. 역전의 용장인 제25군 사령관 치스차코프 대장도 흐뭇해한다.

그날 저녁 치스차코프 대장은 숙소로 관계 인사들을 불러들였다. 평양수비대군 대장인 다케나토 일본군 중장, 후루가와 일본인 평안남도지사, 평남건국준비위원회 위원장 조만식, 조선 공산당 평남지부위원장 현준혁 등이다.

치스차코프 대장은 인사말을 한 후 다음과 같이 대여섯 가지의 주요 사항을 공표하였다.

첫째, 평안남도의 일본 정부는 8월 26일 오후 6시를 기해 소멸된다. 모든 통치권은 조선인으로 구성되는 평남인민위원회에 인계된다. 방송, 통신, 전화, 철도, 공장, 은행 등의 각 기관은 지체 없이 조선인 인민위원회에 접수된다.

둘째, 모든 일본인 관리는 퇴관한다. 그러나 일본인 중 기술자 및 조선인이 할 수 없는 기능을 가진 자는 그대로 남는다.

셋째, 일본군은 모두 포로로 처우된다. 별도 소련군의 지시에 따라야 한다.

넷째, 노무자의 태업은 일절 금지한다.

다섯째, 조선에서 신 정권이 각 도에서 성립된 후 통일 정부를 수립할 것이다. 단 신정부의 소재지는 서울(京城)에 국한하지 않는다.

여섯째, 북위 38도선은 미소 양군 진주의 경계일 뿐 정치적 의미는 없다.

이날 조선에 진주한 소련군 사령관 치스차코프 대장의 공표 내용에서 조선인의 큰 주목을 끄는 내용이 하나 있었다. 다섯째 항목에서 통일 정부를 수립할 예정이라는 대목이다. 그러나 새로이 수립될 조선인들의 건국정부 소재지가 서울이 아닐 수도 있다는 말이 무엇을 의미하고 있는지를 아는 조선인은 하나도 없었다.

사령관의 표현처럼 38선 분할이 아무런 정치적 의미가 없다고 하더라도, 소련군은 이 분할선 이북의 조선을 완전히 점령하였다. 소련 붉은 군대의 북조선 점령이 완결된 것이다.

(3)

태평양함대의 지원하에 해안으로 상륙하여 원산을 점령한 소련군은 국도를 따라 북상하여 다음날 8월 22일 함흥을 점령하였다. 함흥의 점령은 각별한 의미가 있었다. 평양과 함께 북조선에서 가장 큰 도시의 하나이며, 또 함흥은 함경남도의 도청이 소재하고 있는 행정 중심지이다. 신의주나 청진도 도청 소재지이지만, 이들 도시는 전선으로서의 의미가 강하다. 따라서 소련군은 함흥과 평양을 차지하고 나서야, 조선 주둔군인 제25군의 사령부를 조선으로 옮길 계획을 실행할 수 있었던 것이다. 메레츠코프 원수는 함흥을 의중에 두고 있었지만, 조선 점령군 사령관인 치스차코프 대장의 의견을 받아들여 평양에 사령부를 설치하는 데에 동의하였다.

소련극동군 제1전선군의 최전방 부대로서 북조선 점령의 책무를 정력적으로 수행하고 있는 치스차코프 대장은 만족해하면서 제25군 정치 작전을 담당하는 군사회의 정치위원 레베데프 소장을 대동하고 군용기 편으로 함흥에 도착하였다. 비행장에는 함흥을 가장 먼저 점령한 제393사단장 샤닌 소장을 비롯하여 일본군 34군사령관 구시하라 중장과 함경도지사 일본인 기시 등이 영접 나와 있었다.

치스차코프 대장은 비행장에서 일본군의 항복 접수를 소련군 제393사단장인 샤닌 소장에게 일임하였다. 사령관은 레베데프 정치위원과 함께 함흥 시내로 들어가 도청을 접수하고 자리를 잡았다. 이미 함흥 일대에는 이 지역을 점령한 소련군 사단장 샤닌 소장과 일본인 도지사의 연명으로 아래와 같은 포고가 나붙어 있었다.

함경도 관내의 치안 유지 및 행정 사무 일반은 도지사와 경찰부
장과 그 부하 직원들이 담당 집행한다. 인심을 교란시키고 치

안을 어지럽히는 자는 총살에 처한다. 조선인도 일본인도 현재의 직장을 무단 이탈하면 엄벌에 처한다. 공장, 기업소, 광산 등은 조업을 계속해야 하며, 모든 물자는 허가 없이 관외로 반출할 수 없다.

8월 22일 오후 함경남도 조선인 대표들이 사령부를 방문하였다.

부관이 들어와 보고한다.

"각하, 조선인 대표들이 인사를 드리려고 사령관님 뵙기를 청합니다. 어떻게 할까요?"

치스차코프가 승낙한다.

"그래, 들어오라고 해. 그런데 누구들이라고 하던가?"

부관이 서류를 건네면서 대답한다.

"함경남도 공산주의자협의회 대표로서 송성관(宋成寬), 김인학(金仁學), 건국준비위원회 함경남도지부 책임자 최명학(崔明鶴), 도용호(都容浩) 등입니다."

조선인 대표들이 들어오면서 정중히 인사한다.

"조선을 해방시켜 주신 은혜에 진심으로 감사드립니다. 스탈린 대원수와 소련 공산군을 존경합니다."

치스차코프도 따뜻이 환영한다.

"악독한 왜정 치하에서 조선 인민이 얼마나 고통을 받았습니까? 이제 일제는 패망하고 일본군이 완전히 소탕되었으니 조선 민족은 독립하게 될 것입니다.

이제부터는 나라를 세우기 위해 노력하십시오. 무엇보다도 조선 인민을 잘 지도하여 질서를 회복해야 합니다. 또한 왜적의 잔재를 철저히 일소해야 할 것입니다."

도용호가 조선인 대표들의 의견을 종합하여 말한다.

"사령관 각하. 조선인 공산주의자협의회와 건국준비위원회는 조선 건국에 서로 힘을 합치기로 결의하였습니다. 그 결과 우선 함경남도 인민위원회(咸鏡南道人民委員會)를 결성하였습니다.

일본군이 항복하고 일제 총독부가 해체되었습니다. 그러나 한시라도 행정에 공백이 있어서는 안 될 것입니다. 따라서 함경남도 일원의 행정권을 함경남도인민위원회에 넘겨주시면 감사하겠습니다. 우리가 조선 인민을 대표하여 임시로 행정권을 양도받아서 치안과 행정을 집행하도록 하겠습니다."

치스차코프가 선선히 동의한다. 제출된 서류를 찬찬히 보며 입을 연다.

"일제가 패망하고 없어진 상황하에서 조선 인민들이 행정을 책임진다는 것은 당연합니다. 또 시급한 일이기도 하지요.

그런데 자세히 검토하지는 않았으나 대표 조직인 인민위원회의 인적 구성에 수정할 부분이 있는 것 같소이다. 이 문제는 군사회의 정치위원 레베데프 소장의 소관이니, 지금 즉시 레베데프 장군을 만나 상의하시오."

치스차코프가 라닌 중좌를 부른다.

"부관, 조선 인민 대표들을 레베데프 정치위원에게 안내하시오.

그리고 즉시 인민위원회 문제를 협의하여 내게 보고하도록 조치하
시오."

"예, 사령관님. 지금 인도하고 결과를 보고드리겠습니다."

함경남도인민위원회 대표들이 라닌을 따라 레베데프 정치위원실
로 향했다. 레베데프 정치위원은 함흥에 들어오면서 많은 정보를 입
수하였다. 이미 인민위원회가 조직되었으며, 공산주의자들이 인민위
원회의 실권을 장악한 세력 분포도 확인하고 있었다.

레베데프 소장이 반갑게 맞는다.

"어서들 오시오. 기다리고 있었습니다. 사령관님으로부터 연락을
받았습니다."

공산주의자 김인학이 그간의 함흥 사정을 말하며, 인민위원회 결
성 경위를 보고한다.

"장군님, 일제가 항복하고 조선총독부가 없어진 지금에, 어제 발표
된 포고문에 일본인 도지사가 지시하는 것은 부당합니다. 조선 인민
들은 수긍할 수 없습니다.

따라서 조선 인민 대표들이 인민위원회를 결성하고 행정권 이양을
정식으로 요청합니다. 승낙해 주시면 감사하겠습니다. 행정의 공백이
있어서도 안 될 것이며, 또한 지금에 와서까지 왜놈들에게 행정을 그
대로 맡겨 둔다는 것은 더더욱 안 될 일입니다."

레베데프도 찬성한다.

"그렇게 하도록 합시다. 조선인 대표들이 뭉쳐서 합의했다고 하니
잘된 일입니다."

레베데프가 차를 마시고 자기 생각을 털어놓는다.

"소련 정부와 소련 공산당은 조선 인민들의 자주적 통치를 적극 지지합니다. 조선에 진주한 우리 소련 극동군은 정부와 당중앙의 지시를 받아서 조선의 재건과 독립 정부 수립을 후원해 나갈 것입니다.

내 생각으로는 인민위원회를 확대하여 구성 위원들 수를 더 늘렸으면 좋겠습니다. 그리고 대표는 조선 공산당원이 아니라고 하더라도 함흥 지역에서 인망이 높은 지도자를 선정했으면 합니다. 그렇게만 하면 즉시 행정권 이양 조치를 시행하겠습니다.

어떻습니까? 지금 밖에 나가서 인민위원회를 확대 조직하시고, 다시 만나기로 하지요."

공산주의자를 포함하여 대표들 모두가 좋아한다. 함경남도인민위원회는 소련군 정치위원 레베데프의 종용을 받아들였다. 공산주의자협의회와 건국준비위원회에서 각각 11명씩 대표를 뽑아서 22명으로 인민위원회를 확대, 구성하였다. 위원장과 부위원장에는 민족진영에 속하는 명망가인 건국준비위원회 측의 도용호와 최명학을 선임했다. 공산주의자들은 레베데프 정치위원실과 긴밀히 상의하면서 내무국장과 교통통신국장 등 요직을 차지했다.

그날 저녁 치스차코프 사령관실로 레베데프 장군이 직접 들어와 보고한다.

"사령관님, 함경남도인민위원회 구성을 마쳤습니다. 초안을 수정하여 조선 인민들에게 신망 있는 인물로 구성 인원을 확대하였습니다.

인민위원회 위원장은 민족진영 인사에게 양보했습니다. 그러나 조선공산주의 간부들이 요직을 장악했기 때문에 점차 공산당이 함경남도와 함흥을 지배하게 될 것으로 보입니다."

치스차코프가 희색이 만면하다.

"잘했소. 정말 잘 처결했소이다."

치스차코프와 레베데프는 즉석에서 일본군사령관과 도시자와 도경찰부장을 호출하였다.

치스차코프가 명령한다.

"내일부터 일본군이나 일본인 관리들은 조선 통치에서 손을 떼시오. 그리고 소련군 사령관의 별명이 있을 때까지 대기하시오. 치안과 행정 일체는 조선 인민들이 자결적으로 결성한 인민위원회가 수행해 나갈 것이오. 한 치의 오차가 없이 시행하시오."

함경남도 일원 일본 통치 조직 수뇌들이 나가자 레베데프 정치위원이 치스차코프에게 제안, 건의한다.

"사령관님, 이제 북조선 군사 점령이 곧 끝나게 될 것입니다. 붉은 군대 진주가 종결되면 즉시 통치로 전환해야 합니다. 소비에트연방의 군정이 실시된다는 의미이지요.

점령 지역의 치안 행정권은 조선 인민들에 의해 조선인들로 결성된 정치단체에 이양했으면 좋을 듯합니다. 우리 소련군은 상부의 위치에서 이 통치행위를 지도 감독하면 될 것입니다."

치스차코프가 쌍수를 들어 찬성한다.

"좋소이다. 참으로 절묘한 방안이오. 소련 점령군이 직접 나서는 것보다 조선인들을 내세워 다스리는 것이 안전하며 또 효과적이오.

장군, 그런데 이 문제에 대해 상부와 협의는 되어 있소이까?"

레베데프가 분명하게 밝힌다.

"예, 그렇습니다. 슈티코프 장군의 지침이 있었습니다. 자세한 상의도 나누었습니다. 조선에 진주한 제25군 사령부는 조선 공산주의자들을 후원하고 강화시켜서 결국 조선 공산당이 정치권력을 차지할수 있도록 모든 노력을 다하면 될 것으로 사료됩니다."

치스차코프가 만족해한다.

"레베데프 장군, 나는 장군만 믿겠소이다.

스탈린 대원수와 볼셰비키 중앙당의 의도에 충실하여 조선의 공산화를 달성하도록 군정을 차질 없이 집행합시다. 다 같이 노력해야합니다."

"사령관님, 명심하겠습니다."

치스차코프가 한마디 묻는다.

"슈티코프 중장은 언제쯤 나올 예정입니까?"

레베데프가 아는 대로 보고한다.

"메레츠코프 원수님과 상의하여 곧 조선으로 나오실 것으로 압니다."

소련 점령군 사령관 치스차코프 대장과 제25군 정치위원 레베데프 소장은 함경남도 일원의 군정 방침을 결정 집행한 후 홀가분한 심정으로 자리를 떴다.

(4)

8월 26일 평양에 들어온 소련극동군 제25군 사령관 치스차코프 대장은 평양 철도호텔에 임시사령부를 설치하였다. 일본군 평양지구 사령관으로부터 항복을 접수하고, 또 평안남도지사로부터 치안 행정권 이양 등의 절차를 서두르기 시작했다. 그러나 고위 참모들을 수행시키지 않고 부관 라닌 중좌 등 장교 몇 사람만 대동하고 왔기 때문에 혼자 구상에 몰두하고 있었다.

저녁때가 되자 조선인 대표들이 찾아왔다고 부관이 보고한다.

"사령관 각하, 조선건국준비위원회 평남지부 위원장 조만식 일행이 사령관님을 뵙겠다고 기다리고 있습니다. 어떻게 할까요?"

치스차코프가 놀란다.

"뭐, 조만식이가 왔다고…?"

"사령관님이 도착하신 것을 알고 감사드리러 왔다고 합니다."

조만식, 평양 일원에 명성이 자자하며 북조선에서 제일간다는 인민의 지도자가 아닌가? 그러나 우익 보수 진영을 이끌고 있는 반동세력의 우두머리이다. 조심하지 않으면 안 된다. 치스차코프가 부관에게 묻는다.

"들어오라고 해. 그런데 박 데나이 동무는 어디 갔나?"

부관이 옆방을 가리킨다.

"사무실에 대기하고 있습니다. 지금 보고서를 쓰고 있는 것 같습니다."

치스차코프가 지시한다.

"박 데나이를 불러. 와서 통역도 맡아 하라고 해.

그리고 좋은 차를 준비해서 내오도록. 조선인들은 차를 좋아한다지."

조만식 위원장을 필두로 건준 간부들이 들어온다. 치스차코프가 자리에서 일어나 맞이한다.

"어서 오시오. 조선 지도자 조만식 선생께서 이렇게 찾아주시니 반갑습니다."

건준 간부들은 사령관 옆에 앉아서 통역을 담당하는 조선인 여자를 보고 놀란다. 치마저고리를 곱게 차려입은 주인공이 박정애(朴貞愛 ; 소련명 박데나이)이며, 또 평양 공산주의자 중진인 김용범(金鎔範)의 첩이라는 것은 알고 있다. 그러나 언제부터 치스차코프 사령관의 통역이 되어 가까운 사이가 되어 있는지는 모르고 있었다.

조만식 일행이 자리에 앉으며 예를 차린다. 조만식이 인사한다.

"사령관 각하, 원로에 노고가 얼마나 크십니까? 우리 조선 백성들은 조선을 해방시켜 주신 소련군을 열렬히 환영합니다.

스탈린 대원수와 소련 인민에게 다시 한번 진심으로 감사를 올립니다."

치스차코프가 자리를 권하면서 큰소리로 말한다.

"고맙소이다. 조선인민을 대표하여 이와 같이 감사의 예를 베풀어주니 보람이 있습니다. 자, 앉아서 차를 드시지요."

차를 마시며 수인사가 어느 정도 끝난 후에 오윤선 장로가 속내를 드러내 보인다.

"사령관 각하, 일본군이 항복하고 무장 해제를 하면 일제 통치는 끝이 납니다. 총독부도 사라지고, 이곳 평안남도나 평양의 왜놈 관아도 모두 없어지겠지요.

그러나 백성과 나라를 위해서는 한시라도 치안이나 행정이 없어서는 안 되지 않겠습니까? 시급한 문제가 아닐는지요?"

치스차코프가 덤덤한 표정으로 말을 받는다.

"그야 그렇지요. 치안과 행정 문제가 중요하지요. 소련군도 걱정하고 있지요."

오윤선이 계속한다.

"사령관 각하, 그래서 말인데요, 평양의 치안과 행정을 평양 인민 대표들에게 위임해 주시면 어떠하겠습니까? 가능하실지요?"

치스차코프가 또 덤덤하게 대답한다.

"글쎄요, 조선 인민의 대표들이 있다면 그렇게 해야 되겠지요. 그러나…."

오윤선이 이때다 생각하고 본론을 얘기한다.

"해방이 되던 날, 평양에 평안남도건국준비위원회가 조직됐습니다. 소련 해방군이 진주하기 전까지 치안과 일부 행정의 공백을 담당해왔습니다. 과히 허물이 없었다고 생각하시면 건준에 행정을 맡겨 주시기 바랍니다."

치스차코프가 갑자기 부관 라닌 중좌를 부른다.

"건준 간부 여러분, 내가 오늘 저녁 도착하여 중요한 업무가 약속되어 있습니다. 벌써 시간이 많이 지체되었군요. 먼저 일어나야 하겠소이다. 행정 문제는 부관 라닌 중좌와 협의해 보시면 좋겠습니다."

부동자세로 서 있는 라닌 부관을 쳐다보며 지시한다.

"이분들을 모시고 회의실에 가서 나를 대신해 의견을 들어보도록 하게. 내용을 정리하여 내일 나에게 보고하도록 해! 알겠나?"

라닌이 시무룩한 얼굴로 대답한다.

"예, 알겠습니다. 지금 모시고 나가겠습니다."

회의실로 자리를 옮겨서 라닌 중좌 및 박정애와 함께 건준 간부들이 대화를 계속했다. 그러나 신통한 답이 나오지를 않는다. 오히려 라닌 중좌가 횡설수설하면서 열의를 보이지 않는다. 조만식과 건준 간부들은 김빠진 분위기에 적지 않게 실망한다. 이것이 소련군의 고의적 의도인지 모르는 건준 대표들은, 박정애가 하는 통역이 시원찮아 치스차코프가 핵심을 이해하지 못했으며, 또 라닌 중좌도 엉뚱한 말만 하는 게 아닌가 하고 아쉬워한다.

갑자기 박정애가 결론을 내린다.

"오늘 회의는 이만 마쳐야 될 것 같습니다. 라닌 중좌의 말에 의하면, 소련군사령부에서는 아직 업무가 제대로 파악되지 않았답니다. 그 때문에 여러분에게 특별히 할 말이 없다고 해요. 2, 3일쯤 후에 평양에 있는 여러 조선인 지도자들을 함께 초청하여 협의를 갖겠다고 합니다. 그 자리에서 행정권 이양 문제를 결정하겠다는 얘기입니다. 그때 여러분들을 부를 테니 다시 와 달라고 합니다."

건준 간부들은 낙심했지만 어쩔 수 없었다. 착잡한 심정으로 철도호텔을 빠져나왔다.

조만식 일행이 나가자, 치스차코프가 휴 - 하고 한숨을 쉰다. 치스차코프는 조선 군정이 매우 어렵고도 복잡한 문제임을 깨닫는다. 조선 지도자들이 단순하지 않으며, 소련군 지시만을 고분고분 따를 인간들이 아닌 것으로 느껴져 불안하다. 평양이 북조선에서 정치, 경제, 문화의 중심지이기 때문에 방심하면 어려운 사태가 발생할 수도 있다. 정치나 문화에 문외한이며 더욱이 정치 공작 경험이 없는 치스차코프 자신이나 라닌 중좌 등만으로는 평양의 문제를 해결할 수 없을 것임을 이해한다. 레베데프 정치위원의 판단과 보좌가 절실히 필요한 것임을 비로소 깨닫는다.

치스차코프가 부관실을 쳐다보고 소리친다.

"야, 즉시 전화를 걸어서 바꾸라. 길림에 나가 있는 레베데프 장군을 수소문하여 나와 통화할 수 있도록 연결하라!"

레베데프 소장은 소련극동군 제25군의 당 군사회의 군사위원이다. 제25군이 북조선을 점령하고 군정을 시행할 때, 정치적 문제에 대한 판단 결정이나 정치 공작을 책임지고 있는 정치위원(commissar)이다. 군당(軍黨) 책임자로서 소련 군대 조직에서 소련 공산당의 이념과 정책을 관장하고 집행하는 소련공산당의 대행자이다. 소련 적군(赤軍)에서 정치 사령관인 셈이다. 북조선의 군정에서 정치적인 결정이나 전략 수립이 중요시될수록 정치 책임자의 위치나 책무가 더욱 중요해지게 마련이다.

제25군 선봉대가 평양으로 진주하면서 8월 26일 사령관 치스차코프 대장이 평양에 들어와 철도호텔에 임시사령부를 설치할 때, 레베데프 소장은 치스차코프와 함께 평양으로 오지 않았다. 마침 만주 길림에 진주하고 있던 연해주군관구 당 군사회의 정치위원인 슈티코프 중장이 연해주군관구 산하 각 군(제1전선군 및 제2전선군)의 정치위원 회의를 소집하였다. 정치위원 회의에 참석하기 위하여 레베데프는 북조선 함흥에서 치스차코프와 같이 있다가 만주 길림으로 직행했던 것이다.

부관이 사령관실에 급히 들어온다.

"각하, 길림에 전화가 연결되었습니다. 레베데프 장군이 나왔습니다."

치스차코프가 반갑게 수화기를 든다.

"레베데프 장군, 나 치스차코프요. 반갑소. 잘 지냈소이까?"

레베데프가 급한지 용건을 묻는다.

"사령관님, 무슨 일이 있으십니까? 저도 이곳에 있지만 평양의 일이 걱정이 됐습니다."

치스차코프가 털어놓는다.

"별일은 아니오만…. 오늘 평남건준위원장 조만식이라는 자가 사령부를 찾아왔소. 우익 반동 일행들을 데리고 와서 행정권 이양을 요구했소이다."

레베데프도 놀란다.

"조만식이 직접 왔었단 말이지요? 사령관님, 그래서 어떻게 하셨습니까?"

치스차코프가 사실대로 이야기한다.

"장군이 없는데 나 혼자 무슨 일을 결정할 수 있겠소? 그래 일단 뒤로 미뤄놓았소이다. 며칠 후에 다시 오라고 하였소."

레베데프가 좋아한다.

"사령관님, 잘하셨습니다."

치스차코프가 다급하게 재촉한다.

"장군, 그곳 회의가 끝나는 즉시 비행기를 타고 평양으로 직행하시오. 이곳 사태가 매우 급하게 진행될 것 같소.

군사 회의는 언제 끝날 예정이오?"

"예, 사령관님. 회의는 내일 종료됩니다. 회의가 끝나는 대로 지체없이 평양으로 가겠습니다."

치스차코프가 당부한다.

"슈티코프 장군에게 내 말을 전하시오. 이번에는 25군 정치위원을 모두 충원하여 유능한 인재를 보내 달라고 하시오. 레베데프 장군이 직접 선임하여 능력 있는 인물을 데리고 오시기 바라오.

장군, 그래야 북조선 군정이 성공할 것이 아니오? 우리는 스탈린 대원수와 소련공산당의 뜻을 받들어 북조선의 공산화를 달성해야 하지 않겠소?"

레베데프가 고마워한다.

"사령관님 뜻을 상부에 보고하여 그대로 시행하겠습니다. 가능하면 말씀대로 유능한 인재를 발탁하여 북조선 군정이 성공할 수 있도록 최선을 다하겠습니다. 내일 회의가 끝나는 대로 평양으로 직행하겠습니다."

치스차코프가 만족해한다.

"레베데프 장군, 고맙소. 그러면 다시 봅시다. 건투를 비오."

8월 28일 오후 늦게 치스차코프 사령관이 보낸 특별 군용기를 타고 레베데프 정치위원이 평양에 도착했다. 레베데프 장군의 보좌역으로 제25군 당 군사회의 차석 정치위원 I S 흐루소프 소장과 정치참모 I G 그로모프 대좌 등 고급 장교들을 데리고 왔다.

레베데프는 평양으로 오자 사령관에게 인사를 마치고, 즉시 박정애를 불렀다. 기다리고 있던 박정애가 서류철을 가지고 자세한 상황을 보고했다. 일본군 항복과 무장해제 후 평양의 사정과 민심 동향이 세밀하게 조사되었다. 8월 16일 조만식을 위원장으로 하여 민족진영 인사들만으로 구성된 평안남도건국준비위원회의 내막 및 활동과 북조선 인민들에게 미치고 있는 영향 등이 분석되었다. 또한 김용범, 김태준(金台俊), 백용구(白容龜), 김덕영(金德永), 김승기(金陞基) 등이 주동이 된 평안남도 및 황해도 지역의 공산당 조직 및 활동 상황도 파악되었다. 그리고 박헌영 계열로 해방 직후 평양으로 내려와 조선 공산당 평남지구당을 결성하고 위원장이 되어 활동을 강화하고 있던 현준혁(玄俊赫)의 근황도 보고되었다.

레베데프는 박정애의 정보에 만족했다. 박정애의 보고를 통하여 레베데프는 비로소 평양의 정치 상황을 손바닥 들여다보듯이 한눈에 파악할 수 있었다. 제25군의 정치위원 레베데프 장군은 북조선 군정에 정보의 중요성을 절감하고 박정애를 발탁하였다. 그리고 치스차코프 사령관의 통역 겸 보좌역으로 천거하였다. 박정애는 북조선의 사정에 밝았을 뿐만 아니라, 특히 소련 공산당에 대한 충성심이 레베데 프에게 큰 믿음을 주었던 것이다.

해방 직후 소련군의 북조선 진주와 소련 군정에 큰 힘이 된 박정애, 소련명 박데나이, 그 여인은 누구인가?

박정애는 1907년 함경북도 회령에서 출생하였다. 일찍이 소련으로 건너가 1932년 모스크바 노농대학(勞農大學)을 졸업하고 소련 공산당에 가입하였다. 졸업 후 코민테른의 일원으로 평양 지역에 파견되어 활동하다가 왜경에 체포되어 2년 동안 감옥살이를 했다.

출소 후에 소련으로 돌아갔으나, 1930년대 중반 소련군 참모본부 군사정보기관(GRU)에 초청되어 하바롭스크의 극동군사령부 정찰국 소속 '조선인 첩보공작반'으로 선발되었으며 상당 기간 공작 훈련을 받았다. 1940년대 초 평양으로 밀파되었다. 공작 임무는 일본 관동군의 후방 기지인 북조선의 주요 군수공장에 잠입하여 병참기밀을 빼내는 일과, 노동자들의 조직 및 파업 선동 등이었다. 또한 만주에 있는 '조선인민혁명군 김일성부대'가 머지않아 조선 땅에 진격해 들어온다는 루머를 퍼뜨리는 선전도 맡았다.

소만(蘇滿) 국경선을 돌파하고 떠돌이 행상으로 가장해 간도와 혼춘을 거쳐 평양까지 잠입하는 데 성공한 박정애는, 먼저 코민테른에서 선발되어 평양에 와 있던 김용범과 합류했다. 일제 말기에 평양 고무신공장과 양말공장 등의 여공으로 위장 취업해서 지하공작을 전개했다. 해방 직전 다시 왜경에게 체포되었으며, 투옥되었다가 8월 15일 평양형무소에서 출옥하였다. 출옥 후 즉시 북조선으로 진주하는 소련 극동군 제25군에 합류했던 것이다.

평양에 도착한 다음날 8월 29일, 레베데프는 조만식을 비롯한 평남건준 대표들과 현준혁, 김용범, 장시우 등 평남 공산주의자 대표 20여 명을 군사령부 회의실에 소집했다. 치스차코프 사령관 주재하에 행정권 이양에 관해 협의에 들어갔다.

치스차코프가 인사말을 한다.

"조선인 지도자 여러분, 이렇게 한자리에 모여 인사를 나누게 되어 반갑소이다. 소련군은 일본군을 격파하고 조선을 해방시켰습니다. 무장해제까지 받은 지금에 와서 일본군은 완전히 소멸되었습니다. 일본 민간인들도 곧 일본 내지로 돌아갈 것입니다.

이제 남은 일은 조선인들이 나서서 나라를 세우는 일입니다. 그러기 위해서는 우선 치안이 확보되고 사회질서가 확립되어야 합니다. 동시에 기본적인 범위에서 행정력이 복원되어야 합니다.

북조선에 진주한 소련군은 당분간 군정을 실시하게 될 것입니다. 그렇다고 하여 소련 진주군이 직접 치안이나 행정을 담당하지는 않을 예정입니다. 치안과 행정은 조선인들이 자치적으로 담당해 주기를 바랍니다.

이틀 전에 평남건준 조만식 위원장 일행이 사령부를 방문하고 행정권 이양 문제를 요청한 일이 있습니다. 오늘 레베데프 장군 주재하에 당면한 문제를 협의해 주기 바랍니다. 조선인들 사이에 협의가 잘되어 한시라도 빨리 치안, 행정을 인수받아 건국 준비에 박차를 가하기 바랍니다."

레베데프 정치위원이 의제를 제안한다.

"사령관님의 말씀대로 조선인 대표 조직에 행정권을 이양하겠습니다. 조선 인민의 신망을 받는 대표자들이 모였으니 오늘 이 자리에서 평안남도 인민위원회를 결성해 주기 바랍니다."

오윤선 장로가 일어나 묻는다.

"레베데프 장군, 이 자리에서 평남인민위원회를 결성하라는 말씀이신가요?"

"예, 그렇소이다. 조선인 대표들로 구성된 행정권 인수위원회를 조직하라는 말입니다."

오윤선이 제안을 한다.

"대표 조직체로는 해방과 동시에 평양 시민의 뜻에 따라 결성된 평안남도건국준비위원회가 있습니다. 또한 그동안 이 건준은 글자 그대로 건국을 준비하며 적지 않은 일을 해 왔습니다. 그러므로 평남 건준을 대표조직으로 인정해 주시면 되지 않겠습니까?"

레베데프가 원칙을 표명한다.

"평남건준이 만들어졌고 일도 많이 한 것을 알고 있습니다. 그러나 그 조직은 우리 소련군과는 아무런 관계가 없습니다. 오 선생의 말대로 건국을 위한 준비 단계였다고 하겠지요.

그러나 새로운 조직은 행정권을 인수받기 위한 조선 인민의 대표 기관입니다. 따라서 소련군이 확인할 수 있도록 인민위원회를 조직하십시오."

한근조가 일어나 발언한다.

"저희들 생각으로는 평남건준을 평남인민위원회로 인정해 주시면 간편할 것 같습니다. 그러실 의향은 없으신지요?"

레베데프의 억양이 높아진다.

"당분간 북조선에서는 인민위원회만이 건국 사업에 관여할 수 있습니다. 그러므로 평남건준은 이제 해체해야 합니다. 그리고 인민위원회를 새로이 구성해야 합니다."

한근조도 지지 않고 자기 논리를 내세운다.

"지금까지 평양 시민의 호응 아래 건국 사업을 열심히 해 온 건준을 해체할 필요가 있을까요? 오히려 혼란만 초래하는 것 아닌지요."

레베데프가 본심을 밝힌다.

"솔직히 지적하자면 건국준비위원회는 우익의 자본가 계급으로만 구성되어 있습니다. 진보적인 공산주의자, 사회주의자, 그리고 노동자나 농민의 대표는 거의 없소이다. 그렇기 때문에 각계각층의 대표들로 새로이 조직하라는 것입니다."

한근조가 협상안을 제시한다.

"그렇다면 공산당 간부들이나 진보 세력이 건준에 들어오면 되지 않겠습니까?"

레베데프가 완강하다.

"그건 안 됩니다. 각계각층의 인민들 대표를 포함하여 평남인민위원회는 다시 조직해야 합니다. 또한 평남건준은 이제 해체해야 합니다."

얘기가 길어지자 현준혁이 나선다.

"저도 조만식 선생님을 존경합니다. 평양에서 조 선생님을 모르는 인민이 어디 있습니까? 따라서 인민위원회가 결성되더라도 당연히 조만식 선생님께서 위원장을 맡으셔야죠.

다만 소련 해방군이 새로이 조직하라고 하니 여기 모이신 분들이 협의하여 인민위원회를 만드는 것이 좋을 듯합니다. 이 문제 가지고 왈가왈부하거나 시간을 끌어서 조선 인민에게 이로울 게 뭐 있겠습니까?"

레베데프가 분위기를 보면서 쐐기를 박는다.

"조선 인민 대표들이 모인 이 자리에서 인민위원회 결성도 못한다면 조선인민은 자치 정부를 세울 자격이 없는 것이오. 빨리 결정하시오.

만약 합의가 안 되거나 인민위원회가 조직되지 않으면 행정권 이양은 불가합니다. 그렇게 되면 소련군이 직접 나서서 치안과 행정을 집행하는 수밖에 없게 됩니다."

오윤선 장로가 눈을 감은 채 경청하고 있는 조만식과 귓속말을 나눈 후 얘기한다.

"좋습니다. 레베데프 장군님의 말씀에 따르겠습니다. 여기 모인 대표들이 별도 회합하여 평남정치위원회를 결성하겠습니다."

그러자 레베데프가 다시 지적한다.

"명칭에 인민위원회라는 말이 들어가야 합니다."

"인민이라는 글자가 꼭 첨부되어야 합니까? 그럴 필요라도 있는지요?"

레베데프가 설명한다.

"북조선 인민의 대표라는 뜻이지요. 따라서 인민이라는 명칭은 필요합니다."

그러자 김용범이 제안한다.

"그렇다면 합의적으로 이렇게 하면 어떨까요? 정치도 넣고 인민도 넣어서, 평남인민정치위원회라고 합시다."

레베데프가 박정애를 쳐다보며 웃는다.

"그거 좋겠소이다. 양편을 다 만족시킬 수 있겠군."

그날 회의에서 평안남도인민정치위원회가 정식으로 결성되었다. 위원장에 조만식, 부위원장에 오윤선과 현준혁이 선임되었다. 그런데 내무부장, 사법부장, 상공부장, 특무경찰부장, 그리고 평양보안서장 등 요직은 공산주의자들이 차지하였다.

조만식을 위원장으로 하는 평남인민정치위원회가 출범하면서 평안남도와 평양의 치안 행정권이 위원회로 이양되었다. 마침내 조선인 자치 행정이 시행되기 시작하였다. 북조선 주둔 소련 적군(赤軍)은 군정 시행기관의 위치에서 지휘, 감독을 하게 되었다.

평양에서 평안남도인민정치위원회 결성 문제가 일단락되자, 레베데프 정치위원은 지체없이 북조선 주둔 소련군사령관 명의로 조선인민에게 다음과 같은 포고문을 발표하였다.

조선 인민들에게

조선 인민들이여! 붉은군대와 연합국 군대들은 조선에서 일본

약탈자들을 구축하였다. 조선은 자유국이 되었다. 그러나 이것은 오직 신조선 역사의 첫 페이지가 될 뿐이다. 화려한 과수원은 사람의 노력과 고심의 결과이다.

이와 같이 조선의 행복도 조선 인민이 영웅적으로 투쟁하며 꾸준히 노력해야만 달성할 수 있다. 일제의 통치하에서 살던 고통의 시일을 추억하라! 담 위에 놓인 돌멩이까지도 괴로운 노력과 피땀에 대하여 말하지 않는가? 당신들은 누구를 위하여 일하였는가?

왜놈들이 고대광실에서 호의호식하며 조선 사람들을 멸시하며 조선의 풍속과 문화를 모욕한 것을 당신들이 잘 안다. 이러한 노예적 과거는 다시 돌아오지 않을 것이다. 진저리나는 악몽과 같은 그 과거는 영원히 없어져 버렸다.

조선 사람들이여 기억하라! 행복은 당신들의 수중에 있다. 당신들은 자유와 독립을 찾았다. 이제는 모든 것이 죄다 당신들에게 달려 있다.

붉은군대는 조선 인민이 자유롭게 창작적 노력에 착수할 만한 모든 조건을 지어 주었다. 조선 인민 자체가 반드시 자기의 행복을 창조하는 자로 되어야 할 것이다. 공장, 제조소 및 공작소 주인들과 상업가 또는 기업가들이여! 왜놈들이 파괴한 공장과 제조소를 회복시켜라! 새 생산 기업체를 개시하라! 붉은군대 사령부는 모든 조선 기업소들의 재산 보호를 담보하며 그 기업소들의 정상적 작업을 보장함에 백방으로 원조할 것이다.

조선 노동자들이여! 노력에서의 영웅심과 창작적 노력을 발휘하라!

조선 사람의 훌륭한 민족성 중 하나인 노력에 대한 애착심을 발휘하라!

진정한 사업으로서 조선의 경제적 및 문화적 발전에 대하여 고려하는 자라야만 모국 조선의 애국자가 되며 충실한 조선 사람이 된다.

해방된 조선 인민 만세!

소련 붉은군대 사령부

(5)

일제가 항복하고 일본군의 무장해제가 완료되자 소련 극동군사령부의 임무가 종결되었다. 특히 외몽고, 만주, 북조선, 그리고 사할린을 소련 적군(赤軍)이 진주하여 점령함으로써 소련 극동군의 군사 목표가 달성된 것이다.

9월에 들어서자 소련은 극동군사령부를 해체하고 그 대신 연해주군관구를 신설하였다. 이 연해주군관구가 소련의 극동 전선을 총괄하면서 만주와 조선 등에 주둔한 소련군을 통솔하게 되었다. 사령관에는 메레츠코프 원수를 임명했다.

연해주군관구 정치위원에 슈티코프 중장이 발탁되었다. 연해주군관구에서 소련 군정을 지휘, 감독하여 볼셰비키 정부의 정치목적을 추진하는 요직이다. 슈티코프 정치위원은 크레믈린의 절대자 스탈린의 심복으로, 소련 극동의 전략 요충지로 새로이 부상한 만주와 조선에서 소련 공산당의 전략을 집행하는 스탈린의 대리인이다.

9월 중순 극동 지역 정치사령관인 슈티코프 중장이 평양에 들어왔다. 슈티코프는 지체 없이 전략회의를 소집하였다. 조선주둔군 사령관 치스차코프 대장, 부사령관 라구친 중장, 참모장 펜코프스키 중장, 군사회의 정치위원 레베데프 소장, 군 참모부 정치부장 그로모프 대좌 등 군정 최고위 수뇌들이 모였다. 이 자리에는 서울 정동에 있는 소련 영사관 부영사 샤브신이 참석했다. 일제 말기부터 지금까지 조선공산주의자들을 후원하고 고급 정보를 입수하는 등 큰 공을 세운 바로 그 사람이다.

슈티코프가 모두 발언을 한다.

"존경하는 치스차코프 사령관님을 비롯하여 여러 간부 동지들, 조선 점령을 완결하느라고 수고가 많으셨습니다. 특히 함흥과 평양에서 조선 인민 대표자들과 협의하며 교활하고 악독한 일본인들로부터 정권을 회수해 인민위원회에 무사히 넘겨주신 대해 다시 한번 노고를 치하합니다."

차를 한 모금 마시며 좌중을 둘러본 후 슈티코프가 계속한다.

"일제는 패망하고 무장해제당하여 재기 불능이 되었습니다. 또한 조선에서 완전히 구축되었습니다. 조선 민중들의 증오가 하늘을 찌르고 있기 때문에, 일본이 다시 조선으로 진출한다는 것은 불가능하게 되었습니다.

조선을 해방시킨 소련 붉은군대는 북조선에서 군정을 실시해야 합니다. 소련 군정의 제일 목적은 조선에 민주주의 원칙에 따라 자치정부를 세우는 일입니다. 조선 인민들이 학수고대하던 독립과 건국을 도와주는 사업입니다. 이것이 소비에트정부 동방 외교의 확고한 원칙입니다. 조선에 자주적 민주 정부가 수립되면 소련 군정의 목적은 완결될 것입니다.

그러면 지금부터 여러 문제점들을 심도 있게 토의해 나아가기로 합시다."

샤브신이 일어나 발언한다. 비록 직위는 부영사이나 소련 비밀경찰 해외정보팀의 조선 지역 총책이다.

"슈티코프 장군님께 여쭈어 보겠습니다.

조선에 자주독립 정부를 세운다고 한다면, 남조선에 진주한 미군과 협력하여 통일 정부를 세운다는 의미인가요? 소비에트 정부의 대조선 기본 전략을 말씀해 주시기 바랍니다."

슈티코프가 심호흡을 한 후 입을 연다.

"매우 중요한 문제입니다. 우리 일선 지휘관들은 이 점을 분명하게 인식해야 합니다.

결론적으로 말하여, 소비에트 정부는 미국을 신뢰하지 않습니다. 그러므로 미국과 협력하여 조선에 통일 정부를 수립한다는 것은 현실적으로 불가능한 사업입니다. 소련은 유럽에서 미국과 영국을 중심으로 하는 국제자본주의 세력의 본심을 간파했습니다. 그들은 사회주의 조국인 소련을 포위하여 고사시키려는 소위 '봉쇄 정책'을 다시 추진하고 있습니다.

극동에서 만주와 조선을 중심으로 새로운 극동 전선이 형성되고 있습니다. 따라서 조선 인민의 민주주의 자치 정부 수립 문제는 소련 점령군의 관할하에 있는 북조선에서만 가능한 일입니다. 미국과의 협력은 불가능합니다. 절대 염두에 두어서는 안 됩니다."

슈티코프의 어조가 분명하다. 장내에 긴장감이 서린다.

치스차코프 대장이 묻는다.

"슈티코프 장군, 민주주의 자치 정부라고 하면 우리 같은 무골들에게는 분명하게 인식되지 않습니다. 조금 더 부연 설명을 해 주면 고맙겠소이다."

슈티코프가 웃으면서 대답한다.

"사령관님, 죄송합니다. 미처 생각하지 못했습니다.

소련군은 조선 인민을 지원하여 자치 정부를 세울 것입니다. 지금 남조선에서는 미군이 모든 권한을 틀어쥐고 군정을 직접 시행하고 있습니다. 소련군은 이런 방법을 택하지 않습니다. 치안과 행정 등 정부 기능을 조선 인민에게 넘겨줄 것입니다.

북조선 통치를 담당할 자치 정부는 사회주의 정권이어야 합니다. 반드시 사회주의자들이 정권을 장악해야 한다는 의미입니다. 미국을 위시로 하는 국제자본주의 세력은 조선을 자기네들 식민지로 편입하려고 획책할 것입니다. 그런 후에 조선 식민지를 소련 침략의 공격 기지로 삼을 것이 뻔합니다. 영국과 중국을 내세워 연합국 신탁통치를 구상하고 있는 것도 이 때문입니다. 그러나 소련은 국제자본주의 세력의 속임수에 넘어가지 않습니다."

이번에는 레베데프 소장이 질문한다. 슈티코프의 직속 수하이다.

"북조선에 조선 인민들의 인민위원회가 결성되어 행정권을 인수했습니다. 평양의 경우처럼 아직은 우익 보수 세력들이 위원장을 맡는 등 사회주의 세력이 수에서 열세입니다. 앞으로 어려운 문제점들이 발생하지나 않을지 걱정입니다."

슈티코프 억양이 부드러워진다.

"유익한 지적을 해 주셨습니다. 인민의 지원을 이끌어 내고 정권을 잡는 데에는 치밀한 준비와 용의주도한 작전이 요구됩니다. 효율적인 작전은 현실에 토대를 두고 있어야 합니다. 경솔한 낙관이나 현실을 무시한 독선은 금물이지요.

지금 조선의 정세에는 레베데프 장군이 더 정통하십니다. 현실적으로 볼 때 조선 사회에서 공산주의 운동가들이 주도권을 잡기에는 무리라고 생각됩니다. 그러므로 연합 전선을 선택할 수밖에는 없습니다. 유명한 통일전선 전술을 구사하자는 말입니다.

사회주의 정권 창출을 위해서 소련군은 사회주의자들을 적극 지원해 주어야 합니다. 조선 공산당을 키워 주고 권력을 차지하도록 하는 일이 소련군 전략 목표의 핵심입니다."

조선 주둔군과 연해주군관구의 정책 방향이 분명해진다.

그로모프 대좌가 일어선다.

"슈티코프 장군님, 조선인들은 파벌 의식이 강한 것으로 소문이 나 있습니다. 또 실제로 조선에 와 보니 공산주의 운동가들 사이에서도 여러 당파가 존재합니다. 사이도 좋지를 않고 노선도 차이가 납니다.

그렇다면 소련군은 어떤 사회주의 세력을 지원해 줘야 할 것인지 당황스럽습니다. 쉽게 이해가 가는 뚜렷한 전략적 기준이 있을까요?"

슈티코프의 안광이 빛난다.

"매우 의미 깊은 지적입니다. 아직은 확실한 기준이 설정되어 있지 않습니다. 또한 스탈린 대원수나 볼셰비키당의 지침이 나와 있지 않습니다.

다만 한 가지 분명한 원칙은 있습니다. 사회주의자들이라 하더라도 소련에 우호적인 인물이어야 한다는 사실입니다. 공산주의 이론에 밝다고 해도, 또 조선 인민들에게 호감을 얻고 있다고 하더라도, 소련에 적대감을 갖고 있을 인물은 안 됩니다. 유럽에서의 경험에 의하면, 반소(反蘇) 성향의 세력들은 애초부터 배제되어야 합니다. 반드시 친소(親蘇) 사회주의 세력이어야 합니다. 이 점에 대해서는 상부의 지침이 계속 하달될 것으로 보면 틀림없습니다."

치스차코프 사령관을 비롯하여 참석자들이 고개를 끄덕인다. 다만 샤브신 부영사가 의문이 남는지 구체적인 예를 들어 질문한다.

"슈티코프 장군님, 지금 남조선에서는 조선 공산주의자들이 인민 공화국을 만들어 미 군정에 대항하려고 계획하고 있습니다. 또 박헌영을 당수로 하여 조선 공산당을 결성해서 정권을 목표로 활동하고 있습니다. 이런 현상들을 어떻게 보아야 하겠습니까?"

남조선 상황과 서울에 있는 조선 공산당 문제가 나오자 모두가 호기심을 갖는다.

그러나 슈티코프는 담담하게 말한다. 이미 정보를 갖고 있으며 또 검토한 듯이 보인다.

"남조선에 공산당 조직이 활발한 것은 환영할 상황입니다. 그렇지만 내 예상으로는 아직 조선 인민이나 사회주의 운동가들이 미군에게 대항할 힘은 없을 것으로 판단됩니다. 소련 공산당의 지도를 받지 않거나 소련 적군(赤軍)의 보증을 확보하지 못한 채 함부로 투쟁에 나서다가는 미군에게 패퇴하여 조선 공산당의 존립 자체까지 박탈될 위험에 처하게 될 수 있습니다. 미 점령군이나 미 자본주의 세력을 경시해서는 매우 위태롭습니다. 혁명 투쟁사에서 트로츠키식 좌익 모험주의의 위험성은 잘 알려져 있습니다.

여기에서 우리 소련군은 바짝 정신을 차려야 합니다. 중요한 문제를 잊어서는 안 됩니다. 남조선 내부 문제에 소련이 개입해서는 바람직하지 못하다는 사실입니다. 그렇게 되면 미군도 연합군 명분을 내세워 북조선 문제에 개입하려 들 것입니다. 그런 명분을 줘서는 안 됩니다.

남조선 서울에 토대를 두고 활동하는 조선 공산당에 대해서는 더 연구해 봐야 합니다. 그러나 먼저 말씀드렸듯이 박헌영 계열이 친소 성향을 갖고 있는지는 의심스럽습니다. 더 두고 볼 일입니다."

슈티코프가 자신 있게 표명한다.

"내 경험에 의하면 흩어져 있는 천 명의 공산주의자들 보다는 열 명이 뭉쳐서 만든 공산당이 더 강력합니다. 이것은 우리 볼셰비키 혁명사의 '혁명전위대론'에 잘 나타나 있습니다. 북조선 주둔군이 현실에서 어쩔 수 없어 조만식 같은 우익 보수 인물에게 인민위원회의 주도권을 주었습니다마는, 이것은 아직 강력한 공산당 조직이 없기 때문에 어쩔 수 없었던 것입니다. 하나의 편법인 셈이지요.

나는 이 자리에서 내 소신을 분명하게 말할 수 있습니다. 조선의 정부 수립이 급하냐, 아니면 강력하게 단결된 조선 공산당 조직이 시급하냐고 묻는다면, 단연 정부보다 당 조직 건설이 앞서야 합니다. 우리 소련군사령부는 북조선에 강철같이 단결된 공산당을 건립하고 그 힘이 북조선 정치를 압도할 수 있도록 후원해야 합니다. 강력한 당 조직 건설이 북조선 인민에게 당면한 과업입니다. 그전까지는 조선인 인민위원회가 소련 군정의 지휘 감독 아래 임시로 행정을 담당하고 있는 현재의 체제를 계속 유지해야 합니다."

샤브신이 입을 한일(一) 자로 굳게 다문다. 심기가 편하지 못한 표정이다.

슈티코프가 전략 회의의 결론을 맺는다.

"지금 북조선 현실에서 중요한 과제는 조선 인민들의 민심을 획득하는 일입니다. 민심을 미군이 아니라 소련 편으로 끌어와야 합니다. 그러나 스탈린 대원수나 소련 정부에 반대하는 세력은 단호히 제거해야 합니다. 여기에는 추호도 예외가 없습니다.

소련군은 세계대전에서 엄청난 희생을 감수하였습니다. 그리하여 유럽을 구원하고 동아시아에서 중국과 조선을 해방시켰습니다. 소련의 희생과 노력에 보답을 요구하는 것은 아닙니다. 그렇지만 조선이 소비에트사회주의연방을 침략하려는 반동 세력의 공격 기지가 돼서는 절대 안 됩니다. 조선 주둔 소련군은, 그리고 프리모르스카야군관구는 이를 절대 용인하지 않을 것입니다. 그러기 위해서는 북조선에 하루 빨리 친소(親蘇) 사회주의 정권을 세우는 길밖에는 없습니다."

슈티코프의 판단과 결론에 장내가 숙연하다.

조선을 점령하고 군정을 편 소련 제25군 최고간부 전략 회의에서 스탈린을 대신하여 호령하는 이 사람은 누구인가? 소련 적군의 연해주군관구 군사회의 정치위원인 슈티코프 중장, 그는 누구인가?

슈티코프는 메레츠코프 원수와 함께 소련 극동군의 대일 전쟁을 위해 스탈린이 선임, 파견한 심복이다. 메레츠코프가 군사 전문가라면 슈티코프는 정치 전문가이다.

메레츠코프와 슈티코프는 극동 전선뿐만 아니라 유럽 전선에서도 스탈린의 부름을 받아 큰 공을 세웠다. 1941년 독소전쟁(獨蘇戰爭)이 발발하자 메레츠코프 대장은 레닌그라드방면군 사령관으로 임명되었는데, 이때에 슈티코프도 레닌그라드방면군의 군사회의 정치위원을 맡았으며 동시에 서부방면군의 정치위원도 겸임하였다. 1943년에는 메레츠코프가 볼호프방면군과 핀란드 국경지역방면군 사령관으로 임명되자, 슈티코프도 이 군의 군사 회의 정치위원으로 발탁되었다.

슈티코프는 1907년 레닌그라드에서 출생했다. 처음에 노동자로 일하면서 1927년 직업기술학교를 졸업하고, 1929년 소련공산당에 입당했다. 1937년까지 슈티코프는 레닌그라드 공산청년동맹인 콤소몰의 하급 간부로 활동했다.

슈티코프는 당성이 강하고 매사에 낙천적이며 정력적이었다. 1938년 레닌그라드 지구당을 현지 지도하던 스탈린에 발탁되어, 슈티코프는 일약 레닌그라드 주당 중앙위원회 제2서기로 올라섰다. 파격적인 승진이었다. 당시 레닌그라드 주당 제1서기는 소련 공산당의 제일 가는 이론가이며 스탈린의 후계자로 인정되고 있던 주다노프였다.

스탈린의 눈에 들어 비약적 출세를 한 슈티코프는 1939년 3월에는 제18차 소련공산당 전당대회의 토론 연설자로 선정되었으며, 주다노프의 당 규약 개정 보고에 대한 찬조 연설을 하면서 스탈린을 '소련 인민의 태양'이라고 찬양했다. 마침내 슈티코프는 스탈린의 열렬한 충복이자 그의 오른팔이 된 것이다. 그해 겨울에 소련-핀란드 전쟁이 발발했을 때에도 슈티코프는 스탈린의 지시에 따라 군복을 입고 핀란드 전선으로 출동하였다. 핀란드 전선 소련 제7군사령관은 당시 레닌그라드 군관구 사령관이며 스탈린의 심복인 메레츠코프 대장이었다. 슈티코프는 바로 제7군의 군사회의 정치위원으로 임명되었다. 이후 메레츠코프와 슈티코프는 소련군의 군정(軍政) 사령관으로 한 팀이 되어 스탈린의 명령을 받들며 주요 전선에서 큰 공을 세웠다.

1945년 6월 슈티코프는 다시 스탈린의 명령을 받고 극동으로 출정하여 당시 대일 전쟁을 위해 총력을 기울이고 있던 메레츠코프 원수 휘하의 소련극동군 제1전선군의 군사회의 정치위원을 맡게 되었던 것이다.

포츠담 회담을 위해 베를린 교외로 나간 스탈린이 회담 하루 전날, 소련 극동방면군 총사령관 바실리예프스키 원수에게 전화를 걸었다.

부관이 급히 들어와 보고한다.

"사령관 각하, 스탈린 대원수의 전화입니다. 어떻게 할까요?"

바실리예프스키가 깜짝 놀라며 부동자세를 취한다.

"소관 바실리예프스키입니다. 찾아 계셨습니까?"

스탈린이 천천히 말한다.

"나, 스탈린이오. 반갑소. 전선에서 고생이 많지요?

사령관 동지, 전쟁 준비는 차질 없이 진행돼 가고 있소이까?"

"예, 대원수 각하. 예정대로 준비되고 있습니다."

스탈린이 느닷없이 제안한다.

"어떻소? 전쟁 개시 일자를 한 열흘 앞당길 수 없겠소?"

바실리예프스키가 당황한다.

"대원수 각하, 그게…."

자신이 없어 말을 더듬는다. 스탈린의 성격으로 보아, 한번 약속한 일은 반드시 책임을 져야 하기 때문이다.

"왜, 어렵겠소? 제1전선군 정치위원인 슈티코프 동지와 의논해 보시오. 그 결과를 나에게 보고해 주시오."

전화가 끊겼다. 바실리예프스키는 심기가 불편해진다. 대일전 공격 개시를 열흘 앞당기는 것은 어려운 과제이다. 게다가 스탈린이 중요한 작전 문제를 하급 부대의 비군사 분야 요원인 슈티코프와 상의 해보라니 이해가 잘 가지 않는 것이다.

슈티코프는 소련 극동군 총사령관 바실리예프스키 지휘하에 있는 제1전선군의 군사회의 정치위원이다. 계급은 중장이다. 계급으로 상하의 위계질서가 엄격한 군대에서 두 단계 이상으로 하위직에 있는 슈티코프 중장과 의논하라니, 부당한 일이다. 또한 정치위원은 군사작전 문제에는 문외한이라고 할 수도 있다. 게다가 극동군 총사령부에 엄연히 대장급 정치위원이 있는데도 불구하고 왜 하급 부대 정치위원을 지목하여 상의한 후 결과 보고를 하라고 지시하는가.

그러나 스탈린의 명령이므로 바실리예프스키는 즉시 슈티코프를 부르지 않을 수 없었다. 마침 슈티코프는 총사령부의 군사 회의에 참석하기 위해 사령부가 위치한 치타 시에 나와 있었다. 슈티코프도 공격 개시를 앞당기는 일이 어렵게 생각된다고 하여 스탈린에게 그대로 보고하였다.

이처럼 슈티코프는 스탈린 대원수의 절대적 신임을 받으며 극동 대일 전선에 출전하고 있었던 것이다. 슈티코프의 스탈린에 대한 충성과 탁월한 능력을 제1전선군사령관 메레츠코프 원수는 잘 알고 있었다.

슈티코프 중장이 대일 전쟁에 참전하기 위해 극동으로 출정했을 때 그는 극동 지역과 조선에 대해서는 아무 지식도 갖고 있지 못했다. 한 번도 근무한 경험이 없었기 때문에 백지상태나 다름없었다.

그러나 소련 극동군 산하에는 만주나 조선 등 극동 지역에 대한 전문 요원들이 많이 근무하고 있었다. 제25군사령관 치스차코프 대장을 비롯하여 25군 정치위원 레베데프 소장, 제35군 정치위원 로마넨코 소장, 35군 참모부 정치부장 이그나치예프 대좌 등등이다.

뿐만 아니라 연해주 군관구 내에만 하더라도 소련 국적을 갖고 군 장교로 복무하고 있는 조선인 2세들이 수십 명이나 되었다. 더욱이 하바로프스크의 브아츠크 병영촌(兵營村)에는 연해주 군관구 정보참모부 직속의 제88국제여단이 조직되어 있다. 이 여단에는 1930년대 후반 만주에서 항일 빨치산 투쟁을 전개한 김일성(金日成), 김책(金策), 강건(姜健), 최용건(崔庸健) 등 많은 조선인들이 활약하고 있었다. 또한 블라디보스토크 오케얀스크 병영촌에도 항일 투쟁을 하다가 1940년대 초 만주에서 도피해 온 오백룡(吳白龍) 등 조선인 청년들이 많았다.

정치 장군 슈티코프의 조선 전략에는 또한 일단의 세력이 큰 힘이 될 수 있었다. 그것이 '카렌스키 코로포스'이다. 즉 고려인군단(高麗人軍團)으로서, 소련 국적을 갖은 소련 인민으로 소련 공산당이나 행정기관에서 많은 경험을 쌓은 조선인 2세들이다.

슈티코프는 연해주에 부임하자 사령부에 있는 극동 문제 전문 지휘관들과 조선인 출신 장교들을 휘하에 거느렸다. 일본군의 움직임과 조선 민심의 동향 및 조선에서의 공산주의자들의 활동 등 주요 정보를 체계적으로 입수 분석하며, 조선 점령 정책을 입안해 나아갔다. 특히 북조선에 친소 사회주의정권을 수립하여 소비에트 위성제국(衛星帝國)을 강화하는 조선의 공산화 전략에 심혈을 기울였다.

슈티코프는 치스차코프 사령관과 협의하여, 평양 주둔군사령부에 군정을 총괄하는 기구로 민정관리국(民政管理局)을 설치하였다. 일종의 민정사령부인 셈이다. 민정관리국 총국장에는 만주 길림에서 활동 중인 제35군 군사회의 정치위원 A A 로마넹코 소장을 발탁했다. 로마넹코는 소련 극동지방 출생으로 오랫동안 극동군에서 복무한 정치담당 장군이었다. 민정관리국 부국장에는 역시 35군 참모부정치부장인 A M 이그나치예프 대좌를 기용했다.

민정관리국은 군정을 효율적으로 집행하기 위해서 정치지도부, 법무지도부, 교육문화지도부, 출판지도부, 보건지도부 등으로 구성되었다. 연해주군관구 사법부장 B V 시체치닌 대좌, 군사보도부장 N J 돌기이 대좌 등 각 전문분야의 능력 있는 고급장교들을 선발하여 민정관리국의 핵심 간부로 배치했다.

민정사령관 로마넹코 소장은 정치위원 레베데프 소장과 상의하여 북조선의 각 도·시·군에 소련군 고문을 배치하고 현지에서 활동 중인 조선인 인민위원회를 지도 감독하도록 조치했다. 함경남도 고문으로는 제25군사령부 정치부 차장 구레비치 대좌, 함흥시 고문으로는 현지 주둔사단 정치부장 L F 데민 대좌를 임명했다. 원산에는 경무부(헌병부) 차장 V I 쿠추모프 대좌, 해주에는 현지 주둔사단 정치부장 I F 코뉴호프 대좌 등이 임명되었다.

한편 로마넹코 사령부에 배치되어 북조선의 소비에트화에 크게 공헌한 '카렌스키 코로포스' 제1진은 소련 정규군 소속으로 8월 말 평양에 들어왔다. 제2진은 10월 말 하바롭스크를 거쳐 북한에 도착했다. 제3진도 계속해서 북한으로 합류했다.

소련군 출신으로는 표토르최(崔) 중좌, 정율(鄭律) 소좌, 미하일강(姜) 소좌, 최종학(崔鍾學) 대위, 왈렌친최(崔) 대위, 최흥국(崔興國) 대위, 오기찬(吳基燦) 상위 등이다. 당료 출신으로는 허가의(許哥誼), 박의완(朴義琓), 남일(南日), 김승화(金承化), 기석복(奇石福), 방학세(方學世) 등 수백 명이다.

이렇게 하여 북조선에서 소련 군정이 체제를 갖추고 출범하였다. 슈티코프 정치위원이 소련군 총사령관 스탈린 대원수를 대리하여 지휘, 감독했다. 명목상 조선 주둔군 대표는 치스차코프 사령관이다. 그러나 실질적인 권한과 책임을 갖는 인물은 슈티코프의 직계 수하인 정치위원 레베데프 소장과, 그리고 민정관리국 사령관 로마넹코 소장이었다.

〈3권으로 계속〉